Celle qui ne pouvait pas oublier

Le danger partagé

CASSIE MILES

Celle qui ne pouvait pas oublier

Traduction française de
ISABEL ROVAREY

BLACK ROSE

HARLEQUIN

Collection : BLACK ROSE

Titre original :
THE GIRL WHO COULDN'T FORGET

HARPERCOLLINS FRANCE
83-85, boulevard Vincent-Auriol, 75646 PARIS CEDEX 13
Service Lectrices — Tél. : 01 45 82 47 47

www.harlequin.fr

ISBN 978-2-2804-1541-5 — ISSN 1950-2753

1

Les pétunias étaient morts. Ce fut la première chose que nota Brooke Josephson en garant la voiture le long du trottoir. Deux mois plus tôt, elle avait planté les fleurs afin d'égayer un peu la morne façade de brique de la résidence dans laquelle vivait Franny. Mais la cour s'était muée en cimetière à pétunias, les têtes ratatinées de leurs inflorescences violet, jaune et rose culminant, impuissantes, au bout de tiges fanées. Les feuilles flétries s'étaient désespérément tendues en une prière muette. Tout ce qu'il leur aurait fallu, c'était quelques gouttes d'eau salvatrice. Denver pouvait être chaud et sec au mois d'août, mais ce n'était pas le Sahara.

Brooke sauta de son SUV et remonta précipitamment le trottoir. Les pétunias desséchés étaient de mauvais augure – pas au point de déclencher une attaque de panique mais pas loin. Elle présentait déjà les symptômes : respiration laborieuse, tremblements, accélération du pouls. Elle marqua une pause. *Doucement. Reprends-toi.* D'un pas plus mesuré, elle s'avança vers la porte d'entrée du F1 de son amie situé à l'extrémité du petit bâtiment de plain-pied en forme de L.

Elle n'aurait pas dû s'attendre à ce que Franny s'occupe des plantes. La vie de son amie était un tourbillon désordonné et cela ne changerait pas. Franny ne changerait pas. Mais, après tout, si vivre dans le chaos perpétuel lui convenait… Brooke aimait son amie, toute fofolle qu'elle soit, comme la petite sœur qu'elle n'avait jamais eue. D'ailleurs, elles avaient même un air de famille toutes les deux. *Évidemment qu'on se ressemble. C'est pour ça qu'il nous a choisies – pour nos cheveux noirs et nos yeux bleus.*

Douze ans s'étaient écoulés, mais elle se souvenait des moindres détails. Impossible d'échapper à son passé.

Comme elle posait le pied sur la marche devant la porte, elle consulta sa montre de précision. L'appel de Franny était arrivé vingt-sept minutes plus tôt et elle y avait répondu instantanément. Elle avait fermé sa session de travail sur l'ordinateur, couru jusqu'à sa voiture, consulté son GPS et adapté son itinéraire afin d'éviter les embouteillages dus aux travaux sur Alameda.

Et maintenant elle était là, rongée par l'inquiétude et par la peur, mais prête à faire tout ce qu'il faudrait, le cas échéant.

Elle appuya sur la sonnette tout en annonçant :

— Franny, c'est moi. Ouvre.

Très vraisemblablement, tout ceci n'était rien du tout. Une fausse alerte. Si tel était le cas, elle tournerait sept fois sa langue dans sa bouche et veillerait à ne pas accabler Franny de reproches. Mieux valait pécher par excès de prudence que sous-estimer le danger, même si Brooke détestait – et le mot était faible – être interrompue inutilement dans son travail. Parfois, il lui arrivait de passer une semaine entière sans mettre le nez hors de chez elle. Aux yeux de certains, tels que l'agent du FBI George Gimbel et sa thérapeute, son comportement était à la limite de l'agoraphobie, mais ils ne comprenaient pas l'importance de l'organisation. On n'était *jamais* trop efficace.

De l'intérieur de l'appartement, elle entendit la voix haut perchée de son amie débiter un flot de paroles, auquel répondit le timbre grave d'une voix masculine.

Ce n'était pas normal ! Franny n'avait pas de petit ami. Ni de parents de sexe masculin.

Brooke sortit vivement son téléphone de la poche de son short kaki et enfonça la touche d'appel d'urgence. *Mieux vaut prévenir que guérir.* Dans le même temps, elle tirait sur la glissière de son sac banane et refermait les doigts sur sa bombe de gaz poivré.

— Franny ? Ça va ?

Elle entendit quelqu'un se déplacer d'un pas lourd dans l'appartement… en direction de la porte. L'aérosol au poivre trembla entre ses doigts. *Je peux le faire.* Il le fallait. Il n'y avait personne d'autre pour la protéger et protéger les personnes qu'elle aimait. Plantant ses talons fermement sur le sol, elle se prépara à passer à l'action, remerciant le ciel de porter des baskets et non des sandales. Elle retint son souffle. Il s'agissait d'être la plus rapide.

La porte peinte en vert s'ouvrit, et un homme de haute taille apparut, les cheveux sombres, vêtu d'un costume.

Un grésillement retentit dans son téléphone comme l'opérateur répondait.

— Bonjour, vous avez appelé le 911 ?

Même si les forces de l'ordre n'avaient jamais été là au bon moment, il lui fallait des renforts. Elle cria l'adresse de Franny dans le combiné et ajouta :

— Nous avons besoin d'aide. Faites vite !

— Ce n'est pas nécessaire, dit l'homme.

— Où est mon amie ? Qu'avez-vous fait à Franny ?

— Calmez-vous, reprit-il en glissant sa main sous le revers de sa veste. Tout va bien, je vous assure…

Ah oui ? Alors, pourquoi cherches-tu ton arme ?

Elle tendit le bras et projeta un jet de gaz poivré. Il tourna la tête et éleva vivement un bras pour se protéger, mais elle savait qu'elle l'avait atteint – au moins partiellement. Pendant qu'il toussait, les yeux plissés, plié en deux, elle balaya du regard le hall derrière lui, prête à faire de nouveau usage de sa bombe.

— Brooke, arrête ! s'écria Franny, accourant depuis le fond de l'appartement. Qu'est-ce que tu fais ?

— Je neutralise ce salaud, répondit-elle.

Elle lui décocha un coup de karaté dans le genou mais manqua sa cible. Sa tentative suivante visa le bas-ventre.

Son pied se détendit, mais l'homme l'intercepta, enserrant sa cheville dans une poigne de fer. Il la garda prisonnière, le pied en l'air, tandis qu'elle battait des bras pour ne pas perdre l'équilibre.

Il brandit un portefeuille ouvert sous son nez.

— Je suis du FBI.

— Lâchez ma jambe !

— Pour que vous essayiez encore de me frapper ?

— Non… À moins d'y être obligée. Mais, je vous préviens, menaça-t-elle, levant la main qui agrippait toujours le spray de défense. Ne vous avisez pas de tenter quoi que ce soit.

Il libéra sa cheville.

— Vous savez que je pourrais vous arrêter pour avoir agressé un officier fédéral.

— S'il vous plaît, tout le monde, on se calme, lança Franny en se plaçant entre eux. Agent Sloan, vous n'allez arrêter personne. Et toi, Brooke, ne sois pas puérile.

Alors, ça, c'est la meilleure. Franny Hennessey, l'irresponsable et irréfléchie Franny, lui faisant la leçon… *à elle !* Pour autant que Brooke sache, ce badge pouvait très bien être un faux. S'il était vraiment agent fédéral, pourquoi ne l'avait-il pas montré à la minute où il avait ouvert la porte ? OK, peut-être qu'elle l'avait pris de vitesse. Elle avait peut-être ses torts, elle aussi. Néanmoins, elle proclama :

— Je ne m'excuserai pas, si c'est ce que vous espérez.

— Je m'en moque, de vos excuses.

Il lui jeta un regard noir – de son œil droit, l'autre étant fermé et larmoyant à cause du jet de gaz. La rougeur s'étendait sur une partie de sa joue et de son cou. Ça avait l'air douloureux.

— J'aimerais voir votre badge de plus près, s'il vous plaît.

Sans lâcher son portefeuille, il l'approcha à vingt centimètres de son visage. Les papiers semblaient officiels. Elle lut : agent spécial Justin Sloan.

En général, elle ne commettait de bourdes de ce genre. Agresser un fédéral ! Elle porta la main à sa poitrine et sentit le martèlement rapide de son cœur. L'adrénaline coulait à flots dans ses veines, ce qui n'était pas désagréable, mais pas plaisant non plus. À cette heure-là, elle aurait dû être en train de grignoter son en-cas de milieu d'après-midi fait d'un fruit et de deux biscuits en ouvrant son courrier. Au lieu de quoi, tout était sens dessus dessous.

Elle se tourna vers son amie.

— Qu'est-ce qu'il fait là ?

— C'est moi qui l'ai appelé, dit Franny, haussant les épaules. Je ne pouvais pas avoir l'agent Gimbel. Tu te souviens de lui ?

— Évidemment.

Un homme bien. Le seul qui se soit véritablement intéressé à elles. Brooke espéra qu'il ne lui était rien arrivé.

— Pourquoi ne pouvait-il pas venir ?

— Il a pris sa retraite. Le FBI m'a envoyé Sloan à sa place.

L'agent fédéral désigna le téléphone de Brooke, toujours connecté au service des secours. L'opérateur s'égosillait au bout de la ligne, attendant une réponse. Elle baissa les yeux. Elle avait semé une belle pagaille. Maintenant qu'elle avait sollicité leur aide, elle savait d'expérience que rien ne les empêcherait de voler à son secours. Inutile de perdre du temps en vaines dénégations. Elle coupa la communication. Encore une règle transgressée.

— Franny, avez-vous du lait ?

Les yeux bleus de la jeune femme s'arrondirent.

— Vous avez soif ?

— Il veut du lait pour contrer l'action de la capsaïcine présente dans le spray, expliqua Brooke en rebouchant l'aérosol avant de le replacer dans sa banane et d'en sortir les lingettes de décontamination qui ne la quittaient jamais, pour le cas où du gaz poivré souillerait ses doigts.

Elle ouvrit le paquet et en tendit une à Sloan avant d'en utiliser une pour se nettoyer les mains.

— L'eau ne dissout pas le propylène glycol qui est une base huileuse.

— Et pour le lait ? répéta Sloan.

— Venez avec moi, dit Franny en franchissant pieds nus l'ouverture en arcade qui menait à la cuisine. J'en ai toujours… pour les chats. Oh ! je ne leur en donne pas beaucoup. Ce ne serait pas bon pour eux. Mais ils adorent ça.

Brooke suivit l'agent Sloan et Franny, dont les boucles sombres tressautaient à chacun de ses pas autour de son visage de lutin. Pour quelque mystérieuse raison, elle portait un diadème violet pailleté. Avec son legging de yoga imprimé cachemire et son T-shirt rose agrémenté d'une licorne scintillante sur le devant, elle avait l'air d'une enfant vulnérable. En réalité, elle n'avait que quatre ans de moins que Brooke, qui en avait vingt-six mais avait l'impression d'avoir déjà vécu trois vies. Pas de tiare ni de strass pour elle. Ses longs cheveux étaient tirés en arrière et enroulés en chignon.

Son attention se reporta sur Sloan. Il était grand – il dépassait d'au moins vingt centimètres son mètre soixante-cinq – et paraissait en excellente condition physique. Le sobre costume gris mettait en valeur ses larges épaules. Et il y avait quelque chose de troublant dans la façon dont il se déplaçait. Athlétique et viril, il semblait dégager une grande confiance en lui. À moins que ce ne soit de l'arrogance ? Quoi qu'il en soit, sa présence la déstabilisait.

Lorsqu'elle détourna les yeux, son regard se promena sur le petit intérieur de Franny, dont le décor consistait surtout en une accumulation de meubles, d'objets, de projets non terminés – en un mot, en un invraisemblable fouillis. Brooke ne dénombra pas moins de quatre chats. La table du coin salle à manger disparaissait sous des piles de courrier non ouvert, de morceaux de tissu multicolores et de tout un assortiment de bimbeloterie de perles et de strass. À côté de la table, un panier d'osier était rempli de linge plié qu'un gros matou gris et blanc utilisait comme matelas. Dans un coin de la pièce, se dressait, chancelante, une haute pile de livres. En guise de rideau, une guirlande de drapeaux de prière tibétains peinait à voiler la fenêtre de la salle à manger, offrant une vue imprenable sur le trottoir, devant le bâtiment. Si bien que n'importe qui, de la rue, pouvait voir à l'intérieur de l'appartement. Du point de vue de la sécurité, c'était pis encore que son domicile précédent.

Dans la cuisine, des assiettes sales encombraient un côté de l'évier à deux bacs. Des vestiges de repas étaient éparpillés sur le comptoir. Brooke ne put s'en empêcher : elle empoigna une éponge et le détergent.

— Qu'est-ce que tu fais ? demanda Franny.

Elles avaient eu cette conversation des centaines de fois déjà.

— Les restes de nourriture attirent les souris. Je nettoie ça… J'en ai pour une minute.

— Mais non, laisse, répliqua Franny en riant et en désignant du menton un chat noir et une chatte écaille de tortue. Mes chasseurs de souris s'en occupent.

— Est-ce que ces chats sont vraiment à toi ?

— Si tu veux savoir s'ils m'appartiennent en propre, la réponse est non.

Dès que Franny emménageait quelque part, elle mettait un point d'honneur à se lier d'amitié avec la population féline locale. Brooke n'avait jamais réussi à savoir d'où venaient ces animaux, où ils allaient ni pourquoi ils se plaisaient tant chez son amie. Peut-être voyaient-ils en elle une sorte d'âme sœur.

— Si tu veux absolument faire quelque chose, occupe-toi plutôt de lui, continua Franny en montrant l'agent Sloan, qui avait enfin mis la main sur une brique de lait dans le réfrigérateur. C'est toi qui lui as pulvérisé du gaz lacrymogène en pleine figure, à toi de le soigner.

Ce qui n'était pas dénué d'une certaine logique. *Si j'en suis à trouver que Franny fait preuve de bon sens,* songea-t-elle, *c'est que je dois être sacrément à côté de la plaque.* Elle fit asseoir Sloan sur une chaise à dossier droit à côté d'une table où des casseroles et des poêles voisinaient avec un panier rempli de boules de verre. Elle lui prit la brique de lait des mains, fouilla dans les placards à la recherche d'un bol et y versa du lait. Tandis qu'elle inspectait les tiroirs à la recherche d'un torchon propre, elle ordonna :

— Ôtez votre veste en faisant attention à l'endroit où vous posez les doigts. La manche gauche a dû être contaminée.

Il retira le holster fixé à sa ceinture et le déposa sur la table à côté du panier de boules de verre. Puis il se débarrassa précautionneusement de sa veste, la replia sur l'envers et la plaça dans le sac en papier que Franny lui avait donné. Mais le strip-tease ne s'arrêta pas là. Il dénoua sa cravate.

— Mieux vaut que j'enlève aussi ma chemise, je pense.

Le pouls de Brooke, déjà rapide, s'accéléra encore.

— Vous avez raison. Le col a sûrement été touché aussi.

Prenant soin d'éviter le col, il ôta sa chemise en coton. Il ne portait rien au-dessous. Son buste joliment musclé soulignait sa peau hâlée.

De façon totalement inattendue, l'envie la prit d'effleurer la toison sombre de son torse et ses pectoraux saillants. *Tu es folle. Sors-toi cette idée de la tête !* Certes, il y avait bien longtemps qu'elle ne s'était pas trouvée face à un homme à demi dévêtu, mais elle n'était pas du genre à se mettre dans tous ses états si facilement. La maîtrise de soi, c'était sa règle d'or. Le bol de lait à la main et le torchon drapé sur l'avant-bras, elle s'avança vers la chaise.

— Renversez la tête en arrière, commanda-t-elle.

Il leva les yeux vers elle et… le cœur de Brooke sauta un battement. Elle éprouva tout à coup du mal à respirer, à déglutir – à bouger. Ses oreilles tintèrent. Ce n'était pas une crise de panique. Non, c'était autre chose… Quelque chose qu'elle n'avait encore jamais connu. Elle cligna des yeux jusqu'à ce que sa vision redevienne nette et elle se retrouva en train de contempler les yeux les plus fascinants qu'elle ait jamais vus. Des yeux profonds, dont le gris s'éclairait de paillettes argent et vert. Les pommettes saillantes s'accordaient à la mâchoire anguleuse, mais ses traits étaient sauvés de la sévérité par une moue légèrement ironique. Il avait des lèvres sensuelles, qui semblaient être faites pour embrasser. Non qu'elle soit experte en la matière. Sa vie sociale n'était guère plus palpitante que celle de Franny.

La voix de son amie la tira de ses pensées.

— Je vais voir si je peux trouver quelque chose que Sloan puisse se mettre sur le dos.

— Excellente idée, dit Brooke.

Avec une maladresse qui ne lui ressemblait pas, elle tamponna la peau rougie de sa joue et de sa tempe avec un coin du torchon. Mais une goutte de lait roula jusqu'à la poitrine nue de l'agent. Machinalement, elle l'essuya de l'autre main. Quand ses doigts entrèrent en contact avec sa chair, un courant électrique fusa dans sa paume, remonta le long de son avant-bras jusqu'à son épaule et sa poitrine, imprimant à son cœur une secousse pareille à l'action d'un défibrillateur. Elle sursauta. Le lait déborda du bol.

Il le lui prit des mains.

— Laissez. Je vais le faire moi-même.

— Oui… Ce sera plus facile.

Consciente qu'ils étaient seuls dans la cuisine, elle recula. Il était clair que cet agent fédéral constituait un danger bien réel pour sa stabilité émotionnelle et mentale.

— Avez-vous demandé à Franny pourquoi elle avait fait appel au FBI ?

— Oui.

— Et cela vous ennuierait-il de me dire ce qu'il en est ?

— Elle a essayé d'entrer en contact avec votre amie commune, Layla, et n'est pas parvenue pas à la joindre.

Il tamponna sa pommette avec le lait.

— Elle n'a pas répondu à ses SMS, et ses appels ont atterri directement sur sa boîte vocale.

— Ce n'est pas inhabituel… Il arrive à Layla de disparaître pendant quelques jours. Ce n'est pas une raison suffisante pour ameuter le FBI.

Brooke le considéra d'un air suspicieux.

— Vous ne me dites pas tout, n'est-ce pas ?

— Les craintes de Franny semblent être liées à ce qui est arrivé voilà douze ans.

Elle n'avait pas du tout envie d'entendre ça, mais elle devait en avoir le cœur net.

— Allez-y, je vous écoute.

— Attendez ! intervint Franny, faisant irruption dans la pièce.

Elle lança un poncho en direction de Sloan et regarda Brooke.

— En fait, c'est idiot… Ça va beaucoup mieux maintenant, et je ne veux pas que tu t'alarmes pour rien.

Trop tard. Tous les voyants de Brooke étaient désormais en alerte rouge. Elle devait tirer cette histoire au clair avant de rentrer chez elle.

— Dis-moi ce qui s'est passé.

— Ça va, Brooke ? Tu as l'air un peu fébrile.

— Elle a raison, renchérit Sloan. Vous devriez vous asseoir.

Comme si elle avait besoin des conseils d'un agent fédéral à demi nu !

— Vous voulez bien nous excuser un moment ?

Sans attendre sa réponse, elle entraîna Franny dans la chambre, tout aussi encombrée que la pièce de vie, et referma la porte. Craignant de s'évanouir, Brooke s'assit sur le bord du lit défait, s'efforçant de ne pas penser que le matelas devait être un vivier à bactéries et autres acariens. Elle s'obligea à respirer lentement, luttant pour ne pas se laisser happer par le tourbillon d'émotions qui se bousculaient en elle.

Franny s'installa à côté d'elle.

— J'avais peur de ta réaction… C'est pour ça je ne t'ai pas appelée. Je me suis dit que Gimbel pourrait se pencher sur la question et me rassurer.

Mais Gimbel était parti en retraite.

— Quelle question ? Le fait que Layla ne t'ait pas répondu ?

— Oui, mais… pas seulement. Depuis quelques jours, peut-être une semaine, je reçois des appels d'un numéro inconnu.

— Et ?

— Je ne sais pas. Ils étaient… bizarres.

Obtenir des informations de Franny équivalait à éplucher un artichaut, feuille après feuille. Brooke tourna la tête et planta le regard dans les yeux bleus de son amie, d'un bleu presque identique aux siens.

— Bizarres en quel sens ?

— Il y en a un ou deux sur ma boîte vocale. Je peux te les faire écouter si tu…

— Plus tard, peut-être, coupa-t-elle, ne voulant pas perdre plus de temps qu'il n'était nécessaire. Pour le moment, contente-toi de me les décrire.

Soit il y avait une raison de s'inquiéter, soit ce n'était pas le cas.

— C'était… un murmure rauque, dit-elle, baissant les yeux et se mordant la lèvre. Il a dit que les petites demoiselles qui désobéissaient seraient punies.

Le terrible avertissement – celui qu'elle avait souvent entendu autrefois – déclencha une alarme stridente dans l'esprit de Brooke. *Non, non, non, je ne veux pas me rappeler.*

— Quoi d'autre ?

— Mon doigt.

Elle éleva sa main gauche. Celle dont l'auriculaire avait été sectionné à la deuxième phalange.

— Il a demandé si mon petit doigt me manquait.

— Ce n'était pas lui, réfuta fermement Brooke. Martin Hardy est en prison pour le restant de ses jours. Il ne pourra plus jamais te toucher.

— C'est ce que dit Sloan. Et il m'a promis de vérifier que les autres allaient bien. C'est pour ça que je voulais que tu viennes le voir.

À travers les larmes qui brouillaient sa vision, elle se força à produire un sourire mal assuré.

— Il est sacrément bel homme, non ?

— Je n'ai pas vraiment fait attention.

— Oh que si. Je t'ai vue rougir tout à l'heure.

Brooke fit la grimace et quitta le lit pour faire les

cent pas sur la portion de sol qui n'était pas jonchée de vêtements. Récemment, quelques incidents curieux s'étaient produits chez elle également. Deux fois au cours de la semaine précédente, l'alarme de sa voiture s'était déclenchée alors qu'elle était garée dans son garage. Elle n'avait pas trouvé d'explication, mais cela ne lui avait pas paru autrement menaçant… jusqu'à maintenant.

— Y a-t-il eu autre chose que les appels téléphoniques ?

— Est-ce que je dois m'inquiéter ?

— Je ne sais pas.

— Tu crois que c'est un imitateur ? s'alarma Franny, sa voix s'envolant soudain dans les aigus. On a parlé de notre histoire dans les journaux, à la télévision. Et il y a ce type qui veut nous réunir toutes les six pour tourner une suite à son film.

— Ce documentaire ne se fera pas.

Elle avait juré de traîner en justice quiconque essaierait de tirer profit de la tragédie qui les avait frappées.

— Tant qu'on n'en sait pas plus, il vaudrait mieux que tu t'installes chez moi.

— Pourquoi ?

Ne voulant pas contrarier Franny en réitérant ses critiques, Brooke se garda de mentionner le manque de sécurité de son appartement, les fenêtres dépourvues de rideaux laissant les pièces ouvertes à la vue de tous et le fait que tous les chats du voisinage pouvaient entrer chez elle comme dans un moulin. Cet endroit était tout sauf sûr.

— Si, vraiment, quelque chose ne va pas, mieux vaut que nous restions ensemble.

La sonnette tinta, et elle entendit l'agent Sloan traverser la pièce.

— J'y vais ! lança-t-il.

Rassurée par le fait qu'un agent fédéral armé se trouve

dans la pièce principale, elle se leva et incita Franny à faire de même.

— Où est ta valise ?

— Je n'ai pas envie de la faire. Je suis vraiment obligée ?

— Aucun problème. J'ai tout ce qu'il te faut à la maison.

Aiguillonnée par une motivation nouvelle et désormais focalisée sur l'idée de se retrouver chez elle, *à l'abri,* elle poussa son amie vers la porte.

— Prends tes clés et filons d'ici.

Mais, dans la pièce de devant, Brooke fut stoppée dans son élan par Sloan et deux officiers en uniforme. Avec son holster à sa ceinture et le poncho trop petit de Franny drapé sur les épaules, Sloan avait l'air d'un hors-la-loi un peu dérangé. Elle se demanda quelle explication il avait fournie aux policiers dépêchés par le 911 pour justifier sa tenue.

Elle consulta sa montre. Il s'était écoulé trente-trois minutes depuis qu'elle avait composé le numéro des secours. S'il s'était agi d'une attaque par un tueur fou, elles seraient mortes maintenant. Néanmoins, elle remercia les officiers de s'être déplacés et présenta ses excuses pour la fausse alerte.

À Sloan, elle déclara :

— J'emmène Franny chez moi. Elle y sera plus en sécurité. Allez-vous enquêter sur ces coups de fil qu'elle a reçus ?

— Oui, bien sûr, répondit-il d'un ton bref.

— Très bien. Vous aurez la gentillesse de me tenir informée.

Franny les rejoignit, avec à la main un sac-poubelle en plastique noir dans lequel elle avait à la hâte jeté toute la verroterie qui encombrait la table. Ses craintes semblaient s'être envolées. Elle arborait un sourire rayonnant. Brooke envia la résilience de son amie, même si elle ne croyait pas tout à fait à cette mine épanouie.

Avant qu'elles aient eu le temps de filer, l'un des officiers en uniforme s'avança d'un pas.

— Je vous reconnais, dit-il en agitant l'index. Les cheveux noirs, les yeux bleus… Vous êtes deux des poupées Hardy.

Les émotions que Brooke avait réussi à garder enfouies en elle remontèrent d'un coup à la surface. Tous ses muscles se tendirent. Douze ans plus tôt, six jeunes filles – toutes brunes, avec de grands yeux bleus et tristes – avaient été enlevées des familles d'accueil chez lesquelles elles vivaient par un psychopathe nommé Martin Hardy. Il les avait retenues en captivité dans une maison isolée, en montagne, où elles avaient été malmenées, droguées, affamées et brutalisées. Il leur avait fait des choses innommables.

— Oui, c'est bien ça, les poupées Hardy, répéta le policier. Je ne me trompe pas, n'est-ce pas ?

Elle exécrait ce surnom dégradant dont les avait affublées la presse. *Les poupées Hardy…* Cela sonnait comme le nom d'un groupe de rock ou d'une équipe de foot. Un joli sobriquet pour faire oublier la cruelle réalité qui avait été la leur et que chacun avait du mal à regarder en face – le fait qu'elles avaient été des enfants abandonnées qui n'avaient manqué à personne et que personne n'avait réclamées. Livrées à elles-mêmes, elles avaient dû se tirer d'affaire seules.

— Si, vous vous trompez. Nous ne sommes *pas* des poupées. Nous ne l'avons jamais été et nous ne le serons jamais.

Sans un mot de plus, elle pivota sur ses talons et marcha droit vers la porte d'entrée, furieuse. *Je n'aurais jamais dû sortir de chez moi.*

2

La veille, quand Brooke avait quitté l'appartement de Franny avec perte et fracas, Sloan n'avait pas commis l'erreur de penser qu'elle fuyait. Sa motivation n'avait pas été la peur, mais la colère. Si elle était partie si vite, c'était pour éviter le conflit, ce dont il lui savait gré. Car, sauf erreur de jugement de sa part, Brooke Josephson était une adversaire redoutable qui aurait été capable d'étriper ce flic indélicat, à la langue trop bien pendue.

Histoire de vérifier si son intuition était juste et d'en apprendre un peu plus sur la victimologie des jeunes femmes qui avaient été kidnappées, il rendit visite à George Gimbel en milieu de matinée. Dans la maison de l'agent fédéral en retraite, située sur les hauteurs, à l'ouest de la ville, les deux hommes prirent place dans des fauteuils à bascule sur sa terrasse, des tasses de café à la main, contemplant les poulets qui picoraient non loin de là en liberté, hors du poulailler. Une jument alezane à l'ensellure marquée et dont le gros ventre semblait imiter la bedaine de son propriétaire paissait paisiblement dans le corral qui jouxtait la petite écurie. Même si Sloan distinguait la cime des gratte-ciel de Denver au loin, ce cadre bucolique lui donnait l'impression d'avoir été catapulté des années en arrière, à l'époque du vieil Ouest mythique.

Gimbel ôta son chapeau de cow-boy et passa la main dans ses cheveux gris en bataille.

— Depuis douze ans, il ne s'est pas écoulé un jour sans que je pense à ces jeunes femmes. Je n'ai jamais pu me défaire de l'impression que nous n'en avons pas fait suffisamment pour elles.

Sloan avait lu tout ce qu'il y avait à lire sur l'affaire.

— D'après le dossier, vous semblez avoir exploré toutes les pistes.

— Oh ! ça, oui. Toutes les cases de tous les formulaires ont été dûment cochées. Mais pour ce qui est d'une enquête, une vraie ? *Nada,* dit-il en élevant la main pour former du pouce et de l'index un cercle qui voulait dire zéro. Elles ont été enlevées les unes après les autres, sur une période de quatre ou cinq mois. Qu'a fait la police pendant tout ce temps ? Où était le FBI ? On s'est plantés, Sloan. Et pourquoi ? Eh bien, parce que ces gamines… Toutes les six étaient des enfants – ou des adolescentes – placées en familles d'accueil. Tout le monde a pensé à des fugues.

Beaucoup trop souvent, les victimes passaient entre les mailles du filet. Ces femmes avaient été kidnappées dans différentes maisons, dans des secteurs aussi éloignés que Colorado Spring, au sud, et Cheyenne, Wyoming, au nord. Elles ne se connaissaient pas et il ne semblait y avoir eu aucun lien entre elles… excepté un, que Sloan décida d'évoquer :

— Si un enquêteur avait eu en main toutes leurs photos, il n'aurait pas manqué de noter les similitudes physiques et il y aurait regardé de plus près.

— C'est exactement ce qu'a été la réaction du grand public quand les médias se sont emparés de l'affaire… elle a défrayé la chronique. Certaines des victimes ont été traumatisées de se retrouver projetées ainsi sous le feu des projecteurs.

— Comme Brooke.

— Ah… Je n'en suis pas si sûr. Elle est difficile à cerner, répondit Gimbel.

Sloan se rappela ses mains tremblantes, sa respiration rapide, son regard vigilant, perpétuellement à l'affût.

— Dès l'instant où j'ai ouvert la porte, chez son amie, j'ai eu le sentiment qu'elle était au bord de l'attaque de panique.

— Mais elle n'en a pas eu.

— Oh ! ça, non. Elle m'a aspergé de gaz lacrymogène et a essayé de m'achever d'un coup de pied dans les parties génitales.

Gimbel étouffa un éclat de rire.

— Brooke évite la confrontation, mais, mise au pied du mur, elle ne recule devant rien.

— Comment l'affaire a-t-elle atterri entre les mains du FBI ?

— Quand les filles se sont échappées, elles sont allées voir la police de Jefferson County, qui a immédiatement compris qu'il s'agissait d'enlèvements – quelque chose d'énorme. Comme deux États – le Colorado et le Wyoming – étaient concernés, le comté de Jefferson a été trop heureux de refiler le bébé au FBI… c'est comme ça que j'en ai hérité.

Gimbel secoua la tête et se pencha en avant, les bras croisés sur l'estomac.

— Je n'oublierai jamais la première fois que je les ai vues, toutes les six. Toutes maigres, avec leurs cheveux noirs et leurs yeux bleus. Elles se ressemblaient tant qu'on aurait pu les prendre pour des sœurs – d'ailleurs, deux d'entre elles sont de vraies jumelles.

— Les poupées Hardy, souligna Sloan.

— C'est l'étiquette que leur ont collée les médias. Brooke détestait ça, et je la comprends. Si cette fille était une poupée, ce serait une figurine d'action, croyez-moi. Il faut être sacrément coriace pour avoir tenu bon comme elle l'a fait pendant toute sa captivité – et sacrément maligne pour avoir orchestré son évasion et la libération des cinq autres.

Sloan acquiesça. Les témoignages de ses amies attestaient combien toutes respectaient Brooke. La description de leur évasion montrait un haut niveau de planification de la part de l'adolescente de quatorze ans. Curieusement, Brooke elle-même avait été très peu loquace, s'en tenant à des réponses succinctes au motif qu'elle « ne se rappelait pas ». Une femme complexe, qui, à bien des égards, le fascinait.

— C'est elle qui a pris les choses en main bien qu'elle ne soit pas l'aînée.

— En effet, affirma Gimbel. Layla avait seize ans.

— Layla Tierney est la raison pour laquelle j'ai repris l'affaire. Quand Franny a commencé à recevoir des appels menaçants, elle a pris contact avec les autres pour savoir si elles avaient été la cible d'intimidations similaires. Et elle n'a pas réussi à joindre Layla.

— Il lui arrive de disparaître de temps à autre, dit Gimbel. Mais Brooke saura où la trouver.

Sloan se félicita d'avoir une raison supplémentaire de reprendre contact avec elle.

— Merci du conseil. La victimologie est encore nouvelle pour moi. Ma formation était plutôt axée sur les criminels et les psychopathes.

— Il y a trois mois, quand vous avez été affecté au bureau de Denver, des échos me sont parvenus : tout le monde s'est félicité de votre arrivée.

Gimbel marqua une courte pause avant d'ajouter :

— Vous êtes, paraît-il, en train de terminer un doctorat en psycho-criminologie, c'est bien ça ?

Sloan hocha la tête.

— Je travaille à la finalisation de ma thèse.

— Pour être tout à fait franc, ce qui m'impressionne surtout, moi, c'est que vous ayez servi dans la marine.

— C'est ce qui m'a permis de payer mes études universitaires.

Ce n'était ni par patriotisme ni par sens aigu du devoir qu'il avait rejoint l'armée, mais il avait plus appris pendant son service qu'il ne l'aurait cru possible. Son père lui avait dit que la marine américaine lui apprendrait à être un homme. Et, sur ce point, il avait eu raison.

— Je n'ai jamais fait partie de l'armée, reprit Gimbel. Mais j'imagine que j'ai payé mon tribut par mes vingt-sept ans de carrière au service du FBI.

Sloan quitta son siège et s'approcha de la clôture pour regarder les poulets, évitant de croiser le regard de Gimbel. Il ne voulait pas que leur entretien vire à la confrontation entre le vétéran grisonnant et le jeune diplômé aux dents longues. Non qu'il soit un gamin, à l'âge de trente-deux ans.

— Je n'ai que quelques années d'expérience sur le terrain, déclara-t-il. Donc, me retrouver face à six victimes qui ont, chacune, développé leur façon propre de surmonter le traumatisme est compliqué, pour ne pas dire plus. Vos lumières me seraient d'un grand secours.

— OK. Allons-y, acquiesça Gimbel.

— Il ressort de vos notes qu'elles sont toutes passées par une phase de stress post-traumatique plus ou moins prononcé.

— Oui, pas besoin d'un doctorat pour comprendre ça, commenta Gimbel, qui eut la décence de ne pas ricaner. Dites-moi quel profil vous avez dressé de Franny.

Sloan n'aimait guère poser un diagnostic à l'emporte-pièce, mais il n'avait pas le temps d'analyser son sujet. Contrairement à la thérapie, le profilage tirait des conclusions relativement générales.

— Le fouillis qui règne chez elle et divers aspects

immatures de son comportement évoquent un trouble du déficit de l'attention – un TDA. Elle dissimule ses sentiments sous une apparente gaieté, une jovialité de façade suffisamment crédible pour tromper son monde, mais, intérieurement, elle a tendance à tout dramatiser.

L'ex-agent spécial hocha la tête en signe d'approbation.

— Bien vu.

— Le fait de n'avoir pu joindre Layla n'aurait pas dû l'alarmer à ce point, mais Franny était déjà extrêmement agitée à cause des appels anonymes.

— Parlez-moi de ces appels.

— Ils faisaient allusion à sa période de captivité, répondit Sloan. Mais tout ce qui a été dit avait été révélé par la presse.

— Vous avez vérifié le numéro ?

— Oui, mais il s'agissait d'un téléphone prépayé. Même le plus abruti des pervers utilise désormais un appareil jetable.

— Mais vous avez pris la peine de vous en assurer, ce qui est une bonne chose.

Sloan se félicita de ne pas avoir d'entrée de jeu rejeté la plainte de Franny. Comme Gimbel l'avait souligné, le système judiciaire et policier n'avait pas été à la hauteur à l'époque de la disparition de ces jeunes femmes. Il ne serait pas celui qui leur ferait une nouvelle fois défaut.

— Je vois deux possibilités, reprit-il. La première, c'est que Franny est la cible d'un ex-codétenu admirateur de Martin Hardy – auquel cas on a affaire à un imitateur qui mérite qu'on s'intéresse à lui mais qui n'ira probablement pas au-delà de quelques appels téléphoniques. L'autre scénario, plus dérangeant, indiquerait qu'il existe des questions non résolues en lien avec le crime initial. Dans vos rapports, vous mentionniez d'autres hommes, des connaissances de Hardy, qui pourraient avoir participé aux enlèvements…

— Ce ne sont pas les tordus qui manquent, grommela Gimbel. J'espère que les craintes de Franny sont infondées, mais vous ne pouvez pas prendre ce risque. Votre travail, c'est de les protéger.

— Comme vous-même l'avez fait.

— Ça, c'est sûr, du mieux que j'ai pu, déclara Gimbel. Je voulais m'assurer qu'on ne les remettrait pas dans le circuit de placement en familles d'accueil. Je leur ai trouvé un avocat pour veiller sur leurs intérêts. Je vous donnerai son nom.

Gimbel se révélait être une source d'information très intéressante. Sloan croisa les bras et se cala contre la clôture.

— Parlez-moi de Brooke.

Après un déjeuner tardif, Sloan gara son SUV devant la maison de Brooke. Avec ses murs de stuc blanc étincelant et son toit de tuiles rouges, à l'image de quelques autres de ce quartier à la grande diversité architecturale, elle était de style colonial espagnol. La bâtisse à un étage était entourée d'une pelouse soigneusement tondue, d'arbustes bien taillés et de massifs de fleurs multicolores. Et l'endroit était bien protégé. Il avait remarqué deux caméras de surveillance, l'une au-dessus de l'entrée et l'autre au-dessus du garage. Une grille en fer forgé au motif très travaillé protégeait la porte d'entrée et les fenêtres arrondies de l'étage.

Lorsqu'il sortit de la voiture, la chaleur du mois d'août lui sauta au visage tel le souffle brûlant d'un haut-fourneau. Il ajusta sa cravate à rayures, lissa les plis de sa veste en lin, mesurant ses gestes pour ne pas se présenter chez elle en nage. Il était impatient de revoir Brooke. Sa personnalité – impossible combinaison de feu et de glace – le fascinait.

Non que leur relation puisse être autre que professionnelle. C'était un témoin, peut-être une victime, et il convenait donc de garder ses distances. S'il était ici, c'était pour tenter de déterminer par où commencer dans cette affaire aux intrications multiples. Outre les appels anonymes à Franny, des menaces avaient été formulées contre les autres femmes. Il avait besoin du point de vue objectif et sensé de Brooke pour démêler le vrai du faux et comprendre la situation. Et, avant toute chose, il devait localiser Layla.

À peine eut-il sonné que Franny ouvrit la porte et se jeta dans ses bras. Après de grandes effusions – au temps pour la distance professionnelle ! – elle s'écarta d'un coup de lui. Cette jeune femme, avec son trop-plein d'énergie et d'enthousiasme, le faisait penser à un jeune chiot cherchant à se faire cajoler.

— Salut, lança-t-elle gaiement. Vous avez fait vite pour entrer en contact avec tout le monde. Elles m'ont toutes appelée… sauf Layla.

— Vous disiez que Brooke saurait où la trouver.

Franny l'attrapa par la main et l'entraîna dans un hall au plafond cathédrale avec un sol en tommettes et un escalier incurvé sur la droite. En comparaison de la température extérieure, il faisait frais dans la maison. C'était comme s'il venait de pénétrer dans un vallon ombragé au cœur d'une forêt parfaitement organisée.

— Elles font vraiment la paire, dit Franny. Brooke et Layla, je veux dire. Elles sont toutes les deux intelligentes, cartésiennes et, disons… hyper-méthodiques, vous voyez.

Il sourit. La description sommaire de Franny correspondait à l'analyse plus technique que Gimbel avait faite des TOC que pouvait engendrer un stress post-traumatique.

— Elles aiment que les choses soient en ordre, traduisit-il.

— Et je les rends folles, confia Franny.

Une sirène d'alarme se mit à hurler, et Franny se précipita vers un clavier, à côté de la porte, sur lequel elle se mit à pianoter au hasard.

— Zut ! J'ai oublié de la désactiver. Oh mon Dieu, ça transperce les oreilles ! Est-ce que vous pourriez m'aider ?

Brooke s'avança au pas de charge du fond du hall.

— Écarte-toi de là.

Franny fit un bond de côté, et Brooke composa le code de désactivation. Elle plaça un téléphone portable dans la main de Franny.

— La société de sécurité va appeler et demander si nous avons besoin d'aide. Tu te souviens de ce que tu es censée répondre ?

— Le code convenu, dit-elle. Le titre de la vieille chanson country, *Happy Trails to You.*

— Et ensuite ?

— Ils vont me demander de répéter mais, cette fois, je dois dire : « Un *z* qui veut dire Zorro. »

Lorsque Franny s'éloigna pour répondre à l'appel de la société de sécurité, Brooke se tourna vers lui.

— Bonjour, agent spécial Sloan. Vous ne m'avez pas dit que vous comptiez venir quand vous m'avez appelée.

— Je craignais un peu que vous ne barricadiez la porte.

Un soupçon de sourire incurva le coin de sa bouche pulpeuse. Si jamais il lui arrivait de rire vraiment, songea-t-il, elle devait avoir des fossettes.

— Compte tenu de notre précédente rencontre, je comprends, répondit-elle.

C'était la version décontractée de Brooke Josephson. Sa tension disparue, elle semblait être totalement maîtresse d'elle-même, sans doute parce qu'elle était chez elle. Bien à l'abri dans son repaire, Brooke pouvait se relaxer et se mettre à l'aise. Elle avait les pieds nus et portait une chemise bleu marine sur un bermuda blanc. Ses cheveux noirs cascadaient librement sur ses épaules.

Certes, il aurait pu s'autoriser à admirer quelques instants ses traits harmonieux – le nez droit, le front large, l'arcade sourcilière bien dessinée et le menton légèrement pointu –, mais il préféra en venir au vif du sujet. Plongeant la main dans la poche intérieure de sa veste bleue, il en sortit un petit carnet à spirale.

— Je sais que vous n'aimez pas perdre de temps, donc j'ai dressé une liste.

— Efficace, souligna-t-elle avec un petit hochement de tête approbateur. Voulez-vous boire quelque chose ? Un jus de fruits ? De l'eau ?

— Un verre d'eau, ce sera très bien, merci.

Franny reparut dans le hall et rendit le téléphone à Brooke.

— Voilà, mission accomplie. C'est la troisième fois, donc je crois que je commence à prendre le coup.

Il lui décocha un bref sourire.

— Je peux vous poser une question ?

— Allez-y, feu ! répondit-elle, mimant le geste d'un cow-boy justicier dégainant son colt à la vitesse de l'éclair – image assez peu crédible compte tenu de son physique de lutin.

— Vous avez ouvert la porte à la seconde où j'ai sonné. Vous regardiez par la fenêtre ?

— Oh ! nous sommes beaucoup plus techniques que ça.

Avec un gloussement amusé, elle prit une tablette sur une sellette en bois au-dessous de l'escalier. Franny entra un code et lui montra un écran divisé en quatre fenêtres montrant chacune une vidéo différente.

— Ce que vous voyez, ce sont les vidéos filmées en direct par les trois caméras extérieures et celle du bureau. Je vous ai vu vous garer et vous avancer jusqu'à la porte.

— Impressionnant, murmura-t-il.

— Cela peut sembler excessif, intervint Brooke. Mais je travaille à la maison et j'ai pas mal de matériel électronique de prix à protéger.

— Ne vous justifiez pas. J'adore tous ces trucs high-tech.

— Pourtant, vous travaillez avec un carnet à spirale.

Pas très subtil, comme pique. Sa tentative de lier amitié en feignant un intérêt commun pour l'informatique et l'électronique avait fait flop. Il réprima l'envie d'expliquer sa relation problématique avec les ordinateurs. Lui fournir trop d'informations aurait été lui donner l'avantage et il devait garder la main. Un silence inconfortable s'installa.

— Waouh, dit Franny. Je sens qu'il se passe quelque chose entre vous deux. Je veux dire, c'est… électrique. Je vais vous laisser… Soyez sages.

Il la regarda grimper l'escalier quatre à quatre.

— Je sais qu'elle a un mode de fonctionnement qui lui est très personnel mais, tout de même, là…

— Franny s'est mis en tête que vous et moi avions des points communs et que nous devrions sortir ensemble. Je lui ai expliqué que c'était inenvisageable – d'un point de vue déontologique, mais…

— Elle s'en moque.

— Complètement.

Il suivit Brooke tandis qu'elle passait devant le séjour, impeccable, décoré dans les tons ocre du Sud-Ouest puis empruntait un corridor menant à la cuisine. Les placards aux façades noires laquées et les plans de travail en marbre poli étaient nets et organisés. La vie de Brooke était minutieusement chorégraphiée jusque dans les moindres détails.

— J'ai une question qui n'est pas consignée dans mon calepin, dit-il. Franny et vous avez des modes de vie et des tempéraments très différents, pour ne pas dire aux antipodes l'un de l'autre. Comment vous accommodez-vous de ses travers lorsqu'elle réside chez vous ?

— On a passé un accord, répondit-elle. Les chats sont interdits dans la maison. Et son fatras doit rester confiné dans la chambre d'amis qu'elle occupe à l'étage et dans la salle de bains attenante.

— Et elle respecte ces règles ?

— Pas toujours, mais je ne peux pas lui en vouloir de vivre sa vie comme elle l'entend. Je suis comme le clown qui ferme la procession à la fin d'un spectacle de cirque : je suis la parade de Franny et je nettoie les dégâts que la tornade a laissés dans son sillage tandis qu'elle défilait, juchée sur son éléphant paré de bijoux.

Sa comparaison le surprit. Il ne se serait pas représenté Brooke dans la peau d'un clown. Jouer les dupes pouvait pointer un problème d'estime de soi, mais ce qu'il jugeait intéressant, c'était le fait qu'elle soit prête à mettre en veilleuse ses critères de propreté pour quelqu'un qu'elle aimait. Elle aimait l'ordre, mais elle n'était pas totalement psychorigide.

Elle prit deux verres bleus sur une étagère au-dessus de l'évier et les remplit d'eau purifiée par une carafe filtrante conservée au réfrigérateur.

— Alors ? Par quoi comptez-vous commencer ?

Il se fit un point d'honneur de plonger le nez dans son carnet à spirale.

— Au téléphone, vous m'avez dit que l'alarme de votre voiture s'était déclenchée alors qu'elle se trouvait dans votre garage. Maintenant que je connais les mesures de sécurité dont vous vous êtes entourée, je me demande comment cela a pu se produire.

— Je ne sais pas.

Depuis l'autre côté de l'îlot central, elle fit glisser le verre dans sa direction.

— J'ai tout vérifié. Rien n'était tombé d'une étagère sur la voiture. Toutes les serrures étaient verrouillées.

— Et vos caméras de surveillance n'ont détecté aucune intrusion ?

Elle secoua la tête.

— La seule explication que j'ai trouvée, c'est qu'il a dû y avoir un hic quelque part… Je ne suis pas experte en mécanique automobile ni en systèmes d'alarme.

Les autres avaient toutes également fait état d'incidents similaires, sans conséquence. L'une d'elles s'était crue suivie par un homme. Une autre avait constaté que des effets personnels avaient disparu de chez elle, mais elle n'était pas absolument certaine de ne pas les avoir elle-même égarés. Celle qui avait quitté Denver et déménagé à Las Vegas avait indiqué avoir été approchée à trois reprises par un documentariste.

Il jeta un coup d'œil à sa liste.

— Y a-t-il eu d'autres incidents ?

— Pas récemment, non. Les gens ont tendance à vouloir nous approcher… comme si nous étions des célébrités.

La colère s'immisça dans sa voix.

— Dans les jours qui ont suivi notre évasion, l'attention des médias s'est focalisée sur nous. Ça n'a pas été sans conséquence. Les gens se sont crus autorisés à nous appeler au téléphone, nous écrire ou nous intercepter dans la rue comme si nous étions de vieilles connaissances. Ce n'était pas menaçant à proprement parler, mais c'était un comportement intrusif. J'ai détesté ça.

— Gimbel m'a dit qu'il vous avait mis en relation avec un avocat.

— Tom Lancaster, oui, répondit-elle. Pouvoir brandir sa carte s'est avéré bien utile pour éloigner les indésirables. Et il nous a assistées dans bien des démarches. Il a créé un fonds en notre nom pour gérer différentes donations. Nous avons reçu suffisamment d'argent pour financer les études de Franny et des jumelles dans des écoles privées.

— Et vous ? Après votre évasion, vous n'êtes pas retournée au lycée ?

— Non. Il était hors de question pour moi d'être regardée comme une bête curieuse. J'ai obtenu mon diplôme d'équivalence d'études secondaires et me suis inscrite à l'université locale. Layla a suivi le même cursus puis a entamé des études de droit. Après l'obtention de son diplôme, elle a préparé l'examen du barreau.

D'après Gimbel, le parcours de Brooke à l'université avait été rapide et brillant. Elle s'était vu octroyer des bourses d'études et avait obtenu son diplôme de commerce avant l'âge de vingt ans. Après avoir été stagiaire dans une grande entreprise d'informatique, elle s'était établie en indépendante et travaillait à domicile dans le domaine de la transcription médicale et juridique.

— Layla et vous avez beaucoup en commun. Vous êtes toutes les deux intelligentes, volontaires et ambitieuses, et vous avez toutes les deux réussi professionnellement.

Elle repoussa une mèche de cheveux aile-de-corbeau de son visage et sourit.

— Vous êtes profileur, n'est-ce pas ?

— En passe de l'être, précisa-t-il. Je poursuis encore ma formation en psychologie.

— Eh bien, vous avez tapé dans le mille avec nous. À nous six, mes amies et moi représentons un éventail assez complet de tous les aspects de la maladie mentale.

Bien que désapprouvant le terme employé, il apprécia son attitude. La veille, elle s'était montrée beaucoup moins ouverte et détendue.

— Savez-vous comment joindre Layla ?

— J'ai déjà essayé. Hier, Franny et moi sommes passées chez elle. Ensuite, j'ai tenté de la joindre par liaison informatique. J'ai recommencé tout à l'heure, il y a environ trois heures… sans succès.

— Pouvez-vous refaire une tentative ?

— Bien sûr, suivez-moi jusqu'au bureau, dit-elle en le gratifiant d'un vrai sourire qui fit apparaître les fossettes. Je vais lui envoyer le *bat signal.*

Sloan lui emboîta le pas le long d'un corridor conduisant à une grande pièce avec un mur couvert de classeurs et trois stations de travail, équipées chacune d'un ordinateur et d'un fauteuil ergonomique. Une large baie vitrée, dotée d'une grille en fer forgé très ouvragée, ouvrait sur un jardin verdoyant et ombragé doté de deux pêchers et d'un potager.

Il alla se poster devant la fenêtre.

— Vous faites pousser vos légumes ?

— Gimbel m'a accusée de faire un jardin pour ne pas avoir à sortir de chez moi, dit-elle en se glissant derrière un ordinateur. Il a peut-être raison. J'adore n'avoir qu'à aller dans le jardin pour cueillir une salade. Et j'ai eu beaucoup de tomates cette année.

Il se posta derrière elle pour voir l'écran tandis que ses doigts agiles voletaient sur le clavier, cliquant sur des icônes et entrant des mots de passe.

— Je ne suis pas très doué en informatique, confia-t-il.

— Je l'avais deviné.

— Expliquez-moi ce que vous êtes en train de faire.

— Ce programme active une caméra de surveillance qui enregistre en temps réel l'intérieur d'un chalet en montagne que Layla et moi partageons. Nous sommes des solitaires toutes les deux. Parfois, on a besoin d'un endroit où se retrouver tout à fait seule.

Elle jeta un coup d'œil par-dessus son épaule.

— Layla s'en sert souvent pour étudier. Et, moi, j'aime bien aller y passer quelques jours pour décompresser après une période de travail intense.

— Mais vous ne voulez pas être complètement coupée du monde, d'où l'installation de ce système ? Comment l'avez-vous appelé… Le *bat signal* ?

— C'est une mesure de sécurité pour les cas d'urgence, expliqua-t-elle. Je ne suis pas sûre que la situation actuelle relève de l'urgence, mais je me sentirai mieux une fois que j'aurai vérifié.

Après avoir appuyé sur une dernière combinaison de touches, une image apparut sur le moniteur. Il vit une pièce aux murs lambrissés, avec un bureau, une cheminée et un lit. La seule lumière provenait d'une fenêtre.

— La voilà, commenta Brooke en pointant le lit.

— Cette connexion vous permet-elle de lui parler ?

— Bien sûr.

À haute voix, elle déclara :

— Layla… C'est moi. Réveille-toi.

— Vous pouvez zoomer ?

— Allez, espèce de marmotte, debout ! dit encore Brooke en pianotant sur son clavier.

Un gros plan de Layla emplit l'écran. Sloan nota immédiatement la décoloration de la peau juste au-dessus de l'encolure de la chemise de nuit. Ses joues étaient creuses. Et son immobilité n'était pas naturelle.

Il avait assisté à suffisamment d'autopsies pour savoir que cette femme ne répondrait jamais à Brooke.

3

Pétrifiée, Brooke contempla l'écran, refusant de croire ce qu'elle voyait. Layla, la belle Layla, était allongée sur le lit, la tête légèrement penchée sur la droite, vers la porte et la kitchenette. Ses cheveux noirs luisants étaient étalés sur l'oreiller, sa chemise de nuit rose était boutonnée jusqu'en haut, et ses longs doigts reposaient sur l'édredon à fleurs tendu à la perfection, croisés sur son abdomen. Le regard de Brooke s'arrêta sur l'anneau d'or tout simple qui scintillait à la main gauche de Layla – si longuement que les yeux se mirent à la piquer. *Oh ! non.*

Douze ans plus tôt, Layla avait été forcée de jouer la jeune épouse de Hardy. C'était le rôle qu'il lui avait assigné dans la démentielle caricature de famille qu'il avait créée. Nuit après nuit, il avait accompli son « devoir conjugal ». Au début, Layla avait crié et elle avait dû opposer une résistance acharnée parce que Brooke avait entendu des bruits de casse et avait dû panser ses blessures le lendemain.

Au bout d'un certain temps, Layla avait renoncé à lutter. Ses cris désespérés s'étaient transformés en sanglots étouffés. À la fin des sept mois qu'avait duré leur captivité, la voix de Layla ne résonnait plus du tout dans la nuit.

Brooke se cacha le visage dans les mains. Layla ne méritait pas de mourir prématurément – après l'enfer qu'elles avaient vécu. Elle avait travaillé si dur à la faculté de droit. Son rêve était de défendre les victimes qui avaient renoncé à tout espoir et n'avaient personne vers qui se tourner. Pourquoi elle ? Pourquoi ? Les mains de Brooke retombèrent. Parfois, la vie n'avait pas de sens.

D'une voix atone, elle déclara :

— Layla est morte.

— Nous n'en sommes pas absolument certains.

Sloan ne commit pas l'erreur d'essayer de la réconforter par un contact physique. Il garda ses distances, et elle lui en sut intérieurement gré. *Un homme avisé*. Elle sentait déjà en elle le chagrin se muer en rage et elle aurait été capable de se défouler contre n'importe quoi ou n'importe qui ayant l'idée malheureuse de se trouver en travers de son chemin.

— Je vais appeler le shérif.

— Je m'en occupe, dit Sloan. Donnez-moi l'adresse du chalet ou les indications pour y arriver.

Elle griffonna les informations sur une note adhésive.

— Il n'y a pas de clé de secours cachée au chalet et les fenêtres sont fermées, mais je leur saurais gré de ne pas fracturer la porte.

— Je transmettrai.

Il s'éloigna du bureau mais sans quitter la pièce. Allant et venant devant la porte, il gardait un œil sur elle, nota-t-elle. Le son de sa voix grave composait un doux murmure tandis qu'il passait divers appels. Elle l'entendit dire à quelqu'un d'aborder le chalet comme une scène de crime.

L'image, sur l'écran d'ordinateur, tremblota devant ses yeux, et elle se força à respirer à fond avant de faire un serment à Layla Tierney. *Justice sera faite, grande sœur. Je trouverai le salaud qui t'a fait ça et il paiera.*

Un flot d'adrénaline se déversa dans ses veines. *Une prise de conscience.* Cette sensation était différente de ses crises de panique ou de la tension nerveuse qui sapait son énergie et la paralysait. Elle se sentait forte, tout à coup, puissante, remplie d'une détermination sans faille. Elle ne pouvait plus rien pour Layla, mais elle veillerait à ce que le tueur soit arrêté et ne puisse plus nuire à qui que ce soit.

En quelques clics, elle ferma la session sur l'ordinateur. Si Franny entrait et tombait sur l'image de leur amie morte, elle serait dévastée. Brooke se leva et alla se poster devant Sloan, qui rangeait son téléphone dans sa poche.

— Je viens avec vous, décréta-t-elle.

— Je vous en prie, Brooke, asseyez-vous. Il faut que je vous pose quelques questions.

Restant debout, elle répondit :

— Nous ferions mieux de nous mettre en route.

— Vous avez essayé de joindre Layla au chalet hier. Quelle heure était-il ?

— Entre 16 h 30 et 16 h 45. Le chalet était vide.

— Bien. Et aujourd'hui ?

— C'était il y a trois heures environ, avant de préparer le déjeuner. L'une des jumelles m'a appelée et je lui ai dit que j'allais de refaire une tentative.

Elle ne s'était pas alarmée à ce moment-là. Au fil des années, son inquiétude avait décru et elle en était venue à croire qu'elles étaient toutes en sécurité désormais et qu'elles pouvaient mener des vies relativement normales. *Grave erreur, manifestement.*

— Tout est ma faute. Si je m'étais rendue au chalet ce matin, j'aurais pu empêcher que Layla ne soit tuée.

— Vous n'en savez rien.

— Compte tenu de l'heure à laquelle je l'ai appelée, elle doit avoir été tuée dans les trois heures qui se sont écoulées entre 11 h 30 et maintenant.

— Je déconseille les suppositions dans l'état actuel des choses, assena-t-il d'un ton à la fois ferme et exaspérant. Une enquête va être ouverte. Tant qu'il n'y a pas de preuves, on ne peut pas sauter aux conclusions.

— C'est pourtant évident.

— Réfléchissez, Brooke.

Plutôt que de prendre des gants pour s'adresser à elle, il semblait privilégier une approche directe.

— Avez-vous noté des signes de violence dans le chalet ?

— C'est normal qu'il n'y ait pas de sang si elle a été étranglée.

— Mais il n'y a ni ecchymoses ni égratignures sur ses bras et ses mains. On ne sait pas ce qui s'est passé. Ni quand c'est arrivé. On a besoin du rapport du légiste pour déterminer l'heure de la mort.

— Vous avez raison.

— Elle a pu être tuée ailleurs et transportée au chalet.

Brooke eut honte de ne pas avoir pensé à tout cela. Où avait-elle la tête ? Son intelligence paraissait l'avoir désertée juste au moment où elle avait le plus besoin d'être calme et concentrée. Sloan avait raison de la mettre en garde contre un raisonnement basé sur des hypothèses infondées. C'était bien pour ça qu'elle avait besoin de se rendre sur la scène de crime et de recueillir des informations.

— On devrait y aller, non ?

— À quand remonte la dernière fois que vous avez parlé à Layla ?

— Je peux vérifier dans l'historique de mon téléphone, mais je crois que c'était il y a quatre jours, lundi. Elle avait pris rendez-vous pour visiter un bien qu'elle envisageait de louer comme bureau et souhaitait que je l'accompagne.

Brooke s'assit derrière son bureau, afficha l'agenda sur l'écran de son mobile et lui montra le rendez-vous.

— Vous voyez… La visite était prévue demain matin, à 10 heures. Il faut que j'appelle pour annuler.

Décommander un rendez-vous auprès d'un agent immobilier pouvait paraître anodin, mais Brooke savait qu'elle passerait cet appel avant la fin de la journée. Elle était obligée de régler les détails. La vie continuait même si Layla était morte. Oh ! mon Dieu, c'était tellement injuste ! Les larmes lui piquèrent les yeux, et elle secoua la tête pour les refouler.

— Je suis prête. Il faut y aller maintenant.

— Je ne peux pas vous emmener, Brooke. Amener un témoin sur une scène de crime irait contre le règlement.

Il était malin. Il l'avait déjà suffisamment cernée pour employer l'argument le plus persuasif à ses yeux. Il savait qu'elle détestait ne pas agir en conformité avec les normes établies. Mais le besoin de venger son amie surpassait son habitude de colorier sans dépasser les traits. Il fallait qu'elle le convainque.

— Le rouge à lèvres, lâcha-t-elle de façon sibylline.

— Eh bien, quoi, le rouge à lèvres ?

— Layla porte une couleur très spécifique, Rosy Posey – la couleur qu'aimait Hardy. Jamais elle n'aurait choisi de mettre ce rose immonde de son propre chef. Et le mince anneau d'or à son doigt… Il est pratiquement identique à l'alliance que Hardy l'obligeait à porter.

Elle aussi pouvait être directe lorsque c'était nécessaire.

— J'en sais plus que quiconque sur Layla et sur tout ce qui nous est arrivé. Vous avez besoin de moi. Je peux être un atout précieux pour votre enquête.

— Je vous promets de vous informer de tout ce que j'aurai découvert. Mais il faut que vous restiez ici, en sécurité. Il vaudrait peut-être mieux, d'ailleurs, que vous, Franny et les autres soyez placées sous protection.

— Je ne verrai pas d'objection à ce qu'une voiture

de patrouille se poste devant la maison et garde un œil sur Franny.

— Considérez que c'est chose faite.

— Mais *j'irai* au chalet, que ce soit avec ou sans vous.

Elle prit une petite clé dans la boîte en bois rectangulaire, déverrouilla le tiroir inférieur droit de son bureau et en sortit un Glock 42 rangé dans son holster.

— À vous de décider, Sloan.

Il s'approcha du bureau et ne s'arrêta que lorsqu'il fut assez près pour n'avoir qu'à tendre la main pour lui ôter l'arme.

— Est-ce que vous avez un permis de port d'arme ?

— Je ne prends pas la possession d'une arme à feu à la légère, répondit-elle. Non seulement j'ai un permis, mais j'ai aussi toutes les certifications et les qualifications requises en tir de précision. D'ailleurs, j'ai un stand de tir au sous-sol pour m'entraîner.

Les sourcils de Sloan s'arquèrent et ses yeux gris s'arrondirent.

— Un stand de tir ? Chez vous ?

— Il est insonorisé, bien sûr.

Elle avait réussi à le surprendre et elle en tirait plaisir.

— Vous n'avez pas besoin d'une arme, dit-il. Quand nous arriverons là-haut, il y aura plusieurs policiers armés.

— Quand *nous* arriverons là-haut…, répéta-t-elle, notant l'emploi du pronom qui valait acquiescement. Merci. Je vous promets de ne pas vous gêner.

— J'ai comme l'impression que vous m'avez forcé la main.

Avant qu'il ne change d'avis, elle s'empressa de l'entraîner vers la porte d'entrée.

— Allons-y.

— Laissez votre pistolet ici.

Elle soupesa l'alternative. Elle se serait sentie plus en sécurité avec son arme, mais elle voulait mettre Sloan de son côté. Se montrer trop insistante pouvait être une erreur. Sagement, elle alla ranger le Glock dans son tiroir, referma celui-ci à clé et attrapa son sac banane.

— Vous ne voyez pas d'inconvénient à ce que je le prenne ?

— Non, pourvu que votre bombe de défense reste à l'intérieur.

Après qu'il eut demandé qu'une voiture de patrouille vienne stationner devant la maison et qu'elle eut couru à l'étage recommander à Franny de ne pas bouger, ils se mirent en route.

De la maison de Brooke au chalet, il fallait environ une heure et quart de route, un peu plus cet après-midi probablement en raison des encombrements. Si pressée qu'elle soit d'arriver, Brooke profita de ce laps de temps pour réfléchir à la situation.

Son premier instinct avait été de se lancer personnellement dans l'enquête même si elle savait bien qu'agir sur un coup de tête était souvent regrettable. Il était plus judicieux de faire confiance à la police et au FBI. Après tout, attraper les meurtriers, c'était leur travail. Ce serait Sloan probablement qui serait chargé de l'enquête et il paraissait très compétent.

Elle étudia son profil. Sa mâchoire carrée semblait témoigner d'une grande détermination, et elle espéra que ce trait de caractère s'avérerait, qu'il s'investirait à fond dans l'enquête et que cela aboutirait à l'arrestation du coupable. Mais elle n'était pas naïve au point de compter sur sa physionomie pour cerner sa personnalité. Le célèbre tueur en série Ted Bundy n'avait-il pas été séduisant ? Elle ne connaissait pas assez Sloan pour lui accorder sa confiance.

Quoique conduisant prudemment, il avait parlé au

téléphone en mains libres pendant tout le trajet. Ayant entré l'adresse du chalet dans son GPS, il suivait à la lettre les indications s'affichant sur son tableau de bord plutôt que de lui demander le chemin. Il croyait certainement agir de la façon la plus efficace, mais il se trompait. S'il lui avait demandé son avis, elle lui aurait montré un raccourci qui leur aurait évité les ralentissements coutumiers de la Sixième.

Sloan mit fin à l'appel en cours et tourna la tête vers elle.

— J'ai demandé à l'agent Gimbel de nous retrouver là-haut.

— Bonne idée.

Non seulement l'agent Gimbel avait travaillé sur leur affaire, mais elle serait heureuse de le revoir. Il incarnait à ses yeux une présence rassurante.

— J'ai un dernier coup de fil à passer.

— Je vous en prie. Prenez votre temps.

Brooke aurait de loin préféré être au volant. Elle n'avait jamais aimé être passagère mais, stoïquement, elle s'obligea à se renfoncer contre le dossier de son siège et savourer le courant d'air frais que la climatisation soufflait sur elle, bouche cousue. Lorsque Sloan obliqua brusquement sur la gauche, elle pinça les lèvres pour se retenir d'émettre une remarque. Elle ferma les yeux.

Se détendre était impossible. Dans sa tête, demeurait gravée l'image de Layla telle qu'elle s'était affichée sur son écran d'ordinateur. Brooke rouvrit brusquement les yeux. Comme elle détestait cette mémoire à haute définition ! *Pourquoi ne puis-je pas juste oublier ?*

Être cérébrale était une malédiction. Honnêtement, parfois, elle aurait préféré être idiote – heureuse et idiote. *Mais ce n'est pas tout à fait vrai, bien sûr.* Elle appréciait son intelligence. Le secret, c'était de savoir s'en servir à bon escient. Se souvenant de ce que Sloan avait dit à propos de détails qui pouvaient s'avérer être des indices, Brooke rappela délibérément à son souvenir ladite vision.

Exception faite du rouge à lèvres rose flashy, Layla semblait n'avoir pas porté beaucoup de maquillage, ce qui était généralement son cas. Elle se souciait rarement d'appliquer mascara et fond de teint, préférant le plus souvent avoir un visage net et les mains propres. Ses habitudes, en matière d'hygiène personnelle, étaient plus drastiques encore que celles de Brooke. La personne qui l'avait tuée avait-elle eu connaissance de cette caractéristique ? S'était-il assuré que ses cheveux étaient fraîchement lavés ? Ses mains, propres ? S'agissait-il de quelqu'un qui la connaissait bien ? Ou d'un harceleur qui la surveillait depuis longtemps ?

Elle avait besoin du profil du tueur. Et ça, c'était du ressort de Sloan.

— Il serait temps qu'on s'y mette, déclara-t-elle à haute voix, interrompant son appel téléphonique.

Il s'excusa brièvement dans le combiné et la regarda, les yeux ronds.

— Se mettre à quoi ?

— À cette enquête. À dresser ce profil. Il me faut une base, quelque chose à partir de quoi travailler.

Enfin, le SUV se retrouva sur une route dégagée tandis qu'ils approchaient des collines. En cette fin d'été chaud et sec, la végétation était jaunie par l'ardeur du soleil. Sloan mit à fin à sa conversation et raccrocha.

— L'exactitude d'un profil n'est jamais garantie. Il ne fait que fournir des paramètres d'ordre général sur le type de personnalité et de comportement.

— C'est ce qu'il me faut. Un paramètre, un point de départ.

— Vous pouvez m'aider, vous aussi, dit-il en lui lançant un regard en biais. Ça fonctionne à double sens. Je ne peux pas établir un profil détaillé à partir de rien.

Commençons par Layla… J'ai besoin d'en savoir plus sur elle.

— Quoi, par exemple ? répondit-elle en agitant la main, impatientée. Allez-y, posez-moi des questions.

— J'ai appris, en lisant les dossiers de Gimbel, qu'elle était orpheline et n'avait aucun proche.

— Comme moi.

Les données sociodémographiques étaient les mêmes les concernant. Elles étaient orphelines, mais la vie de Layla était beaucoup plus compliquée. Ses parents, des toxicomanes, étaient morts ensemble dans un accident de voiture alors qu'elle avait six ans. Brooke, elle, avait été abandonnée à la naissance – enveloppée dans une couverture et déposée devant une caserne de pompiers.

— On a toutes les deux eu une enfance difficile, mais on s'en sortait… jusqu'à ce qu'un psychopathe nous kidnappe. Allez, poursuivez.

— Je suis désolé, dit-il.

La douceur de sa voix la surprit. Elle ne s'était pas attendue à de la sympathie, ou de l'empathie – quel que soit ce dont il s'agisse. Ses défenses s'érigèrent d'un coup.

— On sera au chalet dans moins de vingt-cinq minutes. Qu'avez-vous besoin de savoir d'autre pour établir ce profil ?

— Parlez-moi de la vie sociale de Layla. Aimait-elle sortir, s'amuser ? A-t-elle eu beaucoup de petits amis ou y avait-il quelqu'un de spécial ?

— Les soirées et les boîtes de nuit, ce n'était pas son truc. Elle ne buvait pas, ne se droguait pas. Il y a deux ans, il y a eu cet étudiant en droit avec lequel elle a eu une relation sérieuse, mais il n'y a eu personne, récemment.

— Des sites de rencontre sur Internet ?

— Sûrement pas.

Comme elle, Layla gardait sa vie privée jalousement secrète.

— Je ne comprends pas toutes ces questions. Votre profil ne devrait-il pas se focaliser sur le tueur ?

— Tout part de la victime. Comprendre pourquoi le meurtrier s'en est pris à elle peut aider à construire son profil, à lui.

Suivant les indications du système GPS, il tourna à droite sur une route secondaire qui s'enfonçait dans la forêt de conifères.

— Il est peut-être évident pour vous que le tueur a un lien avec les enlèvements d'il y a douze ans, mais le cadre d'une enquête policière se doit d'être le plus large possible. Elle pourrait avoir été prise pour cible par un ancien camarade d'école.

— Dans ce cas, pourquoi lui aurait-on mis ce rouge à lèvres et cet anneau ?

— Spontanément, je serais tenté de répondre que c'est parce qu'il connaissait son histoire, mais il existe d'autres possibilités et il ne faut pas les négliger.

— Vous êtes rigoureux dans votre travail.

— Exact.

Elle hocha la tête d'un air approbateur.

— Je vais dresser la liste des hommes avec lesquels Layla est sortie au cours des dernières années. Et une autre, de ses contacts professionnels – des gens pour qui elle a travaillé, des camarades d'école, des professeurs et des mentors.

— Je veux aussi celle de ses médecins, psychothérapeutes, etc. Ah, et également le nom du juriste qui s'occupe de vos intérêts, dit-il. Et ce serait un plus si vous pouviez rassembler tout ça sur une clé USB afin que nous puissions disposer d'une base de données.

— Tous ces gens sont suspects, selon vous ?

— Nombre d'entre eux seront rapidement éliminés, mais mieux vaut toujours ratisser large.

— Vous pouvez éteindre le GPS, dit-elle. On est arrivés.

Le refuge privé que Layla et elle s'étaient offert pour pouvoir s'isoler du monde était niché au milieu des arbres, à flanc de colline. La route grimpait la côte, et l'allée se déroulait sous leurs yeux, sur le côté, avec, au bout, le chalet, cinquante mètres plus loin. Plusieurs véhicules dont une ambulance s'étaient garés à l'embranchement. Ils n'avaient pas roulé jusqu'à l'habitation.

Elle regarda le chalet devant lequel se tenaient deux hommes en tenue de shérif et un en costume, comme Sloan.

— Pourquoi ne sont-ils pas allés jusqu'à la maison ?

— Pour ne pas brouiller d'éventuelles traces de pas ou de pneus.

De nouveau, elle fut impressionnée par l'approche méthodique des forces de l'ordre. Elle déboucla sa ceinture et prit une grande inspiration, espérant calmer sa tension. Dans quelques minutes, l'image figée de l'écran d'ordinateur deviendrait réalité. Elle verrait Layla inerte. Les seuls morts qu'elle ait vus jusque-là s'étaient trouvés dans leur cercueil, à leur enterrement, ou exposés de façon scientifique en tant que cadavres lorsqu'elle avait suivi ce cours d'anatomie.

— Restez dans la voiture, lui intima Sloan.

Elle éprouva un soupçon de soulagement. Elle n'était pas lâche – loin de là –, mais elle préférait garder le souvenir de son amie bien vivante et souriante. Il lui avait fallu si longtemps pour gommer de son esprit l'image de son visage défait les lendemains de ses nuits en tant que « fiancée » de Hardy. L'idée de sa mort était pire encore.

Pourtant, Brooke ne pouvait pas lâcher pied.

— Pourquoi m'avoir amenée, dans ce cas ?

— Pour éviter que vous ne débouliez ici seule, insuffisamment préparée et prête à en découdre.

— Je ne suis *jamais* insuffisamment préparée.

Dans sa banane, un bip signala l'arrivée d'un SMS sur

son portable. Elle ignorait en général les textos quand elle était occupée. Mais elle s'inquiétait pour Franny.

Elle ouvrit le message et le lut – à deux reprises.

Calme-toi, Brooke, sinon ce sera toi la prochaine.

4

Voyant son visage se décomposer, Sloan lui prit le téléphone des mains et lut à son tour.

— « Calme-toi » ? Qu'y a-t-il derrière ces mots ?

— C'est ce que me disait tout le temps Hardy : « Calme-toi, Brooke. »

Elle croisa nerveusement les doigts sur ses genoux et contempla ses mains, yeux baissés.

— Vous croyez que le meurtrier nous observe ? Qu'il est suffisamment proche pour voir ce qui se passe ?

Il ne pouvait lui garantir qu'on ne pouvait pas surveiller ses faits et gestes à l'aide de jumelles ou d'un fusil à lunette. Ce secteur était densément boisé, et les collines étaient parsemées de gros rochers derrière lesquels un tireur pouvait s'embusquer.

— Je peux vous faire ramener chez vous.

— Non. Je *tiens* à rester, je dois bien ça à Layla.

Ses épaules se tassèrent comme elle luttait contre les larmes.

— Je ne me laisserai pas intimider par un stupide SMS.

— Qui est aussi un rappel de votre passé, souligna Sloan.

— Ça ira.

Lorsqu'elle releva les yeux, son bouclier défensif s'était remis en place. Elle redressa l'échine, l'expression combative, le regard bleu aussi dur que l'acier trempé. Instinctivement, Sloan aurait voulu la réconforter, poser une main rassurante sur son épaule, mais il jugea préférable de s'abstenir. Il sentait bien qu'elle aurait été capable de lui arracher le bras s'il avait tenté quoi que ce soit.

S'il avait accepté qu'elle vienne, c'était surtout pour les informations qu'elle était susceptible de lui fournir. Restait à pénétrer ses défenses pour y avoir accès. Sur le ton de la conversation, il demanda :

— Quand Hardy vous disait de vous calmer, que faisiez-vous ?

— Je me calmais.

— Utilisait-il cette expression avec vous toutes ? Franny a indiqué que son mystérieux harceleur avait fait référence « aux petites demoiselles qui désobéissaient ».

— Ses ordres variaient en fonction du rôle qu'il nous avait dévolu dans l'ignoble petite famille qu'il s'était inventée.

Sloan attendit qu'elle continue. Il avait lu le récit de leur captivité dans les rapports de Gimbel et savait que Hardy avait kidnappé les six jeunes filles pour différentes raisons. Seules deux d'entre elles avaient été sexuellement molestées : Layla et Sophia. Toutes avaient été enchaînées, affamées et brutalisées.

— *Sa famille*, ha ! Laissez-moi rire !

Sa rage et sa haine explosèrent.

— Nous n'avions pas le droit d'exprimer un sentiment ou une opinion. Tout tournait autour de lui. Layla était sa fiancée. Sophia, sa petite amie. Les plus jeunes, Franny et les jumelles, ses camarades de jeu – ses « petites demoiselles ». Et si elles avaient désobéi, il prenait plaisir à les discipliner.

Hardy avait puni Franny en lui sectionnant l'extrémité du petit doigt et, pour faire bonne mesure, il avait obligé Brooke à maintenir le poignet de Franny, la menaçant, en cas de refus, de trancher la main entière. Mais ce qu'il avait fait de plus cruel à ces enfants placées en familles d'accueil parce qu'elles avaient été abandonnées ou qu'elles étaient issues de familles dysfonctionnelles était peut-être de les avoir appelées « sa famille ».

Elle poursuivit :

— Moi, j'étais la mère. Je devais tenir la maison et faire la cuisine avec le peu qu'il daignait apporter. Si j'osais réclamer davantage, si je faisais par inadvertance brûler un plat ou si j'oubliais une miette sur la table, il m'ordonnait de me calmer. Et il y avait toujours une punition à la clé pour que je n'oublie pas la leçon.

Sa vie d'enfant avait été un cauchemar, et Sloan fut impressionné par sa force et sa capacité à gérer le stress post-traumatique. De nouveau, l'envie le prit de la réconforter en passant un bras autour de ses épaules. Doucement, il dit :

— Je suis désolé que vous ayez subi tout ça.

— Assez parlé du passé, coupa-t-elle abruptement. Nous ferions mieux de poursuivre l'enquête.

Il avait déjà décidé de lui refuser l'entrée du chalet. La vue de son amie assassinée ne ferait que lui infliger un nouveau traumatisme. Mais comment la convaincre de rester dans la voiture ? En la menottant au volant ?

— J'ai encore une ou deux questions, déclara-t-il. Parlez-moi de la sécurité du chalet. Est-elle similaire à celle que vous avez fait installer chez vous ? Y a-t-il des caméras ?

— Non, il n'y en a plus. J'en avais fait poser deux à détection de mouvement, mais elles étaient difficiles à entretenir. Quand elles ont été volées il y a quelques mois, je n'ai pas pris la peine d'en faire réinstaller.

— Vous avez été cambriolée ?

— Tentative de vol seulement, répliqua-t-elle. Une sirène se déclenchait si l'on essayait de forcer la porte. Mais, du fait qu'il n'y avait pas de voisins pour l'entendre, je ne l'ai pas conservée. Les fenêtres sont équipées de triples vitrages feuilletés, difficiles à briser. Et la porte est munie d'une serrure à pêne dormant et de plusieurs verrous.

Il hocha la tête d'un air approbateur. Elle ne plaisantait pas s'agissant de la protection d'elle et de ses proches.

— Veniez-vous souvent ici ?

— Au moins une fois par moi. Layla venait plus souvent, elle.

Elle exhala un soupir excédé.

— Pourquoi perdre votre temps avec toutes ces questions ?

— Pour m'aider à établir un profil.

Il aurait cru qu'elle ne trouverait rien à redire à cette logique, mais elle émit un bref ricanement. On pouvait compter sur Brooke pour toujours chercher la petite bête.

— Je ne saisis pas, grommela-t-elle. En quoi les mesures de précaution que j'ai prises vous renseignent-elles sur le meurtrier ?

— Le fait que votre chalet ait été bien protégé m'indique que le tueur a dû faire preuve de réflexion et d'ingéniosité pour passer à l'acte ici. Ce meurtre n'était pas un crime d'opportunité. Il avait tout prévu.

Cela parut la satisfaire.

— Si vous voulez bien, revenons maintenant à ces expressions particulières comme « Calme-toi », reprit-il. Combien de personnes étaient-elles susceptibles de les connaître ?

— Oh… Seulement quelques centaines de milliers, riposta-t-elle avec un petit rire acerbe. Notre histoire a fait les gros titres des journaux télévisés, de la presse écrite, de la presse en ligne… de tous les médias possibles et imaginables. Sans compter Nick Brancusi et son fichu documentaire !

— Le type qui a pris contact avec Sophia, à Las Vegas ?

— Oui, une belle ordure, lâcha-t-elle d'une voix que

la colère faisait trembler. J'avais prévenu Sophia que je ne donnerais jamais mon accord pour un deuxième projet de film, mais qu'elle était libre d'agir comme bon lui semblait.

— Sophia est la seule à avoir quitté la région de Denver.

Brooke haussa les épaules.

— Elle s'est toujours tenue un peu à l'écart, comme si elle estimait valoir mieux que nous. Et force est de reconnaître qu'elle était d'une beauté étourdissante. Quand elle a compris qu'elle ne percerait pas à Hollywood, elle a mis le cap sur Las Vegas. De son point de vue, un nouveau documentaire constituerait un bon coup de pub.

— Mais vous n'êtes pas d'accord.

— Pas du tout.

Il regarda le chalet à travers le pare-brise et vit Gimbel qui descendait l'allée, venant à leur rencontre. L'agent spécial en retraite agita la main. Avec ses couvre-chaussures en plastique bleu, sa chemise à carreaux et ses bretelles rouges, il avait l'air d'un cow-boy de bande dessinée. À la minute où Brooke le vit, un sourire éclatant illumina son visage et elle ouvrit la portière pour se précipiter vers lui. Avait-elle oublié que le harceleur pouvait être à l'affût dans les bois ? Ignorer une menace ne lui ressemblait guère.

En dépit de son évidente affection pour l'ancien agent spécial qu'elle connaissait depuis douze ans, elle n'en demeurait pas moins sur la réserve. Dans un premier temps, elle se borna à tendre la main pour le saluer et ce fut Gimbel qui se risqua à poser la main sur son avant-bras et lui parla posément avant que, finalement, elle se laisse aller contre lui. Ce ne fut pas à proprement parler une embrassade puisque Brooke avait gardé les bras plaqués le long du corps, mais elle permettait au vieil homme de la tenir contre lui. L'espace d'un bref moment, ses épaules frémirent et Sloan crut qu'elle pleurait. Mais elle releva la tête et recula de deux pas.

— Heureux de vous voir, dit Sloan à l'ex-agent du FBI. Vous serait-il possible de rester ici avec Brooke pendant que je jette un coup d'œil à l'intérieur ?

— Je vous accompagne, dit Brooke.

C'était la limite qu'il avait fixée et c'était non négociable.

— Les civils ne sont pas admis sur une scène de crime tant que la police scientifique n'a pas fini son travail.

— Mais c'est ici chez moi.

— C'est le règlement, assena-t-il d'un ton sans appel. Mais je vous propose un compromis. Je vais prendre des photos à l'intérieur et je vous les montrerai. Si quelque chose vous paraît suspect ou inhabituel, vous me le signalerez, OK ?

Les dents serrées, elle répondit :

— Ça ne me plaît qu'à moitié mais… d'accord.

— J'ai un problème, intervint Gimbel. Je suis ravi de pouvoir passer un peu de temps avec Brooke, mais cette chaleur épuise ma pauvre vieille carcasse… Donnez-moi vos clés, Sloan. L'air conditionné de votre SUV du FBI est sûrement plus performant que celui de ma camionnette.

Et il fournirait aussi une meilleure protection contre les regards indiscrets. Sloan déposa son trousseau dans la paume tendue de Gimbel.

— Les avantages de la fonction vous manquent ?

— Oui, mais certainement pas les responsabilités.

— Ne vous inquiétez pas, proféra Brooke. L'agent Gimbel va me garder bien au frais dans votre SUV climatisé.

Une plaisanterie ? Comme si elle avait le cœur léger ? Il ne comprenait décidément pas cette femme.

Les laissant s'installer dans le véhicule, Sloan gravit l'allée en direction de l'habitation. Il espérait commencer son profilage avant que la nouvelle du meurtre de Layla ne fuite dans la presse, et il lui fallait pour cela clarifier ses responsabilités vis-à-vis des autres policiers présents sur les lieux.

Les recherches avaient déjà débuté. De part et d'autre de l'allée goudronnée, plusieurs affichettes numérotées marquaient l'emplacement d'empreintes de pas et de pneus. Le petit chalet en rondins était accroché au flanc d'une colline boisée, son terrain pentu délimité dans sa partie inférieure par un mur de soutènement. Une terrasse donnait sur le versant opposé du canyon. L'endroit était isolé ; il douta qu'un quelconque témoin ait vu arriver le meurtrier.

Près de la porte latérale, il trouva l'agent spécial Sam Keller qui – comme Gimbel – l'avait précédé sur les lieux. Les couvre-chaussures en plastique qui enveloppaient encore les pieds de Keller indiquaient qu'il était déjà entré puis ressorti du chalet – ce que comprenait sans peine Sloan. Il détestait les scènes de crime. Son domaine d'expertise, c'était la découverte du mobile, des ressorts psychologiques qui animaient un meurtrier, pas l'analyse des pièces à conviction.

— Salut, Sloan. Pourquoi avez-vous amené la fille ? s'enquit Keller d'un ton enjoué qui détonnait avec les circonstances. Vous gardez l'ennemi près de vous, selon le précepte de Sun-Tsu, de peur d'une nouvelle attaque surprise, c'est ça ?

Il n'aurait jamais dû parler de l'épisode du spray de défense à ses collègues du bureau local du FBI. Ils en faisaient des gorges chaudes depuis lors. Préférant ne pas relever, il demanda :

— Vous êtes déjà entré ?

— Oui. Je suis ressorti faire une pause. J'ai pris les dispositions pour faire transporter le corps à Denver afin que notre médecin légiste procède à l'autopsie, mais le coroner du coin est un ancien médecin légiste. Il a déjà fourni des résultats préliminaires. D'après lui, la victime est morte depuis plus de quarante-huit heures.

Brooke serait soulagée de savoir que Layla avait été tuée avant la journée de la veille, quand elle avait activé la caméra du chalet. Rien n'aurait pu empêcher le meurtre de son amie.

— Cause de la mort ?

— Strangulation au lien. Pas de blessures défensives.

Keller abaissa ses lunettes de soleil et le dévisagea par-dessus la monture.

— Le directeur adjoint Martinez m'a chargé de l'enquête. Tout passera par moi.

Sa posture de mâle alpha n'avait pas lieu d'être puisque Sloan ne tenait nullement à être le chef.

— C'est logique que ce soit vous. Il n'y a pas longtemps que je suis ici et je ne connais pas les gens du coin aussi bien que vous. Il pourrait y avoir des problèmes de juridiction.

— Ça, c'est sûr, déclara Keller en remontant les lunettes sur son nez et en bombant le torse pour se grandir au maximum. Tout ce qui concerne les poupées Hardy est considéré comme ultra-sensible.

Sloan eut le sentiment très net que ce n'était pas pour lui déplaire.

— Je suppose que vous allez parler aux médias ?

— Je n'ai pas le choix. Ils vont vouloir un communiqué, affirma-t-il en se rengorgeant. Je tairai le meurtre aussi longtemps que possible, mais la machine médiatique risque de très vite s'emballer. Je n'étais pas au bureau de Denver il y a douze ans, mais j'ai vu les reportages sur les chaînes nationales.

Sloan se souvint des tristes images de six fillettes passant et repassant sur les écrans de télévision du pays.

— Oui, cela a fait beaucoup de bruit à l'époque.

— Vous avez déjà travaillé sur une grosse affaire comme celle-ci ?

Pendant ses années au Texas, il avait participé à plusieurs enquêtes sur des tueurs en série mais jamais en tant qu'agent responsable de l'investigation.

— Voilà comment je vois les choses, Keller : je voudrais passer le plus de temps possible avec Brooke et les autres pour établir des profils et suivre des pistes. Je vous rendrai compte directement, bien entendu.

— Ça me paraît correct… OK.

Afin de manifester sa bonne volonté et dans l'intérêt d'une coopération pleine et entière, il informa Keller du texto que Brooke avait reçu et suggéra qu'il serait peut-être bon de jeter un coup d'œil dans les collines alentour. Rapide et efficace, Keller donna ses ordres aux deux officiers de la police locale qui montaient la garde à l'extérieur du chalet, attendant l'équipe de techniciens du FBI.

Il lança un coup d'œil à Sloan.

— Le coroner est toujours à l'intérieur, si vous voulez lui parler.

Avant d'entrer, Sloan enfila gants en latex et couvre-chaussures en plastique.

— A-t-on relevé des signes d'effraction ?

— Pas de traces ni de rayures sur les huisseries. Aucune des deux portes n'était fermée à clé à l'arrivée de la police locale : ni celle de devant ni celle-ci.

— Et il n'y avait pas de voiture ?

— Non plus, répondit Keller. Le tueur a dû la transporter jusqu'ici dans son propre véhicule puis s'en aller.

Une image préliminaire se forma dans l'esprit de Sloan. Deux jours plus tôt, Layla avait été tuée autre part. Aujourd'hui, entre 11 h 30 du matin et 2 heures de l'après-midi, heure à laquelle Brooke avait activé la caméra, le meurtrier l'avait amenée ici. Pourquoi avait-il attendu deux jours ? Pourquoi avoir pris la peine de la transporter jusqu'à ce chalet de montagne reculé ?

Se préparant à ce qu'il allait voir, il franchit la porte. L'intérieur de l'habitation était chaleureux, lambrissé de pin noueux. Des éléments de rangement bas séparaient la cuisine et la table à manger de la partie bureau et de la chambre. Le plafond haut, avec ses poutres apparentes, agrandissait l'espace.

Si Sloan n'avait pas déjà su qu'il y avait un corps dans ce chalet, il l'aurait deviné à cet instant. L'odeur de la mort flottait dans l'air.

Un homme aux cheveux gris s'avança à sa rencontre, se présenta comme étant le coroner et lui serra la main.

— Je m'appelle Edwards mais tout le monde m'appelle Dr Ted.

— Agent spécial Justin Sloan, FBI. Connaissiez-vous la défunte ?

— Je ne l'avais rencontrée qu'une fois, avec son amie, lors d'une réunion à la mairie pour discuter du problème posé par les castors. Avec leurs cheveux noirs et leurs yeux bleus, elles ne passaient pas inaperçues. Je me suis souvenu de l'histoire de leur enlèvement, mais je n'en ai soufflé mot à personne. Je n'aime pas beaucoup les ragots.

Le froncement de sourcils qui accompagnait ses paroles souligna les traits de son long visage chevalin.

— Ce qui est arrivé à ces gamines est vraiment terrible. Et maintenant ceci…

Sloan discerna une lueur d'empathie dans le regard de Dr Ted, mais l'homme ne cadrait pas avec le stéréotype du bon médecin de campagne. Il était froid et objectif. Le meurtre ne le choquait pas.

— Depuis combien de temps exercez-vous ici, dans la montagne ?

— Depuis que j'ai pris ma retraite de l'hôpital spécialisé dans les soins aux vétérans. J'ai déménagé ici et j'ai ouvert un petit cabinet de médecine générale. C'était il y a environ huit ans. Je vois toujours quelques patients de temps à autre.

— Et vous êtes aussi coroner, dit Sloan. Que pouvez-vous m'indiquer d'autre que l'heure et la cause probable du décès ?

— Je pense que, quand votre médecin légiste pratiquera l'autopsie et l'examen toxicologique, il trouvera une quantité infime de sédatif ou de narcotique dans son organisme. Elle a sûrement été droguée. Sinon elle se serait débattue.

Il existait d'autres explications à l'absence de lésions défensives.

— Elle pourrait avoir fait semblant de ne pas opposer de résistance dans l'espoir de parvenir à échapper à son agresseur.

— C'est peu probable, répondit le coroner médecin. Même si elle avait essayé de ruser, son instinct l'aurait à un moment ou à un autre poussée à se défendre.

Pensant à ce que lui avait dit Brooke à propos de leur captivité et du rôle que leur geôlier avait dévolu à Layla, il demanda :

— A-t-elle été violée ?

— Il n'y a pas de traumatisme externe au niveau des parties génitales, mais il faut un kit post-viol pour en avoir la certitude.

— Pouvez-vous déterminer si elle a été attachée ?

— Je n'ai pas vu de marques de liens sur ses poignets ni sur ses chevilles, dit-il en s'avançant vers le lit et en contemplant, immobile, le corps recouvert jusqu'au menton par un édredon fleuri. Pas de traces d'ecchymoses non plus.

— Vous avez réarrangé le corps.

— Comment le savez-vous ?

Sloan réfléchit avant de répondre. Il n'avait jamais aimé fournir plus d'informations qu'il n'était nécessaire.

— Avant de venir ici, Brooke et moi l'avons vue à distance par liaison vidéo.

— L'agent Keller a pris des photos de la position dans laquelle nous l'avons trouvée. Il m'a demandé de ne pas retirer la chemise de nuit, mais j'ai repoussé les couvertures pour l'examiner.

Visualiser l'image de Layla sur un écran d'ordinateur et la regarder pour de bon étaient deux choses différentes. Elle avait les joues creusées, et sa peau pâle tirait sur le gris. La seule touche de couleur provenait de ce rouge à lèvres Rosy Posey. Sloan se félicita d'avoir épargné à Brooke le spectacle de la fin tragique de son amie.

— Il n'y a pas de sang, observa-t-il.

— Je n'ai constaté aucune lacération, mais il se peut qu'il y ait eu des égratignures superficielles. Elle a été soigneusement nettoyée, probablement post-mortem.

Le médecin se pencha au-dessus du corps et tapota son nez.

— On sent une odeur de chlore. Ses cheveux ont été lavés et méticuleusement peignés.

De sa main gantée, Sloan ajusta la position du corps.

— Le côté de son bras gauche est décoloré.

— Ainsi que l'épaule gauche et la partie gauche de son dos, ajouta Dr Ted. Elle a dû être placée en position latérale peu après le décès, peut-être en chien de fusil dans un coffre de voiture. Le sang a été chassé vers le point le plus bas du corps.

Regrettant de ne pouvoir montrer plus de détachement, Sloan évita de penser que cette coquille vide avait été une jeune femme vibrante de vie et d'énergie, avec la vie devant elle. Il s'en tint à ses observations directes.

— Il est impossible qu'elle soit restée longtemps dans un coffre de voiture par cette chaleur.

— Vous avez raison. Le corps a été conservé dans un endroit frais… un cellier ou un local climatisé. Sans quoi, la décomposition serait plus avancée.

Préférant ne pas s'appesantir sur la question, Sloan questionna :

— Portait-elle des bijoux autres que l'alliance ?

— Non. Et ce n'est pas elle qui s'est habillée. Le slip a été enfilé devant derrière.

Du point de vue du profilage, le fait de rhabiller une victime était significatif. Le tueur l'avait aussi lavée et coiffée. Le corps avait été placé dans une posture digne – respectueuse, presque – entièrement vêtu, les mains jointes sur l'estomac. Son meurtrier lui portait de l'amour ou de l'affection, il n'avait pas voulu l'humilier. L'alliance et le rouge à lèvres indiquaient qu'il connaissait le passé de Layla.

— Merci, docteur Ted. J'apprécie votre aide

— J'espère que vous attraperez le salaud qui a fait ça.

— Moi aussi.

Dans la cuisine, Sloan reconnut la patte de Brooke aux étagères et aux tiroirs nets et organisés. À l'exception de quelques boîtes de conserve, il n'y avait pas beaucoup de nourriture. Le réfrigérateur contenait un bocal de pickles, de la moutarde et d'autres condiments. Rien de particulier, mais il prit plusieurs photos afin de les montrer à Brooke.

De la même façon, il photographia les étagères. Un magazine de robes de mariée, sur le bureau, faisait tache. L'équipe scientifique et technique relèverait les empreintes s'il y en avait, ce dont il doutait. Il vérifia la petite caméra placée dans un vase en cristal, face au lit. Dommage qu'elle n'ait pas été réglée pour fonctionner en permanence.

Une fois dehors, il prit une grande inspiration. Il

s'étira et se secoua, sachant que l'odeur de la mort allait le poursuivre pendant des heures.

Keller s'approcha.

— Ce serait logique que ce soit vous qui appeliez les autres.

— Entendu, acquiesça Sloan. Et, quand on rentrera en ville, j'irai jeter un coup d'œil à l'appartement de Layla.

— Avec Brooke à vos basques ?

— Elle peut m'être utile. Elle était très proche de Layla et elle connaît tous les détails concernant leur captivité. Elle pourrait relever des indices qui m'auraient échappé.

— Vous croyez ? souligna Keller, l'air sceptique.

— Absolument.

Profileur, aide-toi toi-même. Ses raisons pour garder Brooke près de lui n'étaient pas aussi désintéressées qu'il l'affirmait. S'il tenait tant à s'adjoindre son concours, c'était aussi parce qu'il aimait passer du temps avec elle. Mais ce n'était pas un argument à faire valoir auprès de Keller. À haute voix, il répondit donc :

— Elle est vraiment futée. Par exemple, c'est elle qui, par le biais de la caméra du chalet, s'est rendu compte que le tueur avait dû amener le corps de Layla entre 11 h 30 et 14 heures.

— D'accord, convint Keller. Je garderai cet intervalle de temps en tête quand nous interrogerons les témoins et vérifierons les caméras de surveillance de l'autoroute.

— OK. Je reste en contact, dit Sloan avant de prendre congé.

Il vit Brooke remonter l'allée en toute hâte, l'agent Gimbel dans son sillage. Sa vulnérabilité n'était plus qu'un souvenir. Ses yeux lançaient des flammes bleues. On aurait dit Jeanne d'Arc s'apprêtant à livrer bataille tandis qu'elle s'avançait vers lui, agitant son portable à bout de bras.

Oh ! oui, elle allait lui être d'une grande, d'une très grande utilité.

5

D'un naturel peu patient, Brooke faisait preuve d'une grande exigence vis-à-vis d'elle-même et elle n'en attendait pas moins des autres. Sloan avait mis trop longtemps à examiner un chalet aussi petit, et elle venait juste de recevoir un texto de Tom Lancaster, l'avocat qui s'occupait d'elle et de ses cinq camarades. Mentalement, elle rectifia : ses *quatre* camarades. Layla n'était plus là.

Le cuisant rappel de son absence résonna dans l'esprit de Brooke, la détournant de ses pensées et l'entraînant vers la tristesse. Son amie allait lui manquer. Elles avaient toujours été aussi proches que des sœurs, plus proches peut-être. Le temps du deuil viendrait plus tard. Pour l'instant, elle devait trouver le tueur et mettre fin à cette menace avant qu'il y ait d'autres victimes.

Elle stoppa devant Sloan.

— Ça va ? Je ne crains rien, ici, dehors ?

— Je ne peux rien garantir, répondit-il. Mais des officiers de la police locale et plusieurs shérifs adjoints ratissent les collines alentour, à la recherche de la personne qui vous a envoyé le message de menace.

Elle balaya du regard les pentes boisées et repéra un uniforme.

— Il semble peu probable que ce tueur soit un sniper, non ?

— Vous avez raison. Tuer à distance ne colle pas avec le profil.

— Ah. Ce qui veut dire que vous avez un profil.

— Un début, seulement.

Elle avait besoin d'en savoir plus sur l'avancée de l'enquête et sur ce qu'elle devait dire ou non à Lancaster, mais elle se maîtrisa et abaissa le bras tenant le téléphone. Sloan la présenta à l'agent Keller, à un adjoint du shérif et au médecin qu'elle avait déjà rencontré et qu'elle se refusait à appeler Dr Ted parce que cela lui rappelait la vieille série télévisée, *M. Ed, le cheval qui parle.*

Se forçant à recouvrer son calme, elle prit Sloan à part.

— Il faut se dépêcher. Je viens juste de recevoir un SMS de notre avocat.

— C'est pour ça que vous brandissiez votre portable en remuant frénétiquement le bras ?

Elle ne saisit pas l'allusion sous-entendant qu'elle était surexcitée.

— Lancaster essaie de joindre Layla. Dois-je lui parler du meurtre ou pas ? Est-ce que je dois mentir ?

— Ne le rappelez pas.

Cette solution simple ne réglait pas tout.

— Lancaster la cherche, mais d'autres personnes aussi avaient peut-être rendez-vous avec elle. Que dois-je leur dire ?

— Ce n'est pas vraiment ce qui vous inquiète, n'est-ce pas ?

Il était trop perspicace. C'était *agaçant.*

— Ce sont les médias, avoua-t-elle de mauvaise grâce.

— Vous ne voulez pas devoir répondre à des questions tant que vous n'y êtes pas préparée.

— Je refuse qu'ils s'approchent de moi ou de mes amies.

— Je comprends, dit-il. Il est important que nous ayons une longueur d'avance sur les médias. Franny ne doit pas apprendre la nouvelle par la radio ou le journal télévisé.

— Seigneur, non ! Elle en aurait le cœur brisé.

Pour être tout à fait honnête, elle-même était à deux doigts de la crise de panique et elle se dominait cent fois mieux que Franny ou les jumelles. Elle ouvrit son sac banane et y rangea le téléphone.

— Finissons-en. Je veux entrer dans ce chalet.

— Je ne peux pas vous y autoriser tant que l'équipe scientifique n'aura pas fait son travail, je vous l'ai dit.

— Mais c'est *mon* chalet. Vous ne pouvez pas m'empêcher d'entrer, argua-t-elle, le ton péremptoire dont elle était coutumière masquant sa nervosité.

Elle aurait dû être capable de dompter ses émotions et d'enquêter comme une pro, mais elle redoutait tant ce qu'elle allait voir… L'image de Layla sur l'ordinateur la hantait.

— Si, contra posément Sloan. C'est une scène de crime.

Ils étaient dans l'impasse. Elle ne voulait pas se disputer avec lui. À moins que… Peut-être que si, justement ? Peut-être qu'elle avait besoin de se fâcher contre lui pour dresser une barrière entre eux et ne pas être tentée de poser sa tête sur son épaule et de fondre en larmes ?

L'agent Gimbel remonta son jean trop grand et s'immisça dans la conversation.

— Excusez-moi… J'ai une idée, Brooke. Pendant que vous êtes ici avec Sloan, moi, je peux aller chez vous, à Denver, garder un œil sur Franny ?

Se hérissant aussitôt, elle répliqua :

— C'est à moi de lui annoncer la nouvelle, pour Layla.

— Bien entendu, convint Gimbel. Je ne lui dirai rien. Je me contenterai de lui tenir compagnie en veillant à ce qu'elle ne tombe pas sur un flash d'information.

Elle tourna le dos à Gimbel et Sloan. *Comment puis-je leur faire confiance ?* Ils ne pouvaient pas comprendre ce qu'était sa vie. Ils n'avaient pas vécu ce qu'elle avait vécu. Ils ne voyaient pas Franny telle qu'*elle* la voyait…

une enfant de dix ans, brisée et torturée. Comment aurait-elle pu se fier à qui que ce soit ?

— Je ne sais pas.

Patiemment, Gimbel reprit :

— L'une des choses sur lesquelles vous avez travaillé avec votre thérapeute, c'est bien la confiance, n'est-ce pas ?

— Oui, admit-elle.

Et elle était en retard d'un rendez-vous avec Dr Joan. Jusqu'à hier, sa vie avait semblé sur ses rails.

— Laissez-moi réfléchir une minute.

L'alternative était simple : soit elle rentrait en ville avec l'agent Gimbel, parlait à Franny et prévenait les jumelles, soit elle restait ici avec Sloan pour poursuivre l'investigation. Elle se souvint du texto de menace qu'elle avait reçu. Sa priorité devait être la traque du tueur – pour sa sécurité, pour leur sécurité à toutes.

Elle se retourna pour faire face aux deux hommes.

— Merci, agent Gimbel. J'accepte votre offre. Si vous avez besoin de moi, vous avez mon numéro.

Il sourit et, après lui avoir donné une tape affectueuse sur l'épaule, il tourna les talons et redescendit l'allée en direction de sa camionnette. Lorsqu'elle reporta son regard sur Sloan, elle nota la lueur inquisitrice de ses yeux arrêtés sur elle. Elle se fit l'effet d'un insecte sous un microscope, attendant d'être disséqué. Elle n'avait pas envie d'être analysée.

— Si vous refusez de me laisser inspecter le chalet, je ne vois pas en quoi ma présence peut vous être utile ?

— Bonne question, à laquelle je vais essayer de fournir une réponse raisonnable. Vous n'êtes pas enquêtrice professionnelle, mais vous avez l'esprit acéré et vous savez des choses que je ne sais pas. Si le meurtre de Layla est lié aux menaces que vous avez toutes reçues, je pense que vous serez en mesure de le discerner beaucoup plus rapidement que moi.

— Même si vous êtes un as du profilage ?

— Oui. En premier lieu, je veux acquérir la certitude que le meurtre est bien lié à ce qui s'est passé il y a douze ans.

Elle leva les deux bras en l'air.

— Bien sûr que oui. À quoi d'autre ?

— Layla avait une vie. Une vie qui n'avait pas de rapport avec ce traumatisme ancien.

Pas vraiment. Comment lui expliquer ? Une expérience telle que celle-ci vous affectait tout entière et à jamais. Un peu comme un vase cassé minutieusement recollé : il retrouvait son intégrité, mais les traces de brisure ne disparaissaient pas. La victime gardait une fragilité.

— Vous deviez prendre des photos à l'intérieur ?

Sortant son téléphone de sa poche, il fit défiler les clichés.

— Je présume que mes compétences en psychologie ne vous impressionnent pas. Vous pensez sans doute que je ne peux pas vous comprendre.

— Peut-être.

— Donnez-moi une chance, dit-il. Je veux vraiment savoir ce qui se passe en vous.

Ces mots, dans la bouche du grand et séduisant agent Sloan, avaient de quoi troubler. Elle laissa échapper un petit rire – *un rire hystérique ?* — et faillit répliquer de façon tout à fait inappropriée qu'elle restait ouverte à toute analyse.

Un bruit de moteur la tira d'embarras. Jetant un coup d'œil par-dessus son épaule, elle vit une camionnette se garer au bout de l'allée. Une équipe de quatre hommes en descendit. Deux d'entre eux portaient des T-shirts et des casquettes avec l'inscription FBI.

— La police scientifique et technique ?

— Ils ont fait vite. Mais il leur faudra au moins deux heures pour traiter l'ensemble de la scène.

Et elle allait devoir ronger son frein pendant tout ce temps ?

— C'est insupportable de rester à se tourner les pouces. Montrez-moi ces photos.

Elle le conduisit jusqu'à une table d'extérieur, placée de façon à bénéficier du soleil de l'après-midi filtrant à travers les arbres. Côte à côte, ils s'assirent sur le banc et regardèrent l'équipe technique disparaître dans le chalet.

— Que vont-ils faire ? Relever les empreintes et rechercher des cheveux, des fibres, ce genre de chose ?

— Ce genre de chose, oui. C'est un joli chalet. Expliquez-moi comment Layla et vous en êtes venues à décider de l'acheter ?

— Il appartenait à l'un des médecins pour lesquels j'effectue des transcriptions et son prix de vente était très attractif. Comme on se sentait stressées toutes les deux, on s'est dit que ce serait une bonne idée d'avoir une retraite où se réfugier pour décompresser.

N'ayant, de par sa situation, jamais connu de maison de famille, elle avait beaucoup aimé meubler et aménager sa maison de Denver en fonction de ses besoins. Et, quand elle avait eu connaissance du prix de ce chalet, elle y avait vu une nouvelle occasion de créer un sanctuaire privé. Layla et elle avaient envisagé l'adjonction d'une chambre supplémentaire et, peut-être, d'un garage. Elle s'était sentie en sécurité ici.

Elle regarda, par-delà le ruban jaune qui délimitait la scène de crime, la fenêtre à côté de la porte, où le soleil se reflétait sur le triple vitrage qu'elles avaient fait installer pour des raisons d'isolation et de protection. Pour le reste, elles avaient effectué la majeure partie des travaux elles-mêmes. Lors d'un long week-end, elles avaient peint les encadrements de fenêtres de la même couleur verte que la porte et la balustrade du porche.

— J'ai toujours voulu une cheminée. Nous songions à installer un gros poêle à bois.

— Vous avez fait beaucoup de transformations ici ?

— J'aime bien réaliser moi-même les travaux, dans la mesure de mes possibilités, bien sûr. C'est mon dada.

Elle sourit en revoyant en pensée Layla installer à l'envers les robinets de la salle de bains, plaçant le chaud à la place du froid et inversement.

— C'est à cela que vous devez vous raccrocher.

Il avait raison. Il ne fallait pas qu'elle entre et se retrouve confrontée à l'affreuse réalité de la mort. Mieux valait se rappeler Layla s'efforçant de peindre les fenêtres sans faire la moindre éclaboussure sur ses vêtements.

— On venait souvent s'asseoir ici en fin d'après-midi pour boire une limonade.

Il lui montra une photo du réfrigérateur presque vide.

— Je suppose que vous n'aviez pas pour habitude de garnir le réfrigérateur ?

— Non, sauf s'il était prévu que l'une de nous deux reste ici plusieurs jours d'affilée.

Elle fit la grimace.

— Layla n'avait pas apporté grand-chose. Elle n'avait pas l'intention de rester longtemps.

— Il n'est pas du tout sûr qu'elle ait eu l'intention de venir, déclara-t-il. D'après Dr Ted, sa mort remonte à plus de quarante-huit heures.

L'information lui fit l'effet d'une décharge électrique.

— À mercredi ?

— Plus ou moins. L'autopsie nous en dira plus.

Le soulagement l'envahit. Elle n'aurait rien pu faire. Le meurtrier avait frappé avant que Brooke ait eu connaissance de la menace.

— Cela signifie qu'elle n'a probablement pas été tuée ici.

— Je doute que ce soit la scène de crime primaire, en effet. J'attends confirmation de la scientifique.

Elle considéra le chalet d'un œil neuf. Si elle parvenait à se préserver, à ne garder que les bons souvenirs associés à ce chalet, peut-être pourrait-elle conserver sa retraite de montagne et entreprendre les améliorations que Layla et elle avaient prévues sans être obsédée par le fantôme d'un meurtrier ?

— Comment a-t-elle été tuée ?

À sa surprise, Sloan posa son téléphone sur la table de pique-nique et saisit sa main. Son contact lui fit chaud au cœur. Leurs regards se croisèrent, et l'agent du FBI se transforma en une personne différente. Dans ses yeux gris pailletés, elle lut de la compassion, de la gentillesse… et une vive curiosité qui l'empêchait de basculer dans le sentimentalisme sirupeux. L'agitation et l'activité autour d'eux refluèrent subitement à l'arrière-plan lorsqu'il demanda :

— Vous êtes sûre que vous tenez à…

— Oui. Pour vous aider, j'ai besoin de tout savoir.

— Il faudra attendre le rapport d'autopsie pour avoir tous les détails, mais je fais confiance aux constatations de Dr Ted. Il pense qu'elle est morte par asphyxie… strangulation au lien pour être précis. Ça signifie que…

— Je sais ce que ça signifie, l'interrompit-elle de nouveau. Ne soyez pas condescendant avec moi. Mon travail est de rédiger des transcriptions médicales, donc je connais la terminologie. Vous voulez dire que Layla a été étranglée par une corde ou une chaîne.

— Il n'a relevé aucune marque de lésion défensive, ce qui indique qu'il n'y a pas eu lutte, dit-il.

— A-t-elle été droguée ?

— C'est ce que j'incline à penser mais on ne le saura de façon certaine qu'après l'autopsie et l'analyse toxicologique.

Elle espéra de tout son cœur que Layla était inconsciente et n'avait pas souffert quand le lien s'était resserré autour de sa gorge et l'avait asphyxiée. Les lèvres pincées, elle réussit à formuler le mot qui symbolisait la pire crainte de Layla.

— Violée ?

— Il semblerait que non, mais on ne le saura de façon certaine qu'à l'aide du kit post-viol.

Il se pencha en avant.

— Ça suffit, vous ne croyez pas ?

Si. Son cœur battait trop vite et elle avait du mal à respirer. Mais elle ne pouvait pas s'arrêter en chemin. Il fallait qu'elle dépasse son angoisse si elle voulait trouver le tueur. Elle se leva et éprouva un léger étourdissement. Le soleil de l'après-midi tapait fort. Elle sentit la sueur ruisseler entre ses seins.

— Dites-moi… comment elle était ?

Il se leva à son tour et sa main se posa sur son avant-bras, rassurante.

— Elle était positionnée sous les couvertures, comme nous l'avons vue, les mains jointes.

— Qu'entendez-vous par « positionnée » ?

— Elle était revêtue d'une chemise de nuit. Elle avait été lavée, ses cheveux shampouinés. Les traits de son visage étaient paisibles.

Brooke voulut croire que Layla n'avait pas vu la mort arriver et qu'elle reposait désormais en paix. Il n'en restait pas moins qu'il y avait eu meurtre.

— Pouvez-vous faire protéger les jumelles et Sophia, à Las Vegas ?

— Je vais parler à l'agent Keller.

Mais elle savait bien qu'attendre des garanties de sécurité de la part du FBI ou de la police locale était illusoire – ils ne disposaient pas de ressources humaines à affecter en tant que gardes du corps. La seule façon d'assurer leur protection était de recourir à une société de sécurité privée.

— Montrez-moi les autres photos que vous avez prises.

Il fit défiler les images. Le mur, en face du lit. L'armoire à pharmacie, dans la salle de bains. Lorsque d'autres photos de la cuisine s'affichèrent, elle pointa enfin du doigt un détail significatif.

— Voilà… Regardez.

— Pourriez-vous préciser votre pensée ?

— Vous cherchiez une preuve que le meurtre de Layla était lié à Martin Hardy ? Vous l'avez sous les yeux.

Elle frissonna.

— Vous voyez le tablier qui est suspendu au crochet, dans la cuisine ? Il est en vichy bleu. C'est un message qui m'est directement adressé.

— Pourquoi ?

Tout au long de sa captivité, elle avait porté un tablier identique à celui-ci. À la moindre souillure, soit qu'elle ait renversé quelque chose dessus, soit qu'il ait été taché de sang, elle l'avait frénétiquement frotté sous le robinet, encore et encore, jusqu'à ce que toute trace de salissure ait disparu et que le motif à carreaux en ressorte immaculé. Hardy ne supportait pas que sa tenue soit négligée. La « petite maman » devait être parfaite – irréprochable.

— Je ne crois pas que le motif du tablier ait été mentionné dans les rapports, dit-elle.

Elle n'oublierait jamais ce bleu ciel, l'innocence de ces petits carreaux. Dans ses cauchemars, il lui arrivait encore de se sentir étranglée par les attaches de ce tablier. Comme animées d'une vie propre, celles-ci s'enroulaient autour de son cou et lui coupaient la respiration. « Strangulation au lien », exactement comme dans le cas de Layla.

6

Pendant le trajet de retour, Brooke refoula ses peurs et son chagrin pour tenter de déterminer la conduite à tenir pour la suite. Sur le siège conducteur, à côté d'elle, Sloan parlait en mains libres avec ses collègues. Il s'exprimait de façon brève et sibylline. Oublié monsieur-le-gentil-profileur. Il avait rendossé l'habit du policier fédéral. Ce personnage-là était fichtrement sexy, se dit-elle avant de se rabrouer aussitôt. Comme si c'était le moment de s'attacher à ce genre de chose ! Comme si elle n'avait pas d'autres chats à fouetter !

Baissant les yeux, elle songea à ce qui primait avant tout : assurer la sécurité de chacune d'entre elles. Franny resterait chez elle. Pour les jumelles, c'était plus compliqué. L'une d'elles, Megan, avait réussi à se créer une vie normale, avec mari et enfant, en banlieue. D'une façon ou d'une autre, il allait falloir la convaincre que toute sa famille devait être protégée. Sa sœur, Moira, artiste, avait un mode de vie beaucoup plus libre. Et puis, il y avait Sophia, à Las Vegas, qui aurait besoin d'un garde du corps attitré.

Venait ensuite l'appel à leur avocat, Tom Lancaster. Non seulement il les aiderait dans les démarches liées au décès de Layla, mais il pourrait aussi s'occuper de son testament. Si elles devaient engager des gardes du corps sur une période prolongée, Tom avait accès à leur compte commun.

Alors que le soleil déclinait derrière eux, le SUV gravit une colline et elle contempla le centre-ville de Denver qui se déployait en contrebas avec les hautes silhouettes de ses gratte-ciel vitrés reflétant le ciel rougeoyant et le long serpent des feux arrière des voitures sur l'axe d'accès principal à la ville.

— Ce spectacle me rappelle Oz, nota Sloan. La façon dont cet îlot de hauts immeubles se dresse au milieu de la plaine…

— Quand vous aurez passé quelque temps ici, vous ne trouverez plus l'endroit aussi magique.

— Pourquoi ?

— D'une part, parce que la magie n'existe pas et que la vie n'est pas un conte de fées.

En tout cas, pas la sienne. Comment aurait-elle pu perdre son temps à croire aux ogres, sorcières et autres personnages fantastiques quand un monstre bien réel avait assassiné sa meilleure amie ?

— D'autre part, la circulation y est affreusement difficile et la ville entière est en chantier, avec toutes ces nouvelles constructions qui poussent comme des champignons. Mais ne vous méprenez pas : Denver est agréable à vivre. Il y fait beau, la ville est plutôt propre et elle est truffée de parcs, de musées et de galeries d'art.

— Et de cannabis.

— Oh ! ça… Je ne me sens pas concernée, mais j'apprécie l'approche systématique qu'a adoptée l'État en matière de mise en place du commerce de la marijuana depuis que celle-ci a été légalisée.

— D'accord avec vous.

Elle consulta sa montre de précision. Il s'était écoulé vingt-sept minutes depuis qu'ils avaient quitté le chalet, davantage depuis le dernier appel de Gimbel.

— Dès que nous en aurons terminé à l'appartement de Layla, nous irons chez moi. Gimbel a la situation en main, mais les jumelles doivent arriver et Franny commence à avoir des soupçons, surtout avec la voiture de police stationnée devant la maison – ce dont, entre parenthèses, je vous remercie.

— Je vous en prie.

Les forces de l'ordre semblaient très efficaces, se dit-elle une nouvelle fois. D'après les bribes de conversation qu'elle avait entendues quand il était au téléphone, le dispositif semblait se mettre en place rapidement et sans accroc.

— Comment puis-je vous aider à faire progresser l'enquête ?

— Si difficile à croire que ce soit, Martin Hardy avait apparemment quelques amis. Il y avait aussi des témoins et des proches… des gens qui en savaient assez sur le passé pour pouvoir vous menacer.

— Avec des choses comme l'alliance, le rouge à lèvres et cet horrible tablier à carreaux.

— Oui. Que pouvez-vous me dire sur eux ? De qui vous souvenez-vous ?

— Je me souviens de tout.

Même si elle détestait se remémorer les sombres images du passé, elle revit ce visage à la fenêtre dans le clair de lune. Des cheveux noirs, une barbe fournie, des joues creuses et un nez aquilin à l'arête aussi fine qu'une lame de couteau. L'homme l'avait regardée dormir, la cheville et le poignet droits menottés aux montants du lit. De sa main libre, elle lui avait fait signe et avait supplié en silence : « Au secours ! Au secours ! » Les yeux profondément enfoncés dans les orbites lui étaient invisibles mais, dans la pénombre, elle avait vu qu'il souriait.

Il était revenu de nombreuses fois la tourmenter.

— Zachary Doyle, ce salaud.

— Le voyeur, commenta Sloan. Il vivait à un kilomètre du pavillon où vous étiez séquestrées. Vous l'avez identifié d'après des photos anthropométriques.

— À l'époque, je connaissais son visage mais pas son nom.

Elle n'avait jamais été confrontée à lui. Aucun des complices potentiels de Martin Hardy n'avait été autorisé à pénétrer dans la salle d'audience pendant le procès.

— Vous ne l'avez jamais oublié.

— C'est une sorte de cauchemar récurrent, dit-elle. Allons-nous l'interroger ?

— Peut-être. Je vais envoyer quelqu'un chez lui pour voir s'il a un alibi. Y a-t-il quelqu'un d'autre dont vous vous souveniez ?

— Il y avait un beau-frère. Je ne l'ai jamais vu, mais son fils venait jouer avec les petites. Le gamin prétendait avoir onze ans, mais il paraissait plus jeune, poursuivit-elle, songeant qu'il devait aujourd'hui avoir vingt-trois ou vingt-quatre ans. Peter Channing. Hardy aimait bien le faire venir. La présence de Peter complétait son rêve dément de famille.

— Peter Channing. D'autres encore ?

— Pas que je sache. Six ou sept fois, Hardy a amené des amis. Ils ont eu des rapports sexuels avec Layla et Sophia qui avaient les yeux bandés. Aucun de ces fumiers n'a été identifié.

Tout ce qu'elle espérait, c'était qu'une place toute particulière leur soit réservée en enfer. Elle frissonna et ajouta :

— Pensez-vous que l'un de ces types pourrait avoir eu peur que Layla ne le reconnaisse en le croisant dans la rue ?

— Cela constituerait un mobile de meurtre.

— Oui, mais je n'y crois pas.

La conversation la rendant nerveuse, elle continua en jouant avec la glissière de son sac banane :

— Si Layla avait vu l'un d'eux, elle me l'aurait dit. Elle est avocate. Elle aurait trouvé un moyen légal de les faire payer.

Ils continuèrent à rouler en silence tandis que le crépuscule tombait sur les montagnes et les plaines. Ce paysage fantomatique s'accordait on ne peut mieux aux souvenirs nébuleux qui s'embusquaient, là, tout près, aux confins de sa conscience. Rien qu'en fermant les yeux, elle voyait Doyle. Et comment pourrait-elle jamais oublier les gémissements qui lui parvenaient de la chambre quand les prétendus amis de Hardy étaient là ?

— Au début d'une investigation, il y a une question qu'il faut toujours se poser, dit Sloan. Pourquoi maintenant ? Qu'est-ce qui a provoqué le meurtre de Layla ? On sait que ce n'était pas un crime impulsif. Le tueur avait prévu de la droguer.

Décortiquer les données se rapportant au crime ne la dérangeait pas. Au contraire, c'était d'une certaine façon apaisant. Traiter par la logique ce qui était intrinsèquement un acte insensé.

— Layla représentait sûrement une menace pour le tueur, mais je ne sais pas pourquoi. Elle avait obtenu son diplôme de droit et se préparait à ouvrir un cabinet.

— A-t-elle jamais mentionné Peter Channing, Doyle ou qui que ce soit en lien avec Hardy ?

— Non, pas à moi, répondit Brooke, prenant note mentalement de poser la question à ses amies. Je demanderai aux autres.

— Il est possible que le tueur n'ait pas été directement concerné par le crime d'autrefois. Ce pourrait être un délinquant ou un pervers auquel le battage médiatique fait autour de l'affaire aurait donné des idées.

— Un imitateur, traduisit-elle avec répugnance. Un timbré qui voudrait ressembler à Hardy.

— À ceci près que Hardy n'a jamais tué personne.

Le meurtre de Layla signifie que, si imitateur il y a, il a poussé son obsession maladive un cran plus loin.

— Comment allez-vous vous y prendre pour réduire la liste des suspects ? demanda-t-elle.

— En combinant travail purement policier et profilage. Au fil des entretiens que je vais avoir avec chacune d'entre vous, des noms vont émerger. Je les comparerai à nos fichiers de criminels et, peu à peu, la menace se précisera.

Des noms ? Ses contacts avec le monde extérieur étaient assez réduits. La majeure partie de ses tâches de transcription s'effectuait en ligne, sans rencontre physique.

— Je n'aurai pas grand-chose de plus à vous dire.

— N'en soyez pas si sûre. Au cours du mois qui vient de s'écouler, par exemple, vous avez peut-être fait faire des travaux chez vous. Et vous sortez faire des courses, faire le plein d'essence, chercher la pizza que vous avez commandée. Peut-être allez-vous à l'église…

— Non, je n'y suis pas allée récemment, mais je vois ce que vous voulez dire. « Nul homme – ou femme – n'est une île »

Suivant les indications du GPS, il quitta l'autoroute et prit Lincoln Street en direction du centre-ville. L'appartement de Layla était situé dans un ensemble de gratte-ciel, au cœur du quartier résidentiel de Capitol Hill. La porte d'entrée de l'immeuble nécessitait une clé, mais ils n'auraient pas besoin de déranger la gardienne. Brooke avait en sa possession le double du trousseau de son amie.

Sloan rangea son SUV devant le bâtiment.

— À partir de maintenant, je suis votre garde du corps. Je sors de la voiture avant vous, je scrute les alentours et, ensuite seulement, je viens vous ouvrir, d'accord ?

Son ton autoritaire la prit de court.

— D'accord… Si vous le dites.

— Vous avez l'air surprise ?

— En général, c'est plutôt moi qui donne des ordres. Je m'occupe d'un peu tout le monde.

— Eh bien, c'est mon tour maintenant.

Il l'escorta jusqu'à l'entrée, où elle se servit de sa clé pour ouvrir la porte. Le comptoir, devant la conciergerie, était désert, et elle le guida à travers le hall meublé et décoré jusqu'aux ascenseurs. L'appartement de Layla se trouvait au septième.

— Avant de partir, j'irai voir la concierge, dit-il en s'engouffrant dans la cabine. Il faut que je la prévienne de la venue de l'équipe scientifique et technique. Et je veux jeter un coup d'œil aux vidéos des caméras de surveillance.

Elle avait vérifié le système de sécurité de l'immeuble avant que Layla n'y emménage. Il y avait des caméras au-dessus de chaque accès et dans le garage en sous-sol. Chaque appartement était équipé de serrures sophistiquées. Brooke espéra que cela avait suffi. Un frisson la parcourut à l'idée de pénétrer dans l'appartement et de découvrir une tache de sang au beau milieu de l'épaisse moquette beige.

— Vous pensez qu'elle a été tuée ici ?

— Je ne sais pas. Si nous trouvons le moindre signe de violence, nous repartirons et laisserons le champ libre à l'équipe scientifique.

Se préparant mentalement au pire, elle tourna la clé dans la serrure et se déporta sur le côté pour le laisser passer. Elle le suivit dans le petit vestibule qui donnait sur un couloir. Quelque chose n'allait pas ! Lentement, elle avança le long du corridor jusqu'à la pièce principale avec son canapé modulable vert foncé et la table basse à plateau de verre.

Oh non !

Le tueur était venu ici. Il y avait eu violation du domicile privé de Layla.

Sloan ne comprenait pas ce qui avait pu bouleverser Brooke à ce point. Elle avait stoppé net à l'entrée du séjour, comme en état de choc.

Il ne voyait rien d'anormal. L'appartement de Layla était propre et agréable avec un mobilier moderne et une belle vue sur les montagnes. Sur la droite se trouvait une longue table à manger à tréteaux ornée de bougies parfumées, avec un minijardin zen en centre de table.

Brooke, tout à coup, sortit de sa stupeur. Elle ouvrit sa banane et en sortit des gants en latex violets. Elle lui en tendit une paire et enfila rapidement l'autre, déclarant :

— Je suis sûre qu'il doit y avoir des empreintes un peu partout.

Il se demanda ce qui l'ennuyait le plus : le fait qu'elle ait des gants en latex dans sa sacoche ou sa propre négligence. Mais il ne s'était pas attendu à ce que l'appartement soit une scène de crime potentielle.

— Écoutez, s'il y a vraiment un problème ici, mieux vaut nous retirer et laisser les techniciens passer d'abord.

— Ne vous inquiétez pas, je fais très attention, répondit-elle.

Prise d'une agitation soudaine, elle alla de la table basse vers la table à manger.

— Cet appartement est un vrai chantier !

Il sentit ses sourcils s'arquer tout seuls. Mais, optant pour la laisser faire, il recula et l'observa. Brooke connaissait intimement Layla, ce qui pouvait lui permettre de déceler des anomalies qui auraient échappé à l'équipe d'experts scientifiques du FBI. Elle montra du doigt une pile de livres à côté d'un gros fauteuil.

— Regardez ça, on dirait la tour de Pise ! Jamais

Layla n'aurait posé des livres reliés par-dessus des livres de poche.

Elle se dirigea vers la poubelle et appuya sur la pédale.

— Et la poubelle est à moitié pleine de tickets de caisse et d'enveloppes.

— Qu'y a-t-il d'inhabituel à cela ?

— Elle ne jette *jamais* d'enveloppes sans les avoir au préalable passées à la déchiqueteuse pour se prémunir contre le vol d'identité.

OK, ce n'était pas si bizarre. Beaucoup de gens prenaient ce genre de précaution de nos jours.

— Quoi d'autre ?

— On voit aux marques sur la moquette que ce lampadaire a été déplacé. Et la porte coulissante du buffet est ouverte.

Il se pencha en avant et plissa les yeux.

— D'à peine un centimètre, si je puis me permettre.

Elle fit volte-face, ses yeux bleus lançant des éclairs.

— *Jamais* Layla ne serait sortie en la laissant comme ça. Il est évident que quelqu'un a fouillé dans ses affaires, à la recherche de quelque chose.

Elle s'inclina en avant pour examiner la porte du buffet.

— Est-ce que je peux l'ouvrir en plein ou dois-je attendre que les techniciens soient passés par là ?

— Je vais prendre une photo, dit-il en sortant son téléphone. Voilà… Maintenant, vous pouvez l'ouvrir mais ne touchez à rien à l'intérieur.

— Les livres de l'étagère inférieure sont dérangés, nota-t-elle.

Ah ? Comment diable pouvait-elle le savoir ?

— Qu'est-ce qui vous fait penser ça ?

— Vous voyez bien que les tranches ne sont pas alignées. L'intrus a dû les sortir un par un pour les feuilleter.

Si tel était le cas, l'intrus en question devait être atteint des TOC de rangement les plus compulsifs qui soient de toute l'histoire de la criminologie moderne !

— Savez-vous s'il manque quelque chose ?

— Je ne sais pas.

Elle se redressa et planta les poings sur les hanches. Elle avait l'air si jeune avec ses cheveux noirs attachés en queue-de-cheval haute, dans son bermuda et son chemisier. Mais sa détermination lui conférait une certaine gravité. Lentement, elle secoua la tête.

— Je ne peux pas être certaine que l'intrus a trouvé ce qu'il cherchait.

Dans la chambre, elle remarqua que le couvercle d'une boîte à bijoux était relevé, l'organisation du placard dérangée et les tiroirs de la commode pas totalement fermés. Ces infimes détails étaient peut-être des indices mais peut-être pas. Même si Layla était aussi compulsivement maniaque que Brooke, une boîte à bijoux laissée ouverte dans une chambre par ailleurs propre comme un sou neuf ne prouvait rien.

La deuxième chambre servait de bureau. Là aussi, Brooke repéra des traces de désordre. Elle s'assit devant le bureau en plexiglas avec des tiroirs de chaque côté.

— Je peux vérifier son ordinateur ?

Comme pour le buffet, il l'y autorisa après avoir d'abord pris plusieurs photos. Bien sûr, il aurait dû refuser et laisser les spécialistes en cybercriminalité du FBI s'en charger. Mais, s'il s'était adjoint la présence de Brooke, c'était justement pour le regard tout particulier qu'elle portait sur Layla et sur le meurtre.

— Vous connaissez son mot de passe ?

— C'est TOC321, un mélange de son diagnostic et de sa date d'anniversaire… le 21 mars, dit-elle en allumant l'appareil.

— Prenez garde à ne surtout rien modifier ni effacer.

Ils ne trouveraient sûrement pas grand-chose, songea-t-il. Si l'ordinateur avait contenu des preuves, l'intrus l'aurait simplement emporté.

— Y a-t-il des clés USB ou d'autres supports de données ?

— Oui, répondit-elle en ouvrant le tiroir supérieur droit.

Elle en sortit un étui matelassé de la taille d'un paquet de cartes. À l'intérieur étaient disposées plusieurs clés, mais il était impossible de déterminer s'il en manquait ou non. Mais, là encore, si l'intrus avait voulu soustraire des preuves, il se serait emparé du boîtier.

Pendant qu'il réfléchissait, Brooke n'était pas restée inactive. Elle avait lancé une session sur l'ordinateur et était en train de passer en revue l'arborescence des fichiers et des applications. Sans demander sa permission, elle ouvrit la boîte de courrier électronique et se mit à faire défiler la liste des messages. Sa célérité l'impressionna, mais sans le surprendre véritablement. Son travail nécessitait de solides compétences en informatique.

Arpentant le bureau, il commença à se faire une idée de la personnalité de Layla. Comme Brooke, elle tenait sa vie sous contrôle, mais elle ne semblait pas avoir été quelqu'un de froid ou d'insensible. Nombre de photographies encadrées et de souvenirs ornaient son bureau, soigneusement astiqués et époussetés. Il contourna le bureau par la gauche, du côté où les tiroirs semblaient verrouillés. Au moment où il tendait la main, Brooke annonça :

— Regardez ce fichier. Il s'appelle Channing.

— Peter Channing.

Le premier message datait de quinze jours plus tôt. Il disait :

J'ai beaucoup pensé à toi, Layla. J'aimerais te revoir.

Layla n'y avait pas répondu, mais quatre autres messages avaient suivi. Le dernier remontait à la semaine précédente et était plus long que les autres.

— Je n’arrive pas à le croire. Il dit qu’il va se marier.

— C’est peut-être ce qui a été le déclencheur. Cela aurait pu pousser Channing à se confronter à son passé. Quelle est la date prévue pour les noces ?

— Il ne la mentionne pas. Il faut que je note le contenu de ce message, dit-elle en tirant le premier tiroir de gauche, à la recherche d’une feuille de papier.

— Oh ! mon Dieu !

À l’intérieur, il vit un entrelacs de fils électriques. Une bombe. Le compte à rebours affiché sur un petit écran numérique indiquait qu’il restait moins de quatre minutes.

7

Les chiffres rouges de l'engin caché dans le tiroir décomptaient silencieusement les secondes. Brooke contempla avec horreur le temps restant passer de 3 : 48 à 3 : 47 puis 3 : 46. Dans trois minutes et quarante-six secondes, la bombe allait exploser !

Sloan l'attrapa par le bras et l'arracha à son siège avec une telle force que ses genoux se dérobèrent. Sans ménagement, il l'entraîna vers la sortie.

— Courez, commanda-t-il. Partez. Tout de suite !

— Pouvez-vous l'arrêter ?

Pour toute réponse, il la poussa vers la porte. Comment était-ce possible ? *Une bombe !* Toutes les affaires de Layla seraient détruites. Émergeant du bureau, Brooke passa devant la table à tréteaux, le buffet, le sofa et les élégantes chaises. Tout allait disparaître, et les preuves avec.

Sur le palier, Sloan brisa le boîtier d'alarme-incendie. Des voyants se déclenchèrent et une sirène stridente se mit à hurler. Il poussa Brooke en direction d'un des appartements voisins.

— Prévenez-les. Il faut que tout le monde sorte.

Pendant qu'elle s'exécutait, il tambourinait à la porte d'en face.

— Tout le monde dehors ! Il y a une bombe dans l'immeuble !

— Sortez ! rugit Sloan pour dominer le son de la sirène. Descendez par l'escalier… Vite !

Brooke relaya le message au jeune couple qui ouvrit la porte à laquelle elle frappait. L'homme la considéra avec curiosité et dit :

— Layla… C'est vous ?

Les gens les confondaient souvent en raison de leurs cheveux de jais et de leurs yeux bleus. Mais l'erreur du jeune homme toucha une corde sensible. Perdre Layla, c'était un peu comme perdre sa sœur – sa jumelle. Elle se sentirait à jamais amputée d'une partie d'elle-même. Layla était partie pour toujours. Et les preuves incriminant son meurtrier seraient bientôt détruites. Non… Il ne fallait pas penser à cela pour l'instant.

— Vite ! dit-elle. Sauvez-vous ! Tout va sauter.

D'autres portes s'ouvraient sur le couloir du septième étage. Sloan guidait les résidents vers la cage d'escalier aussi vite qu'il le pouvait sans causer de mouvement de panique. *Ne surtout pas prendre l'ascenseur. Il peut se bloquer.* Elle se souvenait clairement des règles d'évacuation en cas d'incendie. Bien qu'effrayée, elle ne put s'empêcher de se dire que cela n'avait rien à voir avec la peur qu'elle avait éprouvée pendant sa séquestration, étant jeune. Une bombe, c'était un peu comme un combat. Elle n'était pas dépossédée de toute maîtrise sur les événements. Sloan non plus. Il faisait évacuer d'une main tout en téléphonant de l'autre. Ce type était incroyable ; il ne se départait jamais de son calme. Appelait-il les pompiers ou le FBI disposait-il d'une équipe de démineurs ?

Le palier du septième était presque vide. Il était temps pour elle et Sloan de suivre les autres. Il ne devait rester qu'une poignée de secondes avant l'explosion.

La tenant par le bras, il ouvrit la porte de la cage d'escalier. Elle était bondée. Des résidents de différents étages descendaient précipitamment mais en bon ordre tout en grommelant et en se plaignant du dérangement. Ils ne savaient pas encore qu'il ne s'agissait pas d'un exercice.

— Restez près de moi, murmura Sloan à son oreille. C'est dangereux, ici.

— Pourquoi ?

— Parce que la personne qui a tué Layla est toujours dans la nature.

Comme si j'avais oublié.

La porte en métal du septième étage était presque refermée lorsqu'elle vit une boule de flammes orangées en même temps qu'une forte détonation se faisait entendre. Forte. Terrible. Le sol trembla sous ses pieds. L'immeuble parut osciller.

Les voix dans la cage d'escalier passèrent du ton de la conversation aux cris de frayeur et aux larmes. Rapidement, ce fut le chaos. Si Sloan n'avait pas été là à côté d'elle, le bras passé autour de sa taille, elle aurait peut-être perdu son sang-froid.

Il était doué en situation de crise. Il exhorta les habitants au calme tout en les rassurant et en leur disant que les pompiers allaient arriver.

Tout à coup, les lumières clignotèrent dans l'escalier avant de s'éteindre tout à fait. Une obscurité oppressante les enveloppa. Dans le noir, chaque voix sonnait comme une menace. À chaque bousculade, Brooke avait l'impression qu'on se saisissait d'elle pour lui planter un couteau entre les côtes ou lui plaquer le canon d'une arme sur la tempe. Désorientée, elle se força à continuer, accrochée à la rambarde. Sloan et d'autres élevèrent leur portable à bout de bras pour éclairer la cage d'escalier.

Ils ne s'étaient trouvés qu'au septième étage, mais il lui sembla être restée piégée dans cet escalier pendant des heures. Lorsqu'elle atteignit enfin le hall, en bas,

Brooke retint des larmes de soulagement. Veillant à ne pas s'éloigner de Sloan, elle se laissa guider vers l'extérieur avec le reste des occupants de l'immeuble.

Un camion de pompiers vint se ranger dans un vrombissement de moteur devant l'entrée de l'immeuble. Deux voitures de police étaient déjà là, et elle entendit la sirène d'une ambulance qui approchait. Elle se retourna pour regarder les secours se précipiter dans le hall de l'immeuble.

— Avancez, lui intima Sloan, l'entraînant le long du trottoir en serrant son bras dans une poigne d'acier. Je préfère vous éloigner rapidement d'ici.

— Ne stressez pas. Je vais bien.

— Mais je vous ai mal protégée. J'ai failli à ma tâche. Obéissez-moi. Je ne veux pas que ça se reproduise.

Le premier mouvement de Brooke fut de s'affirmer, mais elle n'était pas stupide. Si un agent fédéral comme Sloan pensait qu'elle avait besoin de protection, elle devait l'écouter. Elle remarqua qu'il avait sorti son arme et elle regretta de ne pas avoir insisté pour emporter la sienne. Le spray lacrymogène semblait tout à coup bien insuffisant.

Tandis que Sloan se présentait à un officier en uniforme et demandait de l'aide, elle ouvrit sa sacoche et plongea la main à l'intérieur. Sloan se sentirait peut-être moins coupable de l'avoir mal protégée s'il savait qu'elle y avait glissé l'étui à clés USB de Layla. Elle avait eu un instant de doute en s'en emparant, se disant qu'elle commettait une infraction en soustrayant des preuves à la justice. Mais elle se félicitait maintenant de sa présence d'esprit. La bombe n'avait pas *tout* détruit.

Quelques heures après avoir renvoyé Brooke chez elle sous escorte policière, Sloan la rejoignit. Il rangea son SUV le long du trottoir, en face de sa jolie résidence bien protégée. La maison de stuc blanc scintillait au clair de lune tel un château de conte de fées. Mais, en lieu et place d'un dragon et de douves, c'était une voiture de patrouille avec un officier à l'intérieur qui montait la garde. La camionnette de George Gimbel était dans l'allée, devant le garage attenant à la maison.

L'ancien agent fédéral avait accepté de rester auprès de Franny jusqu'au retour de Sloan du FBI. Il ne s'était pas fait beaucoup prier. Sloan avait l'impression que l'ex-agent appréciait le rôle de consultant qu'il jouait dans cette enquête. Son affection pour les six jeunes femmes était sincère, c'était manifeste, et il éprouvait le besoin de les protéger. Douze ans plus tôt, leur enlèvement avait été « son » affaire. C'était en partie grâce à lui que leur ravisseur avait pu être jugé, reconnu coupable et condamné à une peine de prison à perpétuité. Et, maintenant que le danger semblait resurgir de nulle part, Gimbel ne voulait pas qu'il puisse de nouveau leur arriver du mal.

Sloan quitta l'habitacle climatisé de son véhicule, rajusta son nœud de cravate et boutonna un bouton de son blazer bleu marine. S'il était encore au Texas, les températures estivales auraient rendu cette tenue inconfortable. Mais on était au Colorado, où les nuits étaient plus fraîches – et la chaleur sèche, comme on n'avait cessé de le lui répéter depuis trois mois qu'il était à Denver.

Ce qui ne l'empêchait pas présentement de transpirer. La bombe, dans l'appartement de Layla, avait ébranlé sa confiance et l'avait mis en colère. Heureusement, aspect positif des choses, les pompiers avaient éteint l'incendie et personne n'avait été blessé. Mais ces deux détails n'enlevaient rien au fait qu'il s'était montré proprement stupide. Comment avait-il pu emmener Brooke à l'appartement avant que l'endroit n'ait été passé au crible par les experts de la scientifique ? Des preuves avaient été détruites, et tout espoir d'enquêter discrètement s'était envolé en un vilain panache de fumée noire. Il s'était presque attendu à voir les camions satellites des chaînes d'information campant devant la maison de Brooke, mais ils n'étaient pas encore là. Pour l'instant, les médias étaient encore focalisés sur la bombe et l'incendie, mais ils ne tarderaient pas à établir le lien avec Layla et les poupées Hardy. Comme le directeur adjoint l'avait rappelé à lui et à Keller, il s'agissait d'une affaire très retentissante.

Après s'être présenté au policier en faction dans sa voiture, Sloan remonta l'allée. Tout bien considéré, ses entretiens avec la hiérarchie du bureau local du FBI s'étaient bien passés. L'agent spécial en charge Keller lui avait laissé une relative liberté, l'autorisant à conserver l'affaire – à titre de profileur, exclusivement – au lieu de recommander des mesures disciplinaires. Pour être tout à fait réaliste, la décision de Keller ne relevait pas uniquement de la chance. Lui aussi protégeait ses arrières. Sloan l'avait informé de son intention de se rendre à l'appartement de Layla, et Keller n'avait élevé aucune objection.

Ni l'un ni l'autre ne s'était attendu à ce qu'une fichue *bombe* soit cachée là-bas.

L'engin utilisé ne cadrait pas avec le profil d'un tueur ayant transporté Layla au chalet puis disposé son corps soigneusement, *amoureusement* presque. Les observations de Brooke à propos de la discrète fouille de l'appartement – indécelable pour un œil moins averti que le sien – étaient en totale contradiction avec l'explosion. Une bombe, c'était tout sauf subtil. Si le tueur avait eu l'intention de tout faire sauter, pourquoi s'être montré si soucieux de ne rien déranger ?

Gimbel répondit au premier coup de sonnette de Sloan. Si l'ancien agent avait toujours le sourire aux lèvres, il semblait quelque peu lessivé.

— Entrez, gronda-t-il. Je me couche habituellement à 10 heures. Il était temps que quelqu'un vienne prendre le relais… La compagnie de ces demoiselles n'est pas exactement de tout repos.

— Franny et Brooke ?

— *Et* les jumelles, Moira et Megan. *Et* la petite Emily de Megan qui a quatre ans. Elle vient enfin de s'endormir, précisa-t-il en passant les pouces sous ses bretelles rouges et en se balançant sur ses talons. Et, comme si leur caquetage incessant ne suffisait pas à vous faire tourner en bourrique, Tom Lancaster vient d'arriver.

— D'après ce que j'ai compris, c'est vous qui le leur aviez recommandé.

— Il leur fallait un juriste. Tom est un type correct. Il ne plaide pas, il s'occupe surtout de successions et de droit patrimonial.

— Pourquoi est-il ici ?

— Brooke lui a téléphoné. Elle veut faire appel à une société de sécurité, ce qui signifie qu'elle a besoin de puiser dans leur compte commun.

Sloan avait quelques questions à poser sur le fonctionnement de ce compte. Brooke semblait penser que leurs ressources étaient illimitées.

— Brooke m'a dit que Lancaster l'avait appelée dans la journée. A-t-il dit quelle affaire il avait traitée avec Layla ?

— Je ne l'ai pas interrogé, répondit Gimbel. C'est à vous de vous en charger. Mais je peux vous donner un tuyau : c'est peut-être lui la dernière personne à avoir parlé à Layla il y a quelques jours. L'une des jumelles a reçu un message de Layla mais, quand elle l'a rappelée, elle n'a pas réussi à la joindre.

Sloan s'était entretenu par téléphone avec les jumelles, mais il ne les avait encore jamais rencontrées. Des éclats de voix lui parvenaient depuis la cuisine. Quelqu'un avait l'air en colère, mais il ne put identifier la voix.

— Que pouvez-vous me dire de Megan et Moira ?

— Vous d'abord, rétorqua Gimbel. Parlez-moi de cette bombe.

— On en saura plus quand les spécialistes en explosifs auront fini leur enquête mais, d'après le rapport préliminaire, l'engin a été déclenché par l'ouverture de la porte d'entrée de l'appartement. Un mécanisme assez sophistiqué mais pas extraordinairement inventif non plus qui était réglé pour exploser quinze minutes après le déverrouillage de la porte d'entrée.

— L'appartement était piégé, dit Gimbel. Vous n'avez rien à vous reprocher. N'importe qui aurait pu déclencher la bombe en ouvrant cette porte.

— Mais c'était moi.

Et il aurait dû faire preuve d'un peu plus de jugeote. Sloan était arrivé à Denver précédé d'une réputation d'agent efficace, formé au profilage, mais il venait de connaître un échec retentissant dès sa première enquête. Il n'avait pas deviné que ce type était un poseur de bombe. En plus d'être l'auteur d'appels anonymes et, peut-être bien, de harcèlement.

La conversation dans la cuisine s'échauffa, les jeunes femmes faisant toutes valoir leur point de vue. Voyant Sloan lorgner avec envie vers la sortie, Gimbel s'esclaffa.

— Ces demoiselles sont intéressantes mais un peu farfelues. Je suis bien content de ne pas en être responsable cette fois-ci.

— Vous préférez que ce soit moi.

— Ne vous frappez pas, mon vieux. Ce sont juste quatre jeunes femmes profondément traumatisées qui sont mortes de peur et en deuil de leur amie qui vient d'être assassinée.

— Simple comme bonjour, grommela Sloan.

Dans la cuisine, Franny et une femme avec une longue tresse noire étaient assises sur des tabourets hauts d'un côté de l'îlot en marbre poli. Lancaster avait laissé un tabouret vacant entre Franny et lui. Brooke leur faisait face. La quatrième faisait les cent pas tout en parlant à jet continu, répétant à l'envi les raisons pour lesquelles elle refusait *ca-té-go-ri-que-ment* qu'un garde du corps vienne interférer dans sa vie bien occupée.

Apercevant Sloan, elle s'arrêta net au milieu d'une phrase. Quatre paires d'yeux braquèrent sur lui le même regard bleu. Leurs traits avaient beau être distincts – exception faite des jumelles, elles se ressemblaient de façon assez frappante pour qu'il en soit à la fois fasciné et troublé. Douze ans plus tôt, quand Martin Hardy avait assemblé sa famille de poupées, il en avait choisi les membres avec assez de soin pour former un groupe cohérent. Toutes avaient les cheveux noirs, mais elles étaient coiffées différemment. Brooke entama les présentations, Tom Lancaster – un type maigrelet, d'allure nerveuse, avec la tête rasée et des lunettes à grosses montures – se leva de son tabouret pour lui serrer la main. Aucune des jeunes femmes ne l'imita. Il comprenait leur méfiance : il n'avait pas sauvé Layla et il venait de mettre Brooke en danger.

— Je voudrais parler à chacune d'entre vous séparément, déclara-t-il. Vos observations personnelles me seront précieuses pour établir le profil du tueur.

— Il y a une chose que je voudrais tirer au clair, dit Megan en cessant d'aller et venir pour se poster devant l'îlot, les mains en appui sur le plan de travail en marbre. Ma fille et moi, courons-nous réellement un danger ?

— Pardi ! lança Moira, sa jumelle, en rejetant sa tresse par-dessus son épaule. Layla vient d'être assassinée. Une bombe a failli tuer Brooke. Que te faut-il de plus ?

— Tu n'es pas une experte, répliqua Megan, son carré à frange très graphique luisant sous la lumière des spots sur rail. L'agent spécial Sloan a l'habitude du danger et des morts violentes, n'est-ce pas ?

Il n'avait jamais entendu décrire son travail de cette façon-là.

— Si vous vous demandez s'il est nécessaire que vous soyez placées sous protection, la réponse est oui. Je crois que vous feriez bien d'engager un garde du corps.

— Merci, souligna Brooke avec emphase. J'ai pris rendez-vous avec deux sociétés de sécurité ce soir.

Elle poursuivit, expliquant comment la protection serait organisée, une personne gardant son domicile, où elle et Franny continueraient à résider, une autre veillant sur Moira et une troisième sur Megan et sa fille. Megan s'empressa d'observer que, si son mari avait été ici et non en mission au Moyen-Orient, il aurait pu se charger lui-même de leur protection.

— Mais oui, proféra Moira d'un air blasé. On sait que ton étalon des Forces Spéciales serait capable de maîtriser n'importe quel psychopathe. Veinarde, va !

— Je ne suis pas comme toi, moi, riposta l'intéressée. Je ne tente pas le destin en allant m'exhiber dans des sabbats wicca ou danser nue les soirs de pleine lune !

— Tu as ta façon de te protéger, j'ai la mienne.

Durant l'échange tendu entre sœurs, Franny était restée étonnamment silencieuse, le regard fuyant, la tête baissée. Intérieurement, Sloan sut gré à Gimbel de contourner l'îlot pour aller se poster à côté du petit elfe aux cheveux bouclés ornés d'une couronne de fleurs de soie – des roses rouges et du romarin, symbole du souvenir. Celle-ci se laissa aussitôt glisser à bas de son tabouret pour enrouler ses bras autour du torse massif du policier et enfouir sa tête au creux de son épaule.

Avec son trouble déficitaire de l'attention et ses tendances bipolaires, Franny était très démonstrative et exprimait intensément ses émotions. À tout moment et sans que rien ne l'ait laissé prévoir, elle pouvait éclater en sanglots ou entonner gaiement un medley d'airs de comédie musicale. Le plus délicat pour la comprendre était de savoir interpréter le sous-texte.

S'agissant des jumelles, Sloan ne savait pas à quoi s'attendre. Selon Gimbel, elles avaient toutes deux souffert de dépression. Megan – avec son mari et sa fille – semblait être une maman modèle, la douceur incarnée, mais il y avait une arête incisive en elle et il n'en fallait pas beaucoup pour attiser sa colère. Le principal trait commun qu'elle partageait avec sa sœur était son engagement dans des œuvres caritatives. Elle était bénévole dans différentes associations de soutien aux vétérans et aux sans-abri alors que l'action de Moira se centrait sur les arts ; elle s'occupait de collecter des fonds pour une compagnie de danse et travaillait comme guide au musée d'art. Elle s'adonnait également à la peinture à l'huile et avait la réputation de disparaître de la circulation pendant des semaines d'affilée.

— Agent Sloan, dit Megan. Il est inutile que nous ayons un entretien en privé. Nous pouvons parler maintenant.

— Je ne travaille pas de cette façon.

Après sa négligence coupable à l'appartement de Layla, il entendait jouer son rôle d'investigateur strictement dans les formes. Se tournant vers Brooke, il demanda :

— Puis-je utiliser votre bureau ?

— C'est une perte de temps, insista Megan. Je vais vous dire ce qui s'est passé. La dernière fois que j'ai été en contact avec Layla remonte à il y a un peu plus de deux semaines. Elle était venue assister au match de football de ma fille. Elle avait apporté des oranges, ce qui était très gentil de sa part… Si seulement elle les avait découpées en plus petits morceaux. Mais elle ne connaissait pas grand-chose aux enfants.

— C'est normal, rétorqua Moira. Elle n'en avait pas. Et elle n'a pas vraiment eu d'enfance… comme nous toutes.

— Layla avait seize ans quand Hardy l'a enlevée. Nous en avions onze.

Franny se détacha de Gimbel.

— Vous êtes les dernières à avoir été enlevées, toutes les deux. Vous ne savez pas ce qui s'est passé avant votre arrivée.

— Cessez de vous chamailler, intervint Brooke. Voilà exactement pourquoi Sloan veut nous voir une à une. Ensemble, nous passons notre temps à nous interrompre.

Il prit son carnet à spirale dans sa poche.

— Venez, Brooke. On va s'installer dans votre bureau.

Avec un bref hochement de tête, elle se leva de son tabouret.

— Si vous voulez boire ou manger quelque chose, servez-vous. Franny sait où chaque chose est rangée.

Passant devant lui, elle longea le couloir jusqu'au bureau où, nota-t-il, elle avait pris la précaution de baisser les persiennes afin qu'on ne voie pas l'intérieur de la maison. Elle s'était changée et avait passé une chemise blanche et un bermuda kaki – tenue qui, pour fonctionnelle et pratique qu'elle soit, réussissait à être sexy sur elle. Ses longs cheveux noirs étaient lâchés sur ses épaules et elle était pieds nus. Pour une raison mystérieuse, elle portait toujours son sac banane.

— Êtes-vous sortie de la maison ?

— Pas depuis que le policier m'a ramenée de l'appartement de Layla, répondit-elle en refermant la porte et en s'y adossant au lieu d'aller s'asseoir derrière son bureau. J'ai été plutôt occupée avec Franny et les jumelles. Pourquoi cette question ?

— Vous avez toujours votre banane.

Elle arqua les sourcils, et ses lèvres s'étirèrent en un sourire à la fois entendu et un peu détaché.

— J'ai mes raisons.

Il aurait dû poser des questions, chercher la vérité, mais elle désarmait tous ses réflexes professionnels. En dépit de sa mauvaise appréciation à l'appartement de Layla et de son incapacité à dresser le profil de ce tueur, il éprouvait un vrai bonheur chaque fois qu'il la regardait et entendait sa voix.

— Je suis content que vous soyez indemne.

— Je vous retourne la pareille.

Elle ouvrit sa banane, plongea la main à l'intérieur et en tira triomphalement un petit objet.

— Surprise !

Elle avait pris l'étui de clés USB ! Grâce à sa présence d'esprit, cela au moins avait survécu à l'explosion.

— Brooke, vous êtes un génie.

— Je sais.

8

Brooke se retint de sourire largement. En pleine tragédie, une démonstration de joie excessive aurait été malvenue. Mais elle ne pouvait s'empêcher de jubiler intérieurement. Le fait que Sloan ait ouvertement reconnu son intelligence avait plus de valeur encore à ses yeux que s'il l'avait complimentée sur sa plastique, ses cheveux ou le bleu de ses yeux. Sa couleur d'yeux, en particulier, semblait singulièrement sans importance – ce n'était après tout qu'un trait génétique hérité de parents qui ne l'avaient pas aimée suffisamment pour rester auprès d'elle.

— Il faut que je vous dise : j'ai pris l'étui avant que nous ayons trouvé la bombe. J'avais l'intention de l'emporter, avec ou sans votre accord. C'est un souvenir. Les données qu'elles contiennent me rappelleront Layla.

— Et c'est aussi une preuve matérielle.

— Aussi.

— Est-il possible que vous l'ayez subtilisé parce que vous ne faites pas entièrement confiance au travail du FBI ?

Plus que possible ! De son point de vue, le meurtrier de Layla était quelqu'un qui était passé à travers les mailles du filet lors de la première enquête du FBI. La faute en incombait à l'institution et à la bureaucratie. Pas à lui.

— N'y voyez pas d'offense, Sloan. Je suis sûre que vous êtes tout à fait compétent.

Il considéra longuement l'étui de clés USB puis il leva les yeux et planta son regard dans le sien.

— Je ne suis pas fier de la façon dont j'ai mené l'enquête. Je n'aurais jamais dû vous emmener chez Layla ni pénétrer dans cet appartement avant la venue de l'équipe scientifique. Si vous aviez été blessée dans l'explosion, ça aurait été entièrement ma faute.

— Mais je ne l'ai pas été. Je me porte comme un charme.

Après des années de psychothérapie, Brooke voyait bien que son mea culpa pétri de remords était le signe d'un naturel surprotecteur. Elle le savait d'autant mieux qu'elle-même était aux prises avec le même problème.

— De plus, si nous n'y étions pas allés, il nous aurait fallu attendre je ne sais combien de temps avant que l'équipe scientifique nous parle de ce petit crétin de Channing.

— Vous n'êtes pas tendre avec eux. Ils n'auraient pas mis longtemps à trouver les mails de Peter.

— Vous auraient-ils averti, vous, de leur découverte ? Et m'en auriez-vous informée ?

— Oui et oui. Keller est le responsable, mais j'ai besoin de connaître toutes les informations pour dresser un profil.

— À propos de Channing, quand pouvons-nous le voir ?

Il ne broncha pas, mais il n'applaudit pas non plus.

— Je vais en parler avec l'agent Keller. C'est lui qui mène la danse.

Réponse insatisfaisante. Elle était pressée de voir l'enquête progresser. Plus elle traînerait en longueur, plus longtemps ses amies et elle seraient en danger. Channing était le suspect le plus évident. Le lien qu'il avait eu, étant enfant, avec elles était pour le moins bizarre. Et il avait pris contact avec Layla, tenté de rétablir la communication.

— Il faut que je lui parle face à face.

S'il avait tué son amie, elle voulait qu'il paie. Rien ne lui ferait plus plaisir que de l'envoyer rejoindre son oncle en prison. Une répugnante petite réunion familiale… Voilà tout ce qu'ils méritaient.

Le procès de Martin Hardy s'était tenu alors qu'elle n'avait que quinze ans, et elle n'avait pas eu l'occasion de faire sa déposition en audience publique. Témoigner à huis clos n'était pas aussi satisfaisant que de venir à la barre et de montrer du doigt le monstre qui avait détruit sa vie. *J'accuse, espèce de salaud.*

— Quand il sera dans nos locaux, je ferai en sorte d'organiser une entrevue, dit Sloan. Mais il faut faire les choses dans les règles.

— Je suis d'accord.

— Ce qui signifie que je dois remettre ces clés USB à Keller.

— Attendez ! s'exclama-t-elle en s'avançant vers lui et en posant la main sur le revers de sa veste, comme si ce simple geste pouvait l'arrêter. Est-ce que je ne devrais pas avoir mon mot à dire ? Après tout, c'est *moi* qui ai eu l'idée d'emporter ces clés. Je devrais à tout le moins être autorisée à voir leur contenu.

— Vous êtes témoin, pas enquêtrice.

— Mais je peux contribuer à faire avancer l'enquête.

— Le règlement, c'est le règlement, rappela-t-il.

— S'il vous plaît, juste un coup d'œil… Ça ne peut pas faire de mal, plaida-t-elle.

La mâchoire de Sloan se contracta. Elle se prépara à essuyer un refus. Les fédéraux – même Gimbel – avaient tellement la culture du secret ! Sloan ne devait pas différer des autres.

Mais il la surprit en lui tendant l'étui de clés USB.

— Du moment que je ne vous mets pas en danger… ça ne peut pas faire de mal, en effet. J'attendrai d'avoir interrogé Franny, Megan et Moira pour parler des clés à Keller. Cela devrait vous laisser tout le temps de faire des copies.

Levant les yeux, elle murmura un « merci ». Après tout ce par quoi ils étaient passés aujourd'hui, il aurait dû être épuisé mais non : il demeurait calme et serein, le seul détail trahissant son désarroi était le début de barbe commençant à ombrer son menton.

— Vous portez toujours un costume ? s'enquit-elle de but en blanc.

— Non, pas toujours. Quand je me fais asperger de gaz lacrymogène, je me déshabille.

Si c'était tout ce qu'il fallait pour lui faire ôter ses vêtements, elle pouvait brandir son spray défensif immédiatement.

— Mais il doit bien exister des façons moins douloureuses de vous détendre.

— Je suis tout disposé à les tester.

L'intonation tout à coup un peu rauque de sa voix l'alerta. Seigneur, cette conversation était en train de tourner au flirt. Lorsqu'on était une jeune femme de vingt-six ans, cela n'avait rien d'exceptionnel même si, dans de telles circonstances, elle s'abstenait toujours de faire des remarques suggestives, ne battait jamais des cils, ne portait jamais de décolletés sexy… Mais flirter avec un agent fédéral ? Ça, c'était inédit. Et pourtant elle tendit la main vers sa cravate rayée et tira dessus d'un petit coup sec.

— Vous pourriez desserrer ce nœud, dit-elle.

Sans rompre le contact visuel, il éleva la main et fit coulisser le nœud plus bas. Il défit le premier bouton de sa chemise bleu ciel.

— C'est plus confortable.

Les lèvres de Brooke s'entrouvrirent ; son pouls s'accéléra. Mais sa réaction physique n'était pas due à une crise de panique. Non, c'était… tout autre chose. Un éveil de ses sens, depuis si longtemps endormis. Son estomac se noua. Une bouffée de chaleur monta le long de son cou, et elle devina qu'elle rougissait.

Brooke avait eu des rapports sexuels pleinement consommés avec pénétration très exactement trois fois dans sa vie. La première, par curiosité – et désir de découvrir ce qu'il y avait de si extraordinaire à cela. Elle avait donc dûment recherché et sélectionné un partenaire convenable puis lui avait fait des avances. Le résultat avait été décevant. Elle n'avait pas été submergée par l'extase, la terre ne s'était pas mise à trembler et elle n'avait pas entendu le moindre crescendo symphonique. La deuxième fois – avec le même homme – avait été entreprise dans un espoir d'amélioration. Cela n'avait pas mérité un zéro mais certainement pas un dix non plus. Au troisième essai, avec un partenaire différent cette fois, elle en avait conclu qu'elle n'était pas de ces gens qui apprécient le sexe.

Mais se tenir debout devant Sloan et le regarder défaire son nœud de cravate provoqua une réaction d'une tout autre intensité, une vibration venue du tréfonds de son être. Peut-être le danger avait-il stimulé ses endorphines ? Peut-être son côté protecteur l'excitait-il ? Ou peut-être simplement que c'était le bon moment… Quelle qu'en soit la raison, elle le désirait.

D'une douce caresse, il repoussa une mèche de cheveux derrière son oreille. Les facettes argentées de ses yeux gris étincelaient et scintillaient. Que ce soit la magie de l'attirance charnelle ou une sorte d'illusion, cela lui plut et elle s'inclina davantage vers lui, jusqu'à en être si proche qu'elle sentit l'odeur de fumée de l'explosion qui s'accrochait encore à ses vêtements. Le danger était bien réel. Elle n'aurait pas dû se laisser distraire ainsi. Mais leurs corps se touchaient presque désormais.

On frappa un coup à la porte. Lancaster l'appela.

— Qu'y a-t-il ? lança-t-elle en retour.

— Le commercial de la société de sécurité est ici.

Bien qu'irritée par le dérangement, elle n'en fut pas moins un peu soulagée. S'adressant à Sloan, elle lui dit :

— Je dois m'occuper de ça. Le représentant de cette société a accepté de venir dès ce soir, à plus de 22 heures.

— Dans ce métier, on est habitué aux horaires irréguliers.

Elle ferma les paupières et baissa les yeux. Le moment de grâce avec Sloan était passé. Maintenant, il était temps pour elle de reprendre en main la gestion de tout et de tout le monde.

— J'arrive, indiqua-t-elle à Lancaster.

L'avocat poussa la porte et passa la tête par l'entrebâillement.

— Si vous voulez, je peux le recevoir moi-même. C'est pour ça que vous m'avez demandé de venir, non ?

— Pas exactement.

Elle avait beau le voir avec des yeux encore embrumés de sensualité et de désir pour Sloan, Tom Lancaster avait autant de sex-appeal qu'un gecko. Son crâne rasé s'inclinait jusqu'à d'épais verres correcteurs qui grossissaient ses yeux, déjà globuleux. Il était maigre et nerveux. Comment osait-il supposer qu'elle n'était pas capable de gérer seule l'embauche de gardes du corps ?

— Je sais ce que je recherche.

— Je disais ça comme ça, dit-il, haussant ses épaules étroites. J'ai déjà travaillé avec cette société. C'est d'ailleurs celle que je vous avais recommandée pour l'installation de vos caméras de surveillance et des serrures de la maison.

Elle avait été satisfaite de leur travail, mais elle avait

choisi une autre entreprise pour la conception de sa pièce de survie, au sous-sol.

— J'arrive, répéta-t-elle. Je vais recevoir le commercial.

— Je m'efforce juste de vous aider, dit Lancaster. Dites-moi quoi faire et je m'y attellerai aussitôt.

— Venez tôt demain matin. J'ai besoin de vous pour mettre de l'ordre dans les affaires de Layla. Pour le moment, vous pouvez tout aussi bien rentrer chez vous.

Sloan fit un pas en avant.

— Avant que vous ne partiez, j'aurais quelques questions à vous poser.

Elle poussa les deux hommes vers la porte.

— Si ça ne vous ennuie pas, je vais utiliser mon bureau pour m'entretenir avec ce représentant. Agent Sloan, je vous conseillerais d'entendre Franny en premier. Quand nous étions jeunes, c'est elle qui était le plus en contact avec Peter.

Avant de sortir, Sloan lui adressa un clin d'œil si fugace qu'elle faillit ne pas le voir. Flirtait-il de nouveau ? Si tel était le cas, elle était bien obligée d'admettre – de mauvaise grâce – qu'elle n'avait rien contre.

Tandis que Sloan guidait l'avocat jusqu'au hall d'entrée, il sortit le carnet à spirale de sa poche pour consigner les réponses de Lancaster. Il n'entendait pas se lancer dans une discussion de fond, mais Lancaster était peut-être la dernière personne à avoir été en contact avec Layla. Sloan avait besoin d'en savoir plus pour préciser la chronologie des événements.

— Vous aviez rendez-vous avec Layla. Quand lui avez-vous parlé pour la dernière fois ?

Lancaster remonta ses lunettes sur son nez et jeta un regard courroucé en direction de la cuisine où ils entendaient les jeunes femmes se présenter au représentant de la société de sécurité.

— C'est typique de Brooke. Elle refuse l'aide qu'on veut lui apporter, elle croit pouvoir tout gérer elle-même. Elle aurait dû me laisser me charger de négocier avec ce représentant.

— Elle voulait aborder des points précis avec lui, rétorqua Sloan, prenant sans même réfléchir la défense de Brooke. Elle peut très bien s'occuper de l'embauche elle-même.

— Vous croyez ?

La lueur du lustre de l'entrée se reflétait sur le dôme lisse de son crâne, donnant l'impression que sa tête était trop grosse pour son corps. Souriant intérieurement, Sloan se demanda si c'était la manifestation physique d'un ego surdimensionné.

— Brooke a l'air d'être parfaitement compétente en affaires.

— Oh ! bien sûr… Elle aime se persuader qu'elle maîtrise tout, mais je vois bien qu'elle est bouleversée. Vous n'avez pas vu comme ses doigts tremblaient ? Et sa respiration était laborieuse, ses joues, congestionnées… tous les signes qu'elle est morte de peur.

Sloan avait une petite idée de ce qui avait mis Brooke dans cet état, et ce n'était pas la peur. Après le moment d'intimité qu'ils avaient partagé dans son bureau, son propre cœur battait encore deux fois trop vite.

— Son agitation peut s'expliquer de bien des façons.

— Vous la connaissez à peine. Moi, j'ai passé du temps, *beaucoup* de temps auprès de ces jeunes personnes, j'ai veillé sur elle jusqu'à l'âge adulte et je ne vous cache pas que je me fais du souci. Le meurtre de Layla va avoir un effet, c'est évident.

Il pointa un long doigt noueux au centre du torse de Sloan.

— Il faut que vous arrêtiez ce tueur. Et vite.

Comme s'il traînait les pieds ! Sloan s'était déjà mis en posture délicate en entrant dans l'appartement de Layla sans attendre l'équipe technique. La rapidité, c'était important, mais le respect de la procédure aussi. Ça aurait dû être facile à comprendre pour un avocat, mais apparemment pas pour celui-ci. Lancaster commençait à lui être franchement antipathique.

— Soyez assuré que le FBI traite l'affaire avec toute la célérité voulue, répondit-il sèchement.

— J'espère bien.

— Donc, je vous repose la question : quand avez-vous été en contact avec Layla pour la dernière fois ?

— Je lui ai parlé au téléphone il y a trois jours – mardi. Attendez… Je vais vous dire à quelle heure précisément.

Lancaster ouvrit une application sur son téléphone et fit défiler l'écran. Patientant en silence, Sloan nota que la conversation se poursuivait dans la cuisine, mais il ne discerna ni l'intonation de Brooke ni une voix masculine. Elle avait dû conduire le représentant dans son bureau.

Il regarda l'avocat qui continuait à pianoter sur son téléphone. Faire attendre Sloan était un jeu de pouvoir, une façon de lui signifier que son temps était plus précieux que le sien.

— Peu importe, déclara Sloan. Je vous joindrai à votre cabinet.

— Voilà. Ma consultation téléphonique avec Layla a duré de 13 h 16 à 13 h 33 mardi… elle entrait dans la catégorie des heures facturables.

Cela cadrait avec ce que lui avait dit Brooke.

— Quel était le sujet de cette consultation ?

— Pas si vite. Vous oubliez le secret professionnel, agent Sloan.

Le prétentieux avocat prenait plaisir à entraver une investigation du FBI tout en exigeant par ailleurs des résultats immédiats. L'antipathie de Sloan pour Lancaster se changea en hostilité.

— Si vous refusez de coopérer, je vous arrête pour vous interroger.

— Vous n'oseriez pas.

Sloan se redressa de toute sa hauteur – il dépassait Lancaster-la-grosse-tête d'au moins quinze centimètres.

— D'après Brooke, Layla cherchait un bureau à louer. J'en déduis qu'elle a dû prendre contact avec vous, qui êtes son avocat et l'administrateur des fonds du groupe, pour s'assurer qu'elle avait l'assise financière pour ce faire.

— Je ne peux pas vous répondre, répéta Lancaster avec un petit sourire fat.

— Écoutez, j'ai eu une mauvaise journée. Je ne suis pas d'humeur à jouer avec vous.

— Dommage.

En général, Sloan évitait autant que possible d'exercer son autorité, mais Lancaster et son attitude hypocrite lui donnaient envie de lui mettre son poing dans la figure, de le regarder s'écrouler par terre et de jeter ce qu'il en restait en prison.

— Je vous laisse une dernière chance.

— Je ne fais que respecter la loi.

— Tournez-vous, mains derrière le dos.

— Pardon ? glapit-il.

— Votre réticence à discuter d'une question aussi banale m'incite à penser que vous avez quelque chose à cacher.

Sloan n'avait pas de menottes, mais il avait des liens autobloquants dans la poche de son blazer. Il les sortit et les agita, suspendus à son doigt, sous le nez de Lancaster.

— Par votre refus de répondre à mes questions, vous faites obstruction à la justice dans une enquête où le facteur temps est déterminant, ce qui met en jeu la sécurité de plusieurs personnes.

— Je suis dans mon droit.

— Et moi dans le mien. J'ai tout pouvoir pour vous arrêter.

Sloan entendit quelqu'un retenir son souffle. Il se retourna et vit Franny, Moira et Megan debout dans l'embrasure de la porte.

— Désolé que vous ayez assisté à ça, dit Sloan.

— Dites-lui, siffla Lancaster en tapant du pied sur le sol carrelé. Dites-lui, vous, toute l'aide que je vous ai apportée et comment j'ai pris soin de vous. Je suis comme un père pour vous.

Franny secoua la tête.

— Ce n'est pas que j'ai une grande expérience des pères, mais… je ne crois pas, non.

Lancaster s'entêta.

— J'ai géré vos fonds de la meilleure façon qui soit. Chaque fois que vous avez eu besoin d'argent, pour vos études ou autre… Pas une fois je ne vous ai fait faux bond.

— Ce n'est pas vrai, objecta Moira. Vous avez refusé une donation de dix mille dollars à mes amis qui avaient besoin de louer une salle pour un gala de danse.

— Et moi, j'ai emprunté sur notre compte commun la mise de fonds initiale pour l'achat de ma maison, mais je l'ai remboursée.

Sloan trouva intéressant le fait que les jeunes femmes ne prennent pas la défense de leur avocat. En douze ans de bons et loyaux services, Lancaster n'avait apparemment pas gagné en popularité auprès de ses protégées. Layla s'était-elle disputée avec lui ?

Il avait bien l'intention de se pencher sur le cas de Lancaster, peut-être aussi d'exiger la production des registres et livres de comptes du fonds qu'il administrait. Ses doigts enserrèrent son bras décharné.

— Allez, venez avec moi.

— C'est bon, attendez… Je vais coopérer.

Derrière les verres grossissants, les yeux se déplacèrent rapidement de droite à gauche, évitant de croiser son regard.

— Quand Layla m'a appelé, c'était pour savoir si les fonds pouvaient lui permettre de louer un bureau. Elle m'a fourni un montant approximatif et je lui ai donné le feu vert.

— Et pourquoi lui aurait-il fallu votre aval ? questionna Moira. C'est *notre* argent.

À sa voix, il était clair qu'elle était en colère. En lui refusant la donation pour la troupe de danse, il s'était fait d'elle une ennemie jurée. Sloan se concentra sur Lancaster.

— D'après ce que vous m'avez dit, l'appel a duré plus d'un quart d'heure. De quoi d'autre avez-vous parlé ?

— Elle se demandait s'il valait mieux intégrer un groupe d'avocats ou ouvrir son propre cabinet et elle voulait avoir mon avis. Je le lui ai donné ainsi que quelques noms de jeunes avocats de ma connaissance. Autre chose ?

— Pas pour l'instant. Mais ne quittez pas la ville.

Sitôt que Sloan l'eut libéré, l'avocat marcha vers la porte d'un pas raide et attendit que Franny ait désactivé l'alarme. Il s'en alla sans dire au revoir à ses clientes.

Avant qu'elle n'ait eu le temps de rejoindre les autres, Sloan s'avança vers Franny.

— J'ai quelques questions à vous poser.

— Mais je n'ai rien à dire, répondit-elle en pressant ses deux poings sur sa bouche.

— Franny… Je vous en prie. On peut s'installer quelque part, au calme.

— OK. Allons au sous-sol, alors, dit-elle en l'invitant d'un geste à le suivre.

Au milieu de l'escalier, elle se retourna vers lui :

— Il faut absolument que vous l'arrêtiez.

— Qui ?

— Peter Channing.

9

Si Sloan avait été pleinement en possession de ses moyens, il se serait souvenu que le sous-sol abritait un stand de tir. Avant qu'il n'ait eu le loisir de suggérer un endroit moins bruyant, Franny avait déverrouillé la porte de la salle insonorisée. Une fois à l'intérieur, il fallait composer un deuxième code pour accéder au râtelier contenant divers modèles d'armes de poing.

Il voulut questionner Franny à propos de l'accusation qu'elle avait portée contre Channing, mais ce sujet était déjà de l'histoire ancienne pour elle. Elle était passée à autre chose. Fredonnant, elle prit un Walther P22 avec une crosse rose.

— Ça m'aidera à me détendre, expliqua-t-elle avec un joyeux sourire. Le tir stimule la concentration. Quand je vise, je dois faire le vide dans mon esprit et centrer mon attention. Moira dit que c'est comme la méditation.

Il n'avait jamais entendu parler de pratique de tir zen, mais ça semblait judicieux pour quelqu'un comme Franny, dont les pensées avaient tendance à s'éparpiller dans toutes les directions. Quand elle visait une cible, son champ d'intérêt se canalisait.

— Je comprends, dit-il. Avant de commencer, je voulais vous dire combien j'étais désolé pour Layla. C'est dur de perdre une amie aussi proche.

— Je n'ai pas encore pleuré. Les larmes sont là, pas loin, mais elles refusent de venir, confia-t-elle avec un sourire hésitant. D'après Brooke, Layla était déjà morte quand j'ai essayé de la joindre par téléphone.

— Vous n'auriez rien pu faire pour empêcher qu'elle ne soit tuée, en effet.

— Peut-être, peut-être pas.

Elle pivota et se dirigea vers le comptoir où deux zones de tir étaient séparées par une cloison. Comme elle chargeait son semi-automatique, elle proposa :

— Si vous voulez, vous pouvez tirer, vous aussi. Vous devez être sacrément doué, j'imagine.

Il n'avait certes pas l'intention de se lancer dans une telle compétition.

— Je préfère vous regarder.

Elle plissa les yeux tandis qu'elle considérait la silhouette humaine en papier avec une cible dessinée sur le torse. La distance de tir était d'environ vingt mètres. La distance idéale pour l'autodéfense.

Franny troqua sa couronne de roses et de romarin contre un casque antibruit et lui en tendit un autre.

Avec son chemisier à motif cachemire, son jean coupé en short et ses bottes de cow-boy rouges, elle avait l'air pimpante et désinvolte mais, lorsqu'elle éleva son arme, son expression était tout ce qu'il y a de sérieux. En moins de deux minutes, elle avait vidé le magasin. Elle rechargea son arme. Au bout de dix nouveaux coups, elle se détourna de la cible.

Elle le contempla, les joues rouges, cherchant son souffle. Les tireurs novices avaient souvent tendance à retenir leur respiration quand ils tiraient. Elle retira son casque, les yeux brillants.

— Il y a trois mois, il me semble l'avoir vu dans un supermarché, déclara-t-elle. Peter Channing.

— Vous l'avez connu jeune, rappela Sloan, s'adaptant au brutal changement de sujet. Il n'avait que onze ans. Il doit avoir beaucoup changé.

— Le type que j'ai vu avait la même coupe courte que Peter, le même sourire en coin, avec une fossette d'un côté, débita-t-elle très vite. Et il était du genre dégingandé, comme Peter l'a toujours été. Mais lui ne m'a pas vue.

— L'avez-vous approché ?

— Surtout pas ! J'ai d'abord eu envie de prendre mes jambes à mon cou mais, ensuite, je me suis demandé si c'était bien lui. Il m'était déjà arrivé d'apercevoir quelqu'un du coin de l'œil et de croire – je veux dire, d'être absolument persuadée – que c'était Hardy me pourchassant avec son couteau de chasse. J'ai beau savoir qu'il est en prison, je crois le voir de temps à autre… Jusqu'à ce que je m'approche et que je me rende compte que ce n'est pas lui. Donc, j'ai décidé de filer le type du supermarché.

— Vous savez, intervint Sloan. Au cas où vous vous sentiriez de nouveau menacée, vous pouvez m'appeler ou appeler les secours.

— On croirait entendre Brooke. Le premier numéro abrégé sur son téléphone est le 911.

De fait, il ne se rappelait que trop bien la promptitude avec laquelle elle avait composé le numéro d'urgence tout en lui projetant du gaz lacrymogène au visage. Il aurait été curieux de savoir comment elle avait convaincu Franny, l'amatrice de licornes, de prendre une arme et de s'exercer au tir. Il faudrait qu'il pense à lui poser la question. Mais, pour l'heure, il s'agissait de Peter Channing.

— Donc, vous l'avez suivi…

— Oui, je me suis cachée derrière les pastèques, enchaîna-t-elle comme si cela allait de soi. Ensuite, je me suis faufilée le long du rayon crémerie, puis de la boucherie. Au rayon des surgelés, il a pris trois pizzas. J'en ai conclu qu'il était célibataire.

— Bien raisonné.

— C'était le printemps et il portait un bermuda. J'ai

essayé de me rapprocher pour voir s'il avait une cicatrice au mollet. Ça aurait été la preuve que c'était lui. Une fois, alors qu'on jouait, il s'était pris la jambe dans la chaîne par laquelle ma cheville était attachée au lit et il était tombé contre la cheminée. La blessure avait beaucoup saigné… Je n'arrivais pas à stopper l'hémorragie. Si M. Hardy était arrivé à ce moment-là et avait vu ce qui était arrivé à son neveu, il m'aurait punie. Il m'avait déjà sectionné une phalange de l'auriculaire. Dieu seul sait ce que ça aurait été la fois suivante. C'est Peter qui m'a sauvée.

— Comment ?

— Il s'est enfui dans la forêt et a fait semblant de s'être blessé tout seul dans les bois. Son oncle l'a cru.

Un pli profond creusa son front.

— Peter était mon héros, mais c'était aussi mon geôlier. Il aurait pu parler à la police et me sauver, *nous* sauver toutes.

Son récit lui fit penser au syndrome de Stockholm, quand les otages développaient une forme d'attachement vis-à-vis de leurs ravisseurs. Ces informations contribuaient à esquisser les contours du profil de Peter Channing.

— Être votre héros, c'était ce qu'il voulait ?

— Oh ! oui. On jouait à toutes sortes de jeux où j'étais la princesse et où il devait se battre contre le dragon pour me délivrer.

— Il était amoureux de vous ?

— On avait dix et onze ans. On n'est pas amoureux à cet âge-là.

Au tremblement de sa voix, il devina le fort enjeu émotionnel qui s'embusquait derrière ces paroles et il se demanda combien de fois elle avait été amoureuse. Le traumatisme subi dans l'enfance avait forcément eu une incidence sur ses relations avec les hommes.

— On était simplement amis.

Changeant de sujet, Sloan reprit :

— Et alors, cette cicatrice… Vous l'avez vue sur sa jambe ?

— Je n'ai pas pu m'approcher suffisamment. Et, ensuite, j'ai perdu sa trace quand il est sorti dans le parking.

Elle rechargea son pistolet rose et tira un coup sans avoir remis son casque.

— Je ne sais pas si c'était vraiment lui, mais je n'ai pas pu garder mon appartement, près de ce supermarché. J'ai déménagé dans le mois qui a suivi.

— Pourquoi n'avez-vous pas alerté le FBI ?

— Parce que je n'étais pas sûre de moi et que je ne voulais pas qu'ils me prennent pour une folle qui crie au loup pour rien.

— Et quand vous avez commencé à recevoir ces appels, vous avez reconnu la voix ?

— Je ne sais pas si c'était Peter, dit-elle tout en tamponnant le coin de son œil alors qu'elle ne pleurait pas. Sa voix aurait été méconnaissable, après tout ce temps. Mais la personne qui m'a appelée disait les mêmes choses que M. Hardy… Que les petites demoiselles qui n'obéissaient pas méritaient d'être punies, que…

Elle était en train de perdre le contrôle d'elle-même. Il fallait qu'il la remette sur les rails.

— Juste avant de descendre au sous-sol, vous m'avez dit qu'il fallait absolument que j'arrête Channing. Pourquoi ?

— Parce que le tueur a un lien avec notre passé, dit-elle avec conviction et colère. Il faut que vous arrêtiez Peter. De qui d'autre pourrait-il s'agir ?

Il se rappela l'histoire de Brooke à propos du visage à la fenêtre.

— Vous souvenez-vous de Zachary Doyle ?

— Le sinistre voisin. Je n'ai su son nom qu'au procès et je ne l'ai vu regarder par la fenêtre qu'une seule fois. Il s'intéressait surtout à Brooke, Layla et Sophia.

Bien que Sloan ne dispose d'aucun bilan psychologique de Doyle ni des hommes qui avaient fréquenté le chalet, tous paraissaient correspondre davantage au profil d'un tueur qui avait terrorisé les autres filles et assassiné Layla. Leur expérience sexuelle, douze ans plus tôt, avait dû laisser une impression indélébile.

Channing, le petit garçon qui avait joué avec Franny, ne semblait pas avoir de mobile clair, lui, mais, d'un autre côté, le fait que Layla n'ait pas subi d'agression sexuelle pouvait pointer dans sa direction. Peut-être pensait-il que ses relations avec les femmes étaient pures, peut-être se considérait-il comme leur héros ? S'il avait passé ces appels et s'était livré à ces étranges actes de harcèlement, peut-être avait-il voulu les effrayer pour mieux pouvoir, le moment venu, voler à leur secours ?

Une sonnerie retentit, annonçant que quelqu'un était à la porte du stand de tir. Quand il l'ouvrit, Moira l'attrapa par le bras.

— Il faut que vous veniez tout de suite. Brooke va le tuer.

Il ne prit pas le temps de demander ce qui se passait. Si Brooke estimait devoir protéger ses amies, il ne doutait pas de ce dont elle était capable.

Assise à son bureau, Brooke, Glock au poing, tenait en joue un homme barbu d'âge moyen, habillé comme un jeune hipster d'un jean moulant, de rangers et d'un chapeau. Nick Brancusi, documentariste, avait réussi à s'introduire dans la maison en se faisant passer pour le représentant d'une des sociétés de sécurité avec lesquelles elle avait pris contact.

Elle s'était d'abord laissé abuser par le bouc et la moustache soigneusement taillés, et il avait réussi à donner le change en décrivant les services de protection rapprochée qu'offrait sa société. Mais sa présentation un peu trop superficielle n'avait pas tardé à lui mettre la puce à l'oreille. Quand, enfin, elle l'avait démasqué, Brooke l'avait invité à entrer dans son bureau, l'avait fait asseoir puis, posément, elle avait braqué son arme sur lui. Nicky-le-fourbe faisait moins le fier maintenant.

— Laissez-moi vous expliquer, commença-t-il.

— Taisez-vous.

Elle jeta un coup d'œil au canon de son arme. La confrontation aurait dû être stressante, mais elle éprouvait un profond sentiment de paix intérieure. Elle détestait la menace et le danger inhérents à cette situation, mais elle aimait le fait d'être maîtresse de la situation.

— Voyons, Brooke… Ne vous braquez pas ! Écoutez-moi.

Elle se leva d'un bond derrière le bureau. L'épinglant d'un regard féroce, elle le visa dans la pose du tireur de précision, bras tendus, les deux mains enserrant fermement le Glock. L'afflux d'adrénaline dans ses veines faisait battre son pouls à un rythme accéléré, mais elle respirait calmement. *Rien à voir avec une attaque de panique dans ce cas précis.*

— Je ne veux pas vous entendre. Vous n'allez pas me supplier à genoux ?

— C'est une opportunité intéressante… et tout à fait légitime.

— Stop, Nicky. Il y a un agent du FBI au sous-sol. D'une minute à l'autre, il sera là et il vous placera en détention.

— Ou sous protection, peut-être bien, maugréa Brancusi.

Une pression sur la détente, une seule, et elle aurait fait sauter le chapeau de sa tête. Seulement cela aurait abîmé le mur, et elle n'avait pas envie de devoir reboucher les trous à l'enduit.

Quand Sloan entra dans le bureau, Moira et Franny

sur ses talons, il ne lui fallut pas plus d'une demi-seconde pour appréhender la situation. Il réprima un sourire.

— Brooke, j'apprécie votre réactivité. Mais, à partir de maintenant, je prends le relais.

Elle rangea le Glock dans son tiroir et le ferma à clé.

— Ce tordu est à vous, agent spécial Sloan.

Sloan se rembrunit comme son regard s'arrêtait sur Brancusi.

— Vos papiers, s'il vous plaît.

— Je n'ai rien fait de mal, se défendit l'intéressé en se recroquevillant sur son siège. Je suis documentariste.

Quand Brancusi plongea la main dans la poche intérieure de sa veste, Sloan dégaina son arme. Le dominant de sa stature imposante, il tint le canon de son pistolet à moins de trente centimètres de son front.

— Je prends juste mon passeport, crut bon d'expliquer le réalisateur.

— Levez-vous, gronda Sloan.

Brancusi obtempéra, dansant nerveusement d'un pied sur l'autre comme le lâche qu'il était – ce qui eut l'heur de réjouir Brooke au-delà de toute expression tant l'homme qui avait exploité leurs traumatismes d'enfance lui était antipathique.

— Je suis ici à titre professionnel, plaida-t-il.

— Vous étiez attendu ?

— Pas exactement mais…

— Comment êtes-vous entré dans la maison, dans ce cas ?

— Je me suis fait passer pour le représentant d'une société de sécurité.

— Donc, vous vous êtes introduit dans une propriété privée sous un prétexte fallacieux, c'est bien ça ?

— Je… Je voulais juste les convaincre de m'écouter. J'ai une proposition vraiment intéressante à leur soumettre : une suite au documentaire que j'ai réalisé sur les poupées

Hardy. Un projet d'autant plus opportun que, comme Layla est… Enfin, vous comprenez.

Franny ferma les yeux et renversa la tête en arrière. Une longue plainte aiguë se fraya un chemin entre ses dents serrées tandis que ses épaules étaient secouées de spasmes. *Pauvre Franny !* C'en était trop pour elle.

Brooke contourna le bureau et se précipita vers son amie. Avec l'aide de Moira, elle la guida jusqu'au canapé, près de la fenêtre, où elle se laissa tomber comme une masse.

— Elle est morte. Layla est morte… Mon Dieu, elle est morte.

Ce subit débordement émotionnel avait quelque chose de dérangeant, mais Brooke comprenait ce qui se passait et elle ne pouvait qu'apporter son total soutien à Franny. Refouler tant de chagrin, pour une âme aussi sensible que celle de Franny, était tout bonnement impossible. Le barrage avait cédé.

Tenant son amie serrée contre elle, elle lui tapota le dos, le temps que ses gémissements s'apaisent et se muent en pleurs silencieux, tout en s'efforçant de suivre ce qui se passait et d'aider Sloan.

— Vous êtes ignoble. Vous vouliez tirer profit de la mort de Layla, proféra Sloan à l'adresse de Brancusi.

— Hé, ne vous trompez pas d'ennemi. Moi, je ne fais que donner aux gens ce qu'ils veulent. Vous savez ce que c'est, les médias vont chercher des réponses… et il se trouve que je suis *la* référence dans cette affaire, voilà tout.

— Eh bien, puisque vous êtes *la* référence, vous allez venir avec moi. Je vais vous interroger.

— Quoi ? Mais je ne vois pas pourquoi.

— Vous avez un mobile. Vous auriez pu tuer Layla pour vous faire de la publicité.

— Mais pas du tout, je n'ai rien fait, vous devez me croire.

Il n'y avait plus trace de cynisme dans sa voix. Il était tout miel désormais, mais Brooke ne perdait pas de vue qu'il avait été acteur avant de devenir réalisateur. On ne pouvait pas avoir confiance en ce type.

— Suis-je en état d'arrestation ?

— Pas encore.

— Bon… Je vous suis. Vous n'êtes pas obligé de sortir les menottes.

— Techniquement, je n'y suis pas obligé, en effet. Mais je vais le faire quand même, répliqua Sloan d'un ton égal. Histoire que vous sachiez ce que c'est que d'être prisonnier, piégé sans espoir de pouvoir vous échapper. Si le FBI décide de vous garder en détention jusqu'à demain, eh bien, vous passerez la nuit en prison. Et cette privation de liberté ne sera rien en comparaison de ce qu'ont subi ces femmes. Les abus et les violences qu'elles ont endurées ne sont ni un film, ni un jeu, ni un coup de pub. Et je ne permettrai pas que vous les traitiez en victimes. Ce sont des survivantes, et je ne veux plus jamais vous entendre employer le mot « poupées » à leur propos.

Mentalement, Brooke applaudit l'ensemble de sa tirade. Sloan comprenait réellement lc mal qu'on leur avait fait. L'épreuve avait commencé avec Martin Hardy, bien sûr, mais elle s'était perpétuée après leur évasion. Chaque fois qu'on les reconnaissait ou que leurs noms étaient cités dans les médias, leur douloureux passé leur revenait à la figure comme un boomerang, les empêchant d'oublier. L'empathie de Sloan venait d'une source plus profonde que sa seule formation en psychologie. Elle se demanda s'il n'avait pas subi un trauma similaire. Laissant Franny aux soins de Moira, elle traversa la pièce en direction de Sloan qui, ayant attaché les mains de Brancusi à l'aide de liens de serrage autobloquants, l'escortait hors du bureau tout en passant un appel. Le documentariste se laissait guider, tête piteusement baissée, le regard fixé sur ses rangers.

Lorsqu'il eut raccroché, elle s'enquit :

— Où l'emmenez-vous ?

— Au FBI. Pouvez-vous désactiver l'alarme le temps que nous sortions ?

— Je devrais assister à l'interrogatoire. Je ne veux pas être écartée de l'enquête.

Au fond, elle ne croyait pas réellement Nicky-le-fourbe capable de meurtre, mais il pouvait détenir des informations capitales.

— Je vous tiendrai informée, assura Sloan.

Donc, il essayait bel et bien de l'évincer. Mais, s'il croyait qu'elle allait attendre sagement, les bras croisés, il se trompait.

— Je vous retrouve au bureau du FBI, décréta-t-elle.

— Il est tard… minuit passé. Mieux vaudrait peut-être rester ici auprès de Franny, non ? Elle a besoin d'être entourée.

Il n'avait pas tort. Brooke avait toujours pansé les plaies et les chagrins de ses amies. Toutes avaient été des enfants abandonnées ; elle se devait d'être là, solide, loyale – inébranlable – quand l'une d'elles allait mal. Elle ne pouvait pas laisser Franny, bouleversée comme elle l'était. Avec un soupir, elle composa le code de désactivation de l'alarme et tint la porte à Sloan.

Debout, sur le seuil, elle le regarda confier Brancusi au policier de garde, puis monter dans son SUV. Elle dut se retenir de courir le rejoindre. Elle et ses amies avaient été menacées et elle avait besoin de tout savoir, absolument tout, jusque dans les moindres détails.

Franny vint se poster à côté d'elle, les yeux encore

rouges, mais elle ne pleurait plus. Elle lui tendit son sac banane.

— Tiens, tes clés sont à l'intérieur. Vas-y… File !

— Tu es sûre que… ?

— Ça ira. Ne t'inquiète pas pour moi.

— Mais les sociétés de sécurité…

— Tu feras tout aussi bien ton choix demain.

C'était vrai. Sa décision pouvait attendre. Il suffisait de deux appels pour décaler les rendez-vous.

— Tu es sûre que ça va aller ?

— J'ai du chagrin mais, ça, tu ne peux rien y changer. Va aider le FBI à retrouver le monstre qui a tué Layla.

C'était très exactement ce qu'elle entendait faire.

10

Après s'être entretenu avec Keller dans les bureaux du FBI, Sloan rejoignit Brooke dans la salle de conférences où il l'avait laissée, au quatrième étage. À un bout de la salle était installé un coin salon avec un long sofa brun, des fauteuils et une table basse. L'autre extrémité était occupée par un tableau blanc, des pupitres et un écran destiné aux présentations PowerPoint. La longue table située au centre de la pièce servait aux réunions et aux briefings. Par les fenêtres de la façade ouest, il voyait les lumières du centre de Denver.

Pendant son absence, elle s'était installée confortablement sur le sofa, déchaussée, la tête calée sur son bras replié, les yeux fermés. Il prit place dans un fauteuil et exhala un profond soupir. La journée avait été intense et la pression ne semblait pas près de s'apaiser. Il était moulu de fatigue.

Keller et son chef, Martinez, n'étaient pas vraiment ravis que Sloan ait décidé de partager ses informations avec Brooke et de l'associer à l'enquête. Leurs doutes étaient compréhensibles. Certes, elle-même tenait absolument à l'assister, mais une investigation pouvait être traumatique et dangereuse – preuve en était la bombe chez Layla.

Il la regarda dormir. Sa chemise blanche s'était légèrement relevée, révélant une mince bande de peau au niveau de sa taille. Son expression était sereine, paisible. Les cils noirs dessinaient des croissants sur le haut de ses joues. Ses lèvres pleines et roses étaient imperceptiblement entrouvertes.

La réveiller pouvait se révéler problématique. Les personnes qui avaient été séquestrées réagissaient parfois violemment lorsqu'on les tirait du sommeil, et il n'avait pas envie de faire l'objet d'une autre attaque surprise. Il s'assit donc en silence, guettant le moment où elle ouvrirait les yeux. Ce qui se produisit presque aussitôt.

Instantanément éveillée, elle se redressa d'un bond.

— Depuis combien de temps êtes-vous ici, à me regarder dormir ?

— Quelques minutes à peine.

— C'est… flippant, Sloan.

Ou simplement prudent. Réveillée en sursaut, elle aurait été bien capable de l'asperger une nouvelle fois de gaz lacrymogène.

— Voulez-vous boire quelque chose ?

Elle secoua la tête.

— Quand interrogeons-nous Brancusi ?

— Dès qu'on aura retracé la chronologie des événements et qu'on pourra vérifier son alibi.

— Bien. Alors, au travail.

Elle quitta le sofa, chaussa ses espadrilles et se dirigea d'un pas vif vers le tableau blanc. Empoignant un marqueur, elle nota *Lundi* et se retourna vers lui.

— Bien. Commençons par là. Layla m'a appelée dans la matinée pour me demander de venir visiter avec elle ce bureau qu'elle voulait louer.

Il s'avança vers le tableau blanc, impressionné par l'efficacité et l'énergie qu'elle déployait alors qu'elle dormait encore profondément quelques secondes plus tôt.

— Décidément, vous avez la fibre de l'organisation chevillée au corps.

— Trop, vous voulez dire ?

— C'est une qualité, répondit-il. Utiliser ce tableau blanc pour qu'on y voie plus clair, c'est une excellente idée. Et cette sacoche qui vous suit partout et contient tout ce dont vous avez besoin… Je suis admiratif.

— Bien, déclara-t-elle avec un large sourire en lissant une mèche qui s'était échappée de sa queue-de-cheval. J'ai toujours été comme ça et je ne crois pas que je puisse changer. Et *organisée*, ça sonne mieux que *un peu givrée* ou *atteinte de TOC*, non ?

— Vous n'êtes pas folle. Peut-être un peu agaçante à force d'être parfaite, mais certainement pas psychotique.

— C'est un avis professionnel ?

De fait, ça l'était puisqu'il serait bientôt docteur en psycho-criminologie.

— Lors de cet échange téléphonique avec Layla, lundi, de quoi d'autre avez-vous parlé ?

— Elle était un peu inquiète à l'idée de se lancer dans une carrière en solo, mais elle n'avait pas envie d'intégrer un gros cabinet d'avocats qu'elle ne connaissait pas. C'est pourquoi elle devait voir avec Tom Lancaster pour le loyer de ce bureau.

Elle haussa les épaules.

— C'est tout ce dont je me souviens.

— OK, dit Sloan. Elle l'a appelé à 13 h 16 mardi. L'entretien a duré une quinzaine de minutes.

Elle se tourna vers le tableau et enchaîna :

— Et c'est mardi soir que l'alarme de ma voiture s'est déclenchée dans le garage sans raison apparente.

— Est-ce que vos amies vous ont dit quand elles ont commencé à être harcelées par téléphone ?

— Je ne suis pas absolument sûre des dates. Il faudra que je vérifie auprès de Franny et des jumelles. Et aussi de Sophia – surtout de Sophia. C'est la seule à avoir été en contact avec Brancusi à Las Vegas.

La première fois qu'il avait rencontré Franny, elle

avait déclaré avoir commencé à recevoir des appels bizarres à partir du mercredi. D'après Moira, quelqu'un l'avait suivie en voiture le mardi soir ou, peut-être, le mercredi. Quant à Megan, elle se rappelait clairement qu'un homme d'allure suspecte les avait observées, elle et sa fille, au parc le mercredi.

La précision des témoignages revêtait une grande importance car, si Brancusi était à Las Vegas mardi et mercredi, il avait un alibi.

— On arrive à mercredi, reprit-il en regardant le tableau.

— Le jour où Layla a été tuée, dit-elle en inscrivant le jour avant de se retourner. L'autopsie a-t-elle été effectuée ? Connaît-on l'heure exacte de la mort ?

Ses questions étaient directes et concises, dénuées d'émotion. Brooke gérait son chagrin sans pleurer ni se lamenter, mais ses yeux bleus reflétaient un puits de tristesse sans fond et sa voix tremblait légèrement. Sa posture était raide mais pas figée.

Lorsqu'ils s'étaient rencontrés pour la première fois chez Franny, elle avait été au bord de la crise de panique, tremblante, les yeux agrandis, le souffle court. Puis, l'enquête s'était déroulée, révélant des aspects de plus en plus horribles et, à chaque fois, elle avait accusé le coup et s'était montrée à la hauteur. Son sang-froid n'avait même fait que s'affirmer davantage.

— Non, ce qu'on sait, c'est qu'elle a été droguée avant d'être tuée. On ne sait ni où ni quand, ni combien de temps elle est restée inconsciente. Des lividités relevées sur son corps indiquent qu'elle est restée allongée sur le côté… peut-être dans le coffre d'une voiture.

Brooke serra les mâchoires. De sa main gauche, elle chassa furtivement une larme sous sa paupière. Sa description avait-elle été trop imagée ? s'interrogea Sloan. Elle se détourna, contempla le tableau blanc puis pivota de nouveau si rapidement que sa queue-de-cheval se balança d'un côté puis de l'autre. Ses gestes parlaient d'eux-mêmes : elle entendait affronter les faits.

— Son meurtre et les intimidations qui ont visé les autres se sont produits dans le même laps de temps. Cela nous dit-il quelque chose sur le profil du tueur ?

Bien qu'elle soit clairement sous pression, sa question était pertinente. Il s'était interrogé quant à savoir ce qu'il devait ou non lui révéler. Guettant dans ses yeux bleus un signe de panique ou de toute autre intense émotion, il opta pour lui parler comme il aurait parlé à un collègue.

— Rien, jusqu'à présent, n'indique un crime sexuel. Et le tueur n'a pas fait preuve de beaucoup de violence.

Il ne disait rien là qu'elle ne sache déjà.

— Il a pris soin d'habiller sa victime et le corps de Layla ne présente pas de trace de coup. Il ne l'a ni battue ni torturée.

— Heureusement.

Elle pinça les lèvres ; sa paupière gauche tressauta. Sa tension était évidente, mais elle tenait bon.

— Il est possible que le meurtre de Layla ait été accidentel, reprit-il.

— Comment ça ? Il ne l'a pas droguée par accident.

— Non, il *voulait* la droguer mais peut-être pas la tuer. Inconsciente, elle était sous son contrôle, elle devenait sa chose. C'était ça, sa motivation. Cela, et la volonté de puissance.

— Ce qui veut dire qu'il prend plaisir à effrayer quelqu'un comme Franny.

— Ça l'excite, mais pas nécessairement dans un sens sexuel. Il ne s'estime peut-être pas reconnu dans la vie de tous les jours. Là, c'est lui qui mène la danse, il prend le pouvoir. Dans l'espoir de gagner votre confiance, il pourrait proposer de vous aider ou de prendre soin de vous.

— On dirait que vous brossez le portrait de Brancusi.

Il ne cessait de répéter que son projet serait une affaire juteuse pour nous.

— Et son documentaire a-t-il été un gros succès financier ?

— Je ne suis pas en mesure de vous donner les montants exacts mais, oui. Il l'a vendu à une chaîne du câble et a signé un contrat avec une maison d'édition. Nous avons perçu un pourcentage des gains. La somme a été déposée sur notre compte… Lancaster a les chiffres.

— Et vous êtes sûre qu'ils sont exacts ?

— Layla vérifiait les comptes et veillait à ce qu'il reste honnête.

Elle fronça les sourcils.

— J'imagine que c'est à moi que va incomber cette tâche maintenant.

Il montra le tableau blanc et reprit :

— Jeudi, j'ai répondu à l'appel de Franny.

— Je note, dit-elle en reportant sa déclaration sur le tableau. Et aujourd'hui nous sommes vendredi.

Le fait le plus significatif mis en lumière par leur schéma chronologique était que le corps de Layla avait été amené au chalet entre 11 h 30 et 14 heures – point qui n'avait pas échappé à Brooke. Tout en griffonnant au marqueur de couleur sur le tableau, elle observa :

— Brancusi a une fourgonnette. Il aurait pu transporter Layla facilement. Et c'est un réalisateur. En supposant qu'il l'ait enlevée à son appartement, désactiver les caméras de surveillance du parking n'aurait pas été un problème pour lui.

Il indiqua le tableau du menton et esquissa un pas vers la porte.

— Je vais chercher Keller ; il faut que je lui montre ça. Ensuite, on interrogera Brancusi.

— Inutile, dit-elle en sortant son téléphone de sa banane. Je vais le prendre en photo et le lui transférer.

— Très bien… Bonne idée.

— Je pourrais vous apprendre à vous servir des outils électroniques qui sont à votre disposition, vous savez. C'est fou qu'un investigateur comme vous se promène avec un carnet à spirale. Enfin, pas fou dans le sens « psychotique », mais… vous voyez ce que je veux dire.

— C'est un avis professionnel ?

— Avis garanti sur facture d'une accro de la technique.

Brooke marchait au côté de Sloan dans le bureau local du FBI presque désert, impressionnant édifice dont la construction s'était achevée en 2010 où se traitaient les affaires du FBI pour le Colorado et le Wyoming. Ils longèrent un dédale de couloirs jalonnés de bureaux, puis descendirent une volée de marches avant d'arriver à l'ascenseur. Lorsqu'ils en émergèrent, il la guida jusqu'à une zone de repos dotée d'un réfrigérateur et de distributeurs de nourriture et de boissons. À côté se trouvaient un micro-ondes, un grille-pain et une cafetière.

— Voulez-vous boire quelque chose ? s'enquit-il.

Ayant pour règle de ne jamais consommer de caféine au-delà de 18 heures, elle opta pour une tisane.

Lorsque le breuvage fut infusé, il lui demanda si elle était prête.

— Absolument. Nicky-le-fourbe ne m'impressionne pas.

— C'est Keller qui mènera l'interrogatoire, pas nous. Nous le suivrons depuis une pièce attenante.

— Ah, je vois… Derrière un miroir sans tain ? Super.

Elle avait regardé suffisamment de séries policières pour savoir comment cela fonctionnait.

— Ne soyez pas trop enthousiaste. Ces entretiens sont parfois très ennuyeux.

Avec le sentiment d'être une super espionne, elle se laissa conduire jusqu'à un bureau où ils retrouvèrent

Keller qui, contrairement à Sloan, portait toujours sa cravate. Même à cette heure avancée de la nuit, Keller conservait son apparence de *men-in-black* tiré à quatre épingles, le menton rasé et les cheveux bien coiffés. À sa chemise blanche impeccable, elle devina qu'il avait dû se changer à son retour au bureau.

Bien qu'ils se soient déjà rencontrés au chalet, Keller lui tendit la main.

— Merci de venir assister à l'entretien, mademoiselle Josephson. J'apprécie votre aide.

— Je suis sûre que vous apprécierez davantage encore ce tableau chronologique, répondit-elle en élevant son portable devant ses yeux. Si vous voulez, je peux envoyer la photo sur votre téléphone.

— En effet, merci… Ce sera très utile.

Au lieu de lui tendre son appareil, ce fut lui qui prit le sien pour effectuer lui-même le transfert. Visiblement, Keller était plus à l'aise avec l'informatique que ne l'était Sloan. Il étudia en silence l'enchaînement de dates et d'événements.

— C'est dans ces locaux que se dérouleront tous les interrogatoires ?

— C'est possible.

Elle ne voulait pas manquer ce que ce petit crétin de Channing pourrait bien avoir à dire pour sa défense.

— Et, après Brancusi, un autre suspect doit-il être entendu ?

Keller échangea un bref regard avec Sloan par-dessus son épaule.

— Nous vous tiendrons informée.

Après les avoir aidés en leur fournissant ce « très utile » tableau, elle ne méritait pas d'être évincée de la sorte.

— Qu'en est-il de Channing ?

— On l'a à l'œil.

— Mais vous ne l'avez pas placé en garde à vue.

— Nous faisons notre travail, ne vous inquiétez pas.

Lorsque Keller pivota sur lui-même et quitta la pièce, elle se tourna vers Sloan.

— C'est quoi, son problème ? La personne qui a tué Layla a posé une bombe qui aurait pu faire de nombreuses victimes. Il faut agir vite. Il n'y a pas une seconde à perdre.

— Keller n'aime guère partager ses informations. Je ne vous dirai pas « faites-moi confiance » à cause de ce que vous avez vécu, enfant, mais nous faisons notre travail très consciencieusement, je vous le garantis. Si quelqu'un doit être arrêté et interrogé, il le sera.

Essayait-il de lui dire, à demi-mot, que Channing était déjà ici, dans leurs locaux ? Peut-être derrière l'une des portes devant lesquelles ils étaient passés ? Le voyeur, Zachary Doyle, était-il lui aussi détenu ici quelque part ?

— Je veux tout savoir.

— Soyez patiente. Ici, ce n'est pas vous qui êtes aux manettes, Brooke. Vous êtes au FBI ; je dois vous avouer que Keller n'était pas très disposé à vous autoriser à assister à l'interrogatoire. Il a fallu l'intervention du directeur adjoint Martinez pour le faire changer d'avis.

— Je vois. Le FBI et son sacro-saint secret.

— Je pourrais vous rétorquer que c'est pour votre protection, argua-t-il en lui tenant la porte. Mais ce n'est pas toujours le cas.

Dans la petite salle aux lumières tamisées, trois agents étaient déjà présents. En silence, ils vinrent se poster derrière le miroir sans tain pour regarder Keller et Nick Brancusi, assis à une table, face à eux. Après avoir indiqué la date et l'heure du début de l'interrogatoire, Keller entra dans le vif du sujet.

— Où étiez-vous mardi ?

— À Vegas.

Brancusi s'agita sur son siège. Sur la table, devant

lui, se trouvait une bouteille d'eau à moitié pleine. Il en décolla nerveusement le coin de l'étiquette.

— Je ne peux pas produire des témoins pour chaque minute de la journée, mais j'ai joué au poker de 17 heures à minuit.

— Et mercredi ?

Brooke se pencha en avant, redoublant d'attention. Mercredi était le jour du meurtre. Le trajet de Denver à Vegas était d'environ douze heures en voiture mais seulement de deux heures par avion.

— Toujours à Vegas. J'ai parlé à Sophia Rossi dans la matinée.

— En personne ou au téléphone ? Inutile de mentir : nous pouvons consulter l'historique de tous vos appels.

— Ça, c'est une bonne chose, murmura Brooke. On saura s'il a appelé Franny.

— Sauf s'il l'a fait à partir d'un appareil jetable, dit Sloan.

— En personne, répondit Brancusi. On a pris le café ensemble. À ce propos, elle est d'accord pour que je réalise une suite au documentaire sur les poupées Hardy. C'est la seule qui sache réellement apprécier ce que j'ai fait pour ces filles voilà douze ans. Elle m'a remercié.

Un souvenir remonta du tréfonds de la mémoire de Brooke. Parfois, c'était de la musique ou des sons qui lui revenaient par bribes. D'autres fois, c'était le goût d'un aliment qui réveillait un fragment du passé. Dans le cas présent, la réminiscence était visuelle.

Elle revit ses amies et elle telles qu'elles étaient douze ans plus tôt. Amaigries et effrayées, faisant de leur mieux pour ne pas pleurer ou se plaindre tandis qu'on les filmait dans un studio d'enregistrement ou sur un plateau de télévision – un endroit où l'on pouvait adapter la lumière.

Après ce qu'elles avaient enduré, les tuteurs nommés par le tribunal n'avaient pas souhaité les voir participer au film. Mais l'argument financier mis en avant par Lancaster avait emporté leur adhésion lorsqu'il avait fait valoir que l'argent que cela leur rapporterait pourrait couvrir leurs frais de scolarité et leur offrir une assise dans la vie. À sa décharge, Lancaster s'était montré extrêmement vigilant lors du tournage. Il contenait des interviews mais aucune reconstitution.

Brancusi avait travaillé avec une équipe réduite. À cette époque-là, le réalisateur n'avait pas encore adopté la pose du hipster. Il arborait des chemises hawaïennes et une tignasse bouclée déjà grisonnante alors qu'il ne devait pas avoir plus de quarante ans.

Il avait porté un intérêt tout particulier à Sophia. Quel homme ne l'aurait pas fait ? Elle était splendide. Aucune d'entre elles n'était laide, mais Sophia sortait du lot. Bien qu'elle ait eu à peine seize ans, elle avait tout d'une femme. Et Brancusi, bien entendu, l'avait remarqué.

Comme dans un flash, Brooke le revit penché vers elle, lui parlant à l'oreille. Sophia semblait prendre plaisir à la conversation. Elle riait, charmeuse, remuant les poignets et ondulant des hanches. Elle se mouvait avec la grâce d'une danseuse. Et tout à coup… La grosse main de Brancusi qui se posait sur son sein tandis qu'il s'inclinait plus près, se pourléchant les lèvres, quémandant un baiser.

Les yeux de Sophia s'ouvraient tout grands. Ses mouvements fluides s'interrompaient net.

C'était à ce moment-là que Brooke avait fondu sur lui depuis l'autre bout de la pièce. D'une violente bourrade, elle l'avait fait tomber à la renverse, s'était penchée sur lui et avait proféré d'une voix qu'elle espérait menaçante :

— Touchez-la encore une fois et vous finissez en prison.

Elle se tourna vers Sloan.

— Il ment. Sophia a pu accepter de lui parler ; elle a pu penser qu'un nouveau documentaire stimulerait sa carrière d'actrice. Mais jamais elle n'aurait remercié ce pédophile.

— Vous l'accusez de pédophilie ?

— Disons que, s'il tenait tant à être en contact avec six jeunes filles traumatisées, ce n'était pas pour rien.

Que Sloan se débrouille avec ça !

— Je ne serais pas le moins du monde surprise de découvrir que c'est lui qui se cache derrière ces appels.

Pendant qu'ils parlaient, l'interrogatoire s'était poursuivi, Keller testant l'alibi de Brancusi pour le mercredi et le jeudi, obtenant des noms ainsi que les lieux où celui-ci était censé s'être trouvé. Il avait promis de demander au bureau du FBI de Vegas de vérifier ses allégations.

— Ça vous en bouche un coin, déclara Brancusi.

— Quand vous êtes-vous rendu à Denver ?

— Je suis parti le jeudi, j'ai fait halte à Grand Junction pour la nuit et je suis arrivé le vendredi avant midi. Ce motel à Grand Junction en est la preuve. J'ai payé avec ma carte de crédit.

— Pour quelle raison êtes-vous venu à Denver ?

— Je me disais que, si je parvenais à discuter avec les filles en personne, je pourrais peut-être les faire changer d'avis.

— Aviez-vous parlé à l'une ou l'autre par téléphone ?

— Pas exactement, mais j'avais fait part de mon projet à Tom Lancaster qui m'avait dit qu'elles seraient peut-être intéressées.

Hein ? Lancaster avait-il perdu l'esprit ? Derrière le miroir sans tain, Brooke serra les poings. Pourquoi l'avocat ne lui avait-il rien dit de cet appel ?

Quand Sloan lui toucha l'épaule, elle sursauta.

— Quoi ?

— Combien de temps voulez-vous encore rester ? demanda-t-il.

Elle aurait bien voulu bombarder Brancusi de questions,

mais ce n'était pas elle qui menait l'interrogatoire. Après le souvenir qui lui était revenu, elle savait maintenant qu'il avait eu des gestes inappropriés envers Sophia. Et il excellait dans l'art de manipuler les gens pour obtenir d'eux ce qu'il voulait. Mais cela faisait-il de lui un meurtrier ?

Malgré ses préventions contre lui, elle devait admettre qu'il avait un alibi. Il ne pouvait pas être à Denver, à Grand Junction et à Las Vegas en même temps.

— Je ne pense pas qu'on apprendra grand-chose de plus de Brancusi.

— C'est peu probable.

— Je présume que vous ne savez pas si Peter a été amené ici ?

— Non.

Elle sentit qu'il ne lui disait pas tout, mais elle ne parviendrait pas à lui tirer les vers du nez. À sa façon, il était aussi secret que Keller.

Elle haussa les épaules.

— Alors, allons-y.

Il y avait des choses dont elle devait s'occuper chez elle. Mais elle n'avait pas l'intention de renoncer à son rôle dans cette enquête. *Pas du tout.*

11

Après seulement quelques heures de sommeil, Sloan prit la route pour se rendre chez Brooke dès 6 h 45, espérant ainsi éviter le cirque médiatique qui ne manquerait pas de se déclencher sitôt que les chaînes d'information et la presse connaîtraient l'identité de Layla et son passé. Au Colorado, trois crimes horribles avaient marqué les esprits et s'étaient imprimés dans la mémoire collective : le meurtre de JonBenét Ramsey, la fusillade de Columbine et le kidnapping des poupées Hardy.

Mais, en arrivant dans sa rue, il vit les premiers signes de chaos. L'unique voiture de patrouille stationnée devant la maison avait été rejointe par trois autres véhicules de la police de Denver. Des plantons en uniforme faisaient de leur mieux pour tenir à distance les camions de la presse et les équipes de télévision qui cherchaient le meilleur angle pour filmer avec, en arrière-plan, la porte d'entrée de Brooke. Au-dessus de leurs têtes, un hélicoptère de la presse tournait dans le ciel.

Cette journée ne s'annonçait pas facile. Sans quitter sa voiture, Sloan montra son insigne du FBI aux policiers en faction, zigzagua entre journalistes et techniciens, se gara dans l'allée et adressa un SMS à Brooke pour la prévenir de son arrivée.

Elle lui répondit par texto :

ENTREZ. TOUT DE SUITE.

Il se dirigea rapidement vers la maison, soulagé qu'elle lui ouvre immédiatement la porte et qu'elle la referme aussitôt derrière lui. À l'intérieur, Franny et les jumelles rejoignirent Brooke. Quatre paires d'yeux bleus perçants se braquèrent sur lui, accusateurs.

Il rajusta son nœud de cravate.

— Je voudrais pouvoir vous dire que le tueur est en prison.

— Mais ce n'est pas le cas, acheva Megan à sa place. Que vais-je faire ? Je ne peux pas me cacher éternellement chez Brooke. Puis-je emmener Emily à son activité football sans crainte ?

La fille de Megan avait quatre ans. Manquer une séance de football n'était pas une affaire d'État.

— Nous ne pouvons pas garantir votre protection dans un lieu public.

Megan tapa du pied.

— Emily ne peut déjà plus regarder la télévision parce qu'on y parle trop des poupées Hardy. Elle va poser des questions.

Il s'avisa que Megan n'avait pas parlé de son passé à sa fille, ce qu'il comprenait. Comment expliquer à une enfant de cet âge que sa maman avait été retenue prisonnière pendant des mois par un sadique qui s'était inventé un lien de parenté avec elle ? Seulement, il allait devenir difficile d'éviter les reportages sur les poupées Hardy.

— Si vous voulez, je peux vous donner le nom d'un pédopsychiatre.

— Vous pouvez faire mieux que ça, intervint Brooke. La fille de Megan est déjà suivie par une thérapeute. Le FBI pourrait peut-être l'escorter jusqu'à son cabinet pour qu'elle puisse parler à Emily.

Lorsqu'il acquiesça d'un hochement de tête, Brooke lui décocha un bref sourire et leva le pouce. Elle jouait le rôle de mère dans ce petit groupe. C'était elle qui réglait les problèmes et trouvait des solutions.

— En attendant, dit Moira en tortillant sa longue tresse entre ses doigts. Il faut te calmer, petite sœur. Je peux te montrer des exercices de respiration et des postures de yoga qui t'aideront à te relaxer.

Megan ricana.

— Je crois qu'il faudrait un peu plus que la posture du chien tête en bas pour me détendre.

Franny gloussa.

— J'aime bien le yoga. Ommm.

— Ommm, répondit Moira en joignant les mains devant elle et en inclinant la tête. Une deuxième fois : ommm.

— *Namaste,* dit Franny.

— Ça suffit, vous deux, interrompit Megan en se tournant vers lui. Je veux savoir ce que l'agent Sloan a à nous apprendre sur l'avancement de l'enquête.

Partager les informations avec Brooke était une chose, les diffuser à tout le groupe en était une autre. Une conversation directe et franche pouvait rouvrir de vieilles blessures et faire plus de mal que de bien.

— Y a-t-il du café ? questionna-t-il.

— Je l'ai fait moi-même, déclara Franny en passant son bras sous le sien. J'y ai ajouté une pointe de cannelle et un soupçon de vanille… Vous allez m'en dire des nouvelles !

Il n'avait jamais été partisan des cafés parfumés, mais il ne voulait pas décevoir le petit elfe aux yeux brillants dont la tête était de nouveau coiffée de sa couronne de roses.

— Je suis sûr qu'il doit être délicieux.

Tous se dirigèrent vers la cuisine et se regroupèrent, debout, autour de l'îlot central, trop tendus les uns comme les autres pour prendre place sur les tabourets hauts.

Lui tendant une tasse de café fumant, Franny s'enquit :

— Le FBI a-t-il arrêté Peter Channing ?

Venant de Franny qui s'exprimait toujours en tournant autour du pot, le caractère direct de la question le surprit. Il se remémora leur conversation de la veille et se demanda si elle considérait Channing comme un héros ou comme un pire scélérat que Martin Hardy.

— On le recherche, affirma-t-il avant de tremper les lèvres dans son café en jetant un coup d'œil à Brooke.

S'il était venu ici, c'était entre autres pour glaner des informations qui permettraient de le localiser, mais il ne pouvait pas aborder la question devant elles toutes. Il fallait qu'il s'entretienne seul à seul avec Brooke.

— Que Peter ait ou non été retrouvé, le tueur court toujours, décréta Brooke. J'ai engagé des gardes du corps ; ils ne devraient pas tarder à arriver. Megan et Moira, vous en aurez un chacune. Et Franny et moi en aurons un ici. Nous devons vraiment être vigilantes. Aucune de nous ne doit sortir seule. N'ouvrez pas votre porte. Ne conduisez pas vous-même.

Les trois autres opinèrent du chef.

— Ces gardes du corps… Sont-ils célibataires ? questionna Moira.

— Je n'ai pas spécifiquement demandé qu'ils le soient, répondit Brooke en sortant son téléphone. Mais j'ai leurs photos.

Elle posa l'appareil au centre de l'îlot et recula tandis que les trois autres se penchaient en avant. Une pluie de commentaires portant sur leur physique avantageux s'ensuivit. Réaction saine, songea Sloan, encore que peut-être un tantinet sexiste.

Il constata non sans plaisir que Brooke, elle, s'était abstenue. Elle était belle aujourd'hui, avec son T-shirt et son bermuda noirs, ses cheveux luisants lâchés sur ses épaules. Il la prit à part.

— Peut-on discuter en privé ? Dans un endroit tranquille ?

— Suivez-moi, j'ai exactement ce qu'il vous faut.

Après avoir dit aux autres qu'elle revenait dans une minute, elle le guida jusqu'au sous-sol. Ils passèrent devant la porte du stand de tir et s'arrêtèrent devant une autre porte fermée par un clavier à code.

— Qu'est-ce qu'il y a ici ? s'enquit-il.

— La pièce de survie.

Brooke déverrouilla la porte, l'invita à entrer et repoussa le battant blindé derrière elle. Aussitôt, un silence total envahit le petit espace de quatre mètres carrés où régnait une température constante de dix-huit degrés – trop chaud pour une cave à vin, mais relativement confortable sans être trop énergivore si elle mettait le gilet qu'elle laissait en permanence suspendu près de la porte. Elle enfila le cardigan bleu par-dessus son T-shirt. Quand elle avait imaginé cette pièce – peut-être bien sa préférée de la maison, voire du monde entier –, elle avait croisé différentes technologies, alliant celles de l'abri anti-bombes, du cellier à vin et du refuge anti-tornades.

Avec son mètre quatre-vingt-huit, Sloan semblait gigantesque dans cet espace exigu, où elle avait stocké provisions et équipements de survie. Il ouvrit le lit double relevable, qu'elle avait récupéré d'un wagon Pullman et adapté, et le testa.

— Le matelas est confortable.

Désignant les écrans accrochés au mur, près de la porte, qui permettaient de surveiller l'intérieur et l'extérieur de la maison, il questionna :

— Comment l'électricité parvient-elle ici ?

— Par des câbles installés dans les gaines de ventilation, dans le plafond. Si je dois couper l'aération, pour le cas où quelqu'un chercherait à m'asphyxier par du gaz, je dispose d'un petit générateur et d'un concentrateur d'oxygène.

Sans avoir à s'étirer, il leva la main et toucha le plafond.

— Cette chambre forte n'existait pas quand vous avez acheté la maison.

— Non. J'ai fait appel à une société de sécurité pour renforcer les six surfaces, mur, sol et plafond. Cet endroit est quasiment impénétrable.

Être enfermée dans sa chambre fortifiée avec Sloan n'était pas sans effet sur elle. Par son imposante stature, il occupait beaucoup d'espace, ce qui lui donnait l'impression que les murs se refermaient autour d'elle – d'une façon non pas effrayante mais… très intime. Elle s'imagina écoutant sa respiration, le rythme régulier des battements de son cœur. Personne ne pouvait venir les interrompre ici.

Se retournant, il contempla le stock de denrées non périssables, d'eau et le nécessaire de premier secours.

— Vous avez de quoi rester barricadée ici longtemps.

— Pas tant que ça. À deux, les provisions ne dureraient guère plus d'une semaine. Cette pièce n'est pas prévue comme un véritable abri anti-bombes, plutôt comme une pièce sécurisée où me rabattre en cas d'intrusion.

Il se planta devant elle et la regarda droit dans les yeux.

— Pourquoi avoir fait installer cette pièce ?

Compte tenu de ce qui était arrivé à Layla et des hordes de journalistes qui étaient en train de piétiner sa pelouse, elle ne jugeait pas vraiment nécessaire de faire un dessin.

— Mais enfin, vous ne voyez donc pas ? Si je baisse ma garde, je suis totalement exposée. Les gens veulent m'approcher, me toucher, prendre un selfie avec moi. En réalité, ce qu'ils espèrent réellement, c'est connaître tous les détails sordides.

— Ou vous réconforter.

— Ça ne les regarde pas, contra-t-elle avec plus de véhémence qu'elle n'en avait eu l'intention. Tout ce que je veux, c'est être seule.

— Ce n'est pas tout à fait vrai, risqua-t-il en indiquant du doigt l'étage du dessus.

— Ne vous méprenez pas, j'adore Franny et les jumelles. Mais, parfois, elles me rendent folle, à me téléphoner ou débarquer chez moi à tout propos pour que je les aide. Vous avez vu comme Franny a paniqué quand elle ne réussissait pas à joindre Layla.

— En l'occurrence, ses craintes étaient justifiées.

— Eh bien, raison de plus pour posséder une chambre forte.

Il sourit.

— Vous me faites penser à ces petits lapins qui creusent des tanières partout afin de pouvoir se réfugier dans une cachette à tout moment pour échapper à l'ennemi. Vous avez cet endroit et le chalet de montagne acheté avec Layla. Y en a-t-il un autre ?

— Si je vous le disais, ce ne serait plus une cachette.

— Mais je ne suis pas votre ennemi. Ni un prédateur.

Lorsqu'elle plongea son regard dans les incroyables yeux gris, elle y vit une autre forme de danger. *Attention à lui !* Non que Sloan puisse lui vouloir du mal, bien sûr, mais il avait le don de l'ensorceler et de la fasciner au point de lui faire baisser sa garde. Or, elle ne voulait *pas* de cela. Elle ne voulait *pas* être vulnérable.

— Il n'y a pas de mal à être prévoyante.

— Vous avez raison. Le monde est truffé de dangers. Mieux vaut être vigilant. Quant à cette pièce de survie, j'avoue que je l'adore. Si ce refuge était à moi, j'y viendrais souvent, je crois. C'est comme… une forteresse secrète.

— On croirait entendre parler un enfant. Vous n'aviez pas de cabane quand vous étiez petit ?

— Si. Mon frère et moi en avions construit une dans un arbre. On y avait apporté des bandes dessinées, des bonbons, des jeux. Et des jumelles. On s'en servait pour observer ce qui se passait dans le jardin du voisin.

Elle aurait bien voulu avoir de tels souvenirs. Brooke n'avait pas vraiment eu d'enfance. Elle avait grandi trop tôt.

— Moi, j'étais solitaire… le genre de gamine à s'asseoir toute seule à la cantine. C'est peut-être pour ça que Hardy m'a sélectionnée. Il avait dû deviner que je ne manquerais à personne.

— Mais vous n'étiez pas effacée. Vous étiez la meneuse.

— Je ne l'ai pas été d'emblée. Au début, mon rôle se limitait à m'occuper du nettoyage et des repas. Et puis, petit à petit, tout le monde a commencé à m'appeler « maman » et je suis rentrée dans la peau du personnage. Quelle blague !

Pour ironique qu'elle soit, son intonation n'en était pas moins douloureuse. Elle s'empressa d'enchaîner pour masquer son chagrin.

— Je ne savais pas comment se comportait une mère. Ma génitrice a déserté avant que je n'aie su prononcer son nom.

— D'après votre dossier, vous avez été adoptée, bébé.

— Par la famille Josephson.

Elle avait une photo d'eux la tenant dans leurs bras lors d'un baptême.

— Ils m'ont appelée Brooke à cause de mes yeux aussi bleus et clairs que l'eau d'un ruisseau[1]. Ce devait être des gens bien, j'aimerais m'en souvenir. Mais Mme Josephson est morte d'un cancer quand j'avais quatre ans et son mari n'a pas pu me garder. Après cela, direction : l'orphelinat.

— À quatre ans ?

1. Brook signifie « ruisseau » en anglais. (NdT)

— Je n'étais pas facile. Il paraît que j'ai donné beaucoup de fil à retordre à M. Josephson. Il n'arrivait pas à faire en sorte que je mange et que je me lave correctement. Comme il m'avait coupé les cheveux très court, les enfants du premier foyer d'accueil où j'ai atterri se moquaient de moi parce que j'étais maigre et que j'avais l'air d'un garçon. Il y en avait un qui m'appelait « sac d'os », un autre « petit bâtard ».

— Ce ne sont pas des souvenirs heureux.

— Je ne savais pas ce que ça signifiait. Ce n'est que plus tard que j'ai compris parce que j'avais mémorisé les expressions.

Elle s'interrompit, mal à l'aise. Elle ne s'épanchait jamais de la sorte, habituellement.

— Parlez-moi de vous, reprit-elle.

— Il n'y a rien de bien excitant à dire. J'ai grandi dans les environs de Chicago, je suis entré dans la marine et j'ai atterri à Quantico où j'ai suivi la formation du FBI.

— Vous ne me dites pas tout.

Sans le toucher, elle contourna le lit Murphy et s'assit à l'autre extrémité, refermant son gilet autour d'elle.

— Votre vie n'a pas été rose tout du long. Vous laissez transparaître une part d'ombre de temps à autre.

— Une ombre ? On croirait entendre Moira, nota-t-il en prenant place à côté d'elle.

— Oh ! j'espère que non. Elle me donne le tournis avec son charabia et toutes ses pratiques de yoga, wicca et autres.

— Vous vous sentez en sécurité dans cette pièce. Y a-t-il des personnes auprès de qui vous éprouvez la même impression ? Gimbel, peut-être ?

Elle avait bien remarqué qu'il avait habilement ramené la conversation sur elle, mais elle n'insista pas. Sa question l'intriguait. Avec qui diable se sentait-elle en sécurité ?

— J'ai confiance en Gimbel, mais je ne compterais

pas sur lui en situation de danger. Son énergie n'est plus ce qu'elle était par le passé et je vise probablement mieux que lui.

— Donc, pour vous sentir en sécurité, vous avez besoin de la présence d'une personne capable, physiquement, de vous protéger, traduisit-il.

— Oui, admit-elle en regardant ses mains, sur ses genoux. Il y a des gens qui me soutiennent, comme Franny, Sophia et les jumelles. Et ma thérapeute, le Dr Joan, avec qui je peux parler librement. Mais quand j'ai peur, vraiment peur, j'ai besoin de muscles… d'un vrai costaud.

— Ce n'est pas ce à quoi je m'attendais.

— Ce n'est pas ce que je me serais imaginé pouvoir dire, avoua-t-elle. Je ne veux pas que vous me voyiez comme une idiote incapable d'autre chose que de jouer les demoiselles en détresse en haut de son donjon en attendant d'être sauvée.

— Aucun risque. Ça ne me serait même pas venu à l'esprit.

— J'ai mon côté dur à cuire, moi aussi.

— J'ai remarqué.

Elle changea de position mais sans mettre plus de distance entre eux. Être proche de lui, seule avec lui, était étonnamment confortable. Jamais elle ne s'était sentie aussi bien dans cette pièce. Elle baissa les yeux et contempla sa grande main droite reposant sur le lit, entre eux. Prise d'une impulsion, elle effleura ses doigts.

Sa réaction fut instantanée. Oh ! rien de flagrant, un simple tressaillement mais qui suffit à lui faire lever les yeux. Elle étudia ses lèvres, ses pommettes et sa mâchoire rasée de près, cherchant ce qui, chez lui, l'attirait tant. Ses traits étaient très virils. Sloan était de taille à repousser n'importe quel prédateur. Il aurait été capable d'assurer sa sécurité. *À quel prix ?* Le scintillement de ses fascinants yeux gris-vert la captivait. La sensation d'intimité réconfortante qu'elle avait d'abord éprouvée se mua en excitation. Sa vision se brouilla légèrement. Son cœur se mit à cogner tandis qu'une nuée de papillons se mettait à virevolter dans son estomac.

Et, tout à coup, sans savoir comment c'était arrivé, elle s'avisa qu'ils se tenaient par la main. Elle déglutit avec peine. *Que se passe-t-il ?* Ils étaient seuls, assis sur le lit de sa pièce de survie. Plutôt que de réfléchir et de soupeser le pour et le contre, elle s'inclina vers lui. Ils s'embrassèrent.

Une cascade de sensations la submergea. Elle était… stupéfiée mais ravie. Et comment était-il possible de frissonner et de transpirer tout à la fois ? Des éclairs de lumières vives fusaient derrière ses paupières closes. Si étonnant que cela paraisse, elle s'avisa, incrédule, qu'elle était en train de lâcher prise.

Sentant sa bouche se presser avec plus d'insistance sur la sienne, elle entrouvrit la sienne. Doucement d'abord, sa langue se fraya un passage entre ses lèvres accueillantes, glissant sur la surface lisse de ses dents, aiguisant son désir. Elle lui rendit la pareille, l'embrassant à son tour avec avidité. Elle entendit un gémissement. *Oh ? C'est moi.*

Ce baiser enfreignait toutes les règles. Il était agent du FBI et, à ce titre, pouvait s'attirer de gros ennuis en agissant comme il le faisait. Elle devait l'arrêter.

Mais ce fut lui qui mit fin au baiser le premier.

— Ça va ? murmura-t-il en s'écartant d'elle.

Oh ! oui, ça allait… et même très bien. Elle venait d'avoir un aperçu de ce que pouvaient être les rapports charnels. Ses expériences antérieures n'avaient manifestement été que de grossiers brouillons.

— Vous avez dit tout à l'heure vouloir me voir en tête à tête. Est-ce que c'était pour ça ?

— Non, mais je suis heureux que notre rencontre ait pris cette tournure-là.

— Moi aussi.

— Je voulais vous mettre au courant. On a un problème avec Peter Channing.

Ses paroles firent à Brooke l'effet d'une douche froide. À regret, elle se leva, brutalement ramenée à la réalité.

12

S'il n'avait tenu qu'à lui, Sloan aurait volontiers laissé la porte blindée fermée et fait bon usage de ce lit escamotable. Le baiser de Brooke l'avait surpris, même si, depuis le début, il l'avait imaginée dans ses bras. Enfin, peut-être pas *tout à fait* depuis le début, mais, disons, sitôt après le malheureux épisode du gaz lacrymogène. D'entrée de jeu, elle l'avait captivé.

Qui était cette femme ? Brooke était belle, avec ses lèvres douces, son teint de porcelaine et ses cheveux noirs et brillants qui encadraient l'ovale parfait de son visage. Et elle était terriblement sexy. Son baiser, d'abord timide, s'était rapidement enhardi. C'était une femme extraordinaire – intelligente, courageuse, douée du sens de l'humour. Tout en elle lui plaisait, jusqu'à sa manie de l'organisation, sans doute parce que lui aussi avait un petit côté obsessionnel. Il aimait les règles et préférait que les choses soient nettes et en ordre, et c'était bien ce qui rendait la requête qu'il s'apprêtait à lui soumettre si ardue. Il la regarda marcher de long en large.

— Quel problème ? demanda-t-elle. Je croyais que vous ne l'aviez pas localisé.

— On a toutes ses coordonnées – téléphone, adresse, numéro de plaque minéralogique –, mais on n'arrive pas à le joindre. Un de nos agents s'est rendu au domicile de sa petite amie. Elle a déclaré ne pas l'avoir vu depuis qu'il est parti travailler, à 9 heures, hier matin. Avant cela, il était avec elle.

— Où travaille-t-il ?

— Dans un camion restaurant appelé le Taco Guac. Notre agent s'est entretenu avec ses collègues qui étaient de service hier. Ils ont dit que le camion était resté à Civic Center de 10 à 14 heures et ils ont confirmé que Channing y avait travaillé pendant tout ce temps-là. Ce qui l'innocente puisqu'on a établi que le meurtre avait eu lieu entre 11 h 30 et 14 heures – sauf s'ils ont menti.

— Pour quelle raison l'auraient-ils fait ? rétorqua-t-elle en cessant brusquement de tourner comme un lion en cage.

— Je ne sais pas. Par amitié ? Parce qu'ils détestent le FBI ?

Elle arqua les sourcils.

— C'est du sarcasme ?

— Oui. Mais il est vrai que le FBI était plus respecté autrefois. Quoi qu'il en soit, Channing ne répond pas à nos appels et n'est pas rentré chez lui.

— Ce n'est pas logique, souligna-t-elle. Quelle raison aurait-il de se cacher si ce n'est pas lui le tueur ?

— Nous n'en savons rien, mais nous voulons l'interroger. Les mails qu'il a adressés à Layla doivent avoir une signification.

Après qu'il eut remis la clé USB à Keller, ce dernier avait imprimé tous les messages. Leur contenu semblait inoffensif : Channing essayait de joindre Layla, lui parlait de son prochain mariage, sous-entendait qu'il aimerait la voir. Mais celle qu'il voulait vraiment revoir était Franny.

— Vous les avez tous lus ?

Elle hocha la tête.

— Il y parle de nous comme de ses *sœurs*. À croire qu'il n'a jamais remarqué, en jouant avec nous, que nous avions des chaînes à la cheville, ni que l'une ou l'autre pleurait parce qu'elle avait été brutalisée. Peut-être qu'il se sentait si désespérément seul qu'il croyait réellement que nous étions ses parentes ?

— C'est possible.

— Je ne sais pas si je le hais ou s'il me fait pitié.

— Sa vie n'a pas dû s'améliorer après l'arrestation de son oncle. Les autres enfants l'ont certainement tenu à l'écart.

Elle referma les bras autour d'elle et contempla le sol pendant plusieurs longues secondes.

— Non, je ne le plains pas. Il aurait pu nous aider et il ne l'a pas fait.

Sloan ne lui donnait pas tort. En tant que psychologue, il pouvait éprouver une forme d'empathie pour Channing, mais il avait onze ans à l'époque des faits, âge auquel on était capable de distinguer le bien du mal. Il avait trop aimé venir chez son oncle – il avait probablement un fond de sadisme en lui. Pour autant, son comportement ne cadrait pas avec le profil d'un tueur.

Ses mails à Layla étaient polis et amicaux. Ainsi que Brooke l'avait souligné, ses souvenirs étaient délirants… déconnectés de la réalité. Mais il n'était ni obscène ni agressif. Il était difficile de l'imaginer passant ces appels menaçants à Franny, qu'il aimait réellement beaucoup. S'il avait réussi à entrer en contact avec sa compagne de jeu favorite, il l'aurait invitée au cinéma. De son point de vue, ils étaient amis.

— Il n'a pas de casier judiciaire, dit Sloan. Deux ou trois excès de vitesse, c'est tout. Il n'est jamais allé à l'université. En gros, il a pratiquement toujours travaillé dans des restaurants et est employé par le Taco Guac depuis six mois.

Elle se laissa tomber sur le lit à côté de lui.

— Ça ne peut pas être lui, le meurtrier.

— N'empêche qu'il faut que je lui parle. Le meurtre de

Layla renvoie au passé. Channing pourrait nous conduire à quelqu'un d'autre. Et c'est là que vous entrez en jeu.

Elle l'observa, attendant la suite.

— Il ignore les messages du FBI, mais il vous répondrait sans doute… à *vous*.

Les yeux de Brooke s'écarquillèrent.

— Sérieusement ? Vous voulez que j'appelle ce crétin ?

— Peut-être vaudrait-il mieux ne pas amorcer la discussion en le traitant de tous les noms ?

— Pas « de tous les noms », corrigea-t-elle. De « crétin », ce qui est approprié. C'est le surnom que je lui donnais.

— Vous pourriez lui adresser un message depuis un téléphone jetable, le rassurer, lui demander de vous rappeler et fixer alors un rendez-vous pour moi.

— Ce plan m'a l'air quelque peu tiré par les cheveux. Keller vous a donné son accord ?

— Étonnamment, oui. Il faut dire qu'on a joué de malchance avec Channing et que ça lui a hérissé le poil. Alors, si une petite entorse au règlement peut faire avancer l'enquête… L'affaire fait l'objet d'une forte couverture médiatique. S'il la résout, il sera présenté en héros.

Elle tendit la main.

— OK. Donnez-moi ce téléphone. Je vais laisser un message vocal et un SMS.

Il sortit l'appareil de sa poche intérieure.

— Il y a du réseau ici ? s'enquit-il en regardant autour de lui.

— J'ai fait installer une connexion spécifique à cette pièce. Je ne voulais pas risquer de me retrouver bloquée ici sans moyen de communiquer avec l'extérieur.

— Bien. Respirez avant de composer le numéro. Il faut que votre voix sonne amicale, pas menaçante.

Elle inspira à fond, s'éclaircit la voix puis parla dans le haut-parleur.

— Salut, petit crétin. C'est Brooke. J'aimerais te parler. Rappelle-moi à ce numéro.

Elle rédigea ensuite un texto d'une teneur similaire puis lui rendit le téléphone.

— Voilà. Et maintenant ?

— Maintenant, on attend.

Brooke reconduisit Sloan jusqu'à la cuisine, où ils retrouvèrent les autres. Ils arrivèrent juste à temps pour accueillir les trois gardes du corps qui se révélèrent à la hauteur des attentes des quatre amies – baraqués, d'allure soignée, et très virils. Ces types auraient sans doute pu donner du fil à retordre à Sloan, mais elle n'en voyait toujours pas moins l'agent spécial dans le rôle du garde du corps idéal, même s'il était sanglé dans un costume anthracite alors que tous trois étaient vêtus de simples pantalons cargo et de T-shirts moulants, sans doute dans l'espoir de passer inaperçus. Comme si c'était possible, avec leurs physiques d'armoires à glace !

Sloan avait gardé le téléphone jetable. Sitôt qu'il sonnerait ou recevrait une notification de SMS, songea Brooke, ils s'isoleraient dans son bureau pour communiquer avec Channing. Comme il n'était plus suspect, son attitude envers lui s'était un peu radoucie – un peu seulement car elle ne lui avait pas pardonné et ne lui pardonnerait jamais.

Toute mariée et heureuse en ménage qu'elle soit, Megan flirta avec enthousiasme tandis que la petite Emily glissait sa main dans celle du garde du corps qui leur avait été assigné pour l'entraîner à l'étage, où elle s'était installée pour faire du coloriage. Lorsqu'ils eurent quitté la cuisine, Megan adressa un clin d'œil à Brooke.

— Si je l'amène au terrain de foot avec nous, je vais devenir la maman la plus populaire de l'école.

Brooke ne voulait pas l'effrayer, mais il ne fallait pas qu'elle se conduise en écervelée non plus.

— C'est un garde du corps, pas un accessoire. Il faudra que tu te conformes aux règles de sécurité qu'il t'imposera.

Moira, elle, était en train de consulter un site d'éphémérides astrologiques pour s'assurer qu'elle et son garde étaient compatibles. Franny bavardait joyeusement avec celui qui resterait à la maison et qui était d'ores et déjà son nouveau meilleur ami.

Sloan s'installa à côté de Brooke devant l'îlot central.

— On dirait que vous avez pris la situation en main.

— Oui… Comme toujours. C'est mon rôle.

Lorsqu'on frappa de nouveau à la porte, le garde de Brooke consulta la caméra de surveillance et lui apporta la tablette pour qu'elle voie l'identité du visiteur. C'était Tom Lancaster, qu'un des policiers en faction avait escorté jusqu'à la porte. Il était vêtu de façon plus formelle qu'à l'accoutumée et portait un attaché-case – sans doute pour impressionner la galerie. Les journalistes faisaient toujours le pied de grue devant la maison.

Brooke indiqua le code de sécurité au garde et lui demanda d'aller ouvrir. Même si elle en voulait à Lancaster d'avoir à son insu été en pourparlers avec Nicky-le-fourbe, elle était soulagée qu'il soit là. La mort de Layla nécessitait de multiples démarches et, comme celle-ci n'avait pas de famille, ce serait à elle de s'en acquitter. Pour les obsèques, elle connaissait les volontés de son amie. Un jour qu'elles avaient bu une bouteille de vin ensemble, la conversation avait pris un tour morbide et elles s'étaient mises à parler de ce qu'elles aimeraient pour leurs funérailles. Toutes deux préféraient la crémation. Layla avait précisé qu'elle ne voulait pas de pierre tombale et souhaitait que ses cendres soient dispersées en montagne, près de leur chalet.

Non, pas là. C'était l'endroit où le tueur avait déposé son corps. Leur passé l'avait rattrapée jusque là-haut, dans leur refuge. L'ironie de la chose la mit en rage. Sans s'en rendre compte, elle agrippa la main de Sloan.

— Brooke ? Ça va ? murmura-t-il posément.

— Ça va aller.

Quand Lancaster entra, il salua l'un des gardes du corps par son nom, ajoutant qu'il était heureux que Brooke ait choisi la société qu'il lui avait recommandée. Il se tourna vers elle et déclara :

— On a quelques formalités à voir ensemble. Pourrait-on aller dans votre bureau ?

— Bien sûr.

Elle ne commit pas l'erreur de penser qu'il cherchait à épargner la sensibilité de ses amies. Il faisait simplement preuve de professionnalisme et d'efficacité, sachant qu'il n'arriverait à rien en présence de tout le groupe.

Une fois la porte refermée, elle s'installa derrière le bureau, en position dominante. Lancaster resta debout en face d'elle tandis que Sloan s'adossait au mur, près de la porte d'entrée. Elle le vit consulter brièvement l'écran du téléphone jetable avant de le replacer dans sa poche et se prit à souhaiter que Channing la rappelle bientôt. Jusqu'ici, l'enquête n'avait abouti qu'à des impasses. Ils avaient désespérément besoin de quelque chose de tangible.

Avant s'asseoir, Lancaster jeta un regard noir à Sloan et grommela un commentaire inintelligible dans sa barbe.

— Messieurs, y a-t-il un problème ?

— Nous allons échanger des informations confidentielles, souligna l'avocat d'un air pincé. Nous n'avons pas besoin de lui.

— L'agent spécial Sloan et moi travaillons ensemble sur cette enquête, déclara-t-elle. Tout ce que vous avez à me dire, il peut l'entendre.

— Vous ? Vous jouez les enquêtrices pour le FBI ?

— Je suis consultante.

— Je n'approuve pas. C'est dangereux.

— C'est ma décision.

De quel droit lui dictait-il ce qu'elle avait à faire ? Sloan l'avait taxé de narcissisme et elle se rendait compte, subitement, qu'il avait raison. Dans ses transcriptions, il lui arrivait fréquemment d'être en contact avec des avocats et des médecins. Nombre d'entre eux avaient des ego aussi démesurés que le Montana. Ce n'était pas surprenant que Lancaster appartienne à cette catégorie-là.

— Très bien, commençons, dit-il d'un ton passablement compassé en posant son attaché-case devant lui et en l'ouvrant. Dès que j'aurai les copies du certificat de décès, je m'occuperai des créanciers de Layla et des différentes polices d'assurance. L'acte de propriété du chalet doit être transféré à votre seul nom.

— Je ne suis pas sûre de vouloir le conserver, répondit-elle. Pour ce qui est des assurances, je n'étais pas au courant.

— Elle en avait souscrit une quand elle était à l'université et une autre était adossée à son emprunt étudiant. Il y en a peut-être d'autres. Elle me tenait au courant de ses affaires, mais je ne suis pas sûr d'avoir tous les documents. L'explosion en a détruit une bonne partie.

Elle jeta un coup d'œil à Sloan.

— Je pense que le FBI a accès aux données de son ordinateur personnel. Si seulement j'avais eu la présence d'esprit de le prendre, sur sa table de travail…

— On a bien fait de s'enfuir, contra Sloan. L'ordinateur était raccordé à d'autres appareils et nous aurions perdu de précieuses minutes à tout débrancher. C'est tout juste si nous avons réussi à sortir à temps.

Lancaster secoua sa tête chauve.

— Quel bazar ! Pourquoi diable le tueur a-t-il fait sauter son bureau ?

— Pour éviter que quelque chose ne soit découvert, dit-elle.

— Comment savez-vous que la bombe était dans son bureau ? questionna Sloan.

— J'ai dû l'entendre aux informations. Et Brooke vient juste de mentionner sa table de travail.

Que se passait-il entre les deux hommes ? s'interrogea Brooke. Soit Sloan soupçonnait Lancaster, soit il détestait cordialement l'avocat. À moins que ce ne soit un peu les deux.

— En tout cas, reprit-elle. J'ai tout de suite vu en entrant dans l'appartement qu'il avait été fouillé. Layla devait posséder une preuve quelconque de l'identité du meurtrier. Et quand il a vu qu'il ne la trouvait pas…

— Il a tout fait sauter pour effacer ses traces, acheva Lancaster à sa place.

Théorie qui en valait une autre, songea Brooke. Channing avait pu vouloir faire disparaître sa correspondance avec Layla, à ceci près que le petit crétin n'était pas assez intelligent pour concevoir un tel dispositif. Et qu'il avait un alibi.

— L'engin explosif était plutôt sophistiqué, apparemment.

— Ces choses-là peuvent s'acheter, rétorqua Lancaster avant de renverser la tête en arrière pour toiser Sloan. Le FBI a-t-il des pistes concernant l'identité du poseur de bombe ?

— Nous n'avons encore procédé à aucune arrestation.

Elle apprécia la façon dont il avait répondu : il s'en était sorti par une pirouette, sans divulguer aucune information, tout en restant courtois avec son avocat.

Lancaster prit un document dans son attaché-case et le fit glisser vers elle sur le bureau.

— J'ai rédigé un premier jet pour l'avis de décès. Il faudra apporter les précisions voulues concernant le funérarium, le service funèbre, l'envoi ou non de fleurs.

— Une crémation. Pas d'inhumation. Pas de fleurs.

Layla était bénévole dans un refuge pour sans-abri et dans un foyer d'accueil pour enfants. Des dons à ces établissements seraient les bienvenus. Quant au service funèbre ? Je ne sais pas.

Elle détestait l'idée de personnes pleurant le décès de quelqu'un qu'ils n'avaient même pas connu. D'un autre côté, elle comprenait que les gens soient touchés par l'histoire de Layla et éprouvent le besoin d'exprimer leur chagrin. Ces cérémonies étaient censées aider les gens à faire leur deuil, leur permettre d'accompagner le défunt dans sa dernière demeure, mais elle hésitait. Avant de présenter aux autres les dispositions prises, elle avait envie d'en discuter avec quelqu'un… Avec Sloan. Il l'écouterait et serait de bon conseil.

— Une suggestion, reprit Lancaster. Puisque nous avons déjà le fonds qui peut recevoir des dons, nous pourrions demander aux gens d'y déposer l'argent. Nous répartirions ensuite les montants versés aux causes qui étaient les plus chères à Layla.

— Je préférerais qu'un fonds distinct soit ouvert exclusivement à cet effet. Layla avait sa vie propre, qui n'avait rien à voir avec la tragédie qui nous a réunies.

— OK, OK, considérez que c'est fait. Et pour le testament de Layla ? Il faudrait prévoir un rendez-vous pour que je vous en donne lecture.

— Rien ne presse, répondit-elle. Sauf s'il y figure un point urgent ?

— Pas vraiment, mais…

— Je dois vous interrompre, intervint Sloan. Brooke vient de recevoir un texto qui exige une réponse immédiate.

Un courant d'excitation la parcourut. Channing avait répondu. Leur plan avait fonctionné. Elle sauta sur ses pieds.

— Nous en avons fini pour aujourd'hui, monsieur Lancaster. Si vous voulez bien nous laisser…

L'avocat se leva en maugréant et se dirigea à contrecœur vers la porte, que Sloan se fit un plaisir de lui tenir ouverte.

Lorsqu'ils furent seuls, Sloan lui montra le SMS sur l'écran du téléphone.

Je ne suis pas un crétin. Appelle dans cinq minutes. Sur ce numéro.

— Vous connaissez ce numéro ? interrogea Sloan.

— Non, je ne crois pas.

— Il a dû se procurer un téléphone à carte. Il n'est peut-être pas aussi bête que vous le dites. Le FBI pourrait remonter jusqu'à lui par son numéro habituel.

Il contourna le bureau et se posta devant elle.

— Activez le haut-parleur et appelez-le.

— Que dois-je lui dire ?

— Fixez un rendez-vous pour moi. Assurez-le qu'il n'a pas à s'inquiéter, que je souhaite simplement lui parler. Quoi que vous disiez, ne faites aucune promesse que vous ne pourriez pas tenir, ne vous engagez à rien.

Il posa le téléphone sur le bureau et reporta son attention sur elle. Doucement, il la prit par les épaules, plongeant son regard dans le sien.

— Vous allez très bien vous en sortir.

Elle aurait bien voulu en être aussi persuadée que lui.

— Et s'il refuse ?

— À vous de le convaincre. Il vous écoutera. Tout le monde vous écoute.

Il la guida jusqu'à son fauteuil, la fit asseoir.

— C'est vous la cheffe.

Elle se répéta que Channing n'était probablement pas le meurtrier. Mais pouvait-elle en être certaine ? En organisant cette rencontre, ne risquait-elle pas d'envoyer Sloan droit dans un piège ?

Elle composa les chiffres sur le clavier. Deux sonneries retentirent avant qu'une voix masculine résonne dans le combiné.

— Salut, Brooke. Ça fait un bail.

Bien sûr, la voix n'était plus du tout celle du préadolescent qui venait au pavillon jouer avec Franny. Il devait avoir vingt-trois ans aujourd'hui.

— Exact. J'allais te dire la même chose.

— Oui… Je suis désolé, hein, vraiment désolé pour ce qui est arrivé à Layla. Elle a toujours été gentille avec moi. Pas comme toi. Elle ne me traitait pas de petit crétin, elle.

La voix était celle d'un adulte, mais le discours était celui d'un enfant. Elle eut l'impression d'avoir grondé un gamin de onze ans parce qu'il avait sali le sol en entrant avec des chaussures pleines de boue.

— J'aide le FBI dans leur enquête. Ils veulent te parler.

— Pas question. Je ne les laisserai pas m'arrêter. Ce n'est pas ma faute. Je n'ai rien fait. Tu ne m'auras pas, Brooke. Ce n'est plus comme quand j'étais petit. Je sais ce que veut le FBI… Ils veulent me jeter en prison.

— Non. Tout ce qu'ils veulent, ce sont des informations. Tu ne fais pas partie de leurs suspects.

— Je ne te crois pas. Bon sang, Brooke, tu ne sais pas l'enfer que j'ai vécu après l'arrestation d'oncle Martin ! Les gens prenaient le large dès qu'ils entendaient prononcer mon nom. Je n'avais pas d'amis. Moi, tout ce que je voulais, c'était parler à Franny. Elle me manque tellement. C'était ma meilleure copine. Tu sais où je peux la trouver ?

Sa tirade la préoccupait. Il était hors de question qu'elle lui dise comment joindre Franny et il fallait donc changer au plus vite de sujet.

— Les choses vont mieux pour toi maintenant. Tu as une petite amie. Tu vas te marier.

— Et alors ?

— Tu as une belle vie qui t'attend. Tout ce que tu as à faire, c'est de parler à cet agent du FBI et, ensuite, ce sera terminé.

Il y eut une longue pause. Elle croisa le regard de Sloan, qui l'encouragea d'un sourire.

— Peter, tu es là ?

— Dans dix minutes. Dis-lui d'aller au Molly May's Café sur Colfax et de s'asseoir dans un box, près de la devanture.

Bingo !

— OK. Merci, Peter.

— Une dernière chose, Brooke. Il faut que tu viennes avec ce type du FBI. Si tu n'es pas là, je ne me montrerai pas.

Comment refuser ? Channing pouvait jouer au chat et à la souris avec le FBI pendant des jours, et pendant ce temps-là les preuves matérielles risquaient de se volatiliser.

— J'y serai.

— Bien.

— À moi de te poser une dernière question. Molly May n'est pas loin de chez moi. Comment savais-tu que je pouvais être là-bas en dix minutes ?

— Allume la télévision. Des dizaines de journalistes campent sur ta pelouse avec leurs caméras. Je les regarde faire depuis 6 heures du matin. À tout à l'heure, Brooke.

Son cœur sauta un battement. Il la surveillait ? Elle pivota sur son fauteuil et scruta la cour arrière par la fenêtre. Channing était-il là, dehors, embusqué quelque part ? Derrière la haute clôture en bois de cèdre ? Ou peut-être dans l'ombre du catalpa à larges feuilles ?

Et sa maison – son sanctuaire – diffusée en boucle sur tous les téléviseurs de Denver ! Elle ne se sentirait peut-être plus jamais en sécurité.

13

Sloan n'allait pas être content, songea Brooke. Elle n'avait pas respecté ses instructions. Quand Channing lui avait demandé d'être présente, elle avait tout de suite accepté. Sans tenter de négocier. Sans soulever la moindre objection.

Mais elle avait craint de le faire fuir, se justifia-t-elle intérieurement. Le petit crétin savait peut-être quelque chose concernant la mort de Layla, et la moindre information pouvait leur être utile.

— Je n'ai pas eu le choix, dit-elle en guise d'excuse.

— Non, en effet.

Ouf !

— Je préférerais vous savoir dans votre pièce de survie, avec votre gorille derrière la porte, mais vous avez promis. Si vous ne venez pas, Channing détalera comme un lapin. Mais on ne devrait pas avoir de problème. Je ne pense pas que ce type constitue une menace.

— Moi non plus.

Lui parler n'avait pas été trop difficile. L'idée qu'il ait rôdé autour de sa maison la mettait mal à l'aise mais ne l'avait pas paralysée de frayeur. Si elle l'avait repéré, elle n'aurait pas hésité à sortir son Glock et à le braquer sur lui.

— S'il vous voulait du mal, il aurait choisi un endroit plus discret que le Molly May's Café.

— Je prends mon sac banane et on y va.

— On va avoir besoin de l'aide des policiers pour

franchir le barrage des médias. Faites ce que je vous dis, marchez vite et ne dites pas aux autres où nous allons.

Elle attacha sa sacoche autour de sa taille.

— Est-ce que j'emporte mon arme ?

— Non.

Il lui fit traverser la maison, fournissant un vague prétexte pour expliquer leur hâte et promettant d'être de retour bientôt. Megan fourra une liste de courses dans la main de Brooke en murmurant : « Pendant que vous y êtes… puisque vous devez sortir », et Franny lui donna l'accolade.

Après un petit tour de passe-passe des policiers en faction, ils se retrouvèrent dans son SUV, en route pour le Molly May's, un joli petit café avec des bouquets de marguerites en plastique sur les tables et des rideaux en vichy. Bien que l'imprimé soit rouge, il lui rappela le tablier qu'elle devait porter au pavillon. Ils prirent place à une table, près de la fenêtre. Comme ils s'étaient assis côte à côte et non de part et d'autre de la table, elle redisposa les couverts pour chacun d'eux. En contemplant la serveuse en uniforme blanc et tablier vichy rouge leur apporter le café, Brooke ne put s'empêcher de se demander si elle devrait frotter le tissu jusqu'à s'en abîmer les doigts en cas d'accident ? Channing était-il au courant, pour le tablier en vichy ?

Baissant les yeux, elle s'aperçut qu'elle avait déchiqueté les bords de sa serviette en papier. La roulant en boule, elle regarda au-dehors, scrutant le trottoir et les voitures qui passaient sur Colfax – une longue rue toute droite où il y avait toujours beaucoup de circulation, même à 10 heures, un samedi matin.

— Vous le voyez ? questionna-t-il.

— Pas encore, mais je ne suis pas sûre de le reconnaître.

Comme elle remarquait une camionnette rouge qui ralentissait en passant devant le café, sa tension s'accrut d'un cran. Et s'il ne venait pas ? Deux autres véhicules passèrent lentement, leurs conducteurs jetant un coup d'œil au café. Puis, elle avisa un type qui marchait, casquette à l'effigie des Broncos de Denver vissée sur la tête, un short marron flottant autour de ses jambes maigres qui se terminaient par des pieds semblant trop grands pour lui. Tout dans son allure était affreusement gauche, emprunté. Elle ne fut pas surprise lorsqu'il lui fit signe de la main.

— Le voilà.

Répondant à son salut, elle sentit sa bouche s'incurver. *Mais pourquoi diable ?* Channing avait été partie prenante de sa captivité, complice de son oncle. Elle aurait dû le haïr.

Il se fraya avec précaution un chemin dans le café, heurtant deux chaises au passage, et les rejoignit à la table. Un sourire benêt s'épanouit sur son visage, et elle dut pincer les lèvres pour ne pas sourire à son tour.

— On ne dévisage pas les gens, Peter. C'est malpoli.

Il gloussa.

— Toujours à faire la leçon à tout le monde. Tu n'as pas changé.

— Assieds-toi. Je te présente l'agent spécial Sloan.

Les deux hommes échangèrent une poignée de main puis Channing prit place en face d'eux. Comme ses pieds, ses mains paraissaient démesurément grandes, avec des poignets osseux. Elles portaient des marques de brûlures et de coupures dues, sans doute, à son travail, au camion restaurant. Compte tenu de la maladresse qu'il montrait pour traverser un restaurant quasiment vide, on aurait pu s'attendre à pire, songea-t-elle.

— Alors, ton travail au Taco Guac te plaît ? s'enquit-elle.

— Ouais, dit-il en dodelinant de la tête. Tu m'as reconnu tout de suite ?

— Je t'ai reconnu à ta fossette, répondit-elle, pointant

le doigt vers sa joue. Tu as toujours cette cicatrice, sur la jambe ?

— Ça, oui, tu parles, dit-il, commençant à lever la jambe.

— Inutile. Je te crois sur parole.

— Moi, je t'aurais reconnue n'importe où, Brooke. Tu es tellement jolie. Vous étiez toutes jolies, surtout Franny. Je pense souvent à elle. Tu crois que je dois l'inviter à mon mariage ? Tu penses qu'elle viendrait ?

— Je ne peux pas parler à sa place.

L'expression de Channing était candide, innocente… et d'une alarmante immaturité. Un esprit de petit garçon dans un corps d'homme. Comment pouvait-il oublier qu'elles étaient prisonnières quand il les avait connues ? Enchaînées à leur lit, brutalisées par son oncle, elles n'avaient pas exactement été des camarades de jeu rayonnantes de bonheur. Elle ne voulait *pas* renouer avec lui et encore moins le mettre en relation avec Franny.

— J'ai essayé de vous joindre, toi et les autres poupées. Simplement pour parler, tu vois, mais rien à faire. Vous vous cachiez derrière des numéros de téléphone en liste rouge et des adresses tenues secrètes.

— Tu as pourtant réussi à envoyer des mails à Layla ?

— Parce qu'elle s'installait comme avocate. J'ai trouvé son adresse électronique sur le prospectus d'un refuge pour sans-abri.

Il sourit.

— C'est chouette, qu'elle soit devenue avocate.

Il se passa une main sur le visage pour effacer le sourire.

— Je suis désolé de ce qui lui est arrivé. Vraiment.

Sloan s'éclaircit la gorge.

— J'ai quelques questions à vous poser.

— Attendez. Laissez-moi d'abord passer ma commande.

Channing héla la serveuse et demanda des gaufres

et de la confiture. Sloan fit de même. Brooke préféra s'abstenir. Cette conversation bon enfant avec Channing lui coupait l'appétit.

Tandis qu'elle buvait son café à petites gorgées, Sloan passa en revue les endroits où Channing s'était trouvé pendant la semaine. Il avait travaillé tous les jours et passé la majeure partie de son temps libre avec sa fiancée, mais des trous dans son emploi du temps du mercredi et du jeudi auraient pu lui permettre de rencontrer Layla. Cependant, son alibi entre 11 h 30 et 14 heures, la veille, le disculpait.

Plus elle l'écoutait, plus Brooke avait du mal à croire qu'il puisse être le tueur. Il était trop malhabile pour avoir fouillé de façon aussi millimétrée l'appartement de Layla. Et il n'avait ni les connaissances pour fabriquer une bombe ni l'argent pour payer quelqu'un pour le faire à sa place.

Lorsque les gaufres leur furent servies, elle demanda :

— Pourquoi évitais-tu le FBI ?

— J'ai eu de mauvaises expériences avec la police… Sans vouloir vous offenser, Sloan.

— Il n'y a pas de mal.

— Quel genre d'expérience ?

— Dès qu'ils savent que j'avais un lien avec les poupées, ils deviennent méchants. Ils me frappent, me tirent dessus au Taser et me traitent de pédophile. Mais je n'y suis pour rien, moi. J'ai bien essayé de vous aider, mais je n'avais que onze ans.

— C'est assez grand pour savoir distinguer le bien du mal, répliqua-t-elle durement.

— Ne commence pas…

Il engloutit une énorme bouchée de gaufre, la mâcha rapidement et l'avala tout aussi vite. Une deuxième suivit.

— Tu sais, Brooke, tu ne me rendais pas la vie facile.

— Je rêve ! Tu me rends responsable de tes problèmes ?

— Tu étais… blessante.

Elle discerna, dans sa voix, une inflexion inquiétante qui lui rappela que, sous ses airs enfantins, il n'en était peut-être pas moins dangereux.

— Franny et toi… Vous m'avez blessé, toutes les deux.

— Je ne te crois pas.

— Si. Tu étais méchante. Toutes ces règles que tu imposais… Pas de bruit, pas de désordre. J'essayais toujours de vous apporter à manger. Tu ne te rappelles pas les pots de beurre de cacahuète ? Mon amie dit que c'était pour acheter votre amour.

Elle jeta un coup d'œil à Sloan.

— Est-ce que tout ça a un sens pour vous ?

Il inclina brièvement la tête.

Comme si c'était sa faute si Channing avait eu des difficultés !

— Ton oncle n'aurait jamais dû te faire venir au pavillon.

— Mais il l'a fait et j'essayais d'être gentil avec vous. Après Halloween, j'ai donné tous mes bonbons aux poupées. Mais il n'y a que Franny qui m'ait remercié.

— Arrête de dire « les poupées », proféra-t-elle d'un ton coupant.

— Mais c'est comme ça que tout le monde vous appelle, se défendit-il en haussant ses épaules étroites.

Il s'interrompit pour manger sa gaufre, qui disparut de son assiette en un temps record.

— Tu as toujours été susceptible et autoritaire. Et tu avais tes petits secrets, ajouta-t-il d'un air entendu.

— Quels secrets ? intervint Sloan d'un ton neutre.

— Elle était comme ces pies que j'ai vues l'autre jour dans un documentaire sur les animaux. Toujours à sautiller à droite à gauche, à voler ce qui brille et à le cacher dans leur nid.

Sloan coula un regard dans sa direction. Le message

muet qu'il lui adressait était clair. « Aujourd'hui encore, vous avez vos secrets et vos cachettes. Et après ? Vous n'avez rien à vous reprocher. »

— Une fois, continua Channing. Elle a pris le coupe-ongles de mon oncle. Quand il s'est aperçu qu'il avait disparu et qu'il s'est mis en colère, elle a fait semblant de l'avoir trouvé par terre pour que personne ne soit puni.

Ces pathétiques souvenirs lui donnaient la nausée. Elle avait commencé par subtiliser de la menue monnaie à Hardy dans l'espoir chimérique d'acheter sa liberté – plan totalement irréalisable. Qui aurait-elle payé ?

— Je faisais ce qu'il fallait pour survivre.

— Tu te souviens de la fois où je t'ai donné la clé ?

Une vague de culpabilité l'assaillit, qu'elle dissimula en buvant une longue gorgée dans sa tasse presque vide. Même si elle aurait préféré l'oublier, ce moment affreux était gravé dans sa mémoire. Channing offrait de temps en temps des babioles à Franny mais, cette fois-là, c'était à elle qu'il avait apporté un cadeau. La clé de la chaîne qui lui entravait la cheville.

Channing lui avait dit qu'il devait récupérer la clé avant de repartir, qu'elle pouvait faire ce qu'elle avait à faire. Elle aurait pu s'échapper ce jour-là, mais la peur l'avait paralysée. Littéralement clouée sur place. Qu'arriverait-il si Hardy la rattrapait ? Elle l'avait déjà vu punir Franny en lui sectionnant le bout du doigt. Il violait régulièrement Layla. Elle connaissait sa force, décuplée par la colère, lorsqu'il la battait. Alors, prendre la fuite… Et puis, pour aller où ?

Assise à la table du Molly May's Café, elle frissonna. Tout à coup, elle sentit une bouffée de chaleur monter en elle. Elle transpirait. Sa gorge était sèche. Certaines blessures ne guérissaient jamais. Elle avait été folle de croire qu'elle pouvait améliorer les choses.

Sa captivité n'avait pas été seulement physique. Hardy

avait aussi emprisonné son âme. Elle n'avait pas osé se servir de la clé, terrifiée par les conséquences. Tout le monde la croyait courageuse, Sloan y compris, mais ils se trompaient. Elle n'était qu'une froussarde qui ne méritait pas les responsabilités qui lui incombaient. À cause de sa couardise, elles étaient restées prisonnières pendant encore deux mois. Deux mois pendant lesquels Hardy avait continué à violer Layla et Sophia. Elle n'avait pas été à la hauteur alors. Et l'histoire se répétait. Le meurtrier de Layla, aujourd'hui, était plus malin qu'elle. Malgré les crimes odieux qu'il avait commis, il s'en était tiré et il était toujours dans la nature.

Ses observations n'avaient été d'aucune aide ; elles n'avaient nullement fait progresser l'enquête. Il était peut-être temps d'arrêter les frais… avant de tout gâcher.

Channing continua à parler avec Sloan tandis qu'ils finissaient leurs petits déjeuners, s'excusant d'avoir cherché à se soustraire à la police, prenant la carte que l'agent lui tendait et promettant de l'appeler si quelque chose lui revenait. L'un dans l'autre, il n'était pas si mauvais. Ce n'était pas sa faute si son oncle était un monstre.

Lorsqu'ils se levèrent pour partir, Channing esquissa un geste pour l'embrasser. *Non ! Pas encore.* Elle n'était pas prête à lui pardonner, mais elle lui sourit.

— Ça ne s'est pas trop mal passé, déclara-t-elle.

— Pour moi non plus, finalement.

Sloan régla l'addition, et ils emboîtèrent le pas à Channing. Ils franchissaient le seuil lorsqu'ils virent Brancusi surgir de derrière une camionnette marron foncé ornée d'une bande dorée sur le côté, caméra au poing. Il les filmait.

— Ne faites pas attention à moi, leur dit-il. Soyez naturels.

— C'est qui, ce type ? questionna Channing.

Sloan marcha droit sur le documentariste et boucha l'objectif du plat de la main.

— Vous n'avez pas le droit de nous filmer.

— Simple question de formalité, riposta Brancusi avec désinvolture avant de se tourner vers Channing. Dis donc, gamin, ça te dirait d'empocher quelques centaines de dollars ?

Les yeux de Channing brillèrent à l'idée de gagner facilement de l'argent, mais il secoua la tête, méfiant.

— Ta fiancée s'est montrée plus coopérative, continua Brancusi d'un air concupiscent. Beaucoup plus coopérative.

Channing combla les quelques mètres qui le séparaient de Brancusi et sauta sur Brancusi, qui se détourna pour protéger sa caméra. Channing avait la jeunesse pour lui, mais le documentariste avait l'expérience. Il avait beau avoir l'apparence d'un hipster barbu, il se mouvait comme un habitué du combat de rue. Pivotant sur lui-même, il fonça vers sa camionnette dont il ouvrit la portière à la volée. Il en émergea avec un démonte-pneu.

Sloan dégaina son arme et le mit en joue.

— Posez ça.

— C'est lui qui s'est jeté sur moi, protesta Brancusi.

— Si vous remontez dans votre camionnette et que vous fichez le camp, je ne vous arrête pas, assena Sloan. Faites-moi plaisir, ne soyez pas stupide.

La menace fit la différence. Brancusi recula. Mais, avant de fermer sa portière, il lança :

— À mon tour de vous faire une fleur, Sloan. Si vous voulez résoudre cette affaire, allez voir la fiancée du gamin.

Sans répondre, Sloan lui tourna le dos.

— Ça va ? demanda-t-il à Channing.

— Je n'aime pas ce type.

— Personne ne l'aime, souligna Brooke.

Il lui décocha un sourire qui creusa sa fossette et consulta sa montre.

— Il faut que je me dépêche si je veux être à l'heure pour prendre mon service au Taco Guac. Appelle-moi si je peux t'aider.

— D'accord.

Peut-être le ferait-elle.

— Et dis à Franny de me téléphoner.

Elle le regarda partir et monter dans sa voiture un peu plus loin. La rencontre avec Channing ne s'était pas déroulée comme prévu. Elle avait cru qu'elle se montrerait hostile à son égard. Mais la colère et la tension étaient venues de l'intérieur. Elle était hantée par le souvenir de ses erreurs et des mauvaises décisions qu'elle avait prises, écrasée par un sentiment de culpabilité. Elle n'avait pas sa place dans cette enquête. Elle aurait dû abandonner la partie et laisser le FBI faire son travail.

— Voilà qui est fait. Ramenez-moi.

Tandis qu'ils se dirigeaient vers le SUV de Sloan, il nota :

— Pour l'instant, la personne qui correspond le mieux au profil du meurtrier est Brancusi. Ce type a tout d'un sociopathe.

— C'est-à-dire ?

— C'est-à-dire que sa perception du bien et du mal est assez ténue. Son sens de la morale se fonde sur l'intérêt personnel. Ce qui est bon pour lui, il le fait sans scrupule.

— On dirait le portrait de beaucoup d'hommes d'affaires que je connais.

— Les sociopathes réussissent souvent en affaires. Ils peuvent être charmants quand ça les arrange, mais ils n'ont pratiquement aucune empathie. J'imagine sans peine Brancusi passant des appels téléphoniques cruels à Franny en se moquant bien que cela lui fasse du mal.

— Et ça pourrait cadrer avec le profil d'un meurtrier ?

— Ça pourrait.

Ce qu'il venait de lui apprendre l'intriguait. La psychologie était une discipline intéressante et, parfois, ses séances avec sa thérapeute lui faisaient du bien… Mais elle n'avait pas envie de s'appesantir là-dessus en ce moment. Plus ses souvenirs se précisaient, plus elle s'en voulait. Il fallait qu'elle rentre chez elle et qu'elle se mette à ranger des tiroirs ou redresser les piles d'assiettes dans ses placards de cuisine. Dans la situation présente, elle était aveuglée par l'émotion. Son intelligence n'était d'aucun secours – à personne. Elle n'aidait en rien à l'élucidation du meurtre de Layla. Elle aurait dû tirer sa révérence.

Abattue, elle monta dans le SUV et boucla sa ceinture.

— On dirait que votre religion est faite, observa-t-elle.

— Non, répondit-il en se glissant derrière le volant. Brancusi a un alibi. Il était à Vegas au moment du meurtre. Il est peut-être de mèche avec quelqu'un d'autre, qu'en pensez-vous ?

Elle secoua la tête.

— Vous feriez mieux de confronter votre point de vue avec quelqu'un qui s'y connaît en psychologie.

— J'ai besoin de votre aide, dit-il en démarrant. Qu'y a-t-il, Brooke ? Ce n'est pas votre genre de déclarer forfait.

— Qu'en savez-vous ? Vous me connaissez à peine.

— Je vous connais assez pour savoir que vous feriez n'importe quoi pour aider à coincer le meurtrier de Layla.

Bon sang, il avait raison.

— Très bien. Alors, qu'est-ce qu'on fait, maintenant ?

— On suit le conseil de Brancusi. On va rendre visite à la fiancée de Channing pendant qu'il est au travail.

14

Le travail de Sloan, c'était de dresser le profil du criminel et de le coincer, mais, dans l'immédiat, c'était Brooke qui le préoccupait. La conversation avec Channing avait dû réveiller des souvenirs extrêmement douloureux. Ce n'était pas l'évocation de son besoin d'avoir des endroits secrets, rien qu'à elle, qui l'avait bouleversée – elle avait conscience de ce travers de sa personnalité. Quand ils s'étaient retrouvés, seuls, tous les deux, dans sa pièce de survie, elle avait admis avoir ce penchant-là.

En revanche, il avait noté un changement d'attitude chez elle quand Channing avait évoqué un incident à propos d'une clé. Le symbolisme de la clé, particulièrement chez une personne ayant été séquestrée, sautait aux yeux. L'avait-il empêchée de s'évader ? N'avait-elle pas pu s'échapper alors qu'on lui en avait donné l'occasion ? Il faudrait qu'ils en parlent. Mais, d'abord, il devait évaluer son comportement afin de savoir si elle était en mesure de l'assister dans la poursuite de l'enquête.

— J'espère que vous comptez continuer à m'assister, déclara-t-il en vérifiant l'adresse de l'amie de Channing dans son carnet à spirale avant de quitter sa place de stationnement. Mais si vous avez changé d'avis et préférez vous retirer, je comprendrai.

— Ça, j'en doute.

— Arrêtez un peu. Je comprends beaucoup de choses.

— Ah, vraiment ?

Elle n'était pas disposée à communiquer, mais l'inflexion de sa voix était déjà un peu différente. La noirceur dans laquelle l'avait plongée le rappel du passé commençait peut-être à se dissiper.

— Vous n'êtes pas si mystérieuse.

Elle détourna la tête et regarda par la vitre.

— Pourquoi voulez-vous que je reste ?

Décidé à alléger l'atmosphère, il répliqua :

— D'une part, vous êtes un plaisir pour les yeux.

— Ça, c'est un motif non professionnel. Atrocement non professionnel.

— Je mentirais si je ne soutenais pas mordicus que vous êtes la plus jolie partenaire avec qui j'ai fait équipe. Mais je reconnais que c'est un compliment un peu traître.

— Comment ça ?

— Les autres partenaires que j'ai eus étaient tous des hommes, et je pense que j'aurais reçu leur poing dans la figure si j'avais osé leur dire qu'ils étaient jolis.

Elle accueillit sa déclaration d'un petit ricanement.

— Réaction typiquement masculine.

— En fait, la vérité, c'est que j'aime vous avoir avec moi.

D'une voix plus légère, elle répliqua :

— J'attends toujours que vous me donniez un motif valable pour que je continue à m'incruster dans cette enquête.

— Vous ne vous incrustez pas. Vous êtes consultante et vous avez déjà été très utile. Si vous n'aviez pas réussi à persuader Channing de sortir de son trou, j'en serais encore à m'efforcer de le convaincre et j'aurais perdu un temps précieux. Votre caméra secrète, au chalet, a été l'élément décisif dans l'établissement des alibis. Franchement, vous avez fait du beau travail. C'est moi qui, pour le moment, peine à dresser un profil.

— Et Channing, alors ? Qu'en avez-vous pensé ?

Il faisait un suspect peu vraisemblable. Son immaturité et son indécision pouvaient l'amener à être pris dans une rixe de bar. Mais un homicide ? Sloan doutait fort que le jeune homme ait été capable de planifier toutes les complexités du meurtre de Layla. Elle avait été droguée, son corps dissimulé avant qu'elle ne soit étranglée, puis l'assassin l'avait transportée jusqu'au chalet où il l'avait soigneusement disposée sur le lit. Sans parler de la technicité requise pour la fabrication de la bombe et du détonateur.

Parvenu à Monaco Street, Sloan tourna à droite. La petite amie de Channing vivait à quelques kilomètres, au sud. Même s'ils étaient fiancés, elle n'avait pas emménagé avec lui. Sloan se demandait si c'était parce qu'il idolâtrait les « poupées ». Son regard était rempli de vénération lorsqu'il contemplait Brooke. Chaque fois qu'il mentionnait Franny, sa voix débordait d'émotion. Il ne voulait pas tuer ces femmes. Il leur vouait une véritable adoration.

— En surface, Channing est un gamin normal. Je ne le vois pas commettre un meurtre. Mais il fait une fixation sur vous toutes, plus spécifiquement sur Franny.

— Je sais. C'est bizarre, hein ?

— Le fait qu'il se soit fiancé est bon signe. Il y a une autre femme dans sa vie, une femme qu'il aime. Ça semble indiquer qu'il est en bonne voie, prêt à passer à autre chose.

Sloan jeta un coup d'œil au rétroviseur et poussa une exclamation de déconvenue.

— Ce n'est pas vrai ! Cet idiot de Brancusi nous file le train.

Elle se retourna sur son siège pour regarder par la lunette arrière.

— Je ne le vois pas.

— Sur la file de gauche, deux voitures derrière nous.

Il essaie d'être subtil. Bon, changement de plan. On va au FBI.

— Bien.

Elle poussa un soupir, signe qu'elle n'était pas tout à fait d'accord avec lui.

— Je voulais y aller, de toute façon. Il y a du nouveau. Concernant Zachary Doyle, le voisin.

— Le *voyeur*, rectifia-t-elle avec amertume. J'espère que vous l'avez mis en prison.

— Il n'est pas en état de voyager. Il est atteint de la maladie de Charcot. Il est en fauteuil roulant, mais il tient encore à se débrouiller seul, dans son chalet, avec l'aide d'une infirmière.

— Et vous ne l'avez pas fait transporter jusqu'aux locaux du FBI ?

— On ne l'a pas jugé nécessaire. Il n'est pas suspect étant donné qu'il est dans l'incapacité physique d'avoir perpétré le crime. L'un de nos agents s'est rendu chez lui et a filmé l'entretien.

Il profita d'un arrêt à un feu rouge pour l'observer à la dérobée, essayant de deviner l'effet que produisait sur elle cette nouvelle. Des signes d'agitation étaient visibles : un pli barrait son front et elle se mordillait la lèvre inférieure. Si le fait de voir la vidéo de Doyle devait la faire se renfermer davantage, il préférait qu'elle s'abstienne.

— Je le haïssais, dit-elle calmement. C'était un cauchemar. Il prenait un plaisir pervers à me faire peur. Mais je suis désolée qu'il souffre de cette terrible maladie.

— Pensez-vous qu'il vaille la peine que vous regardiez cette vidéo ?

— Je n'en sais rien. Je ne lui ai jamais vraiment parlé. À part le fait qu'il venait me reluquer par la fenêtre, je n'ai jamais eu le moindre contact avec lui.

Au croisement suivant, il opéra un demi-tour à la

toute dernière minute, manœuvre qui, il l'espérait, lui permettrait de semer Brancusi.

— Il nous faut une nouvelle piste, déclara-t-il en surveillant son rétroviseur. Nous avions supposé que le meurtrier était quelqu'un qui avait un lien avec le passé, nos suspects étaient Channing, Doyle et Brancusi…

— Et on sait maintenant qu'ils ont tous des alibis, acheva-t-elle pour lui.

— Oui. Donc, soit on démonte l'un de ces alibis, soit on trouve d'autres suspects.

— Et comment s'y prend-on ?

— Il vous faut une liste ? s'enquit-il, glissant un coup d'œil dans sa direction.

— Évidemment.

Son sens de la méthode était adorablement prévisible.

— Un, comme je l'ai déjà mentionné, j'aimerais connaître les amis actuels de Layla… professeurs, associés, que sais-je. Et, deux, je voudrais voir les gens qui la connaissaient il y a douze ans.

— Pour ce qui est du un, c'est déjà fait.

Sortant son téléphone de sa sacoche, elle glissa le doigt sur l'écran.

— J'ai fait la liste de toutes les personnes dont elle me parlait et j'y ai ajouté certains des contacts qui apparaissaient dans sa clé USB.

— Et ? En est-il ressorti quelque chose ?

— Elle était proche de deux de ses professeurs de droit et de plusieurs autres étudiants de sa classe, avec qui elle entretenait une relation amicale. Elle et son dernier petit ami s'étaient séparés voilà un an. Layla s'était totalement concentrée sur l'obtention de son diplôme. Rien d'autre.

Il ne s'était pas attendu à autre chose.

— Passons au numéro deux, alors. Les gens du passé ? Dites-moi tout ce qui vous vient à l'esprit. Vos souvenirs, vos pensées… Tout. Je veux m'insinuer dans votre esprit – dans votre subconscient.

— Vous n'allez sans doute pas aimer ce que vous allez trouver, mais… D'accord. Du moment qu'il n'est pas question de sérum de vérité ou d'hypnose, je veux bien. Pour Layla.

Si le visionnage de l'entretien avec le voyeur ne la perturbait pas trop, Sloan avait autre chose en tête pour la journée : tenter de ranimer des souvenirs profondément enfouis en elle en remontant à la source – en établissant une communication avec l'homme qui avait détruit sa vie, Martin Hardy.

Une fois dans le bâtiment du FBI, Brooke se sentit en sécurité, mais pas plus à l'aise pour autant. Bien sûr, ici, elle ne risquait pas d'être agressée physiquement, mais il existait d'autres façons d'être blessée. Elle se cuirassa, prête à affronter les difficultés.

Sloan la conduisit jusqu'à un petit bureau où les attendait l'agent spécial Keller, responsable de l'enquête. À leur arrivée, il se leva immédiatement, serra la main de Brooke et la remercia une nouvelle fois de sa collaboration. Les seules touches personnelles de la pièce étaient un grand philodendron posé dans un angle et une photographie de Keller en compagnie d'une femme blonde dans une station de ski. La surface du bureau était nette, dotée du minimum de fournitures, ce qui ne manqua pas de faire bonne impression à Brooke.

Invitée à s'asseoir, elle prit un siège.

— Il semble que nous n'ayons pas beaucoup de chance avec nos suspects, commença Keller en croisant les doigts sur le bureau. La piste de Zachary Doyle nous a conduits dans le mur. Il prétend qu'il vivait seul quand Hardy vous séquestrait dans son pavillon. Est-ce vrai ?

— Je ne sais pas, mais je ne l'ai jamais vu avec quelqu'un d'autre.

— De temps en temps, Hardy amenait d'autres hommes chez lui.

— Oui.

Elle joignit les mains sur ses genoux. Quand Hardy venait avec ses « amis », elle n'était pas autorisée à les regarder. Elle devait servir la bière et la nourriture qu'ils avaient apportée, puis s'en aller.

C'était également vrai de Layla et de Sophia, qui avaient les yeux bandés pendant que ces inconnus abusaient d'elles. Elle avait tellement redouté ces soirs où plusieurs claquements de portière au-dehors annonçaient que Hardy n'arrivait pas seul. Il avait toujours fait preuve d'une étrange loyauté envers ces types, n'avait jamais mentionné le moindre nom.

— À l'époque, vous n'avez pas été en mesure d'identifier ces hommes ni même d'en établir un portrait-robot avec l'aide d'un dessinateur. La mémoire vous est-elle revenue avec les années ? Vous vous rappelez peut-être un nom, un signe particulier ? Une cicatrice ? Un tatouage ?

— Non.

— Concentrez-vous, Brooke. L'un d'eux avait-il un accent ? Une façon de parler particulière ?

— Si je m'étais souvenue de quoi que ce soit, je l'aurais signalé à l'agent spécial Gimbel, répondit-elle sèchement.

Le regard toujours fixé sur elle, il hocha lentement la tête. Il ne pointait pas un doigt accusateur sur elle, mais c'était tout comme. Elle eut la nette impression qu'il ne la croyait pas. Mais elle n'avait aucune raison de dissimuler des informations au FBI. C'était même tout le contraire.

Résolue à ne pas reprendre la parole la première, elle soutint son regard, les épaules rejetées en arrière, dans la même posture rigide que lui. Il voulait se mesurer avec elle ? Très bien. Elle serait patiente. Elle pouvait rester cinq minutes à le dévisager sans ciller une seule fois.

Ce fut Sloan qui rompit le silence.

— Excusez-moi, monsieur. N'a-t-on rien trouvé de nouveau concernant l'identité de ces hommes ? Quelque chose sur l'ordinateur de Layla, peut-être ?

— De vagues indices, répondit Keller, détournant le premier les yeux pour contempler la surface immaculée de son bureau. Rien de substantiel, mais le fait qu'ils existent ouvre des possibilités.

Elle jeta un regard appuyé à Sloan. Elle avait épluché le contenu des clés USB de Layla et n'y avait rien trouvé de nature à incriminer ces inconnus sans nom ni visage.

— Je suis d'accord avec le fait que ça ouvre des possibilités, déclara Sloan. Imaginons que ces suspects anonymes vivent tranquillement leur vie… Combien étaient-ils, Brooke ?

— Sur une période de sept mois, Hardy a dû en amener six ou sept.

Elle avait suffisamment abordé la question avec sa thérapeute pour être sûre de cela. Le Dr Joan avait eu du mal à croire qu'elle n'ait pas, elle-même, été violée.

— Mais je ne peux pas vous dire combien il y en a eu en tout parce que je ne sais pas s'il s'agissait chaque fois d'hommes différents.

— Je sais ce que vous pensez, reprit Sloan à l'adresse de Keller. Et c'est une théorie tout à fait intéressante. Layla pourrait avoir reconnu l'un de ces hommes, ce qui constituerait un excellent motif de meurtre puisqu'elle pouvait l'accuser de viol. Mais il me semble que ça ne cadre pas… Quand son meurtrier l'a attaquée, il n'y a eu ni agression sexuelle, ni violences physiques, ce qui va généralement de pair avec un profil de violeur. Et, post-mortem, le corps de Layla a été mis en scène avec beaucoup de soin – d'attention, presque.

Keller s'éclaircit la gorge.

— Oui, mais le profilage n'est pas une science exacte.

— C'est précisément pourquoi nous allons creuser votre hypothèse, enchaîna Sloan avec fluidité. Je vais aussi entendre les autres jeunes femmes. Et, d'ici là, j'aimerais montrer à Brooke la vidéo de Zachary Doyle afin qu'elle puisse corroborer – ou non – ses déclarations.

— Et vous serez le premier informé, bien évidemment, ajouta Brooke en se levant. Enfin, techniquement, le second puisque Sloan sera avec moi.

Elle ponctua sa phrase d'un sourire amical, espérant faire la paix avec Keller. Mais celui-ci demeura de marbre. Il ordonna :

— Sloan, demandez à un technicien de préparer la vidéo. Et je veux un rapport complet sur Peter Channing avant la fin de la journée.

— Vous l'aurez.

Tandis que Sloan l'escortait dans le corridor, elle s'exclama :

— De plus en plus charmant ! Je ne sais pas comment vous faites pour travailler avec lui.

— Ce n'est pas mon ami, mais Keller n'est pas un mauvais bougre. Il est ambitieux et veut des résultats. Alors, quand il n'obtient pas de réponses, il est un peu grincheux.

Doux euphémisme. Elle le suivit le long du dédale de couloirs et d'escaliers jusqu'à une petite salle équipée d'une table, d'une console, de deux chaises et d'un grand écran vidéo accroché au mur. Sloan l'abandonna quelques instants, ce qui laissa à Brooke le temps de se demander si elle faisait bien de visionner l'interrogatoire de Doyle.

Le Dr Joan aurait répondu par la négative. Voir Doyle ne pouvait que rouvrir les vieilles blessures. Replonger dans le passé était une perspective terrifiante. Depuis douze ans, elle s'efforçait d'oublier. Mais, si regarder le voyeur pouvait aider à résoudre le crime, elle n'avait d'autre choix que de se plier à l'exercice.

Sloan revint, accompagné d'un sympathique technicien qui chargea la vidéo, donna une télécommande à Sloan et lui demanda de lui restituer le matériel quand il aurait terminé.

S'asseyant à côté d'elle, Sloan orienta la commande vers l'écran.

— Je peux arrêter le visionnage à tout moment, si c'est trop dur.

— Ça ira.

Une image fixe apparut. Bien qu'on ne vît que le haut de son corps, il était évident que Zachary Doyle était assis dans un fauteuil roulant. Il était toujours aussi laid, mais son visage était émacié, désormais. De profonds sillons creusaient son front et marquaient ses joues.

Elle se renfonça contre le dossier de son siège, cherchant à s'éloigner au maximum de l'image, sur l'écran. Douze ans plus tôt, il l'avait terrifiée, la nuit. Il s'était délibérément comporté comme un monstre. Il n'était pour rien dans les horribles conséquences de la maladie sur son apparence, mais elle ne put s'empêcher de penser que sa dégradation physique reflétait le mal qui s'embusquait en lui.

Lorsque Sloan posa une main rassurante sur la sienne, elle sursauta.

— Ça va ? On arrête tout, si vous voulez.

— Non. Je veux écouter ce qu'il a à dire… Pour Layla.

Il appuya sur une touche, et l'image s'anima. Le corps de l'homme, sur l'écran, fut secoué par une quinte de toux si violente qu'elle crut qu'il allait passer l'arme à gauche sous leurs yeux. Mais non. Il se mit à parler. Qui aurait cru que ce sale bonhomme pouvait avoir un timbre de voix harmonieux ?

Doyle répéta la question de l'agent du FBI.

— Vous voulez savoir qui regardait ces petites gamines quand Hardy n'était pas là ? Eh ben, ce n'était pas moi, je peux vous le dire. Nous n'étions pas proches voisins. Non, monsieur, ce n'était pas moi. Je ne vois même pas le pavillon de chez moi.

— Vous le considériez comme un ami ?

— On restait chacun chez soi. Deux ou trois fois, il m'a demandé de jeter un coup d'œil sur sa maison pendant qu'il allait en ville, mais je suis jamais rentré. Même si j'avais voulu, je n'aurais pas pu. Toutes les portes étaient cadenassées. Les fenêtres aussi. Personne pouvait rentrer.

— Et personne ne pouvait sortir, murmura Brooke.

Quand les médias s'étaient emparés de l'affaire après leur évasion, certains s'étaient demandé pourquoi il leur avait fallu si longtemps pour s'échapper alors qu'elles étaient à six contre un.

C'était ne pas comprendre ce qu'avait été leur captivité. Outre les entraves physiques et les chaînes, il y avait eu l'enfermement par la terreur – la peur de la punition que les cruelles menaces de Hardy avaient profondément implantée en elle. Elle était aujourd'hui encore prisonnière de ses terrifiants souvenirs. Tant qu'elle ne pourrait pas les effacer de sa mémoire, elle resterait en cage.

15

Brooke réprima l'envie folle de s'enfuir en courant. Agrippant les bras de son fauteuil, elle se força à écouter Zachary Doyle raconter que Hardy était presque toujours chez lui, qu'il ne partait jamais plus d'un jour ou deux.

— Avez-vous jamais vu les jeunes filles ? s'enquit l'intervieweur.

Les yeux chassieux de l'homme se détournèrent comme pour éluder la question. Brooke revit son visage derrière la vitre, tard dans la nuit, riant de sa détresse. Mais il répondit :

— Je ne me souviens pas. Peut-être que je les ai aperçues de temps à autre.

Brooke se réjouit lorsque l'agent du FBI insista :

— Avez-vous jamais regardé par les fenêtres ?

— Comme un voyeur ?

De sa main décharnée, il s'essuya le coin de la bouche.

— Je suis un bon chrétien. Je ne ferais jamais ça.

— Bien sûr que si, tu l'as fait ! cria-t-elle. Encore et encore ! Tu regardais par ma fenêtre !

— L'une des six jeunes filles a déclaré vous avoir vu en train de l'observer.

— Ce n'est pas étonnant qu'elle ait menti. Ces gamines sont complètement perturbées.

Il approcha son visage hideux de la caméra.

— Mais je suis quelqu'un de bien, moi.

Une rage aveugle explosa dans sa tête. Comment ce

fumier pouvait-il prétendre être un homme respectable ? Qu'il le reconnaisse ou non, Doyle avait été au courant de tout. Il avait vu les liens, les chaînes. Il aurait pu venir à leur secours.

— Je suis bien vu de tout le monde, des tas de gens vous diront tout le bien qu'ils pensent de moi, continua-t-il. Je chantais dans le chœur du temple, vous savez, le révérend se portera garant pour moi. Tiens, en parlant de ça, ça me fait penser qu'une des dames de la paroisse avait apporté des vêtements de fille à la maison Hardy. Une autre fois, elle avait déposé de la nourriture sur le porche, devant la porte.

— Vous vous souvenez de son nom ?

— Non.

Brooke contint sa colère.

— Il dit vrai, pour la femme. Je ne l'ai pas vue, mais je me rappelle le don de vêtements et un énorme plat de lasagnes. On avait rationné les portions pour qu'il nous en reste pendant le plus longtemps possible.

L'interrogatoire se poursuivit pendant une quinzaine de minutes jusqu'à ce qu'un nouvel accès de toux terrasse Doyle. Lorsque l'écran devint noir, elle espéra ne plus jamais avoir à regarder ce visage.

Sloan lui posa une main prévenante sur l'épaule.

— Ça va ?

— J'aimerais seulement en avoir appris davantage. Il n'a jamais parlé des visites des autres hommes.

— Mais il a parlé de son bon copain le révérend. Et de cette fervente paroissienne. On va vérifier tout ça.

— Je ne sais même pas de quel temple il parle. Et puis que tirera-t-on d'une grenouille de bénitier assez aveugle pour apporter des lasagnes pour une colonie et ne même pas s'interroger sur ces enfants qu'elle ne voyait jamais ?

— On ne sait jamais. Elle peut avoir remarqué quelque chose.

— Comment la retrouver, douze ans après ?

— C'est notre travail, assura-t-il avec un chaleureux sourire.

Lorsqu'il s'inclina vers elle, elle sentit l'odeur de son savon au bois de santal. Il murmura à son oreille :

— Essayez de croire ce que je vous dis. En général, on coince les méchants.

— Je l'espère.

Elle avait besoin – *vraiment* besoin – que justice soit faite.

Sloan revérifia l'adresse de l'amie de Channing avant de quitter le FBI. De son point de vue, la théorie de « l'ex-violeur inconnu » de Keller n'était guère satisfaisante. Si Layla avait reconnu l'un de ces hommes, elle en aurait parlé à Brooke ou à l'une des autres. C'était ainsi qu'elles semblaient fonctionner. En parlant avec lui, Franny avait décrit les circonstances dans lesquelles elle avait aperçu Peter Channing dans le magasin. Mais elle avait déjà raconté l'incident à Brooke voilà bien longtemps.

Elles étaient proches les unes des autres et se disaient tout. Le seul conflit auquel il ait assisté était celui qui avait opposé les deux sœurs, mais c'était superficiel. Elles se souciaient toutes les unes des autres. En cas de menace pesant sur l'une d'elles, les autres étaient forcément au courant – avec, peut-être l'exception de Sophia qui vivait à Las Vegas. Il prit note mentalement de lui téléphoner.

Et il avait parlé avec chacune des autres. Il avait déjà secrètement pris contact avec Gimbel pour lui demander de l'aider à déverrouiller d'éventuels souvenirs refoulés des hommes que Hardy amenait au pavillon.

Quittant le parking souterrain, il salua les vigiles en faction dans la guérite et s'inséra dans le flux de la circulation. C'était une belle journée ensoleillée et lumineuse, et on distinguait clairement, au loin, la ligne des montagnes. Après avoir activé l'air conditionné, il jeta un coup d'œil à Brooke. La fureur qu'avait trahie son expression tandis qu'elle regardait Doyle s'était dissipée. Elle semblait détendue.

— Que sait le FBI de la fiancée de Channing ? s'enquit-elle.

— Je n'ai pas tous les détails. Mlle Galloway a été questionnée par un policier qui a bien voulu nous rendre service en passant chez elle vérifier l'alibi de Channing. En gros, je sais qu'elle s'appelle Karen Galloway, que son surnom est Kiki, qu'elle est blonde, avec des yeux noisette… plus âgée que lui. Elle approche de la quarantaine.

— Je me demande ce qu'elle peut bien lui trouver. Il est tellement immature. Un vrai gamin.

— Il paraît que les femmes aiment les hommes qui ont quelque chose d'un peu juvénile.

— Pas moi ! Les petits garçons sont imprévisibles et ennuyeux. Je sais que ça a l'air contradictoire, mais ça ne l'est pas. J'en ai vu un essayer de s'enfoncer une banane non pelée dans le nez ! C'est totalement imprévisible. Qui aurait l'idée de faire une chose pareille ? Après quoi, il a passé dix minutes à me décrire l'action. Ennuyeux, terriblement ennuyeux.

Il éclata de rire. Il était heureux de l'entendre parler d'autre chose que du meurtre. Il avait envie d'établir avec elle un lien qui aille au-delà de leur intérêt commun pour cette enquête.

— Qu'est-ce que vous aimez chez un homme ?

— Que ce soit un adulte, responsable, intelligent, capable de tenir une conversation intéressante. Oh ! et que ce soit un gentleman.

— Le genre qui vous tienne la porte ?

— Oui, dit-elle avant de lui décocher un sourire. Vous, vous m'ouvrez presque toujours la portière.

Il allait prendre cela pour un compliment.

— Et sur le plan physique ?

— Agent Sloan, vous voulez savoir ce qui m'excite ?

Il freina au feu rouge, tourna la tête et étudia son beau visage. Ses yeux étaient masqués par des lunettes de soleil qu'elle avait sorties de sa sacoche, mais son sourire l'encouragea à poursuivre son badinage.

— Est-ce que votre préférence va aux hommes grands, habillés en costume ?

— Grands, c'est sûr, répliqua-t-elle. Mais pas outrageusement musclés. Et je n'ai rien contre un costume bien coupé ou, mieux encore, un smoking.

— Je n'ai pas de smoking, mais j'ai un uniforme blanc de la marine américaine.

— Un uniforme. Parfait !

Elle abaissa ses lunettes et le regarda par-dessus la monture, papillotant des cils comme une vamp. Ses minauderies n'étaient qu'une plaisanterie, mais ça ne les empêchait pas d'être terriblement sexy.

— Et, vous, qu'est-ce qui vous plaît chez une femme ?

— Je pourrais répondre : des cheveux noirs et des yeux bleus mais, en l'occurrence, ça ne rétrécit pas vraiment le champ des possibles. Donc, je vais être plus précis.

Il marqua une pause, conscient de dépasser – et de beaucoup – le cadre de sa fonction, mais il devait être franc avec elle.

— En fait, vous avez tout ce que j'aime chez une femme.

Elle remit les lunettes noires en place et fixa la route, droit devant elle. À voix basse, elle marmonna quelque chose qu'il ne réussit pas à saisir tout à fait. Peut-être « mon Dieu » ou « Tant mieux ».

Il espéra que c'était la seconde éventualité, mais ils étaient presque arrivés à destination et il préféra ne pas insister.

Le vieux faubourg était typique des quartiers construits pendant le boom immobilier qu'avait connu Denver après la Seconde Guerre mondiale. Des maisons de brique à deux chambres étaient alignées le long de la rue. Les pelouses avaient commencé à roussir en raison des restrictions d'eau. Le pavillon de Mlle Galloway était situé au milieu d'un groupe de maisons, mitoyen des deux côtés.

Tandis qu'il se garait le long du trottoir, Brooke émit un claquement de langue désapprobateur.

— Ce pourrait être un endroit agréable, si la maison n'était pas si négligée. Les gouttières sont percées, la peinture de la bordure du toit est écaillée, l'allée toute fissurée. Je suis surprise qu'elle n'ait pas demandé à Channing d'effectuer les réparations.

— Peut-être qu'elle attend qu'ils soient mariés.

Comme Brooke posait la main sur la poignée, il l'arrêta d'un geste.

— Non, ne l'ouvrez pas. C'est à moi de m'en charger.

— Pour vous comporter en parfait gentleman ?

— Et en parfait garde du corps.

Sautant à bas du SUV, il le contourna et alla lui ouvrir la portière avant de l'escorter jusqu'à la porte de Kiki Galloway.

Debout devant l'entrée, Brooke nota que Kiki n'était pas bonne jardinière et qu'elle ne rangeait pas ses outils. Sa voiture – qui avait bien besoin d'un lavage – était garée dans l'allée, devant le garage, ce qui n'était pas anormal pour un samedi. Brooke se demanda de quoi elle vivait. Comptait-elle sur son jeune fiancé pour l'aider à subvenir à ses besoins ?

Lorsque la porte s'ouvrit, Brooke n'en crut pas ses yeux. Au lieu d'une blonde aux yeux noisette, elle serra la main d'une femme aux cheveux noirs et aux yeux aussi bleus que les siens.

— Vous devez être la fiancée de Peter Channing ? dit-elle.

— Et vous, vous êtes Brooke Josephson. Entrez.

Incapable de détacher ses yeux de la femme qui paraissait plus jeune que l'âge qu'avait mentionné Sloan, Brooke remarqua à peine le mobilier. Il n'y avait pas de climatisation, et deux ventilateurs de plafond tournaient, sans grand effet sur la température qui régnait dans la maison. Ce qui expliquait sans doute que Kiki soit vêtue d'un minishort et d'un bustier. C'était une jolie femme, en bonne condition physique. Pourquoi avait-elle les cheveux teints et des lentilles de contact bleues ?

Ils s'assirent autour d'une table de salle à manger encombrée, mais pas autant que celle de Franny. Sloan sortit son carnet à spirale et commença à lui poser des questions sur les faits et gestes de Channing depuis mardi. Exception faite de son travail au Taco Guac, il semblait avoir passé tout son temps libre avec Kiki.

Montrant une grande boîte en carton posée au milieu du séjour, elle crut bon d'expliquer :

— On est allés faire des courses mercredi et on a acheté une table de chevet qu'il a fallu monter. Ça n'a pas été une mince affaire et il faisait si chaud que j'ai récompensé mon homme par un grand verre de limonade fraîche… Il adore ça.

— Deux citrons et une tasse de sucre, dit Brooke.

— Oui… Comment le savez-vous ?

C'était la recette du breuvage désaltérant qu'elle avait fréquemment préparé quand elles étaient au pavillon.

— C'est comme ça que je la faisais. Channing aimait bien.

— Ah oui, c'est vrai que vous étiez la petite maman.

Elle leva au ciel ses faux yeux bleus.

— Mon chéri m'a raconté comment vous meniez tout votre petit monde à la baguette.

Comme si ses sept mois de captivité avaient été une partie de plaisir pour elle. Elle n'avait jamais demandé à jouer à la maman. N'importe quelle personne douée d'un tant soit peu de sensibilité l'aurait compris. Kiki cherchait à la provoquer.

Sloan enchaîna rapidement.

— Vous avez dit à la police que vous et Channing étiez ensemble le matin. Il vous a quittée pour aller travailler de 9 heures à 14 heures. C'est bien ça ?

— C'est ça. J'étais ennuyée pour Peter. Il fait tellement chaud dans son camion restaurant.

Elle repoussa avec ostentation ses cheveux noirs derrière son épaule.

— D'ailleurs, aujourd'hui aussi, il fait une chaleur étouffante. Vous pouvez enlever votre veste, si vous voulez, agent Sloan.

— Où étiez-vous de 9 heures à 14 heures ?

— Je ne sais pas, je ne me rappelle pas.

— Faites un petit effort, renchérit Brooke. Ce n'est pas si vieux, c'était seulement hier.

— Oui, vous êtes bien placée pour le savoir. C'est le jour où votre amie s'est fait tuer, c'est ça ?

La colère la submergea, mais Brooke se maîtrisa. Cette femme et l'étrange et profond lien qui l'unissait à Channing faisaient peser un doute sur son alibi. Sans oublier l'autre possibilité : qu'ils aient été de mèche tous les deux.

Pendant que Channing était au travail, Kiki avait parfaitement pu se rendre au chalet. Elle était assez forte pour avoir pu transporter Layla, qui était toute mince. Oui, à bien y réfléchir, Kiki pouvait tout à fait avoir perpétré le meurtre toute seule.

— Que faites-vous dans la vie ? questionna Brooke de but en blanc, espérant qu'elle travaillait dans un domaine où elle pouvait avoir accès à du matériel servant à la fabrication de bombes, comme, par exemple, un magasin d'électronique.

— Je travaillais comme caissière dans un supermarché, mais je suis au chômage depuis quelques mois. Ce n'est pas plus mal. Préparer un mariage, ça prend beaucoup de temps.

— Pourquoi Channing vous a-t-il demandé de vous teindre les cheveux ?

Kiki leva de nouveau les yeux au ciel.

— C'est mon fiancé, pas mon chef. Il n'a rien demandé du tout.

— Alors, vous l'avez fait de vous-même ? Pourquoi ?

— Dans votre bouche, on croirait que ce n'est pas normal.

Précisément. Parce que ça ne l'était pas.

— Peter n'arrêtait pas de parler de vous comme si vous étiez ses sœurs – surtout la petite Franny. Alors, un jour, j'ai eu l'idée de m'habiller comme une petite jeune fille et de prendre sa couleur de cheveux. Le résultat m'a plu et j'ai ajouté les lentilles de contact. Quand Peter m'a vue, il a adoré. On a fait l'amour comme jamais.

— Vous deviez bien vous douter que l'illusion ne durerait pas, que vous ne remplaceriez pas l'affection qu'il avait pour Franny.

— Il a essayé pendant des années de mettre la main sur vous. Il m'a dit que vous vous étiez volatilisées après le procès et que personne n'avait voulu l'aider dans ses recherches. Dès qu'il se renseignait quelque part, le FBI le menaçait. Il n'avait que douze ans, mais ça n'a pas empêché les fédéraux de le bousculer. Pas étonnant qu'il ait mis les voiles en apprenant qu'ils le cherchaient. Désolée, agent Sloan, mais Peter avait toutes les raisons de fuir le FBI.

Il inclina brièvement la tête mais ne formula aucune excuse.

— Il correspondait avec Layla par courrier électronique.

— Il est tombé par hasard sur son adresse mail alors qu'il cherchait un avocat bon marché.

— Pourquoi ? Il avait un problème juridique ?

— Je voulais attaquer mon propriétaire en justice parce que Peter s'était blessé en se tordant le pied sur une dalle cassée de l'allée. Mais il a tout oublié quand il est tombé sur le nom de Layla. Il était si heureux qu'il lui a aussitôt écrit.

— Et elle ne lui a pas répondu, intervint Brooke. Ça a dû le vexer.

— Même pas. Il n'en a jamais voulu à aucune d'entre vous. Ses parfaites petites *poupées, les poupées Hardy.*

Cette fois, elle ne chercha même pas à masquer son animosité par des minauderies.

— Vous deviez sacrément détester Layla.

— Je ne la connaissais pas.

— Mais vous deviez être jalouse ?

— Ha ! Sûrement pas ! Mon chéri est fou amoureux de moi. Vous, vous n'êtes rien d'autre que des chimères du passé.

Sloan se leva.

— Une dernière chose, Kiki. Où étiez-vous vendredi, après le départ de Channing ?

— Non, mais vous êtes sérieux ? J'ai besoin d'un alibi ?

— Ce ne serait pas du luxe.

— OK, pas de problème. J'ai fait des courses et, ensuite, je suis allée à mon club de gym. J'ai discuté avec mon prof.

— Son nom ?

— Il ne sera sûrement pas là. Demandez à la réception.

— Si vous ne me donnez pas son nom, je vous embarque.

— Shane Waters, maugréa-t-elle.

Sloan devait nourrir les mêmes soupçons qu'elle, songea Brooke. Cette fausse poupée Hardy était si jalouse et pleine de fiel qu'elle en éprouva presque un élan de pitié pour Channing. *Presque.* Car il pouvait très bien avoir travaillé main dans la main avec Kiki pour se venger d'avoir été snobé par Layla.

16

Lorsqu'ils remontèrent dans le SUV, Brooke s'exclama :

— Quel détestable personnage ! Elle est suspecte, non ?

— Oh que si.

Sloan démarra, retraçant mentalement l'itinéraire jusqu'à la maison de Brooke, qui était distante de moins d'une dizaine de kilomètres, ironique constat si l'on songeait que Channing avait désespérément recherché celles qu'il considérait comme ses sœurs.

— Je vais m'arranger avec Keller pour faire vérifier l'alibi de Kiki. Sa visite au club de gym est difficile à prouver. Elle peut y être passée quelques minutes et être repartie aussitôt.

— Pour se débarrasser du corps. Oh ! Seigneur, comment ai-je pu employer ce terme ? *Le corps* ?

Elle cacha son visage dans ses mains et secoua la tête.

— Layla était tellement plus qu'une victime de meurtre, qu'un assemblage de chair, d'organes et de sang. C'était ma meilleure amie.

Il tendit le bras et lui pressa l'épaule d'une main réconfortante. Elle avait vécu l'enfer. Non seulement elle avait perdu son amie, mais les besoins de l'enquête obligeaient Sloan à lui infliger des expériences qui ravivaient les souffrances du passé. Il se demanda si elle tiendrait bon encore longtemps.

Il avait pensé la mettre en contact aujourd'hui même avec Martin Hardy par liaison vidéo depuis la prison, mais c'était peut-être prématuré. Elle ne l'avait pas vu depuis douze ans, mais ce n'était pas encore assez long. Combien de temps fallait-il avant de pouvoir affronter le diable qui vous avait tourmentée et marquée à vie ?

S'il lui posait la question, elle donnerait son accord pour l'entretien avec Hardy, il le savait. Sa préoccupation première, c'était de trouver l'assassin de Layla. C'était son mantra. Elle aurait fait n'importe quoi pour Layla, elle le lui avait répété maintes et maintes fois. Mais, à toujours faire passer les besoins des autres avant les siens, elle s'oubliait un peu, et en oubliait de se préserver, elle. Il était là pour veiller au grain, mais la décision finale lui revenait, à elle.

Elle se raidit et dissimula ses yeux expressifs derrière ses lunettes de soleil.

— Ne vous inquiétez pas. Ça va.

À d'autres.

— Si vous le dites, répondit-il à haute voix.

— Alors, monsieur le profileur, Kiki coche-t-elle toutes les cases de la coupable idéale ?

— Comme vous l'avez mentionné, elle est assez odieuse. Et elle a… des atouts certains qui font qu'on ne peut pas l'exclure.

— Vous faites allusion à son physique et ses bras musclés ? Je n'arrive pas à croire que vous ayez prêté attention à ça !

— Il aurait été difficile de ne pas les voir étant donné qu'ils étaient littéralement en exposition.

Et il était un homme, donc, oui, il l'avait remarqué.

— Mais, curieusement, reprit-il, je ne pense pas qu'elle ait cherché à me séduire. C'était plutôt une affaire d'intimidation. Une façon de me mettre au défi.

— Et alors ? Ça a marché ?

L'air désinvolte, il haussa les épaules.

— C'est quand elle veut, riposta-t-il, l'air pince-sans-rire.

Brooke pouffa de rire, ce dont il se félicita. L'intensité de ses émotions refluait. Son humeur revenait à la normale.

— Sérieusement, concernant le profil de cette fille, dit-elle. Pourrait-elle vraiment être la meurtrière ?

— N'allons pas trop vite en besogne ; on ne peut pas se fier à une analyse à l'emporte-pièce. Mais Kiki Galloway est une reine de la manipulation. Elle est dans la compétition et est extrêmement exigeante. Ces traits font qu'elle est la compagne parfaite pour un garçon immature comme Channing. Il a besoin qu'on lui dise ce qu'il doit faire, et elle, elle est ravie d'être celle qui commande.

— Oui, mais je ne l'imagine pas obéissant à l'ordre de tuer une femme à qui il est attaché.

— Tout à fait juste. Et le meurtre ne serait sûrement pas le premier choix de Kiki pour l'emporter sur une adversaire. Elle préférerait mettre sa rivale en compétition avec elle pour mieux l'écraser. Elle pourrait même aller jusqu'à organiser une rencontre entre Layla et Channing.

— Et ?

— Tout ce que je dis là n'est que pure hypothèse, bien sûr…

— Bien sûr, coupa-t-elle impatiemment. Mais je veux quand même entendre la suite.

Un scénario possible s'était dessiné dans son esprit tandis qu'ils étaient assis devant la table en désordre de Kiki.

— Supposons que Channing ait prévu de retrouver Layla ou lui ait tendu une embuscade. Elle prend peur, il la drogue. C'est là que Kiki entre en jeu. À l'aide des informations volées à Layla, elle passe les coups de fils de menace à Franny et se livre aux autres actes de harcèlement…

— *Et* trafique ma voiture dans mon garage, rappela Brooke.

— Une femme comme Kiki aurait plaisir à vous terroriser, toutes. Puis, à un moment donné, prenant conscience que Layla est en mesure de l'identifier, elle l'étrangle pour éviter qu'elle ne parle, couvre les marques de liens autour de son cou et feint, vis-à-vis de Channing, de n'être au courant de rien. Tous ces déplacements de Layla d'un endroit à un autre cadrent avec un esprit manipulateur comme le sien. C'est cet enchaînement de machinations qui oriente mes soupçons sur elle.

— Malheureusement, comme vous dites, ce n'est qu'une intuition, sans preuve pour l'étayer.

Comme ils approchaient de chez elle, il changea de sujet.

— Je repasserai chez vous cet après-midi pour parler avec les autres. Mais je dois d'abord retourner au FBI.

— Afin de faire le nécessaire pour que Kiki soit placée sous surveillance ?

— Entre autres. Je veux aussi examiner les déclarations des suspects potentiels.

— Comment décidez-vous qui est suspect, en définitive ?

— Keller a organisé des entrevues avec ses professeurs, ses voisins, ses confrères, toutes les personnes qui étaient en rapport avec Layla. Si l'un d'eux a un casier judiciaire ou semble d'une façon ou d'une autre douteux, je creuserai davantage pour voir s'il correspond à un profil particulier et je lui rendrai peut-être une petite visite.

— Comme nous l'avons fait pour Kiki. Quoi d'autre ?

— Après une inspection complète de l'ordinateur, j'irai voir chacune des personnes qui a rendu visite et correspondu avec Martin Hardy pendant les douze dernières années. Au-delà de ça, j'étudierai les cas d'imitateurs de criminels et les affaires non résolues qui pourraient cadrer avec cette enquête.

— Comment quelqu'un peut-il avoir envie de copier une ordure comme Hardy ? Ça me dépasse.

Son innocence le toucha. En dépit de tout ce par quoi elle était passée, elle avait toujours du mal à se représenter les motivations tordues et sordides qui pouvaient animer certaines personnes. Le monde était peuplé de monstres : des sadiques, des pédophiles, des prédateurs, des violeurs. La confrontation avec Hardy par vidéo serait inévitablement traumatisante pour elle, mais quelque chose lui soufflait que c'était une étape indispensable.

— Vous pensez souvent à lui ?

Un muscle tressauta sous la peau de sa mâchoire.

— Parfois, il me semble l'apercevoir dans la rue ou entendre sa voix, quand je suis seule le soir.

— Comme hier ?

— Non, j'ai dormi comme une souche sitôt couchée, ce qui est inhabituel pour moi. Je reste souvent longtemps éveillée à passer en revue des myriades de détails. Je crois que j'étais… hébétée. En une journée, j'avais appris l'assassinat de mon amie, je m'étais rendue sur la scène du crime et j'avais failli mourir dans l'explosion de son appartement.

Sa tête s'inclina sur le côté comme elle se tournait vers lui.

— Je suppose que, vous, vous voyez des choses terribles tous les jours. Ça ne vous atteint pas ?

Si. Parfois, il aurait voulu remonter les couvertures sur ses yeux et ne pas sortir de son lit. Mais il était bien placé pour savoir qu'on ne pouvait pas échapper à l'injustice.

— C'est mon travail.

Entendant le flap-flap-flap sourd des pales d'un hélicoptère, il se pencha vers le pare-brise et leva les yeux. Un appareil portant le logo d'un grand organe de presse tournait dans le ciel, au-dessus de la maison de Brooke. Qu'espéraient-ils voir ? Dans la rue, la maison était toujours assiégée par les camions satellites et les grappes de journalistes.

La rue était barrée, aussi Sloan montra-t-il son badge au planton, lequel le laissa passer après avoir parlé dans son talkie-walkie. Comme ils fendaient la foule, Brooke se recroquevilla sur son siège, la main levée devant le visage pour se protéger des caméras.

— Vous avez déjà connu tout ça, constata-t-il.

— Oui, malheureusement.

Pas étonnant qu'elle ait opté pour une profession qui lui permettait de travailler à domicile. Soumis à une telle pression médiatique, n'importe qui aurait eu envie de se claquemurer chez soi et de jeter la clé. Il eut beau s'approcher au maximum de l'entrée, une distance d'une dizaine de mètres subsistait entre son SUV et la porte.

— Donnez-moi votre veste, dit-elle. Je vais m'en couvrir la tête pour qu'ils ne puissent pas avoir une image nette.

Lorsqu'ils sortirent de la voiture, l'effervescence atteignit son comble, les reporters l'apostrophant de toutes parts pour qu'elle regarde dans leur direction. À chaque pas, il bénit le ciel d'avoir la chance d'être anonyme.

À l'intérieur, ils trouvèrent Franny, Lancaster et Gimbel assis à la table de salle à manger. Franny sauta sur ses pieds et se précipita vers eux pour se jeter dans les bras de Brooke.

— Ça va ? demanda-t-elle, toute guillerette. Où étais-tu ?

Brooke tourna la tête vers lui, l'interrogeant du regard.

— Puis-je lui dire ?

— Oui, je ne vois pas de raison de vous en empêcher.

Elle fit face à son amie.

— J'ai parlé à Peter Channing.

— Oh mon Dieu, mon Dieu.

Pivotant sur ses talons, elle fonça au bas de l'escalier et s'écria :

— Moira ! Megan ! Descendez ! Brooke a du nouveau.

Devant retourner au bureau, Sloan prit Gimbel à part et le chargea de parler avec chacune des jeunes femmes de leurs souvenirs des hommes que Hardy invitait au pavillon.

— Je les ai questionnées un million de fois à ce sujet il y a douze ans, dit Gimbel. Je n'ai jamais rien obtenu qui ait permis une identification. Mais on peut toujours réessayer.

— Si jamais un élément significatif faisait surface…

— Vous seriez aussitôt prévenu, acheva l'ancien agent spécial. Je n'en suis pas à mon premier rodéo, vous savez.

L'image était pertinente. Avec son jean, ses bottes et son stetson élimés, il avait tout d'un vieux cow-boy.

— Merci. J'apprécie votre aide.

— Je ferais n'importe quoi pour ces jeunes dames.

— Moi aussi, renchérit Lancaster, pas le moins du monde gêné d'avoir écouté un échange privé et de s'immiscer dans la conversation. Est-ce que je peux me rendre utile ?

Malgré sa proposition, l'homme n'inspirait toujours pas plus confiance à Sloan.

— Que faites-vous ici ?

— Je me suis dit que je pourrais être leur porte-parole vis-à-vis des journalistes. Je suis là pour les aider autant que faire se peut.

Aider sa carrière, plutôt. Avec le parterre de journalistes qui se pressaient devant la maison, il devait piaffer d'envie de s'avancer vers leurs micros afin que son crâne chauve et luisant fasse la une de tous les journaux du soir. Il avait dû attendre le retour de Brooke pour lui soutirer son aval.

— Au cas où vous feriez la moindre déclaration, je vous demanderai de stipuler clairement que vos propos ne sont pas cautionnés par le FBI.

Des heures plus tard, Brooke, assise dans son bureau, considéra les clés USB posées devant elle. Elle avait d'abord pensé les examiner, mais l'idée de voir des photos de Layla pleine de vie, souriante lui avait été insupportable. C'était trop tôt, le chagrin était trop vif.

Elle regardait donc l'horloge en attendant le retour de Sloan. Il avait appelé pour dire qu'il rentrerait à 21 heures – soit dans très exactement sept minutes. Il s'était inquiété que ce ne soit trop tard, mais elle l'aurait accueilli avec joie à 22 heures ou même à minuit. La veille, elle avait été complètement lessivée. Mais, ce soir, elle était tendue comme un arc.

La journée avait été productive. Ils avaient éliminé Doyle de la liste des suspects. Channing avait semblé pourvoir être écarté, lui aussi, jusqu'à ce qu'ils fassent la connaissance de sa fiancée et qu'ils envisagent la possibilité qu'ils soient complices. Et l'alibi de Brancusi étant solide lui aussi, les seuls suspects connectés au passé étaient les amis abjects que Hardy faisait venir chez lui.

Évidemment, Sloan explorait aussi toutes les autres pistes – les amis et collègues de Layla ainsi que tous ceux qui avaient pu rendre visite à Hardy en prison, sans parler d'éventuels imitateurs de Hardy. Plus l'enquête progressait, moins il aurait besoin d'elle.

Leur temps était limité, elle le savait, mais elle n'était pas prête à lui dire au revoir. Leur baiser de ce matin lui avait ouvert des perspectives auxquelles elle était restée imperméable depuis des années. Non seulement elle trouvait le grand et mince agent Sloan extrêmement séduisant, avec ses extraordinaires yeux gris, mais il l'excitait au plus haut point. Qui sait si quelqu'un comme lui n'effacerait pas de son parcours de femme ses décevantes expériences sexuelles passées ? Sloan était peut-être la clé.

Par association d'idées, elle pensa à une autre clé… celle que Channing lui avait donnée. Fermant les yeux, elle sentit encore le contact froid du métal dans le creux de sa paume. La clé de la liberté… qu'elle n'avait pas osé utiliser.

Elle avait consacré une si grande part de sa vie à multiplier les précautions, à éviter le danger. Il était temps, peut-être, d'accepter de courir un risque, mesuré ? De tenter sa chance ? Ce soir, elle se débrouillerait pour se retrouver seule avec Sloan. Et elle lui ferait des avances. Était-ce de la manipulation ? Se transformait-elle en une espèce de Kiki ?

Un coup frappé à la porte la tira de ses pensées. Lancaster pointa le bout de son nez par l'entrebâillement.

— Vous travaillez, peut-être ?

— Non.

— Je m'apprête à partir. Y a-t-il quelque chose que je puisse faire ? Que voulez-vous que je dise à la presse ?

— Il n'y a rien à dire.

— Mais des décisions ont été prises. Moira, Megan et sa fille vont s'en aller demain, souligna-t-il. Elles habiteront chez Megan pour le moment. Il va bien falloir dire quelque chose. Si Gimbel, au lieu de m'envoyer promener comme il l'a fait avant de partir, m'avait autorisé à suivre l'entretien qu'il a eu avec vous toutes, je serais plus à même de savoir quel message leur transmettre.

— C'est le FBI qui décidera de ce qu'il convient de communiquer à la presse.

Keller s'en chargerait d'autant plus volontiers qu'il était, à en croire Sloan, tout aussi friand d'attention médiatique que son avocat.

— Je vous demanderai de respecter notre vie privée.

— Bien entendu… D'accord. Vous avez des gardes du corps, désormais. Vous n'avez rien à craindre.

Elle inclina la tête, attendant qu'il prenne congé. Mais comme il ne bougeait pas, elle souligna :

— Je vous souhaite une bonne soirée.

— Ne vous inquiétez pas. Je reviendrai demain.

Elle le regarda sortir, pas du tout enthousiasmée par la perspective de son retour. Mais son aide lui était utile, pour toutes les démarches administratives. Elle leva les yeux vers la pendule. 8 h 57. Sloan allait-il arriver ? Peut-être avait-il découvert une piste intéressante à suivre sur-le-champ ? Ce serait une bonne chose, bien sûr, car elle souhaitait plus que tout que le tueur soit appréhendé. Mais elle ne voulait pas voir son alliance avec Sloan prendre fin.

Quittant le bureau, elle sortit dans le hall, où l'un des gardes du corps s'était posté. Il était assis sur la première marche de l'escalier. Quand il la vit, il éleva la tablette raccordée à la caméra de surveillance pour qu'elle puisse voir à l'extérieur, devant la maison.

— On dirait que vous avez de la visite, annonça-t-il, souriant.

En vision nocturne améliorée, elle vit Sloan s'avancer de son SUV vers la porte d'entrée. Sa cravate desserrée était le seul signe trahissant la longue et stressante journée qu'il avait eue. Une sensation inaccoutumée mais agréable naquit en elle.

Son cœur bondit dans sa poitrine. Remplie d'espoir, elle oublia tout le reste.

17

Brooke n'aurait su dire exactement comment Sloan et elle s'étaient retrouvés du hall d'entrée dans le sous-sol. Ils n'avaient pas été téléportés, bien sûr, mais elle n'avait même pas eu conscience de s'être déplacée. Elle n'avait senti ni ses pieds nus toucher le sol ni ses muscles se mettre en action pour marcher. Sa vision s'était brouillée. Respirant un peu trop fort, elle ne s'était pas davantage entendue l'accueillir chez elle et lui suggérer de s'isoler dans un endroit tranquille pour discuter.

Une fois dans la pièce de survie, elle avait refermé et verrouillé la porte. Ils étaient seuls.

Elle avait tellement anticipé, préparé en pensée ce moment où ils seraient face à face qu'elle avait soudain l'impression que son cerveau ne répondait plus. *Et maintenant ?* Elle aurait dû dire quelque chose de spirituel, révéler un talent caché. Mais non. Tétanisée, muette, elle le regarda abaisser le lit rabattable, le souffle court.

— Ça va ? demanda-t-il.

— Mmm.

D'un pas raide, elle traversa la minuscule pièce et s'assit sur le matelas, à côté de lui, le dos droit comme un « i ».

— Gimbel m'a appelé. Il m'a dit que rien de nouveau n'était sorti des discussions avec vos amies.

— Mmm.

Elle était incapable de penser. *Mais qu'est-ce que j'ai ?* Les rouages de son cerveau étaient comme grippés.

Était-ce donc cela qu'on devenait lorsqu'on était sexuellement attiré par quelqu'un ? Un demeuré incapable d'aligner deux mots ?

— Franny et les jumelles lui ont dit n'avoir jamais vu les amis de Hardy. Il enfermait les plus jeunes de la « famille » dans leur chambre.

— C'est exact.

Elle enfonça ses ongles dans la paume de sa main, se disant que la douleur la tirerait peut-être de l'état d'hébétude dans lequel elle se trouvait.

— Gimbel vous aime beaucoup, toutes, et il s'inquiète pour vous, tant sur le plan de votre sécurité physique que sur le plan psychologique. Le meurtre de Layla et les menaces ont été des événements traumatisants.

— Mmm.

Il fallait absolument qu'elle arrête de bredouiller bêtement. *Stop !* Le moment était venu de retrouver l'usage de la parole et de formuler une phrase intelligible.

— Quand les choses se seront tassées, nous prendrons rendez-vous chez nos thérapeutes. J'en aurai bien besoin, croyez-moi, Sloan. Et je veillerai à ce que les autres en fassent autant.

— Moi aussi, je me fais du souci pour vous. Et je ne veux pas vous rendre les choses encore plus difficiles.

— Bien… Super.

Prenant une grande inspiration, elle s'appliqua à se ressaisir et à se recentrer. Ce n'étaient *pas* de ses problèmes psychologiques qu'elle voulait entretenir Sloan. S'empressant de changer de sujet, elle demanda :

— Et vous ? Comment s'est passé votre après-midi au FBI ? De nouveaux indices ?

— Des pistes à creuser. Il faut que je fixe des rendez-vous avec chacune des personnes de l'entourage de Layla dont vous m'avez dressé la liste. Je compte aussi examiner de plus près la base de données des imitateurs, mais plus ça va, moins je crois à cette théorie-là… Martin Hardy n'a jamais tué. Si quelqu'un avait voulu le prendre pour modèle, il s'en serait tenu à des rapts.

— En parlant du loup, dit-elle, faisant référence à Hardy. Avez-vous découvert s'il avait eu des visites en prison ?

— Quelques-unes, et il a également reçu des lettres.

Il marqua un temps d'arrêt, pinçant les lèvres.

— Il y a quelque chose dont je dois vous parler. Ça concerne Hardy.

Sur une échelle de un à dix, une discussion portant sur Hardy valait aux yeux de Brooke dix fois dix, mais en négatif. Elle ne voulait pas en parler.

— Plus tard. Pour l'instant, je veux juste me détendre. Vous savez, Sloan, nous sommes seuls, ici, tous les deux. Vous avez le droit de dénouer votre cravate.

— Ah ? releva-t-il en arquant un sourcil.

— Mais oui.

— C'est drôle, vous savez. Je n'aurais jamais imaginé devenir quelqu'un qui porterait un costume tous les jours.

Après avoir détaché son holster de sa ceinture, il ôta sa veste, qu'il rangea, bien pliée, sur une chaise, à côté du lit. Il tira sur le nœud de cravate, le défit, puis enleva celle-ci à son tour.

Le regarder se dévêtir d'une façon aussi ordonnée l'excita tant que sa gorge se serra. Sa voix n'était plus qu'un murmure, qu'elle espérait sexy, lorsqu'elle s'enquit :

— Vous vous sentez mieux ?

— Un peu.

Il ouvrit le premier bouton de sa chemise, suffisamment pour laisser entrevoir une toison sombre et bouclée. Le silence s'installa.

Sloan examina les provisions qu'elle avait stockées dans sa pièce forte

— Vous avez vraiment pensé à tout le nécessaire.

— Oui… Et même à un peu de superflu.

Elle plongea la main dans un panier de pique-nique posé à côté du lit et en sortit une bouteille de merlot, un tire-bouchon et deux verres à pied en cristal. Cela lui ressemblait si peu. Elle n'en revenait toujours pas d'avoir pensé à descendre du vin ici en prévision de ce moment. Les verres provenaient d'un service dont elle ne se servait presque jamais. Elle fit tinter les verres l'un contre l'autre puis, relevant les yeux, elle croisa son regard.

— Je suis peut-être un peu trop… transparente ?

— Vos intentions sont claires, répondit-il posément. Et je vais l'être tout autant. J'ai très envie de boire ce verre avec vous. J'ai très envie de vous embrasser de nouveau. Et, pour être tout à fait franc, j'ai envie de plus qu'un simple baiser. Seulement, ce n'est pas possible.

— Oh… C'est dommage, dit-elle, son humeur exaltée retombant aussitôt. Je ne me livre pas à ce genre de mise en scène pour n'importe qui.

— Je suis officier fédéral et vous êtes partie prenante dans une enquête sur laquelle je travaille. Ce ne serait pas déontologique d'user de ma position pour entamer une relation.

Elle connaissait le règlement et les limites qu'il imposait, mais elle avait tout de même espéré qu'ils pourraient passer outre. Pour une fois dans sa vie, elle avait envie de traverser en dehors des clous, mais elle comprenait. D'une petite voix, elle questionna :

— Si nous nous étions rencontrés dans d'autres circonstances, aurais-je… capté votre attention ?

— Bon sang, oui, bien sûr. Je vous aurais fait livrer des roses et un ballotin de chocolats fins. J'aurais loué un carrosse pour vous emmener dans un hôtel à cinq étoiles où nous aurions commandé des huîtres et des fraises au service de chambre et fait l'amour toute la nuit.

Il éleva son verre.

— À votre santé.

Ils trinquèrent puis trempèrent leurs lèvres dans le vin. Elle n'en buvait pas souvent, mais la saveur vive et fruitée du breuvage lui plut. Elle avala une deuxième gorgée tout en songeant au programme qu'il venait de lui décrire.

— Vous avez déjà fait ça ? Réservé une calèche et fait la fête dans un grand hôtel en commandant des huîtres au service de chambre ?

— Jamais, avoua-t-il, ses lèvres s'incurvant en un sourire plus sexy que jamais. C'est vous qui m'inspirez.

Brooke masqua sa déconvenue. Son intention n'avait pas été de jouer les muses éthérées. Non, ce qu'elle avait envisagé, c'était d'y aller franco. Élevant son verre devant la lumière, elle fit tourner le liquide rubis qu'il contenait avant de le porter derechef à ses lèvres.

— Il vient d'un vignoble planté sur le versant ouest.

— Il est très bon.

Elle vida son verre puis le tendit vers lui pour qu'il le remplisse.

— J'ai une question sérieuse, agent Sloan… Vous vous y entendez pour profiler les autres. Mais qu'en est-il de vous-même ?

— L'autoanalyse fait partie de la formation de psychologue. Il paraît que, si on choisit d'étudier dans ce domaine, c'est pour régler ses propres problèmes.

— Laissez-moi deviner. Vous avez des TOC, comme moi.

— J'aime penser que je suis efficace et ordonné.

— C'est ce que je dis.

Elle ingurgita une nouvelle gorgée, consciente de boire trop vite.

— Et vous avez beaucoup d'empathie. C'est comme si vous aviez vous aussi un stress traumatique à surmonter.

— Juste, là encore, acquiesça-t-il un peu trop vite.

— Que vous est-il arrivé, Sloan ?

Il contempla le fond de son verre en cristal comme s'il y cherchait la réponse à sa question.

— Nous en parlerons une autre fois.

Éviter les situations inconfortables, ça aussi, c'était une tactique qu'elle connaissait bien. Elle comprenait cette muraille qu'il avait érigée autour de lui, cette réticence à parler de la douloureuse expérience qui avait chamboulé sa vie. Comme elle, il se débattait encore aujourd'hui avec ses conséquences. Elle changea de sujet. Il ne servait à rien de persister à vouloir percer un mur indestructible.

Comme si de rien n'était, elle reprit :

— Vous savez ce qui me ferait plaisir ? dit-elle en lui décochant un large sourire, le regard un peu voilé. Ce serait de ne plus vous appeler agent Sloan. C'est trop formel. On est amis.

— Amis… Oui.

Il versa dans son verre la dernière goutte de vin.

— Justin ?

Incroyable comme son prénom sonnait familier dans sa bouche. Comme si elle l'avait toujours appelé ainsi ! Justin Sloan se cala contre les oreillers sur son lit escamotable, les boutons du haut de sa chemise défaits et son verre à la main – telle une publicité vivante pour une eau de Cologne à base de phéromones.

— Vous connaissez ces calendriers sexy que font les pompiers désormais ? Vous faites la même chose au FBI ?

— Non ce n'est pas vraiment notre truc.

— Dommage. J'en aurais acheté cent exemplaires et je les aurais utilisés comme papier peint.

Elle s'inclina sur le côté et posa son verre par terre. Elle avait besoin de ses deux mains pour faire ce qu'elle avait prévu. Il avait beau avoir rappelé qu'il ne pouvait rien se passer entre eux, elle n'en espérait pas moins encore réussir à le faire changer d'avis. Baissant les yeux, elle défit les boutons de son chemisier bleu pâle, puis en ouvrit les pans.

— Vous êtes très belle.

Elle nota avec plaisir que sa voix semblait tout à coup aussi étranglée que la sienne l'avait été en entrant dans la pièce de survie. Elle aurait dû accepter le compliment en silence, avec élégance, mais le vin lui avait délié la langue.

— Il y a un an environ, j'ai acheté ce soutien-gorge en dentelle pour séduire l'homme avec qui je commençais à sortir. Mais ça n'a pas marché. Pas du tout…

— Il ne vous méritait pas.

— Merci, Justin. C'était exactement ce qu'il fallait dire.

Il posa son verre de vin et se rapprocha d'elle sur le lit. Du dos de la main, il caressa l'arête de sa mâchoire, sa gorge puis s'aventura plus bas. Doucement, il effleura le renflement de ses seins.

Le contact de sa main déclencha en elle un million de sensations, du fourmillement de la peau, là où il l'avait touchée, jusqu'au tambourinement précipité de son cœur. Lorsqu'elle porta la main vers lui, elle se montra moins subtile. Elle déboutonna le plus rapidement possible sa chemise et la lui arracha. Elle savoura le spectacle de son torse dénudé.

— Quand je vous ai rencontré, jamais je n'aurais pensé que nous nous retrouverions ainsi.

— Ça, je me demande. Vous ne me connaissiez pas depuis cinq minutes que vous m'aviez déjà fait enlever ma chemise.

— Oui, mais pas intentionnellement.

Lorsqu'il l'eut débarrassée de son chemisier, il mit les mains sur ses épaules pour déposer une myriade de baisers le long de sa clavicule. Lentement, il l'étendit sur le lit, au-dessous de lui. La douce pression de ses lèvres généra une onde de plaisir qui monta, monta et se propagea à tout son être. Elle cambra le dos et ses seins vinrent frôler son torse. Sous la dentelle, elle sentit leurs pointes durcir.

Elle voulut se détacher de lui, juste le temps de retirer son soutien-gorge, afin de sentir la chaleur de sa peau contre la sienne, mais il la retint. Les bras de Brooke s'enroulèrent autour de sa taille et elle se souda à lui.

Leurs lèvres se joignirent en un baiser brûlant. Pour la première fois de sa vie, elle découvrait ce qu'était la véritable passion. Ouvrant les jambes, elle l'étreignit plus fort encore, souhaitant une seule chose : ne faire plus qu'un avec lui. Et lui aussi était aiguillonné par la même impatience… Comme son sexe dressé se pressait contre elle, l'une de ses mains abandonna ses reins pour venir encercler sa chair tendue par le désir. Lentement mais fermement, elle entreprit un mouvement de va-et-vient.

Un son étouffé monta dans la gorge de Sloan, à mi-chemin entre le grognement et le soupir. Et puis… Tout à coup, il s'écarta d'elle et se releva. La respiration saccadée, il s'assit au bord du lit.

— Brooke, nous ne pouvons pas.

Elle demeura étendue sur le lit, humiliée. Mon Dieu, que lui avait-il pris ? Elle croisa les bras pour cacher son soutien-gorge en dentelle. Elle ne pouvait même pas mettre son comportement sur le compte du vin… ce n'aurait pas été honnête. Elle avait eu parfaitement conscience de ce qu'elle faisait.

Elle roula sur le côté, lui tournant le dos.

— Agent Sloan, veuillez partir, s'il vous plaît.

Le lit grinça sous son poids comme il se levait. Elle ne regarda pas, mais elle l'entendit se diriger vers la porte. Elle lui avait montré comment l'ouvrir la première fois qu'il était venu ici. Comme beaucoup de ses secrets, elle avait partagé celui-ci avec lui.

Sa tentative de séduction s'était soldée par un lamentable fiasco. Une erreur. Une grossière erreur. Elle s'assit et enfila son chemisier.

— Pourquoi n'êtes-vous pas encore sorti ?

Quelques secondes s'écoulèrent.

— J'ai quelque chose à vous dire. Peu de gens sont au courant, donc j'apprécierais que vous le gardiez pour vous.

— Mais bien entendu, répliqua-t-elle en infusant une dose de sarcasme dans l'inflexion de sa voix. Ce doit être si gênant que tout le monde connaisse les détails de votre vie intime ! Oh ! mais… attendez ? En fait, je crois que je sais très exactement ce que c'est.

— Brooke… Regardez-moi.

Le dernier bouton de son chemisier refermé, elle se tourna vers le grand et bel agent, debout près de la porte. Elle aurait voulu être furieuse contre lui, mais il lui était impossible de détester cet homme. Il essayait juste de se conformer à la règle, de ne pas déborder du cadre… et il était toujours aussi attirant. Avec ses cheveux en bataille, sa chemise ouverte et ses yeux gris braqués sur elle comme deux rayons argentés, il la faisait littéralement fondre.

Fuyant son regard, elle fit le tour du lit et vint s'asseoir face à lui, les genoux serrés.

— Allez-y, je vous écoute.

— Après le lycée, je suis entré dans l'armée, surtout parce que je voulais profiter des avantages qu'elle offrait, notamment la prise en charge d'études supérieures. Au départ, je voulais devenir footballeur comme mon frère aîné, mais une blessure au genou en dernière année a brisé le rêve.

Était-ce là le trauma qui l'avait marqué à vie ? Une blessure de football ? Mais des choses futiles pour les uns pouvaient revêtir une importance capitale pour d'autres.

— Ça a dû être une grosse déception, se borna-t-elle à dire.

— Ce n'a pas été si terrible. La marine m'a plu. L'idée de servir mon pays aussi. Je menais une vie agréable, j'avais une famille heureuse. J'ai appris beaucoup sur moi-même dans l'armée.

Plus elle en découvrait sur lui, plus elle aimait l'homme qu'il était. Son refus l'avait blessée, mais elle commençait à lui pardonner.

— Où avez-vous servi ?

— J'ai d'abord été affecté sur un cuirassé dans le Pacifique Sud. De là, on nous a envoyés vers une île d'Indonésie en appui d'une mission d'aide humanitaire suite à un tremblement de terre et aux glissements de terrain qui en avaient résulté. Les dégâts étaient considérables. Les habitations, détruites. La forêt environnante, complètement dévastée.

L'intonation de sa voix était devenue sourde, son expression habituellement ouverte s'était rembrunie. Ses yeux s'assombrirent comme le souvenir de ce qui s'était passé sur cette île lui revenait.

— Vous n'êtes pas obligé de continuer si…

— Si, coupa-t-il, le visage toujours fermé. Je tiens à ce que vous sachiez. Nous avons tiré des victimes des décombres – certaines mortes, d'autres vivantes. Je me souviens avoir eu les mains couvertes d'entailles que je ne sentais même pas.

Il ouvrit la main, contemplant les cicatrices qui lui en étaient restées.

— Et puis on est arrivés devant ce long bâtiment… Une sorte de baraquement qui tenait encore debout. Quelqu'un nous a dit que c'était une école. Pendant un moment, on a espéré… Peut-être que les enfants, à l'intérieur, avaient survécu, qu'ils étaient sains et saufs ?

Un mauvais pressentiment assaillit Brooke. Elle n'avait plus envie de connaître la fin de l'histoire. Mais elle se devait de l'écouter jusqu'au bout.

Il poursuivit :

— À l'intérieur, on a trouvé les corps de quatorze enfants, de six à douze ans. Le tremblement de terre les avait épargnés, mais ils avaient été tués par un chef de guerre qui s'était servi de la catastrophe qui avait frappé la petite ville pour prendre le pouvoir. Ils avaient subi d'atroces mutilations avant d'être sauvagement assassinés. Le mal à l'état pur. Tant d'inhumanité… Je ne l'ai pas supporté. Ça a été comme si on avait arraché un morceau de mon âme.

Incapable de se refréner, elle s'avança vers lui. Pendant les quelques minutes qui avaient précédé, le lien qui existait entre eux s'était distendu jusqu'à presque atteindre le point de rupture, mais il était là de nouveau, plus solide que jamais.

Elle prit sa main dans la sienne et en examina la paume, marquée des traces plus pâles de ses cicatrices.

— Je suis désolée.

— Syndrome de stress post-traumatique lié à la guerre, dit-il en soupirant. Je suis un cas typique.

— C'est à ce moment-là que vous avez décidé d'intégrer les forces de l'ordre ?

— Oui. Respecter le règlement est parfois difficile, mais… c'est comme ça que je fonctionne. Ça fait partie de moi.

Elle se haussa sur la pointe des pieds et l'embrassa sur la joue.

— Vous êtes quelqu'un de bien, Justin.

Il lui faudrait mettre son désir en veille, mais elle avait des raisons d'espérer. Qu'il le veuille ou non, une relation s'était bel et bien installée entre eux.

— En venant ici ce soir, reprit-il. Je voulais vous demander quelque chose. C'est un plan qui pourrait peut-être fournir des éléments de preuve utiles à notre enquête, mais…

— Je suis d'accord.

— Attendez de savoir de quoi il s'agit. Le fait d'avoir affronté mes propres souvenirs me donne une idée de ce que le trauma de votre passé a pu vous faire, à vous. Si l'idée vous rebute trop, je trouverai un autre moyen.

— Posez déjà votre question.

— Je n'ai pas besoin que vous me donniez votre réponse ce soir.

Il marqua une pause.

— Nous avons prévu une liaison vidéo avec Hardy, depuis la prison où il est incarcéré. Il a accepté de vous parler.

Hardy. Voir le visage honni après toutes ces années ? Il lui faudrait faire appel à toute sa force et à tout son courage pour s'en remettre, mais…

Avant qu'elle ait pu aller jusqu'au bout de sa pensée, on se mit à tambouriner sur la porte en même temps que son portable se mettait à sonner. Une urgence ?

Elle décrocha, activant le haut-parleur.

— Brooke, il faut que tu viennes ! haleta la voix fébrile de Franny dans le combiné. Tout de suite.

— Que se passe-t-il ?

— C'est comme regarder dans un miroir. Dépêche-toi !

Franny coupa la communication. Son amie avait certes tendance à l'exagération, mais il semblait véritablement être arrivé quelque chose.

— Comme regarder dans un miroir ? répéta-t-elle. Qu'est-ce que ça veut dire ?

Sloan composa le code de déverrouillage.

— Réfléchissez. Vous ne devinez pas de quoi elle parle ?

Franny les attendait dans le couloir, le portable à la main.

— Venez !

Ils remontèrent en courant jusqu'au hall d'entrée où

se trouvaient deux des trois gardes. L'un d'eux tenait la tablette permettant de voir devant l'entrée.

Une femme aux cheveux noirs se débattait en invectivant les policiers qui tentaient de la maîtriser.

— C'est Kiki Galloway, l'amie de Channing, dit Brooke.

— Non ? s'exclama Franny, médusée. Elle nous ressemble comme deux gouttes d'eau !

— Pas de près, répondit Brooke en jetant un regard interrogateur à Sloan, qui inclina la tête.

— C'est peut-être ma faute si elle est là. Quand je suis allé voir son professeur de gym, j'ai découvert qu'il était aussi son amant. Il n'a pas été ravi d'avoir affaire au FBI. Laissez-la entrer. Ça peut être intéressant.

Les gardes ouvrirent la porte, livrant passage à une Kiki hors d'elle. Échevelée, la bouche tordue en un mauvais rictus, elle proféra :

— J'espère que vous êtes contente de vous. Il a rompu avec moi.

— Qui ça ? questionna Franny d'une voix aiguë.

— Peter, pardi ! rétorqua Kiki. Je n'aurais jamais dû le tromper. Surtout avec cet imbécile. Il n'a rien trouvé de mieux à faire que de débarquer chez moi pour m'annoncer que c'était fini entre nous. Sous le nez de Peter !

Kiki avait eu ce qu'elle méritait, apparemment, songea Brooke.

— J'ai une question à vous poser, déclara-t-elle. Avez-vous quoi que ce soit à voir avec la mort de Layla ?

— Vous, allez au diable ! Je m'en fichais, d'elle, de vous toutes, d'ailleurs. C'était moi que Peter aimait. Et maintenant, à cause de vous, il est parti.

— Il a eu bien raison.

Kiki se jeta sur elle comme une furie, mais Sloan s'interposa et, avec l'aide des gardes, il lui passa les menottes derrière le dos.

— Vous êtes en état d'arrestation, Kiki.

Ce fut presque avec tristesse que Brooke la regarda partir, encadrée par deux policiers. Sa vie personnelle était un échec pitoyable, mais son alibi avec son ex-amant était solide. Son nom pouvait être rayé de la liste des suspects.

18

Une nouvelle bombe ! Cette fois, le tueur avait frappé beaucoup plus près – c'était la maison de Brooke qu'il avait prise pour cible.

À 4 h 20 du matin, gyrophare bleu et rouge allumé, Sloan fonçait, pied au plancher, à travers les rues de la ville sans se soucier des limitations de vitesse. Il avait reçu le message de Keller dix minutes plus tôt. Une explosion s'était produite dans le garage de Brooke, déclenchant un incendie. Personne n'avait été blessé. Les jeunes femmes et leurs gardes avaient été évacués et conduits dans les locaux du FBI.

— Appelle Brooke, ordonna-t-il à son téléphone.

Au bout de cinq sonneries, il tomba sur la messagerie.

— Je suis en route. Rappelez-moi.

Plus que dix minutes et il serait arrivé, mais c'était encore trop long ! Il avait besoin de s'assurer de visu qu'elle allait bien. C'était l'une des pires choses qui pouvaient arriver à Brooke. Une explosion et un feu chez elle, dans sa propre maison. Elle qui avait tout agencé avec tant de soin, des triples vitrages jusqu'à la chambre forte en sous-sol, pour en faire sa citadelle imprenable. Mais toutes ses mesures de sécurité n'avaient apparemment pas suffi. La maison était pourtant protégée par des détecteurs à infrarouge positionnés et des caméras de surveillance. Certes, il y avait eu l'incident du garage, quand l'alarme de sa voiture s'était mise à sonner. Mais elle avait prévenu la société de sécurité, qui était venue vérifier l'installation et n'avait rien trouvé d'anormal.

Il se souvint tout à coup que les gardes du corps venaient de cette même société. Se pouvait-il qu'ils aient eux-mêmes posé la bombe ? Il était tout de même peu probable que les techniciens, les administratifs et les gardes du corps soient tous de mèche. Le rapport avec le meurtre de Layla n'était pas plus vraisemblable. Sloan tapa du plat de la main sur le volant. Pourquoi diable ne rappelait-elle pas ?

La veille, dans la pièce de survie, il avait été complètement fou de refuser ses adorables avances. Bien sûr, c'eût été aller contre ses principes. Mais… elle était si belle, si intelligente, si drôle aussi. Jamais il ne trouverait une femme qui lui convenait si parfaitement. Pourquoi avait-il dit non ? Au nom de la sacro-sainte déontologie. Quel idiot il avait été ! Sitôt cette enquête terminée, il louerait une suite de luxe dans un excellent hôtel, la garnirait de roses et lui en ferait franchir le seuil en la portant dans ses bras.

Son téléphone sonna, le prévenant de l'arrivée d'un appel en numéro inconnu. Il décrocha.

— C'est moi. Ne raccrochez pas, dit une voix masculine.

— Qui ? aboya-t-il en doublant un camion de livraison.

Plus que deux sorties sur la voie rapide et il y serait.

— Nick Brancusi. J'ai quelque chose d'important à vous dire.

— Vous êtes au courant, pour la bombe ?

— Évidemment. Il m'arrive d'écouter la fréquence de la police. Et il y a déjà eu un flash spécial sur les chaînes d'information, vous pensez bien… Avec les dizaines de camions satellites qui stationnaient devant la maison de Brooke. Ils étaient aux premières loges, les veinards.

Sloan opta pour ne pas relever l'indécence de l'expression, s'agissant de l'explosion d'un domicile privé qui aurait pu faire des victimes.

— Venez-en au fait. Quelle est la raison de votre appel ?

— J'ai collaboré sur plusieurs projets avec des documentaristes du coin. Vous savez ce que c'est, on s'entraide, entre confrères. Bref, j'ai pu effectuer une petite recherche sur les spécialistes en pyrotechnie et en explosifs. C'est incroyable, ce que ces types peuvent accomplir avec des détonateurs à retardement. Je peux vous donner des noms.

Brancusi était-il stupide à ce point ? Pensait-il que ses ressources équivalaient à celles du FBI ? Quoique tenté de l'envoyer paître, Sloan préféra cependant ne pas fermer la porte. Toute information pouvait être bonne à prendre.

— Envoyez-les-moi par texto.

— Non, je voudrais vous rencontrer. J'ai un petit service à vous demander en contrepartie.

— Je suis un peu occupé, comme vous vous en doutez.

— Je voudrais savoir si les filles vont aller chez Megan, pour commencer.

— Je n'ai pas cette information.

— Donc, vous pensez que non. Elles vont peut-être être conduites dans une cache du FBI, suggéra Brancusi, une note de triomphe dans la voix. Allez, donnez-moi un indice.

— Sérieusement, pensez-vous que je vous fournirais l'adresse d'une cache ?

— Ça ne coûte rien de demander. Vous allez au FBI, n'est-ce pas ?

— Qu'en savez-vous ?

— Je vous file le train depuis un moment. Vous n'êtes pas très bon conducteur.

— Je raccroche. Envoyez-moi ces noms par SMS ou pas, à vous de voir.

Sloan coupa la communication. Arrivé à destination, il montra son badge pour franchir la guérite gardant l'entrée du site et alla se garer dans le parking souterrain. Inquiet malgré lui que Brooke ne l'ait toujours pas rappelé, il s'engouffra dans la cabine d'ascenseur.

Dans la salle de conférences vitrée jouxtant le bureau de Keller, plusieurs personnes discutaient d'un ton vif. À l'extérieur, surveillée par un agent, la petite Emily, assise en tailleur sur la moquette, était en train de colorier. L'apercevant, elle sauta sur ses pieds et se rua vers lui. Sloan ouvrit les bras, la souleva et la fit tournoyer en l'air.

Lorsque ses éclats de rire s'apaisèrent, l'enfant se blottit contre lui et enfouit sa tête couronnée de cheveux noirs et bouclés au creux de son épaule.

— Il y a eu le feu, dit-elle. Et les pompiers sont venus.

— Ça va ? Tu n'as pas eu trop peur ?

— Pas trop, répondit-elle avant de froncer les sourcils. Mais maman est en colère. Elle veut rentrer chez nous et l'agent dit que non.

— Et toi, qu'est-ce que tu veux, Emily ?

Ses yeux bleus se mirent à briller.

— Moi, je veux un chiot. Un dalmatien plein de taches.

Il n'était pas spécialisé en psychologie de l'enfant, mais Emily ne semblait pas avoir été traumatisée par ce qui venait de se passer. Un effet à retardement ne pouvait pas être exclu, mais la petite fille ne présentait aucun des symptômes typiques de la peur. Consulter le pédopsychiatre ne ferait pas de mal, mais, de son point de vue, Emily allait bien.

La tenant toujours dans ses bras, il remonta le couloir, le long de la salle vitrée où quatre jeunes femmes aux cheveux noirs et aux yeux bleus se confrontaient à Keller et à deux autres agents. Leurs trois gorilles montaient la garde, fermement plantés devant le mur du fond. Bien que Sloan n'ait pas fait le moindre bruit, Brooke se retourna brusquement, comme si elle avait perçu sa présence. Leurs regards se croisèrent à travers la paroi de verre et un sourire fugace éclaira ses traits.

La tension qui ne l'avait pas quitté depuis l'annonce de l'explosion se relâcha. Ses craintes s'estompèrent. Il sourit à son tour et suggéra à la petite fille :

— On devrait entrer et essayer de mettre un peu d'ordre, tu ne crois pas ?

— Si, répondit-elle en hochant la tête avec conviction. Ils parlent tous en même temps.

— Tu as raison. Ça ne peut pas durer.

Lorsqu'il entra, Franny se porta immédiatement au-devant d'eux pour les serrer dans ses bras. Au contraire d'Emily, les signes d'anxiété, chez elle, étaient douloureusement évidents. Elle avait les mains tremblantes, lançait continuellement des coups d'œil autour d'elle. D'une voix plus haut perchée que de coutume, elle annonça :

— Je voulais vous dire... J'ai parlé à Peter Channing. Je lui ai dit que j'étais désolée, pour l'annulation de son mariage. Et il m'a promis juré que ce n'était pas lui qui m'avait passé ces coups de fil.

— Vous le croyez ?

— Peut-être.

Elle lui prit Emily des bras.

— Je vais aller chercher quelque chose à manger avec cette demoiselle. Ça te tente, Em ?

— Oui, tante Franny !

Sloan fut rassuré de voir qu'un des gardes du corps leur emboîtait le pas. Au moins n'auraient-ils pas à s'inquiéter si jamais Franny s'égarait dans les méandres du bâtiment. Il s'ingéra dans la conversation, toujours aussi vigoureuse, entre Brooke, Megan et l'agent Keller. Megan n'en démordait pas : elle voulait rentrer chez elle, escortée de son garde du corps. Keller penchait pour leur installation dans une cache qu'il serait plus facile de sécuriser. Brooke, elle, essayait poliment d'interrompre les deux adversaires aussi butés l'un que l'autre mais était clairement à bout de patience.

— Stop ! finit-elle par ordonner. Taisez-vous, tous les deux.

— Je te rappelle que ce n'est plus toi qui commandes, riposta Megan. Nous sommes toutes adultes aujourd'hui.

— Il y a deux raisons qui font que rentrer chez toi n'est pas une bonne idée, poursuivit Brooke sans s'émouvoir. Un, et ce devrait être une évidence, ma maison est beaucoup plus sécurisée que la tienne et, pourtant, quelqu'un a réussi à y poser une bombe. Donc, la tienne pourrait très bien être piégée.

Megan ouvrit la bouche pour parler mais la referma.

— Et, deux, enchaîna Brooke à sa façon cartésienne, il nous faut de nouveaux gardes du corps.

— Pourquoi ? questionna Megan.

— Désolée, messieurs, dit Brooke, s'adressant aux hommes toujours postés au fond de la salle. Je n'ai rien à vous reprocher, vous avez réagi avec toute la célérité et l'efficacité voulues pour nous évacuer. Vous conduisez très bien. Et vous êtes sympathiques, ce qui est un plus.

— Alors, où est le problème ? s'enquit Megan.

— Ils travaillent pour la société de sécurité qui avait déjà installé mon système d'alarme. Ce système n'est pas infaillible puisqu'on s'est introduit dans mon garage, ce qui veut dire qu'un certain nombre d'erreurs ont dû être commises lors de l'installation. On en saura davantage quand on aura le rapport de l'équipe de déminage.

Elle se tourna vers Keller.

— Combien de temps cela prendra-t-il ?

— Quelques heures. Pour le moment, tout ce dont nous sommes sûrs, c'est que l'engin était placé dans le garage et que c'est la pièce attenante qui est la plus touchée : le bureau.

Une autre explosion détruisant un bureau ? Sloan commença à voir un schéma s'esquisser. Comme si le poseur de bombes s'inquiétait plus de faire disparaître des documents que de tuer. Il se rappela la vivacité avec laquelle Brooke avait réagi chez Layla. Avait-elle fait de même, cette fois-ci ?

Il s'inclina vers elle pour lui demander :

— Avez-vous eu le temps de sauver quelque chose ?

— Des clés USB, là aussi, un ordinateur et mon arme.

Elle désigna du menton une volumineuse mallette en cuir sur la table. Son sac banane n'était donc pas aussi magique que le sac de Mary Poppins, finalement ; il lui fallait un contenant plus grand pour transporter son Glock. Si c'était bien son pistolet qui était rangé à l'intérieur, il fallait qu'elle se soit montrée sacrément persuasive pour être parvenue à pénétrer l'enceinte du FBI avec. Brooke Josephson était réellement une force avec laquelle il fallait compter.

De nouveau, elle s'adressa à Keller :

— Comme vous le savez, nous avons déjà fait l'expérience de séjours dans des caches et, au nom de nous toutes, je dois vous avouer que nous préférerions ne pas renouveler l'expérience. Nous y étions très bien installées, mais vivre dans une cache, par définition, est très restrictif.

— Je déteste ces endroits, intervint Moira pour la première fois. Il n'y a aucune intimité. Impossible d'aller et venir à sa guise.

— Et ce serait un environnement néfaste pour ma fille, renchérit Megan. Je veux la savoir en sécurité, bien sûr, mais une enfant de cet âge a besoin de…

— Mesdames, je vous en prie, interrompit Keller. J'entends vos arguments. Mais ceux que Brooke a mis en avant étaient très convaincants. Maintenant, il faut trouver une solution.

Brooke planta son regard droit dans les yeux gris de Sloan.

— Un hôtel.

Tandis que les jumelles approuvaient avec enthousiasme, Sloan soutint son regard. Au beau milieu du chaos, ils communiquaient par une sorte de télépathie sensuelle. En pensée, il se voyait déjà dans cette chambre d'hôtel avec Brooke. Ses cheveux noirs étaient étalés en corolle sur un oreiller immaculé. Elle ne portait rien d'autre qu'un soutien-gorge en dentelle, un sourire séducteur sur les lèvres. Et puis, il dégrafait le soutien-gorge.

— Eh bien, c'est réglé, décréta Keller. Je peux vous recommander quelques établissements avec lesquels nous travaillons, mais la note sera pour vous, mesdames.

— Pas de problème, répliqua Megan. Brooke avancera les frais et notre avocat la remboursera.

Brooke baissa les yeux et confirma d'un hochement de tête. Comme elles quittaient la salle de conférences, elle s'arrêta à côté de lui. Sloan dut faire appel à toute sa volonté pour ne pas la prendre dans ses bras et l'embrasser.

— J'étais très inquiet, dit-il. Quand vous écouterez votre boîte vocale, vous allez trouver un chapelet de messages de ma part vous suppliant de me rappeler.

— Vous deviez vraiment être bouleversé, souligna-t-elle en caressant son avant-bras dénudé. Un simple T-shirt ? Vous n'avez même pas pris le temps de mettre votre costume.

— C'est déjà heureux que j'ai pensé à enfiler quelque chose.

— Oh ! ça ne m'aurait pas dérangée que vous débarquiez nu comme un ver, mais le garde, à l'entrée, vous aurait peut-être barré le passage.

— Pas si sûr. Si j'avais été nu, il aurait pu constater de visu que je n'étais pas armé.

Elle fit un pas en direction de la sortie.

— J'ai réfléchi à ce que vous m'avez demandé, Sloan. Je *veux* que ce monstre qui nous persécute soit jeté en prison. Donc, j'accepte de parler à Martin Hardy.

Après une matinée étonnamment reposante à l'hôtel, Brooke retourna au FBI avec Sloan. Ils s'installèrent côte à côte dans une salle anonyme aux murs beiges. Au centre du grand écran accroché au mur en face d'eux était affiché le sceau du FBI avec le blason rayé, la balance de la justice et la bannière proclamant sa devise : *fidelity, bravery and integrity*. Quatre techniciens étaient là également, et elle vit qu'au moins une caméra était orientée vers elle.

— Alors, cet hôtel ? Il vous plaît ? demanda Sloan, de toute évidence pour la détendre.

— Ce n'est pas un cinq-étoiles, mais il est très bien, propre et plus luxueux que ceux où je séjourne habituellement. On a une suite avec quatre chambres indépendantes qui donnent sur un espace central avec salle à manger et coin salon.

— Le service de chambre ?

— Très bien. On profite de toutes les commodités. On n'a pas encore commandé d'huîtres ni de fraises, mais on y mange bien et chacune trouve son compte à cet arrangement. Ce qui n'empêche que ma cuisine me manque et que je suis impatiente de pouvoir remettre de l'ordre dans ma vie.

— J'ai appris qu'il y avait une piscine dans l'hôtel. Vous êtes allée nager ?

— Ne vous croyez pas obligé de faire la causette pour me réconforter. Je me suis offert un massage et une manucure avant de venir. Je suis aussi calme qu'il est possible de l'être.

Pas exactement zen, mais disons qu'elle n'était pas hystérique. Voir Martin Hardy était un cauchemar qui provoquerait peut-être une crise d'angoisse, mais parler de la pluie et du beau temps n'y changerait rien.

— Vous avez eu du nouveau de l'équipe de démineurs ?

— L'engin était caché dans le plafond. Celui qui l'y a placé a dû monter sur le capot de votre voiture.

— Tout s'explique. Voilà pourquoi l'alarme s'était mise à sonner.

Elle n'avait pas été assez minutieuse dans ses vérifications quand l'incident s'était produit. Mais qu'aurait-elle pu faire de plus ? La société de sécurité était venue vérifier le système et n'avait rien trouvé.

— Autre chose ?

— L'engin a été déclenché à distance par un téléphone portable. La personne qui a passé l'appel aurait pu se trouver n'importe où. D'après les résultats préliminaires, les deux dispositifs, bien que de conception différente, ont été fabriqués par la même personne, un professionnel qualifié qui a certainement été grassement payé pour sa besogne.

— Peter Channing n'aurait pas eu les moyens de s'offrir les services d'un artificier. Quant à Doyle, je ne sais rien de sa situation financière. Brancusi, lui, aurait pu se le permettre.

— Il m'a appelé ce matin, dit Sloan. Pour m'informer qu'il avait peut-être une piste concernant les fabricants d'explosifs.

— Un aveu de culpabilité, vous croyez ?

— Ou un aveu de stupidité.

L'un des techniciens retira son casque pour annoncer :

— On peut commencer. C'est quand vous voulez.

L'estomac de Brooke se contracta. Elle jeta un coup d'œil à Sloan et murmura :

— Vous restez là, n'est-ce pas ?

— Je ne bouge pas d'ici. Et, si vous souhaitez tout arrêter, vous n'avez qu'un mot à dire.

— OK. Je suis prête.

Le logo du FBI disparut, remplacé par le visage en gros plan de Martin Hardy. Il portait une combinaison gris sale ouverte sur un T-shirt blanc. L'uniforme devait être en taille XXXL parce qu'il avait monstrueusement grossi. Il arborait deux doubles mentons mal rasés, hérissés de poils gris. Ses petits yeux rapprochés se plissèrent devant l'objectif de la caméra comme s'il pouvait la voir à travers la lentille.

Il se passa la langue sur les lèvres.

— Tu es là, Brooke ? Je te manquais ? Demande-leur d'allumer la caméra, que je puisse te voir.

— Je suis là, dit-elle, pesant chacun de ses mots. Non, vous ne me manquez pas. Et non, vous ne me verrez pas.

— Allez, sois gentille.

— Insistez encore une fois, une seule, et l'entretien s'arrête là.

— D'accord, comme tu voudras. Alors, dis-moi ce que tu préfères chez moi.

Il aurait peut-être été adroit de le flatter pour l'inciter à lâcher des informations, mais plier devant ce monstre était tout bonnement au-dessus de ses forces.

— Ce que j'aime le plus, c'est le fait que vous soyez en prison pour le restant de vos jours, sans espoir de libération.

— Pas si sûr, ma petite poupée. Il ne me reste jamais que cent vingt-huit ans à tirer.

Lorsqu'il se mit à rire de sa mauvaise plaisanterie, tout son corps se mit à trembloter comme une répugnante montagne de gelée. Elle regarda ses grosses mains boudinées reposant sur son énorme ventre. Elle ne se rappelait que trop bien ces mains.

Projetée douze ans en arrière, elle se revit, jeune fille de quartorze ans faisant face à Hardy et expliquant qu'elle n'avait pas retrouvé sa pince à billets en argent.

Au fil des mois, elle lui avait subtilisé quantité de petits objets, mais elle n'avait jamais touché à cette pince. Il ne l'avait pas crue, évidemment. D'un revers de la main, il l'avait giflée avec tant de force qu'elle s'était retrouvée par terre à l'autre bout de la pièce. Elle avait tenté de se relever, mais la tête lui tournait. Il lui avait assené un grand coup de pied, et elle s'était évanouie.

La colère se mêla à la peur tandis qu'elle contemplait son tortionnaire.

— Vous êtes ici pour répondre à mes questions.

— Vas-y, ma belle.

— Vous ameniez des hommes à la maison. Je veux leurs noms.

— Pourquoi faire ? Tu veux leur envoyer des cartes de vœux pour Noël ?

Sa gorge se comprima. *Ne réagis pas. Pense à Layla. Fais-le parler pour pouvoir venger sa mort.*

— Layla est morte. C'est peut-être l'un d'eux qui l'a tuée.

— Pauvre Layla. Elle n'était pas aussi jolie que Sophia, mais elle était tellement affectueuse.

Comment osait-il dire ça ? Layla le haïssait de toute son âme, comme elles toutes. Tous les muscles de son corps se crispèrent tandis qu'elle luttait contre la terrible sensation de chaleur qui l'envahissait. Elle sentit la sueur ruisseler sur son front.

— Il se peut qu'elle en ait reconnu un et qu'il ait voulu l'empêcher de parler.

— Impossible, trancha Hardy. Layla n'a jamais vu leurs visages. Ces gars-là étaient dangereux. C'est pour ça que je n'ai jamais révélé leur identité.

— Pourquoi les ameniez-vous ?

— Pour l'argent, ma poupée. Ils me payaient une somme rondelette pour passer la nuit avec Layla ou

Sophia. Qu'est-ce que tu crois ? Ça me coûtait les yeux de la tête d'entretenir notre petite famille.

Il se pencha vers la caméra, l'index dressé pour souligner son propos.

— Je vous ai toujours protégées de ces types. J'enfermais les petites dans leur chambre et je bandais toujours les yeux de Layla et de Sophia.

— Et moi ?

Sa bouche s'étira, découvrant ses dents en un hideux rictus.

— Toi, tu avais ordre de ne pas regarder et je savais que tu obéirais. Tu as toujours respecté les règles, Brooke. Tu aimais bien notre petite famille. Je suis sûr que tu aurais voulu que ça continue pour toujours. Ta vie était si bien organisée. Tu savais exactement ce que tu avais à faire et tu accomplissais les tâches que je t'avais attribuées. Ça te convenait.

— Vous vous trompez. Vous n'imaginez pas à quel point je vous méprise.

— Ah oui ? Alors, pourquoi t'a-t-il fallu si longtemps pour te décider à partir ? Tu as laissé passer plusieurs occasions.

Mais elle avait fini par trouver le courage de se libérer de son joug. À l'aide d'un couteau de cuisine, elle avait patiemment, des semaines durant, limé un maillon de la chaîne qu'elle avait à la cheville. Une fois libre, elle n'avait rien dit aux autres. C'était ça qui avait été le plus difficile, mais elle ne pouvait pas risquer qu'elles se fassent toutes prendre. Elle s'était faufilée par une trappe qu'elle avait découverte, sous le linoléum de la cuisine, et elle s'était enfuie. À chacun de ses pas, elle l'avait senti à ses trousses, se rapprochant inéluctablement. Aujourd'hui, elle aurait été incapable d'expliquer comment elle s'en était sortie, mais elle avait réussi.

— Admets-le, Brooke. Tu m'aimais.

Il était assez détraqué pour croire encore qu'elle avait adhéré à sa vision démente de la famille parfaite, composée de jolies jeunes filles qui se ressemblaient toutes. Ce n'avait jamais été le cas. Elle l'avait défié de tant de façons. En empoisonnant sa nourriture, en frottant ses vêtements à l'ail, en lui volant de toutes petites choses chaque fois que c'était possible.

Elle se leva, les yeux braqués sur l'écran.

— Allez au diable, Martin Hardy. Là où est votre place.

Elle s'avisa soudain que non seulement elle l'avait volé, lui, mais qu'elle avait subtilisé des objets personnels aux hommes qu'il amenait. Ce souvenir la frappa comme la foudre. C'était la première fois qu'il affleurait à sa mémoire. Mais il y aurait peut-être quelque chose à en tirer ? Les trésors qu'elle avait dissimulés là où personne ne pourrait les trouver trahiraient peut-être l'identité de ces hommes.

La tête haute, elle tourna les talons et sortit de la pièce. Il fallait aller au pavillon. Les preuves qu'ils avaient tant cherchées les attendaient peut-être là-bas.

19

Sloan n'essaya pas de dissuader Brooke d'emporter son arme pour se rendre chez Martin Hardy. Après le rude échange qu'elle avait dû supporter, il comprenait qu'elle ait besoin de se sentir en capacité de se défendre. Ce type était le mal incarné. Il s'était insinué dans sa tête jusqu'à lui donner l'impression qu'elle avait été complice de sa captivité.

Hardy était un manipulateur, un psychopathe et, avant tout, un sadique.

Aller en montagne par un dimanche après-midi de la fin août aurait dû être une partie de plaisir. D'ici deux semaines, les trembles revêtiraient leurs couleurs d'or, le temps fraîchirait enfin, après la chaleur étouffante de l'été. Il avait emprunté une petite route pour éviter la circulation de l'axe principal. Le pavillon était situé à l'écart, loin des stations de ski à la mode. Il n'était pas surprenant qu'il n'ait pas trouvé acquéreur et soit resté à l'abandon après l'arrestation de son propriétaire. Qui aurait voulu vivre dans un endroit où six jeunes filles avaient été retenues prisonnières ?

Il coula un regard en direction de Brooke, silencieuse.

— Je ne vous ai pas encore félicitée, mais vous avez été impériale, face à Hardy.

— Merci. Mais j'aurais pu mieux faire.

— C'est un salaud de la pire espèce. Personne n'est dupe. Il peut bien insinuer tant qu'il le veut que vous l'aimiez bien et que vous étiez sa complice, il n'est qu'un minable pervers et le restera.

— Je sais. Mais il savait si bien exploiter mes faiblesses. C'est vrai que, parfois, après avoir nettoyé et briqué la maison, je trouvais de la satisfaction à contempler l'ordre que j'avais réussi à créer. C'est certainement là que mes TOC ont commencé.

— Leur origine est peut-être plus ancienne, suggéra-t-il. Quand vous étiez en famille d'accueil, aviez-vous tendance à organiser votre environnement ?

— De manière obsessionnelle, acquiesça-t-elle avec un petit rire amer. Quand votre vie entière n'est que chaos, c'est bon de pouvoir exercer un contrôle sur certaines choses.

Elle regarda autour d'elle.

— Je n'aurais jamais été capable de retrouver le chemin toute seule.

— Vous avez de la chance, je suis du FBI. Je sais tout.

Elle tourna la tête vers lui.

— Qu'est-il arrivé au jean que vous portiez ce matin ? Vous avez rendossé votre costume.

— Je travaille, j'ai remis mon uniforme. Mais avec une touche décontractée, vous avez remarqué ? Pas de cravate !

— Un vrai fantaisiste, s'exclama-t-elle, riant de bon cœur cette fois.

Reprenant son sérieux, elle demanda :

— Vous croyez que l'un de ces inconnus est notre homme ?

— On ne peut pas négliger cette piste. Même si les subtilités du meurtre et la pose des deux bombes ne correspondent pas au profil d'un type assez brutal pour faire peur à Hardy. Le genre d'homme à tuer sans état d'âme – et sans fioritures.

— Je ne peux pas m'empêcher de penser que, s'il a

pris la peine de poser des bombes dans des bureaux, c'était pour détruire des preuves. Layla aurait pu tomber sur des informations compromettantes. Après tout, elle était avocate.

Il décida de formuler la petite pensée qu'il avait derrière la tête.

— Tom Lancaster aussi l'est.

Au lieu de se formaliser et de défendre la probité de son avocat, elle hocha lentement la tête.

— Je dois reconnaître que, quand j'ai su que la bombe avait été posée dans mon garage, j'ai pensé à lui. C'est Lancaster qui m'a recommandé la société qui a réalisé les travaux. Qui sait s'il n'avait pas un complice à l'intérieur qui lui aurait dit comment accéder au garage sans apparaître dans le champ des caméras ?

— Et le fait que le corps de Layla ait été transporté à votre chalet de montagne. Il connaissait son existence.

— Il gère toutes nos affaires, déclara-t-elle. On le connaît depuis douze ans ; il a traversé la tempête avec nous. Mais je ne vois pas pourquoi il aurait voulu du mal à Layla.

— Vous oubliez que vous avez une somme considérable sur votre compte commun, souligna-t-il, se rappelant avoir entendu les jeunes femmes se plaindre de la pingrerie de leur avocat la première fois qu'il les avait vues. C'est lui qui tient les cordons de *votre* bourse.

— Mais notre compte fait l'objet de vérifications régulières, Layla y a veillé.

Layla qui, juste avant sa mort, recherchait un local pour y établir son cabinet et s'était intéressée au solde de leur compte, songea-t-il. Elle avait pu y découvrir une anomalie. Si Lancaster avait trafiqué les registres comptables, elle aurait été la première à s'en apercevoir.

— On va transmettre les informations aux juricomptables du FBI. On sera fixés.

— Lancaster n'est pas un imbécile. Il ne se serait jamais livré à un détournement d'argent aussi évident.

— Et il n'a pas non plus les connaissances nécessaires pour fabriquer une bombe.

Ce fut alors que l'appel de Brancusi lui revint à l'esprit.

— Un engin explosif, c'est… comment dire ? Du drame, du grand spectacle. Ça ne vous fait pas penser à quelqu'un ?

— Si. À notre documentariste favori. Je l'imagine bien écrivant un scénario se concluant par une scène de mort très théâtrale.

Elle fronça les sourcils.

— Dommage qu'il ait un alibi en béton armé.

Ils roulèrent en silence pendant un moment. Ni l'un ni l'autre n'avait refait allusion à ce qui s'était passé dans la pièce de survie. Il n'y avait rien à dire de plus. Tant que l'enquête ne serait pas terminée, les choses, entre eux, demeureraient en suspens.

Ce fut Sloan qui reprit la parole le premier.

— Je songe à une chose. Channing est influençable, on le sait. Je me demande s'il n'aurait pas pu se laisser convaincre de passer ces appels anonymes par quelqu'un cherchant à lui faire porter le chapeau. Il est tellement immature. Il aurait pu croire à une blague, un canular sans conséquence.

Ils franchirent le dernier virage de l'étroite route gravillonnée menant au pavillon de Hardy. Elle suivait les sinuosités d'un petit cours d'eau serpentant en fond de vallée. Les habitations étaient rares, dispersées.

— Vous reconnaissez les lieux ?

— Non. Mais je ne sortais pas, vous savez. Pour moi, nous aurions pu tout aussi bien nous trouver sur la lune.

Elle montra du doigt un bungalow rustique avec un porche couvert.

— Ça, c'est le chalet de Doyle. Arrêtez-vous.

Il se gara sur le bas-côté de la route et regarda à travers les arbres. Le vieil homme était assis dehors, sur son fauteuil roulant. Se rendant compte qu'il était observé, il se mit laborieusement sur ses pieds et esquissa deux pas chancelants dans leur direction.

— Allons bon, souligna Sloan. Est-ce qu'on doit le remettre sur la liste des suspects ?

— Je ne sais plus quoi penser, proféra Brooke en poussant un soupir. Tout le monde a l'air coupable, mais personne ne peut l'avoir fait. C'est à désespérer.

Ils se remirent en route et, huit cents mètres plus loin, s'engagèrent sur une allée gravillonnée contournant un groupe de gros rochers. C'était là qu'était niché le pavillon de Martin Hardy. Des signes de détérioration évidents se voyaient aux vitres cassées, au porche branlant et à la porte d'entrée qui battait, oscillant en grinçant sur ses gonds. Mais ce fut autre chose qui retint l'attention de Sloan. Une camionnette marron rayée d'une bande or sur le flanc.

Brooke ouvrit sa mallette en cuir et empoigna son Glock, dédaignant le holster. Sentant ses yeux peser sur elle, elle le devança.

— Inutile de me dire de le laisser ici. Je ne sortirai pas de cette voiture sans mon pistolet. Et je ne resterai pas non plus là, à vous attendre.

— OK. Mais c'est moi qui passe devant.

Il s'avança avec une extrême prudence vers le véhicule, Brooke sur ses talons, et se pencha pour scruter l'intérieur de la camionnette de Nick Brancusi.

— Si c'est moi que vous cherchez, je suis là, lança le réalisateur derrière eux.

Caméra au poing, il se tenait sur le seuil.

— Il faut que vous veniez voir à l'intérieur. C'est grotesque. Le cadre idéal pour un film d'épouvante.

Même sans connaître l'histoire, on sent qu'il s'est passé ici quelque chose de terrible.

— Je sais, proféra froidement Brooke. Je l'ai vécu.

Brooke reconnaissait bien là l'approche flamboyante et tapageuse de Brancusi. Il était venu en repérage au « chalet de l'horreur » afin de planter le décor de son reportage. Nul doute qu'il allait demander à la suivre pas à pas à l'intérieur afin de tout filmer et de saisir le moment où elle mettrait au jour le butin qu'elle y avait laissé caché.

— Que faites-vous ici ? questionna durement Sloan.

— J'ai eu un tuyau… On m'a laissé entendre que vous alliez peut-être bien venir faire un tour ici.

Il abaissa sa caméra et ajusta son feutre sur sa tête. Toujours en jean moulant, il arborait aujourd'hui une chemise hawaïenne aux couleurs vives.

— Au cas où vous ne l'auriez pas remarqué, j'ai un don inné pour la pêche aux infos. En fait, je suis sûr que vous allez être très intéressé par ce que j'ai à vous dire.

— À supposer que je veuille bien vous écouter, rétorqua Sloan. J'attends encore le texto avec les noms des experts en explosifs.

— Et il y a une bonne raison à cela.

Sloan désigna la porte d'entrée du menton.

— Allez-y, Brooke, pendant que je m'occupe de Steven Spielberg.

Avant d'entrer, elle coinça l'encombrant Glock sous la ceinture de son sac banane puis elle franchit le seuil, avec une conscience aiguë du couinement de ses semelles de caoutchouc sur le parquet sale et collant de l'entrée – ce parquet qu'elle avait quotidiennement briqué jusqu'à ce qu'il reluise douze ans plus tôt. Les murs étaient couverts de tags et de graffiti. Les fauteuils étaient tachés, éventrés. Tout était différent et, cependant, elle reconnaissait tout.

Les souvenirs l'assaillirent de toutes parts. Rattrapée

par le passé, elle eut envie de se rouler en boule et de refouler toute cette souffrance mêlée de culpabilité qui remontait des recoins les plus obscurs de son cerveau. Mais non. Elle y arriverait. Martin Hardy avait tout fait pour les briser, mais elles avaient survécu.

J'ai survécu.

Songeant à la maxime de Nietzsche selon laquelle ce qui ne vous tuait pas vous rendait plus fort, elle prit une grande inspiration et s'avança résolument à l'intérieur. Dans la cuisine crasseuse, elle se dirigea droit vers la cachette, derrière le placard, où elle avait rassemblé la collection de petits objets qu'elle avait dérobés à Hardy et aux autres. Comment avait-elle pu effacer cela de son esprit ? Elle se rappelait maintenant en avoir prélevé les pièces de monnaie avant de partir.

Les objets réunis dans sa cachette étaient pathétiques : quelques trombones, deux boutons, un stylo et trois punaises. Rien qui puisse permettre d'identifier qui que ce soit. Des choses dont elle avait espéré pouvoir se servir pour se délivrer de ses chaînes. Encore une impasse.

Depuis le porche, à l'avant du petit pavillon, elle entendait Brancusi développer son projet de documentaire numéro deux sur les poupées Hardy. N'ayant pas envie de l'affronter, elle traversa la salle à manger, passa devant la petite chambre qui jouxtait la cuisine – celle où elle dormait. La porte de derrière était grande ouverte, comme celle de devant.

Depuis le seuil, elle parcourut du regard les pentes escarpées couvertes d'herbe, de buissons et de pins... un paysage naturel et bucolique en diable pour servir de cadre aux actes diaboliquement contre nature de Hardy. Un éclat de lumière capta soudain son regard. Un canon de fusil !

Vivement, Brooke recula à l'intérieur du chalet. Avait-elle été le jouet de son imagination ? Avait-elle réellement vu un tireur embusqué ? Elle tira son Glock de sa ceinture et l'agrippa à deux mains. Pendant des années et des années, elle s'était sans relâche entraînée au tir, mais elle ne pratiquait pas la chasse et n'avait jamais tiré sur une cible vivante.

Plaquée contre la cloison près de la porte, elle risqua un coup d'œil. Le tireur était toujours là. Elle voyait son crâne chauve. Tom Lancaster. Tous les indices auxquels elle n'avait pas voulu croire composèrent tout à coup un tableau très clair. Il avait utilisé la société de sécurité pour poser sa bombe. Par les appels à Franny, il avait essayé de faire peser la culpabilité sur Channing. Il avait tué Layla pour l'empêcher de révéler qu'il les escroquait.

Quand elle jeta un nouveau coup d'œil, il n'était plus là. Se déplaçait-il vers l'avant de la maison ? Vers Sloan ? Sans songer une seconde à sa propre sécurité, elle fonça vers la porte, pistolet pointé devant elle, et tira un coup d'avertissement en direction de la montagne.

— Comment avez-vous pu faire une chose pareille ? Tuer Layla ? cria-t-elle.

— J'ai essayé de la raisonner.

Sa voix était si familière, si rationnelle.

— Baissez cette arme, Brooke. On va discuter.

— Le temps des discussions est révolu.

Elle arrêta son regard sur un point, au-dessus du gros rocher. Elle avait un angle de tir dégagé. Mais elle ne parvenait pas à se décider à appuyer sur la détente.

— Vous ne le ferez pas, Brooke, clama Lancaster. Vous êtes trop bien pour ça.

— Mais pas moi, gronda Sloan.

Un premier coup de feu retentit, suivi aussitôt d'un deuxième. Figée sur place, elle vit Lancaster s'écrouler sur le sol. Sloan se porta aussitôt vers lui, prit le fusil et, posant un genou à terre, chercha son pouls.

Il lui fit signe d'approcher.

— J'ai besoin de votre aide.

Il y avait beaucoup de sang, mais Sloan l'assura que Lancaster allait s'en sortir et elle le crut.

Elle suivit ses instructions, appelant les secours puis réunissant le nécessaire pour qu'il puisse confectionner un garrot de fortune, tout cela sous l'objectif de la caméra de Brancusi qui filmait toute la scène.

Elle eut beau lui demander d'arrêter, arguant que Lancaster risquait de mourir, il répondit :

— Désolé, c'est hors de question. Je suis au bon endroit au bon moment… Je fais mon travail.

— Ne soyez pas trop dure avec lui, plaida Sloan. Il a mis la main sur l'élément de preuve qui nous manquait.

— Exact. J'ai suivi la piste de l'expert artificier à qui Lancaster a demandé de fabriquer ses bombes. Et, attention, voilà la partie la plus intéressante : le type a d'abord refusé, seulement Lancaster était son avocat !

Ils la tenaient, leur preuve.

L'enquête était terminée.

Elle adressa un regard lourd de signification à Sloan. Qu'allait-il s'ensuivre, être les conséquences, s'agissant d'eux ?

Trois semaines plus tard, l'enquête était définitivement bouclée. Lancaster avait survécu à sa blessure. Inculpé du meurtre de Layla, il était passé aux aveux, et Brooke avait reçu du procureur l'assurance qu'il serait condamné à la réclusion à perpétuité.

Les autres – Franny, Megan et Moira – avaient pu rentrer chez elles. Suite à la publicité faite autour de l'affaire, Sophia croulait sous les propositions d'audition pour des rôles au cinéma et à la télévision. Elle avait prévu de venir en visite à Denver. Et le plus important, aux yeux de Brooke, les travaux, chez elle, étaient presque terminés.

Elle avait rendez-vous avec Sloan ce soir et avait acheté pour l'occasion une nouvelle robe très habillée de son bleu préféré. Fin prête, debout dans le hall d'entrée, elle guettait son arrivée sur son nouveau système de vidéosurveillance.

Mais, en lieu et place du SUV, ce fut une limousine qu'elle vit stopper au bout de son allée. Sloan en émergea, une douzaine de roses rouges dans chaque main, vêtu de son uniforme blanc de la marine.

Elle ouvrit le battant, l'attira à l'intérieur et emporta les roses à la cuisine.

— Elles sont magnifiques.

— *Vous* êtes magnifique.

— Merci, Justin.

Lorsqu'elle eut mis les roses dans l'eau, ils retournèrent dans le hall. Fidèle à sa parole, il la souleva dans ses bras pour la conduire jusqu'à la limousine. Et leur grande histoire d'amour put enfin commencer.

JULIE MILLER

Le danger partagé

Traduction française de
CATHERINE VALLEROY

BLACK ROSE

HARLEQUIN

Titre original :
DO-OR-DIE BRIDESMAID

Prologue

Nous serions très honorés de votre présence…

Conor Wildman considéra l'invitation, avec ses cœurs roses et ses rubans lilas en relief. Ce devait être une plaisanterie.

Mais non… Il fallait du toupet à son ex pour l'inviter à son mariage. Et encore plus de toupet pour épouser son ex-meilleur ami.

Mais il n'était pas du genre à se complaire dans l'amertume. À peine avait-il formulé cette pensée qu'il s'étouffa avec son café et recracha en jurant. Bien sûr, c'était l'effet que lui faisaient les noms de Joe et Lisa accolés : une noire et brûlante gorgée d'amertume.

Il aurait dû laisser le courrier traîner et ne l'ouvrir qu'à son retour. Mieux encore, il n'aurait dû l'ouvrir qu'après avoir bu un bon verre. Ou plutôt il aurait dû le jeter à la poubelle et filer au Shamrock retrouver ses copains du KCPD.

C'était sans doute pour cela qu'il n'y avait pas d'adresse d'expéditeur au dos de l'enveloppe rose. Si seulement, il avait attendu un peu, il aurait remarqué le tampon d'Arlington. Mais, comme il venait de sortir de la douche et de se verser un café, il n'était pas encore bien réveillé.

Après tous les mensonges et les absences auxquels l'avaient forcé ses fonctions dans le programme de protection des témoins, le WITSEC, il était logique que

Lisa ait rompu. Mais une rupture, c'était une rupture. Aucun argument logique ne pouvait atténuer la peine de s'entendre dire qu'il n'était pas à la hauteur et qu'il ne ferait pas un bon mari.

Ce n'était pas la première fois qu'il échouait à retenir quelqu'un.

Il avait quitté les Marshals et la Virginie et cessé de ressasser à propos de la vie qu'on lui avait refusée. Mais une invitation à un mariage ?

Personne ne lui avait envoyé de carte pour la Saint-Valentin. Qu'espérait-il ? Que sa mère, morte huit mois auparavant, se serait arrangée pour qu'une admiratrice lui écrive ? Consciente qu'elle avait perdu le combat contre son cancer du sein, Marie Wildman avait passé ses dernières semaines à mettre de l'ordre dans ses affaires et tenté de faire de même avec les siennes. Avait-elle comploté avec la mère de son ex ? Les deux femmes avaient été amies durant des décennies. Sa mère avait-elle demandé à la famille Karr de veiller sur son fils unique ?

Mais pourquoi l'inviter à ce mariage romantique dans sa ville natale ? Endurer des conversations embarrassées, des amis bien intentionnés et des souvenirs douloureux n'était pas son idée du plaisir. Ce n'était pas pour rien qu'il s'était engagé dans la police de Kansas City au lieu de revenir à Arlington une fois sa mission achevée.

Lisa Karr lui avait rendu sa bague en lui disant qu'il n'était pas capable de rendre une femme heureuse. Elle avait même cité une statistique sur le nombre de divorces dans son métier. Il ne croyait pas Lisa ou Joe Gerhart cruels au point de vouloir se repaître de sa peine. Mais il les voyait bien tenir leur promesse à sa mère. « Pauvre Conor. On ne voulait pas te faire du mal. On t'aimera toujours, il faut que tu le saches. »

Bien sûr, Lisa avait rompu avec lui avant de commencer

à fréquenter Joe. Mais il avait tout de même l'impression que son ami lui avait volé sa fiancée. Et puis le fait que Lisa et Joe soient restés discrets pendant qu'il s'occupait de sa mère – il les avait vus ensemble pour la première fois à son enterrement – lui donnait l'impression que Lisa l'avait trompé.

Ça n'avait aucun sens, mais c'est ce qu'il éprouvait. Il avait été à vif pendant si longtemps qu'il ne ressentait plus rien désormais. Sauf qu'il était furieux que Joe et Lisa l'aient invité à leur mariage. Dans une semaine. Comme s'il représentait un problème dont il fallait absolument s'occuper.

Conor envisagea de se resservir un café, mais il n'était pas masochiste. Il posa soigneusement son mug sur le comptoir et retourna s'habiller dans sa chambre.

Il laissa tomber la serviette qui lui ceignait les reins et enfila son caleçon et son pantalon. Puis il passa une chemise blanche. Il s'approcha du miroir au-dessus de la commode et peigna ses courts cheveux couleur de blé avant de nouer une cravate à rayures bleues et marron autour de son cou. Mais, suspendant son geste, il la contempla avant de la retirer et de la jeter sur le lit.

C'est Lisa qui la lui avait offerte.

Il allait porter la bleue unie avec la petite tache. Ça aurait rendu Lisa dingue. Elle critiquait sa manière de s'habiller, se plaignait de devoir toujours le surveiller et en profitait pour mettre les mains sur lui. Cela se terminait par des rires et des baisers.

Il retira la deuxième cravate. Non, mieux valait opter pour une autre, neutre et sans histoire, qu'on lui avait offerte à Noël.

À une époque, il s'amusait de la manière dont Lisa organisait sa vie dans les moindres détails afin de n'être jamais prise au dépourvu. Mais son incapacité à lui promettre qu'il serait là tous les soirs à l'heure du dîner était une des raisons pour lesquelles elle avait rompu. Et l'éventualité qu'un jour il ne revienne pas du tout avait été le dernier clou dans le cercueil de leur avenir.

Il n'avait pas pu renoncer à son métier, à son badge et à ses horaires à rallonge. Il n'avait pas pu renoncer à celui qu'il avait décidé de devenir après l'abandon de son père. Pas même pour la fille dont il était amoureux depuis l'université. Lui promettre qu'elle aurait toujours la première place dans son cœur n'avait pas suffi à Lisa. Elle avait besoin d'une sécurité que son arme et son badge ne pouvaient lui fournir.

Ironiquement, il avait démissionné après qu'elle l'avait quitté. Durant sa dernière mission, il avait remis en question plusieurs des décisions de son superviseur. Si la sécurité du témoin qu'il protégeait à l'époque ne passait pas avant tout, son serment ne voulait plus rien dire. Et il avait perdu trop de choses pour s'attarder dans un emploi vide de sens.

Il avait cru que Lisa le comprenait. Qu'elle savait que son métier constituait une bonne part de son identité. Mais elle était amoureuse d'un Conor idéal, sans rapport avec la réalité.

D'un autre côté, il concevait que Joe et Lisa aient besoin d'aplanir le passé pour aborder leur avenir en toute sérénité. Mais leur bonheur était-il son problème ? Il accrocha son holster et son badge à sa ceinture, prit sa veste et se dirigea vers la cuisine.

Il finit le café tiède d'une seule gorgée. Puis, enfilant sa veste d'un mouvement d'épaules, il prit l'invitation dans l'intention de la jeter à la poubelle.

C'est alors qu'une note glissée à l'intérieur de l'enveloppe tomba sur le carrelage. Il poussa un soupir de lassitude et se baissa pour la ramasser.

Conor,

Si j'épousais une autre que Lisa, tu serais à

mes côtés en tant que témoin. J'ai laissé passer le temps parce que je savais que tu t'occupais de ta mère. Mais je regrette que tu ne fasses plus partie de nos vies. Lisa parle si souvent de toi que j'en ai des complexes. J'ai fini par lui dire de t'envoyer une invitation. Tire-moi d'affaire, frangin. Lisa a besoin de constater de ses propres yeux que tu vas bien. Viens à notre mariage. Fais-le aussi pour toi, pour montrer à tout le monde que tu t'en sors.

Joe

Il retourna la feuille et reconnut l'écriture de Lisa. Mais qu'est-ce que c'était que ça ? Une opération conjuguée pour le sortir des tréfonds de sa misère morale ?

Conor chéri,

Je sais que ça s'est mal terminé entre nous. Au fond de ton cœur, tu sais que nous ne pouvions pas nous rendre heureux. Mais nous avons été longtemps amis avant cela. Nous faisions presque partie de la même famille. Marie et maman étaient comme des sœurs. Ta mère aurait voulu que tu sois heureux, que tu ne ressasses pas ta colère et ton chagrin.

Si Joe et moi ne te suffisons pas, pense à ta mère. Elle nous manque à tous, à maman plus que tout. Te voir à notre mariage la rendrait tellement heureuse.

Tu penses sans doute que personne ne se soucie de ton bien-être, mais c'est faux. J'espère que nous pourrons à nouveau être amis. J'adorerais avoir un grand frère comme toi. Viens, je t'en prie. Tu nous manques.

Sincèrement,

Lisa

Un grand frère ? Il n'avait pas nourri de sentiments fraternels envers Lisa depuis le collège.

Une affection fraternelle, c'est ce qu'il éprouvait pour Laura, la petite sœur de Lisa. Celle qu'il appelait « Moustique » semblait toujours être là quand il venait la chercher, et elle les accompagnait de temps à autre lors de leurs sorties. Il lui avait appris à manier une batte de base-ball et à cracher des pépins de pastèque depuis l'arbre qui séparait leurs jardins. Laura avait des taches de rousseur et un appareil dentaire, et elle soufflait par le nez quand elle riait. Lisa, elle, était féminine jusqu'au bout de ses orteils vernis de rose. À aucun prix, il n'aurait qualifié ses sentiments pour Lisa de *fraternels*.

Mais cela n'avait pas été suffisant. *Il* n'avait pas suffi.

Il n'était pas sûr de pouvoir lui offrir l'amitié qu'elle réclamait. La peine que lui avaient causé leur rupture et la honte de ne pas avoir compris à temps qu'elle était malheureuse ne permettraient pas à l'amitié de refleurir. Mais il pouvait peut-être lui accorder une journée.

« Montrer à tout le monde que tu t'en sors. » *Tu as pincé la bonne corde, Joe.*

Secouant la tête, Conor fourra la lettre dans sa poche. Sa décision était prise. Il se rendrait en Virginie.

1

L'église méthodiste était tellement bondée que Conor n'eut aucun mal à se glisser au fond sans attirer l'attention.

Il avait pris quelques jours pour venir assister au mariage de Joe et Lisa à Arlington. C'était une question de fierté, il voulait leur prouver que le chagrin consécutif à la mort de sa mère et à la rupture avec Lisa ne l'avait pas rendu vulnérable au point de ne pas pouvoir les féliciter.

Il était donc là, en chair et en os, dans l'église que fréquentaient depuis toujours les Wildman et les Karr, et où l'on avait célébré le service funèbre de sa mère. L'inspecteur Conor Wildman se débrouillait très bien tout seul, merci beaucoup.

Mais il n'avait pas l'intention de s'exhiber trop longtemps. Il voulait certes montrer qu'il était bon perdant et qu'il avait tourné la page, mais ses cicatrices étaient encore récentes.

Le désavantage de mesurer un mètre quatre-vingt-dix c'était qu'on ne passait pas inaperçu. Quand Joe pénétra dans la nef en compagnie de son témoin et de son garçon d'honneur, il remonta ses lunettes sur son nez et lui adressa un sourire éclatant. Conor leva les pouces en souriant d'un air ironique.

Mais, en voyant Joe faire un pas vers lui, Conor secoua la tête et désigna le chœur du doigt, tandis que l'orgue achevait sa mélodie sur une envolée lyrique. Le témoin fit reculer Joe, lui tapota l'épaule et lui recommanda d'un ton taquin de ne pas embrasser la mariée avant le « oui », ce qui fit courir des rires le long des bancs.

Conor, lui, ne rit pas. L'organiste commença à jouer l'hymne traditionnel. Mais la musique ne parvint pas à couvrir un remue-ménage dans le narthex, derrière les portes ouvertes de la nef. Tandis que le bourdonnement des conversations diminuait d'intensité, il se pencha un peu en arrière pour distinguer ce qui se passait.

— Range ton portable !

Ce chuchotement indigné ne pouvait venir que de Lisa. Un grain de sable dans ses plans méticuleux. En entendant sa voix, Conor sentit un gros soupir lui soulever la poitrine. Il connaissait tous les tons de Lisa et leurs significations. Celui-là voulait dire : « J'ai peur que tout aille de travers et je le dissimule en m'en prenant à quelqu'un d'autre. »

— Donc Chloe ne sera pas là pour tenir le livre d'or… Pourquoi n'est-elle pas venue ?

— Je ne sais pas. Elle ne répond pas. Et personne ne l'a vue ici.

Ne reconnaissant pas cette seconde voix, Conor pencha un peu plus la tête et aperçut des hanches généreuses, recouvertes de tulle rose. Au-dessus du tulle, un corset de dentelle rose moulait de très jolis seins, soulevés par un soupir agacé. Mais une frange de cheveux bruns et un plumet rose orné de strass cachaient le visage de la femme.

— Moi aussi, j'aimerais savoir où elle est. Tu crois qu'Isaac le saurait ?

— Tu ne vas pas lui poser la question maintenant, répliqua Lisa d'un ton sans appel. Il est avec Joe devant l'autel.

Tout ce qu'il vit d'elle fut l'ourlet de sa robe blanche en dentelle, car elle était sortie de son champ de vision.

— Peu importe qu'elle nous ait laissées en plan. Ce qui importe, c'est que tu fasses ton entrée comme prévu.

— Calme-toi, chérie. Tante Sandra s'occupera parfaitement du livre d'or.

Conor sourit en voyant une figure familière se pencher vers la femme en robe rose. C'était Leslie, la mère de Lisa, la meilleure amie de sa propre mère.

— S'il te plaît, mon ange. Il est l'heure. On ne peut pas commencer la cérémonie sans toi.

Mon ange ne pouvait s'adresser qu'à une des sœurs de Lisa. Et, comme sa sœur aînée était aussi grande qu'elle, cela voulait dire que cette petite bombe en rose était Laura. Hum, *petite bombe* ? Conor se rappelait des nattes, un jean et des tennis. Il n'aurait jamais regardé Laura comme il venait de le faire quelques secondes auparavant. Il se serait même interposé si un type s'était avisé de la lorgner ainsi. Laura n'était qu'une gosse. Enfin, la Laura qu'il avait connue.

Mais son attitude lui était familière.

— Je suis là, non ? protesta Laura. Tu m'as demandé de trouver Chloe, et maintenant je m'inquiète parce que je n'arrive pas à la joindre.

Un ventre impressionnant, également drapé de satin et de tulle rose, apparut dans l'encadrement, dissimulant Laura et sa mère. Linda Karr-Colfax gémit et se frotta les reins. Un plumet rose pendillait de son chignon.

— Maman ? Tyson vient de jouer avec mes cheveux. Est-ce que ce truc tient comme il faut ?

— Je croyais qu'on avait tout vérifié avant de quitter le dressing, ronchonna Lisa, tandis que sa mère rattachait l'objet dans les cheveux de sa sœur. Et tu ne vas pas me faire le coup d'accoucher aujourd'hui.

Linda gloussa devant l'inquiétude de sa sœur.

— Détends-toi, Lisa. Ce sont de fausses contractions.

J'en ai eu pour les deux premiers. Et aucun d'eux n'est arrivé en avance.

Elle marmonnait quelque chose de moins rassurant quand un petit garçon en habit bondit vers elles. Son avocat de mari apparut à sa suite, un bambin endormi sur l'épaule. Linda brossa les épaules du petit garçon.

— Tu pourras bientôt enlever ça, Timmy. Dès qu'on aura fait les photos de mariage. Où est le coussin avec les alliances ?

— Il l'a perdu ?

Conor vit la longue robe de Lisa virevolter, mais l'angle de la porte l'empêchait toujours de contempler la beauté qu'il adorait autrefois.

Laura s'agenouilla devant son neveu et lui tendit le coussin blanc brodé.

— Il n'est pas perdu. Le voilà.

Le petit garçon gloussa de ravissement. Maintenant qu'il avait une meilleure vue du hall, Conor distingua un jouet attaché au coussin.

— Tiens-le bien et tu ne le perdras pas, d'accord ?

La façon dont Laura apaisait l'enfant fit sourire Conor.

— Bien joué, Moustique, murmura-t-il en reprenant le surnom qu'il lui donnait dans son enfance.

Mais le sourire de Laura s'éteignit quand elle regarda son téléphone. Elle se releva.

Ses longues tresses avaient laissé place à une coupe courte et déstructurée, éclairée par des mèches caramel. Désormais débarrassé de son appareil dentaire, son sourire était à la fois doux et espiègle. Mais Conor remarqua avant tout les plis d'inquiétude au coin de ses yeux vert doré. Petite sœur était vraiment inquiète.

Elle répondit au texto qu'elle venait de recevoir.

— Laura ! Ton téléphone ! supplia Lisa.

— Désolée.

Laura l'éteignit et le glissa dans l'échancrure de son corsage de dentelle.

— Laura ! Tu vas gâcher l'allure de ta robe avec ce truc.

— Comme si je n'avais pas déjà l'air d'une barbe à papa.

— Maman !

Leslie Karr avait déjà arrangé de plus grosses disputes avec sa patience et son sourire.

— Laura chérie, laisse-moi mettre ton téléphone dans mon sac.

Haussant ses épaules nues, Laura fit ce que sa mère lui demandait. Celle-ci lui caressa la joue.

— Tu es magnifique, aujourd'hui.

Puis Leslie se tourna vers sa fille aînée pour effleurer en souriant son ventre rebondi.

— Toi aussi, tu es magnifique.

En la voyant tendre les bras à sa dernière fille, Conor retint son souffle à l'idée d'apercevoir enfin Lisa. Mais, à moins d'attirer l'attention sur lui, il devrait, comme les autres invités, attendre pour poser les yeux sur la mariée.

— Chérie, tu es superbe. Joe est le plus chanceux des hommes. Respire bien à fond.

Conor avait toujours admiré la manière dont Leslie éduquait ses filles. Elles avaient toutes trois des personnalités, des émotions et des besoins différents. Un peu de diplomatie par ci, un peu de négociation par là, un zeste de cajolerie. À son signal, les trois femmes se mirent en rang derrière le jeune porteur des alliances.

— Allons-y maintenant. Avec le sourire. Ron ? Prends ta place. Allez.

Conor se retourna, ayant finalement trouvé de quoi s'amuser. Leslie Karr avait quelque chose d'un général cinq étoiles. Il reconnaissait le ton que prenait parfois sa mère avec lui. Leslie et sa mère étaient des amies si proches qu'elles avaient certainement partagé leurs astuces éducatives.

Leslie avança dans l'allée au bras du placeur, suivie de Tim Colfax et de son fils, puis du petit Timmy, qui imitait le bruit d'une voiture en portant le fameux coussin.

Puis Conor vit Laura. Leurs regards se croisèrent à l'instant où elle pénétra dans le sanctuaire. Sa bouche s'arrondit en un O de surprise, et il lui fit un clin d'œil. Les joues de Laura rosirent et un immense sourire lui éclaira le visage. Oui, se dit-il, le garçon manqué avait bien changé. Malgré sa petite taille, elle était arrondie partout où il le fallait. Elle agita les doigts en un salut amical avant de se précipiter vers lui.

— Salut !

Se penchant vers lui, elle lui déposa un baiser sur la joue.

— Je suis heureuse que tu sois là.

— Salut, Moustique.

Elle recula tout aussi rapidement pour reprendre sa place dans le cortège. Il la vit faire la grimace et tapoter sa joue pour lui faire signe d'essuyer la sienne.

Il prit sagement son mouchoir et frotta les traces de son rouge à lèvres. Il était heureux que quelqu'un lui ait offert un vrai sourire. Il replia son mouchoir et le remit dans sa poche tout en suivant Laura des yeux.

Sa robe tournoyait autour de ses mollets, révélant de minces chevilles et des talons hauts qu'elle aurait sûrement regardés avec horreur quand elle était encore à l'école. Conor s'adossa au banc pour faire un petit calcul. Ces souvenirs dataient d'une décennie au moins. Laura devait avoir vingt-cinq ans maintenant, cinq ans de moins que lui. Elle était à l'université quand Lisa avait rompu. Elle avait envoyé des fleurs et une lettre de condoléances pour l'enterrement de sa mère, mais elle n'était pas venue, retenue par son travail. Il se serait souvenu de ce balancement de hanches et de ce sourire insouciant. Elle était devenue tellement… femme. En dehors de ses yeux noisette, elle ne ressemblait guère à ses sœurs, plus grandes et plus minces.

Il échangea un sourire avec Linda quand celle-ci entra à son tour dans l'église, et murmura des félicitations en montrant son ventre. Puis la musique changea et tout le monde se leva.

Il boutonna sa veste, retint son souffle et eut un coup au cœur en apercevant enfin Lisa au bras de son père. Ils firent halte un instant au seuil de la nef. Sa robe de dentelle blanche rehaussait l'élégance de sa silhouette. Oui, elle était belle. Mais, en la voyant chercher Joe du regard et lui adresser un sourire éclatant, il comprit que sa relation avec elle était bel et bien terminée.

Elle ne l'aimait plus. Certainement pas comme il l'avait aimée lui.

Il devait avoir froncé les sourcils en y pensant car, quand leurs yeux se croisèrent enfin, Lisa hésita.

— Ça va ? dit-elle à mi-voix. On se voit plus tard.

S'inquiétait-elle autant que ça pour lui ? Il n'était pas misérable au point de vouloir qu'une femme reste avec lui par pitié. Si Lisa voulait Joe, c'était avec Joe qu'elle devait être. Conor était assez mûr pour l'accepter. Il sourit avant de lui adresser un petit salut et de lui faire signe d'avancer vers l'homme qu'elle aimait.

Elle le dépassa.

Où était le coup de couteau qu'il avait à la fois craint et attendu ? Le torrent de jalousie dans ses veines ? Il avait été tellement certain qu'il devait venir pour sauvegarder sa fierté, pour prouver qu'il n'avait besoin de personne. Tandis que les invités se rasseyaient et que la cérémonie débutait, Conor s'avoua que la fin de cette longue histoire d'amour le rendait mélancolique.

Mais il n'était pas en colère. La maladie de sa mère et la rupture avec Lisa lui avaient seulement laissé un grand sentiment de… vide.

Tant mieux. La compréhension le rendit plus humble. C'était à lui et à lui seul qu'il avait voulu prouver quelque chose en venant là.

Mais, maintenant qu'il avait admis la vérité, il ne pouvait s'échapper, au risque de déclencher des rumeurs ou une autre série de lettres. Comme en mission, il était cloué là pour toute la durée de la cérémonie et de la réception qui suivrait.

Il eut pourtant l'impression que la journée allait être plus longue et plus stressante que n'importe laquelle de ses missions passées.

— Tu as encore grandi, n'est-ce pas ?

Conor sourit et serra contre lui Leslie Karr, savourant son embrassade.

Un bras passé autour de sa taille, Leslie se tourna vers son mari.

— Ron, est-ce moi qui ai rapetissé ?

— Non, chérie. Tu es toujours aussi parfaite.

Ron Karr semblait prendre les événements avec son flegme habituel. Une habitude sans doute acquise durant l'enfance de ses trois filles. Il tendit la main à Conor.

— Je suis content que tu aies pu venir. C'est bon de te revoir dans des circonstances plus joyeuses.

— Oui, monsieur.

Conor serra la main du père de la mariée.

— Et félicitations, Ron. Comment allez-vous tous les deux ?

— Très bien, répondit Ron, le front légèrement soucieux. Mais c'est à toi qu'il faut poser la question.

Leslie tapota l'estomac de Conor avec un petit claquement de langue désapprobateur.

— Mais tu es plus mince. Tu manges bien, au moins ? Tu prends soin de toi ?

— Oui, madame.

— Il est musclé, Les, pas maigre.

Ron tapota à son tour la ceinture de son smoking.

— C'est moi que tu dois nourrir, pas lui.

Avec son mètre quatre-vingts, Ron Karr surplombait largement sa femme, mais devait quand même lever les yeux pour croiser le regard de Conor.

— Elle m'a mis au régime : je dois manger des algues et de la paille cinq jours par semaine. Elle ne m'a pas fait de tarte depuis six mois. Crois-moi, dès qu'il sera découpé, je me jetterai sur ce gâteau de mariage.

— Oh ! allez donc, le réprimanda Leslie, le médecin dit qu'on doit manger moins de sucre et de viande rouge, toi et moi.

Elle renversa la tête pour considérer Conor.

— J'ai promis à ta mère que je garderais un œil sur toi. Mais comment faire si tu es à des milliers de kilomètres ?

Conor sourit de son exagération.

— Kansas City n'est qu'à onze cents kilomètres.

— Tant que ça ? s'étonna Leslie, les sourcils froncés.

— Un ou deux jours de conduite. Ou une très longue journée.

— Tu dois être épuisé.

Il lui passa un bras rassurant autour des épaules. Il avait réussi haut la main les épreuves physiques lors de son recrutement dans la police, et elle n'avait pas besoin de reprendre à son compte les inquiétudes de sa mère.

— Je suis arrivé hier. Je loge chez maman. Il y a encore quelques réparations à faire avant de pouvoir mettre la maison en vente.

Leslie poussa un gros soupir.

— Tu vends la maison de Marie ? Tu ne reviendras pas ? Jamais ?

Revenir, pour quoi faire ? Pour se rappeler ce qu'il avait perdu à Arlington ? Son père, Lisa, son ancien métier, sa mère…

L'expression émue de Leslie lui rappela néanmoins les derniers jours de sa mère à l'hôpital. Le grand regret de Marie Wildman avait été de ne jamais connaître ses petits-enfants.

— Conor, est-ce que tu auras des enfants ? Une famille ? avait-elle demandé.

Il avait gentiment pressé sa main frêle et lui avait promis ce qu'elle avait besoin d'entendre. À l'époque, il était encore abasourdi par le rejet de Lisa. Tout ce qu'il avait, c'était cette précieuse vie qui déclinait devant lui.

— Mais oui, maman. J'en aurai un jour, c'est promis.

— N'attends pas trop longtemps.

La main de Marie tremblait dans la sienne.

— La vie ne tourne pas toujours comme on s'y attend. Je t'ai élevé seule, et maintenant c'est toi qui vas rester tout seul. J'aimerais tant pouvoir venir à ton mariage, voir tes enfants…

— Maman…

— Je ne regrette pas un seul instant. J'ai toujours été heureuse. J'ai vécu une vie merveilleuse. Je veux la même chose pour toi.

Même s'il ne lui restait plus beaucoup d'énergie, elle trouvait encore la force de sourire.

— J'ai toujours été fière de toi. Mon grand fils qui risque sa vie pour les autres. Je ne veux pas que tu me pleures trop longtemps. Vis ta vie. Ne t'engage pas n'importe quand ni avec n'importe qui. Lisa n'a jamais compris la profondeur de tes sentiments. Je pense que toi non plus, d'ailleurs.

Elle s'était redressée pour lui caresser la joue.

— Mais moi oui. La femme idéale t'attend quelque part. Je veux que tu aimes et que tu sois aimé comme ton père et moi autrefois…

Sa voix s'était affaiblie. Un chagrin comme le sien ne passait jamais complètement, supposait-il.

— Trouve le bonheur, mon fils, et cramponne-toi à lui de toutes tes forces. La vie ne tourne pas toujours comme on s'y attend…

Conor s'extirpa de ses pensées et sourit à la femme devant lui. Elle avait toujours été comme une tante affectueuse pour lui.

— Je ne sais pas quels sont mes plans, Leslie. Pour l'instant, ils sont à Kansas City.

Ron parut sentir le tour sombre des pensées de Conor et il attira sa femme contre lui.

— Chérie, nous sommes en train de bloquer le passage. Les autres invités attendent.

Il serra à nouveau la main de Conor.

— Viens nous voir quand tu veux. Le passage existe toujours entre nos deux maisons, même si l'allée est un peu enneigée à cette époque.

— Merci. Je passerai vous dire au revoir avant de partir.

Encore troublé par ces souvenirs, Conor ne s'attendait pas à voir Lisa émerger de la queue et le serrer dans ses bras. Sous le choc, il s'immobilisa une fraction de seconde. Il eut le temps de se rappeler comme son corps élancé épousait parfaitement le sien. Un regain de lucidité le poussa à lui tapoter le dos au lieu de la serrer étroitement contre lui. Elle ne lui appartenait plus.

— Félicitations, ma petite. Tu fais une mariée magnifique. Mais je n'en ai jamais douté.

— Conor…

— Accepte donc le compliment, la coupa-t-il avant qu'elle ne donne un autre sens à ses paroles.

— Merci.

La laissant sur place, il avança pour aller serrer la main de Joe et lui donner une accolade fraternelle.

— Félicitations, mon vieux. Tu es plutôt pas mal pour un *geek*.

Joe sourit.

— On m'a appris à m'habiller.

Il sentit une main se poser sur son bras et renonça à aller saluer les parents de Joe comme il en avait l'intention.

— Es-tu heureux, Conor ? demanda Lisa. Je veux que tu le sois.

— Pourquoi tout le monde s'inquiète-t-il tant de mon bonheur ? plaisanta-t-il. C'est ton grand jour. C'est vous deux qu'on fête aujourd'hui.

Le regard de Lisa fit un aller-retour entre Joe et lui.

— Nous ne voulions pas te faire du mal avec nos fiançailles. Mais je sais que tu en as été blessé. Perdre ta mère et puis t'enfuir comme ça…

Elle resserra les doigts sur son bras.

— Nous nous sommes fait beaucoup de souci. Tu n'as pas appelé, tu n'as pas écrit. N'abandonne pas tout ce que tu as ici à cause de nous.

Conor dégagea son bras et s'efforça de contenir son irritation.

— Je ne me suis pas enfui, je suis parti là où mon métier m'emmenait. Tu te souviens, ce job qui m'obsédait tant ?

Il regretta immédiatement son sarcasme et s'excusa. Il en avait fini avec tout ça. Fini avec elle. Mais ce retour à Arlington remuait des souvenirs douloureux.

— C'est à ta lune de miel que tu devrais penser, pas à moi. Si vous n'êtes pas heureux pour le restant de vos jours, je vais revenir vous botter le derrière.

— Pas de souci, mon vieux, assura Joe, l'air soulagé de l'entendre les taquiner.

— Merci. Tu es tout aussi important pour nous.

Lisa lui donna encore une accolade, un peu trop longue et embarrassante. En entendant un reniflement, il se pencha en arrière et tira machinalement son mouchoir de sa poche.

Mais Joe avait déjà sorti le sien. Il le fourra dans la main de Lisa, lui embrassa la joue et lui suggéra d'aller se repoudrer le nez.

— Désolé, s'excusa Conor, en roulant son mouchoir en boule. C'est ce que ma mère m'a appris.

Joe hocha la tête, pas le moins du monde perturbé par le fait que de vieilles habitudes continuent de s'appliquer à sa nouvelle épouse.

— J'ai aussi entendu dire que tu t'étais mis à boire.

Une cuite le soir où Lisa avait rompu, et soudain il était devenu alcoolique ? Conor secoua la tête.

— C'est le bruit qui court ?

Il désigna la porte par laquelle Lisa s'était glissée.

— Pas étonnant qu'elle s'inquiète. Je te jure que mon seul vice est le café. Noir et fort.

Joe éclata de rire, rappelant à Conor leur ancienne camaraderie.

— Tu vas te faire des trous dans l'estomac.

— Un des risques du métier.

— J'ai aussi entendu dire que tu avais quitté les Marshals.

Joe repoussa sa veste de smoking pour fourrer les mains dans ses poches.

— Ça veut dire que tu as rencontré quelqu'un avec qui t'installer ? À Kansas City ? demanda-t-il.

Même un comptable distrait n'hésitait pas à l'interroger.

— Je suis toujours flic, dit Conor.

— Donc ça veut dire non.

Joe affichait toujours la même décontraction trompeuse.

— Ça n'a jamais été une compétition entre nous, tu le sais, n'est-ce pas ? Je n'aurais jamais essayé de séduire la femme avec qui tu étais. Je ne suis pas sorti avec Lisa avant que vous ayez rompu.

Apparemment, cette rupture semblait préoccuper beaucoup plus les gens que Conor. Mais cette pitié, cette inquiétude pour son bien-être lui portaient sur les nerfs.

— Sans rancune, Joe. Occupe-toi bien d'elle, c'est tout. Et fais en sorte qu'elle s'occupe bien de toi.

— Compte là-dessus.

Joe lui tendit la main. Sa poigne était aussi ferme que familière.

— Prends soin de toi.

Conor félicita les parents de Joe, puis s'éloigna pour retourner dans la salle principale.

— Conor ?

Se retournant, il vit Lisa rejoindre Joe d'un pas vif. Son maquillage était refait à la perfection.

— Garde-moi une danse, d'accord ? lui dit-elle.

Mais bien sûr. Cela n'avait aucune chance de se produire. Heureusement, d'autres invités s'interposèrent, mobilisant l'attention des jeunes mariés. Conor se demanda combien de temps il était censé rester pour qu'on ne puisse pas lui reprocher ensuite de s'être éclipsé trop tôt.

Plus longtemps qu'il n'avait prévu, apparemment. Une des anciennes partenaires de bridge de sa mère passa un bras autour du sien pour l'inviter à les rejoindre, elle et son mari, à leur table. Il se résigna à faire acte de présence au dîner. Mais plusieurs amis de sa mère étaient aussi présents, et leurs efforts pour « l'aider » lui gâchèrent le goût de l'entrecôte et de la purée.

— Combien de temps vas-tu rester en ville ? s'enquit Mme Martin, tandis qu'il attaquait sa part de gâteau. Ma nièce vient d'avoir le cœur brisé par un garçon avec qui elle sortait depuis le collège. Je pense que vous auriez beaucoup de choses en commun.

Conor posa sa fourchette, sentant le sucre glace virer

à l'aigre dans son estomac. Et maintenant ils allaient essayer de le caser avec une autre ?

— Je ne resterai pas assez longtemps.

— Je pourrais te donner son numéro. Tu l'appelleras quand tu reviendras.

— Je suis désolé de savoir qu'elle est malheureuse. Mais non, merci.

Conor repoussa sa chaise.

— Vous voulez bien m'excuser ?

Il observa les traces de pas dans le hall, essayant de localiser la sortie la plus proche. Peut-être pourrait-il trouver un café à emporter ?

Un plumet rose circulant entre les chaises et les tables le détourna momentanément de ses plans d'évasion. De courts cheveux châtains, des mèches caramel, une robe rose moulant des formes qu'il n'aurait pas dû remarquer.

Laura Karr.

Quand elle contourna une table occupée par plusieurs invités, il aperçut son visage, barré d'un pli de frustration. Elle se hâtait vers le garçon d'honneur de Joe. Elle le rattrapa au bord de la piste de danse, saisit un pan de sa veste de smoking et le força à se retourner. Bien que le bourdonnement des conversations et les flonflons de la musique l'empêchent de les entendre, Conor vit à leur langage corporel que l'échange était tendu.

Conor plissa les yeux en voyant le brun à lunettes jeter un regard noir à Laura.

Était-ce une querelle d'amoureux ? Rapprocher le terme « amoureux » du garçon manqué qu'il avait eu pour voisine lui donnait le vertige, mais il comprit que Laura était en colère.

Ce type avait-il dragué son petit Moustique ? Lui avait-il fait de la peine ? Pourquoi semblait-il si pressé de se débarrasser d'elle ?

Depuis qu'il était là, les émotions de Conor avaient une

dangereuse tendance à l'instabilité. Cela datait peut-être d'avant d'ailleurs, mais il s'était suffisamment occupé l'esprit pour ne pas y penser. Une petite voix lui soufflait néanmoins que quelque chose clochait. Il était curieux de savoir pourquoi Laura manifestait une telle détresse et pourquoi M. Binoclard semblait avoir tellement envie de la faire taire.

Cela ne l'aiderait pas à quitter cet endroit, mais lui ferait au moins oublier l'embarras prolongé de cette soirée.

Il fendit la foule des invités à longues enjambées.

J'arrive, Moustique.

2

Voyant le garçon d'honneur donner une tape sur la main de Laura pour la faire lâcher prise, Conor pressa le pas.

Une tape ? C'était hors de question.

Il les rejoignit à temps pour entendre M. Binoclard lancer :

— Ne te mêle pas de ce que tu ne comprends pas.

Par-dessus le plumet rose, Conor croisa les yeux noirs de l'homme, encadrés par ses lunettes.

— Hé, Moustique.

Ce disant, il posa une main possessive sur la taille de Laura, autant pour l'avertir de sa présence que pour faire savoir à son interlocuteur qu'elle avait un ami prêt à intervenir si les choses s'envenimaient.

— Tout va bien ?

Le froncement de sourcils de Laura fit place à un grand sourire.

— Conor ! J'espérais que nous aurions le temps de parler avant que tu ne prennes la fuite.

Oh non, pas elle.

— Je suis venu, non ? J'ai même apporté un cadeau. Je ne me suis pas enfui.

Il lui adressa un sourire chaleureux, négligeant le fait que quelques minutes auparavant il arpentait la pièce dans l'espoir, précisément, de s'enfuir.

— Bien sûr que non.

Un petit scintillement de ses yeux vert doré lui apprit

que ni ses paroles ni son sourire n'avaient réussi à la convaincre. Elle lui passa les bras autour de la taille pour lui donner l'accolade. Mais il n'eut pas le temps de répondre à son étreinte car elle se dégagea vivement pour stopper la retraite de l'autre homme.

— Isaac, attends !

Prenant la main de Conor, elle le fit avancer pour faire les présentations.

— Je voudrais te présenter un de mes amis. Inspecteur Conor Wildman, voici Isaac Royal. C'est le garçon d'honneur de Joe. Ils travaillent pour le même cabinet comptable.

Isaac cligna des yeux derrière ses lunettes.

— Inspecteur ? Vous êtes policier ?

Conor arqua un sourcil devant la bêtise de la question.

— En général, c'est ce que ça veut dire, oui.

— Conor travaille pour la police de Kansas City, ajouta Laura. Il a déménagé dans le Missouri il y a quelques années.

Comme cela paraissait importer à Laura, Conor tendit la main.

— Ravi de vous rencontrer, Isaac.

Visiblement, quelque chose perturbait Isaac Royal. Avait-il des raisons de ne pas aimer les policiers ? Peut-être était-il seulement impatient de s'éloigner de Laura. La paume de sa main était moite quand il prit finalement celle de Conor.

— Moi aussi.

Il recula et ajusta ses lunettes sur son nez, les lèvres étirées en un sourire asymétrique.

— J'ai entendu parler de ce qui vous est arrivé avec Lisa. Les femmes sont parfois d'horribles garces, non ?

Ce n'était pas l'ouverture polie que Conor attendait. Il se hérissa.

— Et certains hommes sont de parfaits mufles,

déclara-t-il. Quel que soit le sens de votre phrase, mieux vaut pour vous qu'il ne s'agisse pas de Laura. Et si vous la touchez encore, je…

— Il ne le fera plus.

Laura fit un pas en avant, faisant comprendre à Conor qu'elle n'avait pas besoin d'être défendue.

— Donne à Chloe une chance de s'expliquer, dit-elle à Isaac. Appelle-la. Elle est restée absente tout l'après-midi et toute la soirée. Tu n'es pas un peu inquiet, au moins ?

— Laisse tomber, Laura, lâcha Isaac. C'est entre elle et moi. Elle a fait son choix.

— Mais Lisa comptait sur elle. Et si elle comptait sur toi ? Pour la sauver ?

Le rire d'Isaac ne contenait pas la moindre trace d'humour.

— J'en ai assez d'être son petit ami quand ça l'arrange. Je ne vais pas la ramasser chaque fois à la petite cuillère. Je refuse qu'elle me fasse encore du mal.

Sur ce, après s'être excusé, Isaac traversa la piste de danse en diagonale et s'engagea dans le couloir menant aux toilettes.

L'oscillation des plumes et de la frange indiqua à Conor que Laura était furieuse. Elle fixait l'encadrement par lequel Isaac avait disparu comme si elle voulait y faire des trous.

Toujours dans le flou quant à la source de la tension et mal à l'aise de voir combien cela affectait son amie, Conor hasarda :

— Tout va bien ? Dois-je avoir une conversation d'homme à homme avec M. Royal ?

Malgré la raideur de son maintien, Laura lança d'un ton taquin :

— Comme la conversation que tu as eue avec Scott Swearingen quand j'étais en première ?

— Un garçon ne dit pas à une fille qu'il a mieux à

faire quand elle lui demande de l'accompagner au bal de fin d'année.

Comme personne ne l'avait invitée, Laura avait courageusement pris l'initiative. Mais il y avait des façons moins cruelles de refuser que de lui faire comprendre qu'elle n'était pas la fille la plus populaire de l'école.

— Je t'ai entendue sangloter dans la cabane, ce jour-là. C'était ce petit crétin prétentieux qui t'avait fait pleurer. Qu'étais-je censé faire ?

Laura le poussa légèrement pour l'écarter d'une file de danseurs.

— Ne pas jouer les grands frères, peut-être ? Tu l'as littéralement coincé sur le parking en lui disant que c'était un imbécile de ne pas avoir vu quelle perle j'étais malgré mon manque de poitrine, mes bonnes notes et mon sens de l'humour tordu.

Et Conor qui s'était félicité de ne pas avoir décoché un coup à poing au jeune crétin.

— Je l'ai traité de pire que d'imbécile. Et je n'ai jamais parlé de ta poitrine.

Ce disant, il se surprit à laisser traîner son regard sur le creux ombreux souligné par son corsage de dentelle. Il se hâta de détourner les yeux quand la part la plus masculine de lui-même prit conscience qu'il n'y avait là plus rien d'androgyne.

— Pourquoi crois-tu que j'étais gênée ? Tu imagines qu'un autre garçon se serait risqué à dire oui, sachant que tu rôdais dans les parages, attendant de le frapper ?

Elle haussa la voix pour se faire entendre par-dessus la musique.

— Tu aurais pu au moins m'offrir de m'accompagner toi-même au bal. Ça, ça aurait été galant.

Conor pencha la tête vers elle pour lui répondre. Ignorant la senteur subtilement exotique qui émanait de ses cheveux, il lui remémora les faits.

— J'étais à l'université, tu te rappelles ? La loi ne voit pas d'un bon œil qu'un homme majeur sorte avec une fille mineure. Je ne pouvais pas t'y emmener.

— Et moi qui pensais que le grand méchant Conor Wildman n'en avait rien à faire des règles. C'était l'un des fondements de mon adoration pour toi.

Il ravala un rire à l'idée d'avoir occupé les fantasmes d'une adolescente.

— Il y a les règles et il y a les lois. Ces dernières, je les respecte.

— Et puis tu sortais avec ma sœur. Ça aurait été bizarre.

Oui, et puis ça.

Elle désigna de la tête les danseurs qui revenaient vers eux.

— Je suis assez vieille pour danser avec toi maintenant.

Il eut un petit pincement au cœur devant ce ton étonnamment féminin et adulte. Conor espéra qu'elle ne se rendait pas compte de ce que son attitude avait de provocant.

Elle plaisantait, n'est-ce pas ? Cela avait toujours été de mise entre eux : se serrer dans les bras, rire, écouter, se taquiner. C'est lui qui était devenu trop sérieux, trop malmené par la vie. L'invitation de Laura n'avait pas de double sens. Il était célibataire et trop en colère pour croire ce que disait son détecteur de flirt. C'était seulement Laura, ses taches de rousseur et son toupet habituel.

Et son sourire, désormais sans appareil dentaire. C'était à cette familiarité réconfortante qu'il devait se raccrocher, pas à la révélation soudaine de ses atouts féminins.

Il se souvenait de leurs joutes verbales, mais pas de ces insinuations, ni de ces formes voluptueuses. Et, bien que ce soit un soulagement de retrouver un peu de normalité durant cette longue soirée, il se rappela l'objet premier de sa curiosité.

— Tu changes de sujet. À propos de quoi Isaac et toi vous disputiez-vous ?

— Oh ! ça doit être juste ma paranoïa.

Contrairement à Lisa, qui était juste assez grande pour nicher sa tête sous son menton, Laura ne lui arrivait qu'à l'épaule. Et encore, avec des talons. Cela l'obligeait à lever le menton pour croiser son regard.

— Isaac sort avec une amie à moi, Chloe. Enfin, il sortait. Ils n'arrêtaient pas de se séparer et de se remettre ensemble. Chloe habite au-dessus de chez moi. C'est moi qui les ai présentés l'un à l'autre.

— Vu les étincelles qu'il y avait dans l'air, j'imagine qu'ils sont de nouveau séparés ?

Laura hocha la tête.

— Chloe était aussi invitée au mariage. En fait, elle était censée apporter son aide, mais elle ne s'est pas montrée. Je l'ai appelée et lui ai envoyé des SMS, mais elle ne répond pas. Isaac faisait mine de m'ignorer pendant la cérémonie, mais j'ai fini par le coincer. Il m'a dit qu'ils avaient rompu pour de bon cette fois, et qu'elle voyait quelqu'un d'autre. Même si je déteste l'idée qu'elle ait plaqué Isaac pour ce type.

— Le nouveau ne te plaît pas ?

Laura émit un petit rire de dérision.

— Je ne peux pas dire qu'il m'inspire confiance. Je ne l'ai croisé qu'une ou deux fois. Il est toujours accompagné d'un ou deux amis. Je ne leur ai jamais parlé.

— C'est le genre à faire la fête tout le temps ?

— Plus ou moins. Le nouveau arrive quand Chloe travaille et bouleverse ses plans. Peut-être n'est-elle pas venue au mariage pour ne pas blesser Isaac. Mais elle aurait dû appeler Lisa ou moi pour nous dire qu'elle ne venait pas. Je mettrais ma main au feu que Vinnie l'en a empêchée.

— Vinnie, c'est le nouveau petit ami ?

Acquiesçant et posant en même temps une main sur son bras, Laura se dressa sur la pointe des pieds pour survoler la foule du regard. Conor l'imita sans y penser, même s'il ignorait ce qu'il y avait à voir.

— Tu ne vois pas une blonde avec des talons ridiculement hauts ? Moi, j'assume ma taille, mais elle trouve toujours le moyen de se grandir de cinq ou six centimètres avec des escarpins extravagants. Même pour aller faire des courses au supermarché.

— Je ne me rappelle pas avoir vu quelqu'un comme ça ce soir.

Pour être honnête, il devait reconnaître qu'absorbé par ses propres démons il n'avait prêté attention à personne, en dehors de Lisa et de ses sœurs. Cependant, il ne vit aucune jeune blonde titubant sur des talons vertigineux.

Quand Laura retira sa main, Conor se demanda pourquoi la chaleur persistait sur sa peau, sous sa veste. Qu'est-ce qui lui prenait ? En dehors de Laura, ce retour longtemps différé n'avait rien eu de plaisant ou de normal. Devait-il aussi écarter ce soulagement parce qu'elle avait grandi et qu'il n'arrivait pas à se sentir à l'aise avec elle ?

— Chloe n'a pas toujours les meilleures fréquentations, poursuivit Laura. Ça m'inquiète. Je veux dire qu'Isaac n'était peut-être pas l'incarnation de la séduction, mais il était gentil et fidèle.

Une petite marque rouge sur la main de Laura poussait Conor à se demander quel genre de tempérament Royal dissimulait sous ses allures de *geek*. Mais il préférait aller dans le sens de son amie pour le moment.

— En d'autres termes, ennuyeux. Laisse-moi deviner : le nouveau conduit une voiture de sport, il dépense des tonnes d'argent et se conduit comme un héros de film d'action ?

Laura se mit à rire.

— Tu connais Vinnie Orlando ?

— On dirait le nom d'un personnage de bande dessinée.

Laura lui donna un petit coup d'épaule, souriant de cette image de tombeur.

— Ça ne devrait pas me surprendre qu'elle ait envie de fréquenter quelqu'un d'autre. Isaac est un peu… rabat-joie, avec ses budgets et ses horaires. Chloe est une artiste, elle aime la liberté. Elle peint un peu, mais elle sculpte surtout des animaux, des bustes, toutes sortes de choses en argile. Elle a également un emploi de serveuse pour parer aux fins de mois. Elle a un cœur gros comme ça, mais elle est aussi très entêtée.

— Ça ne me paraît pas la recette d'une relation réussie.

— J'ai toujours pensé que c'était l'attirance des contraires entre Isaac et elle. Elle le faisait sortir de sa coquille, et il lui offrait la sécurité. Chloe vient d'un milieu plutôt instable. Son père a disparu en service commandé il y a des années, et sa mère est en prison.

Il distingua le soupir de Laura par-dessus le rythme de la musique.

— Mais je croyais qu'elle viendrait aujourd'hui. Elle connaît toute la famille.

— On n'est pas toujours à l'aise quand les choses n'ont pas tourné comme on l'espérait.

Des yeux noisette se plantèrent dans les siens.

— J'ai mis les pieds dans le plat, n'est-ce pas ? Je suis désolée.

— Ce n'est pas ta faute, Moustique.

Conor haussa les épaules.

— Je ne suis pas l'homme dont ta sœur avait besoin. J'aurais pu faire n'importe quoi, ça n'aurait jamais marché.

J'aurais dû le comprendre plus tôt, ça m'aurait épargné de perdre ma fierté.

Il pencha la tête vers elle et lui fit un clin d'œil.

— Lisa aussi est entêtée.

La main de Laura revint se poser sur sa manche, et il sentit sa compassion à travers les couches de tissu. Puis elle passa son bras sous le sien et s'appuya contre lui. Depuis quand avait-elle l'habitude de toucher les gens ? À moins qu'il n'ait jamais remarqué ce penchant chez elle…

— Je suis sûre que c'est difficile pour toi, ce mariage. Lisa se faisait un sang d'encre parce que tu t'es terré après l'annonce de ses fiançailles avec Joe. Si vite après la mort de ta mère ? Tout le monde se faisait du souci pour toi.

Il en était bien conscient.

— Tout le monde ? Tu veux dire Lisa. Elle veut que tout soit toujours bien propre et bien net. Mais les ruptures ne sont pas propres et nettes. Demande à ton ami, acheva-t-il en désignant de la tête le couloir par lequel Isaac avait disparu.

L'air que jouait l'orchestre prit fin à cet instant, et on entendit les conversations redémarrer dans le silence avant qu'un morceau plus lent ne débute. Conor recula jusqu'à la table la plus proche pour laisser passer les danseurs qui affluaient sur la piste de danse.

Le bras de Laura était toujours passé sous le sien, et le parfum de ses cheveux lui emplissait les narines. Quand la foule se dispersa, ils purent rétablir un peu d'espace entre eux.

— Lisa et toi, vous étiez amis bien avant de former un couple. Nous étions tous amis. Nous formions pratiquement une famille. C'est pour ça qu'elle s'inquiète pour toi.

— Elle a mauvaise conscience…

— Conor…

Il leva la main dans un geste de capitulation, rompant le contact entre eux.

— Désolé. Le sarcasme est mon dernier recours quand je ne sais pas quoi dire. J'ignore si je suis prêt à faire ami-ami avec elle, mais on ne peut pas dire que je me terre.

Laura se tourna vers lui.

— Mais tu t'es enfui à Kansas City.

— C'est mon travail qui m'a conduit à Kansas City, expliqua-t-il pour la énième fois ce soir-là. Je protégeais un témoin. Et on a failli la perdre à cause des magouilles de mon chef.

Laura lui pressait à nouveau le bras.

— C'est pour ça que tu as changé de métier ? Parce que tu as perdu un témoin ? C'est pour ça que tu es resté là-bas ?

— Nous ne l'avons pas perdue, grâce à son patron, à la famille de son patron, aux policiers de Kansas City et aux Watson et leurs amis. Nous avons arrêté le tueur qui la traquait.

La famille Watson s'était révélée un bien meilleur allié que le service pour lequel il travaillait.

— J'aime bien Kansas City. J'aime les gens. J'ai confiance dans les amis que je m'y suis faits.

— Ça veut dire que tu ne fais plus confiance aux amis que tu as ici ?

— Pas quand ils se consolent dans les bras les uns des autres.

Un instant, Conor se demanda s'il venait encore de s'adonner au sarcasme, car Laura, les poings plantés sur les hanches, le considérait d'un air désapprobateur. Il secoua la tête. Le problème avec les vieux amis, c'était qu'ils vous connaissaient parfois mieux que vous ne vous connaissiez vous-même.

— Cessez de vous faire du mauvais sang pour moi.

Je suis adulte. Je ne noie pas mon chagrin dans l'alcool, je ne pense pas au suicide. Et je ne fuis rien. J'ai juste…

Les yeux de Laura prirent une teinte vert foncé tandis qu'elle attendait qu'il finisse sa phrase.

— À dire vrai, j'avais besoin d'espace. Je n'arrivais pas à réfléchir ici. J'avais trop de mauvais souvenirs. J'avais besoin de tourner la page et j'étais presque noyé dans la sympathie et les bonnes intentions. Alors quand l'opportunité de changer d'emploi s'est présentée, j'ai sauté dessus. Et je ne le regrette pas.

Un gros soupir souleva les épaules et la poitrine de Laura, et elle hocha la tête, comme si elle comprenait enfin pourquoi il était parti.

— Le deuil, ça change une personne. Tu as eu doublement de quoi le constater. Il te fallait du temps et de l'espace pour venir à bout de ton chagrin. Et ce n'est pas ici, avec nous, que tu y serais arrivé.

Sans s'arrêter à ses taches de rousseur juvéniles, son plumet ridicule sur la tête, Conor distingua une sorte de maturité dans ses yeux. Peut-être même une ombre de tristesse ou de regret. Curieux.

— Que sais-tu du deuil, Moustique ?

Elle soutint son regard un instant, avant de baisser les yeux et de brosser une poussière imaginaire sur le plastron de Conor.

— Assez pour avoir passé l'âge de ce surnom ridicule.

La voix de la mariée s'éleva derrière eux, et Conor sentit une main se poser sur son dos.

— Conor, tu es disponible pour une danse ?

Un frisson d'appréhension lui courut le long du dos. C'était peut-être le grand jour de Lisa, mais il en avait assez de s'expliquer et de la rassurer.

Il captura les doigts de Laura, lui posa une main sur la taille et la fit tourner entre ses bras.

— Je viens juste de demander à ta petite sœur de m'accorder celle-ci.

Il parvint à adresser un clin d'œil à Lisa tout en faisant virevolter sa demoiselle d'honneur dans un grand déploiement de tulle rose.

— Quand on en sera à la danse des canards, je serai tout à toi.

Après ce début abrupt, il lui fallut plusieurs pas pour trouver le rythme. Laura semblait aussi avoir du mal à se stabiliser. Elle lui marcha sur le pied, puis trébucha et agrippa son bras à plusieurs reprises comme si elle ignorait où le poser. Conor s'empara de sa main et la posa sur son épaule. Puis il resserra son étreinte autour de sa taille et la plaqua contre lui, afin d'accorder leurs pas sans lui écraser les orteils.

Tout en la conduisant au milieu des danseurs, il se pencha à son oreille pour lui murmurer :

— Merci de m'avoir sauvé.

— À ton service. Mais vraiment ?

Elle lui donna une tape amicale sur l'épaule.

— La danse des canards ? Tu l'évites à ce point ?

— Un slow, ça laisse trop de temps pour parler. J'ai déjà dit ce que j'avais à dire à Lisa.

— Mais tu es d'accord pour parler avec moi ?

— Avec toi, oui.

Ce n'était pas un mensonge. Quelque chose céda en lui.

— Si tu peux supporter de me parler après le fiasco avec Scott Swearingen.

— Je sais que c'est ton dernier recours, mais tu n'es pas obligé de plaisanter à chaque phrase. Pas avec moi.

La musique faisait doucement battre le cœur de Conor. À moins que ce ne soit simplement le soulagement d'avoir évité Lisa. À moins que ce ne soit la femme qu'il tenait entre ses bras. Laura fixait le nœud de sa cravate tandis qu'ils se balançaient en rythme. Mais quand elle parlait, elle levait les yeux vers lui de façon si charmante… Avec sa main posée au creux de ses reins, il aurait pu la serrer davantage contre lui. Et durant quelques secondes, ses doigts se contractèrent contre la dentelle.

Bonté divine. N'avait-il donc approché aucune femme depuis que Lisa lui avait rendu sa bague ? Il repassa mentalement ses relations depuis deux ans, ou plutôt leur absence. Était-il sorti ne serait-ce qu'une seule fois avec une femme ?

Ce n'était pas étonnant que le parfum envoûtant des cheveux de Laura le remplisse de pensées peu fraternelles. Le simple fait de penser à déplacer sa main sur sa croupe ou d'effleurer de ses lèvres la courbe délicate de son oreille le poussa à prendre un peu de recul et à l'analyser plus en détail. Elle avait plus de formes que Lisa n'en avait jamais eu. Laura tenait visiblement de sa mère, tandis que Lisa ressemblait à son père. Les cheveux châtains de Laura avaient des reflets dorés que ne possédaient pas les tresses blondes de Lisa. Les ondulations de ses cheveux étaient aussi changeantes que le vert et l'or de ses yeux.

— Est-ce que j'ai déjà dansé avec toi, Moust…

Lesdits yeux se tournèrent vers lui et il se corrigea :

— … Laura ?

— Non. Ce n'est pas aussi bizarre que je l'aurais pensé.

Ses joues virèrent au rose, et il se demanda aussi s'il l'avait déjà vue rougir.

— À cause de notre différence de taille.

— Tu as déjà imaginé que tu dansais avec moi ?

— Ça flatte ton ego, inspecteur ?

Conor se mit à rire.

— Mon ego a pris pas mal de coups, dernièrement. Il apprécie même les vestiges d'un béguin d'adolescente.

Elle détourna le regard et se raidit un instant entre ses bras. Conor était sur le point de lui demander s'il l'avait blessée, quand elle passa une main derrière son cou et se rapprocha assez pour écraser ses seins contre sa poitrine. Durant quelques secondes, il sentit son sang se ruer dans cette direction et n'entendit pas ce qu'elle disait.

— Lisa nous fixe d'un œil noir. Elle a compris que tu l'évitais. Ça ne te dérange pas ? Tu veux qu'on essaie de la rendre jalouse ?

Après avoir repris son souffle, Conor s'écarta un peu, en apparence pour pouvoir regarder Laura dans les yeux, mais en réalité parce que la réaction de son propre corps le mettait mal à l'aise. Il ne voulait pour rien au monde qu'elle s'aperçoive de ce qui se passait au niveau de son bas-ventre.

— Je ne suis pas du genre à me venger. Je n'ai rien contre ce mariage. Mais je ne suis pas non plus avide de souffrance. Je crains que me rapprocher d'elle ne fasse que conforter des choses que je n'ai plus le droit d'éprouver.

Ou qu'il n'aurait jamais dû éprouver – comme ce qui lui arrivait avec Laura.

— Lisa t'aimait bien, tu sais.

Elle haussa les épaules comme pour minimiser ce qu'elle s'apprêtait à dire.

— Je pense juste qu'elle n'était pas amoureuse de toi.

Une distinction douloureuse s'il en était. Il était temps de changer de sujet.

— Tu es sortie finalement avec ce champion de moto-cross ?

— Non. J'ai décidé qu'il n'était pas mon type.

Heureusement, Laura se lança sur ce nouveau sujet.

— C'était il y a presque dix ans. Je ne suis plus une enfant, maintenant. J'ai un diplôme universitaire. J'organise et je guide des voyages pour les étudiants. J'ai vu une grande partie du pays. Et du monde.

— Et moi qui croyais que tu voulais devenir footballeuse professionnelle. Ou vétérinaire au zoo. Tu voulais sauver les guépards ou quelque chose comme ça. Ou US Marshal comme ton voisin préféré.

Laura retira sa main de son épaule et désigna en riant les généreuses courbes de sa poitrine.

— Ceux-là se sont mis en travers en ce qui concerne la carrière d'athlète. Ensuite une allergie au poil de chat m'a interdit la médecine vétérinaire. Et j'ai dépassé depuis longtemps ma fascination pour tout ce qui touche à Conor Wildman.

Conor rit avec elle, une main sur le cœur.

— Je suis blessé.

Elle lui donna un coup de poing pour rire dans le bras, avant de reprendre le rythme.

— Durant toutes ces années, j'aurais donné n'importe quoi pour que tu me voies comme autre chose qu'une petite sœur. Et voilà. Tu as gâché ta chance, mon grand, je suis passée à autre chose.

Le choix de ces mots parut un peu trop familier à Conor. C'était exactement ce que Lisa avait fait, passer à autre chose. Et c'était aussi ce qu'avait fait son père dans son enfance.

Il fallait sauver la conversation avant qu'elle ne ramène encore des souvenirs amers.

— Je voulais te remercier d'avoir envoyé des fleurs et une lettre à ma mère. C'était très gentil de ta part de lui rappeler tout ce que nous faisions quand nous étions petits. C'étaient de bons souvenirs, et maman les chérissait autant que moi.

— C'est vrai. Je suis tellement désolée pour Marie.

S'arrêtant au milieu de la piste, Laura glissa ses bras sous la veste de Conor et le serra contre elle.

Conor s'arc-bouta sur ses jambes et sentit un couple de danseurs les heurter. Voyant que cette petite collision ne décidait pas Laura à le relâcher, il lui passa les bras autour des épaules pour la protéger des gens qui se déplaçaient autour d'eux. Et, s'il devait être honnête, pour profiter de la douceur de ce geste compatissant.

— Ça va, Moustique ?

Il sentit vibrer un grognement contre sa chemise.

— Pardon. Laura, dit-il en lui déposant un baiser au sommet du crâne. Ça va ?

Elle le serra plus fort.

— Je suis désolée de ne pas avoir pu venir à son enterrement. Mais je suis allée au cimetière en revenant à Arlington. La pierre tombale n'était pas encore là, mais j'ai déposé des fleurs.

— Merci.

Cela lui rappela qu'il devait aller lui-même au cimetière vérifier si la pierre tombale qu'il avait commandée avait bien été placée.

Ils se tenaient toujours dans les bras l'un de l'autre quand la chanson prit fin. L'animateur encouragea les couples mariés de l'assistance à venir faire la démonstration de leur talent sur la piste.

— Bon, nous sommes hors concours.

Conor lâcha finalement Laura. Elle s'écarta, mais retint sa main tandis qu'il la raccompagnait vers les tables.

— C'est vraiment bon de te revoir, Laura.

— Pour moi aussi, Conor. Tu m'as manqué.

— Ça m'a fait du bien ces quelques minutes de normalité au milieu de la folie.

Il lui tapota le menton et sourit.

— Je n'ai pas besoin de faire semblant de sourire avec toi.

Comme il lui disait au revoir, elle attrapa sa cravate d'une main, et glissant l'autre autour de sa nuque, l'attira vers elle pour l'embrasser.

Ses lèvres chaudes et arquées se déplacèrent sur les siennes avant qu'il ait eu le temps de refermer la bouche. En rapprochant les lèvres, il s'aperçut qu'il emprisonnait sa lèvre inférieure. Waouh ! Était-ce un baiser ? Venait-il d'embrasser Laura ? Avec un bruit qui ressemblait furieusement à un gémissement, elle se hissa sur la pointe des pieds et scella leurs lèvres dans un baiser qui explosa quelque part dans le cerveau de Conor et envoya des étincelles dans son entrejambe. Mais, avant qu'il puisse prendre la mesure du désir qui courait en lui, elle retomba sur ses talons et rompit le contact entre eux.

Encore penché sur elle, il vit ses yeux changer de couleur comme dans un kaléidoscope, des éclats d'or au milieu d'un camaïeu de vert forêt, olive et mousse. Elle avait des yeux magnifiques.

— Tu devrais faire ça plus souvent, murmura-t-elle.

— T'embrasser ?

Il avait été trop surpris pour réagir comme il l'aurait voulu, mais il se demandait à présent si… Il sentait encore la pression de ses lèvres sur les siennes.

Elle effleura sa bouche du bout des doigts, faisant sans doute disparaître des traces de rouge à lèvres. Mais il ressentit ce contact jusqu'au tréfonds de lui-même.

— Sourire. Tu es si beau quand tu souris.

Était-elle en train de flirter avec lui ? Comment était-il censé entretenir des pensées fraternelles quand chaque cellule de son corps réclamait qu'elle le touche encore ? Quand toutes ses hormones exigeaient qu'il lui montre que Conor Wildman savait réagir au baiser d'une femme et non rester figé comme une statue ?

Elle lissa sa cravate et recula, sentant peut-être que les choses deviendraient plus sérieuses si elle ne mettait pas un peu d'espace entre eux.

— Je ferais mieux d'y aller. Je vais encore essayer de joindre Chloe.

Bien sûr. Reprends-toi, Wildman. Ce n'était qu'un baiser d'adieu. Ne venait-il pas de la remercier du bien qu'elle lui avait fait ? C'était lui qui avait donné un tour sensuel à tout cela.

Un hochement de tête fut tout ce qu'il put produire.

— Bonne chance.

Il la regarda se frayer un passage dans la foule et disparaître dans le même couloir qu'Isaac Royal. Ces quelques minutes avec elle – la danse, le baiser – avaient été à la fois l'échange le plus naturel et le plus perturbant de la soirée.

Après une ou deux danses rapides avec Lisa, durant lesquelles il l'assura que son mariage avec Joe ne l'avait pas traumatisé, il parvint finalement à sortir de la salle des fêtes. Il avait fait son devoir et repris sa fierté. Mais il fut ravi de desserrer son nœud de cravate et de déboutonner son col. Poussant la porte, il se hâta vers son SUV dans l'air froid et humide.

Il inspira à fond, revoyant mentalement la soirée et calculant en combien de temps il pourrait régler les affaires de sa mère et reprendre la route de Kansas City. Tout plutôt que de s'égarer dans les limbes de son ancienne vie.

Il était encore à mi-chemin de son véhicule quand Laura émergea brusquement d'entre deux voitures et le bouscula.

— Eh là !

Il la rattrapa par les épaules pour l'empêcher de tomber.

— Il y a le feu quelque part ?

Sentant néanmoins la chair de poule sur ses bras nus, il prit un ton plus sérieux.

— Où est ton manteau ?

Elle marmonna un juron en jetant un coup d'œil à la salle des fêtes.

— Je reviendrai le chercher plus tard.

Son haleine forma un petit nuage qui obscurcit

momentanément son visage. Se dégageant, elle se mit à longer la file de voitures d'un pas vif.

— Chloe a des ennuis.

— Ton amie ?

Conor lui avait emboîté le pas.

— Il faut que je l'aide. Je savais qu'elle allait avoir des ennuis avec ce Vinnie. C'était vraiment stupide.

Laura fit halte près d'une petite voiture et éleva le trousseau de clés qu'elle tenait à la main. Mais, avant d'avoir pu sélectionner la télécommande, elle fit tomber le trousseau dans la neige. Elle se baissa dans un tourbillon de rose pour le ramasser. Conor s'agenouilla pour faire de même. Non seulement elle était sortie sans manteau, mais les seules choses qu'elle avait étaient ses clés et son téléphone, qu'elle serrait dans sa main gauche. Où était son sac ? Son permis de conduire ?

Les doigts de Conor se refermèrent sur les clés et il se releva.

— Tu as l'air hors de toi, Moustique…

— Arrête de m'appeler comme ça. Je suis une adulte maintenant.

Elle lui arracha les clés des mains et tenta de déverrouiller les portières, en vain. Elle secoua la télécommande avec rage.

— Pourquoi ça ne marche pas ? Papa m'avait bien dit de changer cette fichue pile.

Conor lui effleura le bras, essayant de la calmer.

— Hé, je ne suis pas ton ennemi. Dis-moi ce qui ne va pas.

— Chloe s'est disputée avec son petit ami.

— Tu veux dire avec Isaac ?

— Avec Vinnie. Le nouveau.

Elle survola le parking du regard.

— La voiture d'Isaac n'est pas là. Peut-être qu'il est allé la voir. Mais pourquoi m'aurait-elle appelée si elle lui avait déjà parlé ? Je ne sais pas… Elle avait l'air bizarre. Ce qu'elle disait n'avait aucun sens. Il faut que j'y aille. J'ai un mauvais pressentiment.

— Un mauvais pressentiment de quel ordre ?

— Mauvais. Elle m'a dit qu'elle avait besoin de moi.

Renonçant à se servir de la télécommande, elle introduisit la clé dans la serrure. Conor posa la main sur ses doigts.

— Je ne sais pas si tu es en état de conduire. Tu as bu ?

— Non !

— OK, OK. Mais ça ne te ressemble pas de t'énerver comme ça. Ça ne ressemble pas à la Laura dont je me souviens.

Elle leva les yeux au ciel.

D'accord. Tu n'es plus une petite fille. J'ai compris.

— Tu t'inquiètes à ce point pour elle ?

— Oui. Au téléphone, quand elle m'a enfin appelée, elle était hors d'haleine. Comme si elle avait couru ou pleuré. Ou qu'elle se cachait. Ou qu'elle était blessée. Elle a murmuré quelque chose. Je n'arrêtais pas de lui demander de répéter.

— Pourquoi se serait-elle cachée ?

Laura s'enveloppa de ses bras en frissonnant. Étaient-ce les nerfs ? Le froid ? Un mélange des deux ?

— Je ne sais pas. Je pense qu'elle n'était pas seule et qu'elle ne voulait pas qu'on l'entende. J'ai entendu un homme parler, mais je n'ai pas pu distinguer ses paroles. Il y avait de la musique. Très forte.

— Qu'a-t-elle dit exactement ?

— Qu'elle partait avec Vinnie, qu'elle l'avait persuadé de l'épouser. Ils étaient en route pour l'aéroport. Ensuite, elle a parlé d'une assurance et qu'elle comptait sur moi pour veiller dessus et que sa mère ne devait jamais savoir, et qu'elle espérait ne pas avoir à s'en servir.

— Veiller sur quoi ?

— Je ne sais pas. Elle m'a remerciée, m'a dit que j'étais sa meilleure amie et qu'elle devait y aller.

— Aller où ?

Laura tourna la clé dans la serrure.

— Arrête de me poser des questions comme si tu étais un flic !

— Je suis flic.

Les joues pâles, tremblant de tout son corps, elle lui jeta un regard noir. Conor enleva sa veste et la lui mit sur les épaules. Peu importait qu'elle gèle ou qu'elle soit sur le point d'éclater en sanglots. Il lui entoura les épaules et lui frotta les bras de haut en bas, essayant de lui communiquer autant de chaleur que possible.

— Tu es bouleversée. Assez pour me faire peur. Parle-moi.

Elle le fixa à nouveau, cette fois sans colère.

— Vegas. Elle a dit qu'ils allaient à Las Vegas. Ils se procureront les alliances et tout le reste là-bas.

— Ce ne serait pas le premier couple à faire ça. Tu m'as dit que Chloe était impulsive. On dirait qu'ils font la paire. Tu crains qu'elle ait des regrets ?

— Elle m'a demandé de nourrir son chat.

— Tu as la clé de chez elle ? Le propriétaire te laissera entrer ?

— Elle n'a pas de chat !

Laura s'écarta et ouvrit la portière.

Conor la referma en plaquant une main sur la vitre. Ou bien la mention du chat était un appel au secours déguisé, ou bien c'étaient les paroles de quelqu'un qui n'était pas dans son état normal. Laura le savait aussi.

Il comprenait maintenant sa panique, son besoin d'agir.

Il ne savait quasiment rien de cette situation, mais il savait comment répondre à un appel au secours.

— C'est moi qui conduis.

Prenant Laura par le coude, il l'entraîna du côté

passager et l'installa sur le siège avant de mettre le contact et allumer le chauffage.

— Continue à appeler ton amie. Et dis-moi tout ce que tu sais sur Chloe et Vincent Orlando.

3

Alors, tu as réalisé ton fantasme de jeunesse ?

Les mains tremblantes, Laura fouilla dans le tiroir de cuisine pour trouver la clé de Chloe. Conor rôdait dans le salon, examinant ses antiquités et ses souvenirs de voyage. À moins qu'il ne garde ses distances parce qu'il la croyait complètement folle.

Mais qu'est-ce qui lui avait pris de l'embrasser comme ça ? Pas une bise amicale ou polie, mais un baiser torride. Le genre de baiser qui laissait des traces de rouge à lèvres et annonçait au monde entier que Conor lui appartenait.

Conor n'avait aucun motif de rester à Arlington. Aucune raison de la laisser lui prouver que ses sentiments pour lui avaient mûri.

Il partait. Il retournait à Kansas City. Il la quittait sans même savoir ce qu'elle éprouvait pour lui. Encore une fois.

Laura ferma les yeux et inspira l'odeur épicée qui montait de la veste de Conor. Il avait sorti une veste en laine du coffre de son SUV et l'avait enfilée tandis qu'elle passait les bras dans sa veste et en remontait un peu les manches. Sa chaleur corporelle était depuis longtemps évanouie, mais la sensation d'être protégée perdurait.

Mais ce n'était qu'une illusion. Ce souci de son bien-être était tout ce qu'elle pouvait espérer de lui en matière de romantisme. Leur danse avait réveillé en elle des sentiments qui n'étaient jamais vraiment morts, malgré le chagrin, la route qu'elle avait prise, et le fait que Conor ait donné son cœur à la mauvaise sœur. Malgré son incapacité à laisser un autre homme entrer dans son cœur.

Elle connaissait le goût des adieux. Alors, elle l'avait embrassé. Parce que la chance de pouvoir prétendre que Conor était à elle, même un instant, était trop tentante pour y résister.

Mais il ne lui avait pas rendu son baiser.

Pour ce qui était de se protéger, ce baiser n'était pas ce qu'elle avait fait de mieux. Visiblement, Conor croyait qu'elle avait toujours quinze ans et qu'elle avait besoin d'un grand frère. Comment aurait-il pris conscience qu'elle en avait vingt-cinq et était prête à s'offrir à l'homme qu'elle aimait – au risque de gâcher leur amitié de toujours ? Ce baiser était sans doute une source d'embarras pour lui.

Elle devrait se contenter d'amitié car, après le mystérieux coup de fil de Chloe et l'attitude d'Isaac, elle avait bien besoin d'un ami. Il se passait quelque chose, Laura ignorait quoi, mais elle n'avait pas l'intention de négliger l'appel au secours de son amie.

Ayant mis ses priorités en ordre, elle trouva enfin la clé et rejoignit Conor au salon.

Le temps qu'ils s'engagent dans l'escalier, elle avait écarté ses fantasmes et accepté à contrecœur que Conor ne la voie jamais autrement que comme la petite sœur de Lisa. Poussée par cette maigre consolation, elle gravit les marches en hâte et suivit le couloir jusqu'à l'appartement situé juste au-dessus du sien.

Elle était contente que Conor ait conduit, non parce qu'elle se croyait incapable de prendre le volant, mais parce qu'elle avait besoin de son soutien moral. Son inquiétude pour Chloe avait atteint un pic, éparpillant ses pensées et faisant battre son cœur. Tant qu'elle n'aurait pas de réponse, elle imaginerait le pire : son amie abandonnée à Las Vegas le cœur brisé, par exemple. Et que penser de la requête de Chloe concernant une assurance ? C'était une énigme. Laura était bien placée pour savoir que Chloe pensait rarement à payer son crédit voiture ou son assurance habitation, et que c'était Isaac qui se chargeait en général de ces corvées. L'assurance dont Chloe avait parlé ressemblait plutôt à un chantage. Inutile d'être criminologue pour savoir que personne n'aimait en être l'objet. Vinnie avait peut-être fait pire que briser le cœur de son amie. Peut-être l'avait-il persuadée de faire quelque chose de dangereux ou d'illégal. Peut-être le mariage était-il la contrepartie qu'il lui avait offerte en échange de sa complicité.

Chloe était certes un esprit libre, mais elle n'avait jamais fait quelque chose d'aussi bizarre que de parler d'un chat non existant. À moins qu'elle en ait tout à coup adopté un, auquel cas Laura rougirait de honte d'avoir causé tant de bruit pour rien.

Tandis qu'elle spéculait ainsi, Conor était en mode flic, la tête claire, sans lien avec Chloe pour obscurcir son jugement. Il était là par amitié pour elle. Laura se sentait à la fois reconnaissante, humiliée et triste à mourir.

Bon sang, elle n'aurait jamais dû l'embrasser !

— C'est là.

Elle frappa à la porte de l'appartement C-8 et attendit.

— Quand l'une de nous s'absente, l'autre arrose ses plantes et relève son courrier.

Elle frappa à nouveau, puis introduisit la clé dans la serrure et tourna.

— Chloe ? Tu es là ? C'est Laura. J'entre !

Elle poussa la porte, alluma la lumière et se figea.

Durant la fraction de seconde qu'il fallut à Laura pour assimiler le spectacle, Conor la prit par les épaules, la fit reculer et s'interposa entre elle et le saccage de l'appartement. Mais elle avait déjà vu les coussins lacérés, les cadres brisés, les bibelots en miettes et les pages des précieux livres d'art déchirées.

— Mademoiselle Wilson ? Je suis l'inspecteur Wildman, annonça Conor d'une voix forte. Un ami de Laura. Vous êtes là ? Vous allez bien ?

Repoussant le pan de son manteau, il porta une main à sa ceinture.

Le sang de Laura ne fit qu'un tour quand il la retira avec un juron étouffé. Il cherchait son arme. Il pensait donc qu'il s'était passé quelque chose de vraiment grave. Elle se raidit en percevant sa tension. Elle avait eu raison de s'inquiéter.

— Conor ?

Il prit son badge dans sa poche et l'épingla à sa ceinture avant de lui presser l'épaule.

— Reste ici. Appelle le 911 pour signaler un cambriolage.

— Tu penses que c'est un cambriolage ? Ça a l'air tellement… violent.

Elle survola la pièce du regard. Aucun meuble n'avait été laissé intact.

— Chloe ?

— Appelle les secours.

À longues enjambées, Conor passa de pièce en pièce, criant « RAS » d'une voix forte au fur et à mesure de sa progression. RAS voulait dire qu'il n'y avait aucune trace de Chloe, mais était-ce un bon ou un mauvais signe ? s'interrogea Laura.

Réprimant le besoin de se débarrasser de ses talons hauts, elle tira son smartphone de sa poche et composa le numéro de la police.

— Ma voisine m'a demandé de venir jeter un coup d'œil à son appartement, expliqua-t-elle à l'opérateur, et je viens de constater qu'il a été vandalisé.

Sans quitter Conor des yeux, elle donna l'adresse et répondit aussi bien que possible aux questions qu'on lui posait. Les plantes posées sur l'appui de la fenêtre avaient été renversées et une traînée de terre serpentait jusqu'au bureau de Chloe.

— Son ordinateur a disparu.

L'opérateur ne s'intéressait sans doute pas aux céramiques qui gisaient en morceaux sur le tapis, ni aux coussins lacérés et vomissant leur rembourrage. Laura fronça les sourcils.

— La télévision est encore là. Pour être honnête, on dirait qu'il y a eu une grosse bagarre, ou qu'on cherchait quelque chose.

Mais quoi, elle aurait été incapable de le dire.

— Non, elle ne garde pas d'argent à la maison. Elle n'en a pas beaucoup, de toute façon.

Tout ce qui avait de la valeur, en dehors de ses sculptures, lui avait été offert par ses petits amis. Quand l'opérateur l'interrogea sur l'existence de bijoux éventuels, Laura prit la direction de la chambre en longeant le mur – en partie parce qu'elle ne voulait toucher à rien, en partie parce qu'il n'y avait pas d'autre moyen de se déplacer dans la pièce.

— Elle a hérité un collier en or de sa grand-mère. Oui, je le cherche.

Conor la rejoignit devant la porte fermée de la chambre, visiblement contrarié qu'elle ne soit pas restée dans l'entrée.

— Je t'ai dit d'attendre…

— Arrête, Wildman. L'opérateur veut que je…

— Laisse-moi faire.

Prenant un mouchoir dans sa poche, il s'en servit pour actionner la poignée.

— La police voudra relever les empreintes, et je préfère qu'on ne trouve pas les tiennes.

Elle hocha la tête, reconnaissante de sa prudence, avant de revenir à l'homme à l'autre bout du fil.

— La boîte à bijoux est…

Elle poussa un hurlement. Conor émit un juron et la fit pivoter pour lui cacher l'horrible spectacle.

Lui arrachant le téléphone des mains, il proféra une série de termes officiels comme « numéro de badge », « détachement » et « effraction ».

Les doigts agrippés à la chemise de Conor, Laura pressa son visage contre sa poitrine. Ils sortirent à reculons de la chambre.

Mais elle ne pouvait supprimer l'image du corps meurtri de Chloe devant la commode renversée, de son crâne enfoncé et de ses cheveux blonds flottant dans une mare de sang.

4

— À nous deux, mademoiselle.

Se détournant de la civière que le médecin légiste faisait rouler dans le couloir, le shérif adjoint T.J. Cobb pointa un doigt vers Laura et lui désigna l'appartement vide où il effectuait ses interrogatoires. Quand elle y entra, Cobb tira un petit calepin de sa poche et le tapota du doigt.

— Vous et moi allons avoir une petite conversation, ma petite.

— Inutile d'être aussi condescendant, shérif…

Laura était retournée chez elle chausser des bottes d'hiver avant de revenir se mêler aux voisins, techniciens de scène de crime et policiers en uniforme devant l'appartement de Chloe, barré d'un ruban jaune. Elle regrettait à présent d'avoir obéi à Conor, qui lui avait conseillé de redescendre chez elle pendant qu'il attendait l'arrivée des autorités. Peu lui importait d'avoir l'air d'une petite fille déguisée avec sa robe, ses bottes fourrées et la veste de Conor. Ce qui l'agaçait, c'était que les bottes en question faisaient d'elle l'adulte la plus petite de ce rassemblement, en dehors de sa mère, qui attendait chez elle avec son père, au cas où elle aurait besoin de leur soutien. Laura avait d'ailleurs le sentiment que ce serait le cas, surtout si ce policier ne lui parlait pas comme à une adulte.

— Je suis tout à fait capable de répondre à vos questions.

— Parfait.

Agrémenté d'un cure-dents, le sourire carnassier de Cobb donna à Laura l'impression qu'elle était un petit-four au banquet de Lisa. Son charme de vieux beau ne la réconfortait pas plus.

— Comment se fait-il que vous soyez habillée comme ça ? demanda-t-il.

Laura serra les pans de la veste sur sa gorge. Elle avait froid depuis qu'ils avaient découvert le cadavre de son amie et elle se doutait que cela avait plus à voir avec le choc qu'avec la température hivernale.

— J'étais au mariage de ma sœur. Vous ne devriez pas m'interroger sur Chloe ? Mlle Wilson ?

Elle entendit l'ascenseur émettre un « ping » en arrivant au troisième étage et frissonna en comprenant qu'on emportait le corps de son amie à moitié dévêtu, emballé dans un sac comme un déchet.

— La victime…

— Nous allons y venir.

Cobb repoussa sa casquette sur son crâne et gratta ses cheveux blonds avant de jeter un coup d'œil à son calepin.

— C'est Laura Karr avec un K, n'est-ce pas ? Vous vivez à l'étage en dessous ?

Laura acquiesça.

— Dans l'appartement B-8.

Le temps que Cobb prenait pour finir ses phrases l'exaspérait. Comme s'il avait tout son temps pour traduire l'assassin de Chloe en justice. Comme si découvrir la vérité n'était pas sa priorité.

— Eh bien, mademoiselle Karr avec un K… Vous avez l'habitude de fouiner chez vos voisins ?

Le policier fit rouler son cure-dents d'un côté à l'autre de sa bouche d'un coup de langue.

— Vous avez dérangé ma scène de crime.

Était-ce une accusation ? Une façon de susciter sa colère

pour qu'elle se mette à table ? Réprimant son irritation, elle garda un ton de voix aussi égal que possible.

— J'étais inquiète pour mon amie. Elle m'avait appelée.

— Appelée ? Nous n'avons pas trouvé de smartphone ici. Ni de ligne fixe, d'ailleurs.

— J'ignore pourquoi. Elle m'a appelée quand j'étais encore au mariage. Elle avait des ennuis. Dès que j'ai ouvert la porte…

Elle secoua la tête pour disperser le souvenir du saccage.

— Je n'ai touché à rien.

— La chambre est au fond de l'appartement. Vous êtes en train de me dire que vous ne l'avez pas traversé pour chercher votre amie ?

— Vous avez vu de quoi ça avait l'air. J'étais inquiète pour la sécurité de Chloe. Avec raison.

Des voix s'élevèrent dans le couloir, auxquelles elle ne prêta pas attention.

Cobb retira son cure-dents d'entre ses lèvres et le pointa vers elle.

— Vous vous étiez querellées, elle et vous ?

— Non.

— Pénétrer dans l'appartement de Mlle Wilson était soit de la négligence de votre part, soit une tentative de sabotage.

Laura tressaillit devant cette attaque à peine voilée.

— Je n'ai rien saboté du tout.

— On ne peut même pas savoir si ce verrou a été forcé.

— Il ne l'a pas été.

Une voix familière venait de s'élever derrière elle. *Conor.* De soulagement, elle poussa un soupir audible. Voyant que l'homme qui gardait la porte tentait de l'arrêter, Conor désigna le badge accroché à sa poche de poitrine.

— Inspecteur Wildman. Vous allez perdre cette main si vous ne me laissez pas entrer pour parler à Mlle Karr.

Cobb leva les yeux et haussa les épaules en refourrant son cure-dents entre ses lèvres.

— Laisse-le entrer.

Laura sentit la main de Conor se poser au creux de ses reins avant qu'il ne prenne la parole.

— Elle ne peut rien vous dire d'autre sur la scène de crime que ce que je vous ai déjà dit. Nous nous sommes servis du double de la clé que lui avait remis la victime pour entrer. En tant que policier, j'ai pénétré dans l'appartement parce que nous craignions pour la sécurité de Mlle Wilson. Je connais le protocole des scènes de crime. Nous n'avons touché à rien. Dès que nous avons découvert le corps, nous sommes ressortis de l'appartement et nous avons attendu votre arrivée et celle de vos hommes.

Non seulement Laura sentait la chaleur du corps de Conor s'infiltrer en elle comme un élixir de vie, mais elle distinguait le holster qu'il avait fixé à sa ceinture. Il avait dû aller s'équiper pendant qu'elle enfilait ses stupides bottes fourrées. On ne pouvait pas dire qu'elle avait fait très bonne figure ce soir-là, entre ce baiser impulsif et le meurtre de son amie. Pas étonnant que Conor la considère toujours comme une gamine au lieu d'une femme adulte.

Elle se devait de montrer qu'elle n'était pas trop bouleversée ou intimidée pour se défendre. Rassemblant tout son courage, elle croisa le regard vert pâle du policier.

— Il n'y avait de sang nulle part dans l'appartement en dehors de la chambre. C'est là que s'est produit le meurtre et nous n'y sommes pas entrés.

Elle se tourna vers Conor.

— L'inspecteur Wildman est ressorti avec moi dès que nous avons aperçu le corps.

Conor hocha la tête.

— Le saccage de l'appartement a eu lieu après la lutte

dans la chambre de Mlle Wilson. Il est évident qu'on cherchait quelque chose. Soit elle a surpris un intrus qui la croyait sortie, soit c'est arrivé après le meurtre.

Le policier se mit à rire.

— Et je suis censé vous croire sur parole ?

— Oui.

Cobb rempocha son calepin sans avoir rien écrit.

— Je ne vous connais pas, Wildman. Vous n'êtes pas d'ici, alors je n'ai aucune raison de vous croire.

Il reporta son regard sur Laura.

— Et vous, vous n'êtes pas flic.

— Je sais ce que j'ai vu, argua Laura.

Conor lui frotta le dos de haut en bas, comme s'il la sentait se redresser intérieurement.

— Relisez votre manuel. Des observations comme celles-ci font partie du travail de base de la police.

Cobb ne parut pas apprécier cette suggestion.

— Vous dites que vous étiez marshal quand vous viviez à Arlington ? Vous vous occupiez donc de protection de témoins, pas d'enquêtes d'homicide.

— C'était mon ancien poste. Maintenant, je suis enquêteur au KCPD.

— Ce n'est quand même pas votre affaire. Je pourrais vous faire arrêter pour entrave à mon enquête.

— Et je pourrais vous faire condamner pour faute professionnelle et intimidation de témoin.

Cobb gloussa comme s'il appréciait d'avoir trouvé un adversaire à sa hauteur. Mais son opinion ne semblait importer à Conor ni dans un sens ni dans l'autre.

— Vous avez autre chose à demander à Mlle Karr ?

— J'en ai fini pour le moment.

Le policier rabaissa sa casquette sur son front.

— Mais ne quittez pas la ville. Je pourrais avoir d'autres questions à vous poser. À tous les deux.

Il fit quelques pas vers la porte puis se retourna.

— Vous êtes sûre que vous n'avez rien touché ou déplacé dans cet appartement ?

Le « oui » que Laura s'apprêtait à prononcer fut noyé par des éclats de voix dans le couloir.

— C'est l'appartement de Chloe. Que s'est-il passé ? Est-ce…

Sans réussir à identifier celui qui parlait, elle saisit son accent de désespoir.

— Oh, mon Dieu ! Chloe !

Cobb poussa un juron bien senti.

— Qu'est-ce que c'est encore ? Fais-les sortir, ordonna-t-il au policier en faction devant la porte.

Dans le couloir, Laura reconnut tout de suite le catogan et les pommettes saillantes du petit ami de Chloe.

Cobb plaqua une main sur la poitrine du jeune homme pour l'empêcher de se glisser sous le ruban jaune.

— Une minute. Qui êtes-vous ?

— Vinnie Orlando. Il faut que je voie Chloe.

— C'est vous le petit ami ? demanda Cobb.

L'air abasourdi, Vinnie considéra la poitrine musclée du policier, puis nota du coin de l'œil Laura, Conor et les curieux qu'on invitait à rentrer dans leurs appartements respectifs. Il se tourna vers l'ascenseur, où deux de ses compagnons attendaient, les mains fourrées dans les poches de leurs anoraks. Un quatrième homme, cheveux poivre et sel, manteau habillé et luxueux gants en cuir, se dirigea vers lui. Vinnie fit quelques pas à sa rencontre avant de se retourner pour dévisager le policier.

— Oui, je… Le corps qu'on vient de descendre… C'était elle ? Chloe est vraiment… ?

Son visage vira au cramoisi, et il tenta de se reprendre.

— Elle était censée m'attendre… Nous avions rendez-vous…

L'homme âgé lui empoigna l'épaule dans un geste de réconfort.

— Où l'a-t-on emmenée ? Je peux la voir ?

Bouleversée par son chagrin, Laura s'avança et serra sa main gantée.

— Je ne sais pas si vous vous souvenez de moi, Vinnie, mais nous nous sommes déjà rencontrés. Je vous présente toutes mes condoléances. Je sais que Chloe vous aimait. Mieux vaut que vous ne la voyiez pas comme ça. Rappelez-vous seulement combien elle était belle… combien elle aimait rire.

— Merci, dit-il en lui rendant sa poignée de main. Loni, c'est cela ?

Laura recula auprès de Conor. Même si elle était émue par sa douleur, son sentiment concernant le jeune homme n'avait pas changé.

— Laura. J'étais une amie de Chloe.

D'un mouvement d'épaule, Vinnie se débarrassa de la main de son compagnon et se frotta énergiquement la mâchoire, comme pour réprimer une envie de sangloter.

— Bien sûr. Je me souviens de vous. Vous étiez au bar avec Chloe et moi un soir.

— Je ne suis jamais allée dans un bar avec vous. Nous nous sommes rencontrés ici, chez Chloe. Je l'aidais à repeindre sa chambre, et vous êtes passé pour l'inviter à une promenade en voiture. Vous veniez d'acheter une décapotable.

Vinnie fronça les sourcils, visiblement perdu.

— Elle est venue avec moi ?

— Oh oui. Et elle en a gardé un souvenir ébloui. Moi, je suis restée et j'ai fini la peinture.

— Ouais, c'était une jolie voiture.

Laura ne s'offensa pas qu'il l'ait trouvée trop insignifiante pour se souvenir d'elle. Pas ce soir, alors qu'il venait de perdre la femme qu'il aimait. Du moins jusqu'à ce qu'il pose la question suivante :

— Vous l'avez vue tout à l'heure ? Portait-elle une

bague ? Est-ce que le cambrioleur l'a volée ? Elle appartenait à ma mère.

Cobb sortit à nouveau son calepin.

— Une bague ?

— Vous vous inquiétez d'un vol ? Alors que Chloe est morte. Vous l'avez compris, n'est-ce pas ?

Ce n'était pas la chose la plus appropriée à dire, mais il semblait à Laura qu'on ne prêtait guère attention à la mort de son amie.

L'homme aux cheveux poivre et sel passa une main dans l'entrebâillement de son manteau.

— C'est une bague de fiançailles. Vincent et Mlle Wilson étaient très proches.

Laura fronça les sourcils.

— Elle m'a dit que vous alliez vous procurer des alliances à Las Vegas.

Vinnie eut un hoquet de surprise.

— Elle vous a dit que nous allions nous marier ?

— Elle m'a appelée hier soir pour me dire que votre mariage représenterait une sorte de garantie. Mais elle ne m'a pas dit que vous lui aviez déjà offert une bague.

— Oh…

Il paraissait toujours surpris. Était-ce parce que Chloe avait parlé de leurs plans ou parce qu'il n'était pas au courant qu'ils allaient se marier ?

— Oui. Bien sûr.

Dans l'intervalle, son compagnon avait sorti son portefeuille et en avait tiré une carte de visite.

— Shérif, il faut retrouver cette bague. Pouvons-nous entrer la chercher ?

Laura se repassa mentalement son étrange conversation avec Chloe, puis revint à leur entrée dans l'appartement, deux heures plus tôt. Chloe portait-elle une bague de fiançailles ? Laura n'y avait pas fait attention. Elle n'avait rien vu d'autre que le sang et les yeux sans vie de son amie.

— C'est un héritage de famille, expliqua l'homme aux cheveux poivre et sel.

Son ton d'une froide précision contrastait avec l'attitude confuse de Vinnie.

— Un héritage inestimable que M. Orlando aimerait récupérer.

— Et vous êtes ? demanda Cobb.

— Marvin Boltz.

Il tendit sa carte au policier.

— Je suis l'avocat de M. Orlando.

— Vous avez amené un avocat chez votre petite amie ?

Vinnie secoua la tête et fit un pas par l'appartement saccagé. Cobb lui bloqua le passage.

— Non. Marv était avec moi. Il voulait me faire signer un document…

Son compagnon le tira par le bras.

— Ne dis rien, Vincent.

— Il ferait mieux de continuer à parler !

T.J. Cobb semblait enfin décidé à poser les bonnes questions.

— Où étiez-vous plus tôt dans la soirée ? Est-ce vous qui avez chamboulé cet appartement ?

Vinnie regarda son avocat avant de répondre.

— Je veux me rendre utile. C'est de Chloe que nous parlons, lui dit-il. Non, je n'ai pas cherché la bague, déclara-t-il à Cobb.

Était-ce un mensonge ? Une demi-vérité ? Pouvait-il avoir fouillé l'appartement dans le but de retrouver autre chose ? Une assurance, par exemple ? Ou bien cette bague avait-elle été volée ou empruntée à sa mère sans son consentement, ce qui expliquerait qu'il ait besoin de la récupérer ? Était-ce une raison suffisante pour commettre un meurtre ?

Elle avait presque oublié la présence de Conor quand il prit la parole à son tour, exigeant des détails.

— Quand avez-vous vu Mlle Wilson pour la dernière fois ? Quand lui avez-vous parlé pour la dernière fois ?

— Qu'est-ce que vous faites encore là, inspecteur ? lança Cobb. C'est mon enquête.

Il s'adressa à Vinnie.

— Mais j'aimerais bien entendre ce que vous avez à dire.

Marvin Boltz secoua la tête et s'écarta tandis que Vinnie répondait.

— Hier soir. J'ai passé tout l'après-midi avec elle. En mode intime, si vous voyez ce que je veux dire. Elle était folle de moi.

Cela expliquait pourquoi Chloe n'était pas venue au mariage. Et peut-être pourquoi elle n'avait répondu à aucun des appels et des SMS de Laura.

— Donc, vous avez fait une sieste coquine et ensuite vous êtes parti, clarifia Cobb.

— Oui. J'avais des trucs à régler. Des affaires. N'est-ce pas Marvin ?

L'avocat haussa les épaules, faisant mine d'être étonné que son client le consulte.

— C'est cela.

Laura ne put s'empêcher de se demander quelles affaires Vinnie avait à régler un samedi en fin d'après-midi. Comme il n'avait pas daigné se présenter lorsqu'ils s'étaient parlé, elle lui demanda :

— Vous êtes aussi avocat ?

Vinnie se mit à rire.

— Certainement pas. Les études compliquées, ce n'est pas pour moi. Marvin est un vieil ami de la famille. Moi…

Son avocat prit une mine atterrée.

— Je suis artiste, comme Chloe.

Un artiste connu, s'il fallait en juger par son manteau en

cuir de bonne facture, l'avocat qui l'accompagnait, ainsi que les gros bras qui les observaient depuis l'ascenseur.

— Vous êtes sculpteur ?

— Peintre, répondit-il en faisant voler son catogan. J'ai peint plusieurs fois Chloe.

Le policier leva la main, stoppant ce qu'il considérait visiblement comme des bavardages inutiles.

— Comment allait-elle quand vous l'avez quittée ? Aviez-vous l'intention de la rejoindre plus tard ?

— Elle était très heureuse, dit Vinnie en riant.

Il haussa les épaules en voyant que personne d'autre ne se joignait à son hilarité.

— J'étais censé la revoir le lendemain matin. C'est-à-dire ce matin, j'imagine. Nous allons à Las Vegas pour nous marier. Allions, je veux dire. Bon sang. Elle est vraiment morte ?

La porte de l'escalier s'ouvrit soudain derrière Laura, et Isaac Royal la franchit en trombe.

— Tu sais bien que oui, espèce de salaud !

Laura sursauta et effleura accidentellement la main de Conor. Il prit sa main pour la pousser hors du chemin d'Isaac qui fonçait sur Vinnie.

L'équilibre précaire et le débit embrouillé du premier ne l'empêchèrent pas de se jeter sur le second, plus grand et plus musclé que lui.

— Qu'est-ce que tu as fait à ma Chloe ?

Les deux malabars se précipitèrent et agrippèrent Isaac par les bras. Vinnie, quant à lui, le repoussa à deux mains, envoyant voler ses lunettes.

— Hors de ma vue, espèce de loser ! ironisa-t-il.

— Salopard ! Je l'aimais !

— Elle était à moi.

Isaac serra les poings, prêt à frapper son rival. L'un des hommes de main lui tordit un poignet dans le dos et le plaqua contre le mur. Conor repoussa Vinnie contre le mur opposé, tandis que Cobb se plaçait entre les deux hommes.

Le policier se pencha pour parler à l'oreille d'Isaac.

— C'est quoi ton nom, fils ?

— Isaac Royal, cracha-t-il.

Laura constata qu'elle n'était pas la seule à porter encore sa tenue de cérémonie. Sauf que la sienne était en meilleur état que celle d'Isaac, avec ses manchettes tachées et sa manche arrachée.

Dans le même temps, elle vit que le poing d'Isaac était gonflé et contusionné, avec des coupures récentes.

— Isaac, est-ce que ça va ?

— Chloe est morte ! hurla-t-il avant de se mettre à sangloter. Comment est-ce que ça pourrait aller ?

— Lâche-le, Rico.

Sur un signe de Marvin, les deux hommes lâchèrent Isaac. Il frotta son bras tordu en gémissant. Conor lâcha aussi Vinnie et recula.

Marvin empoigna le bras de son client et le tira à part, ordonnant aux gros bras de l'escorter jusqu'à l'ascenseur tandis que lui-même achevait l'échange.

— Il y a autre chose, monsieur Cobb ?

— Pas pour l'instant. J'ai vos coordonnées.

Quand les quatre hommes eurent disparu, Cobb tourna son attention vers Isaac.

— Tu crois pouvoir conduire, fiston ?

Isaac secoua la tête.

— J'ai pris un taxi.

— Bien. Prends-en un autre pour rentrer et dors.

Sur ce, le policier tourna les talons et passa sous le ruban jaune pour entrer dans l'appartement. Conor le rappela.

— Vous n'allez pas interroger Royal ?

— Pas dans l'état où il est. Ce n'est pas un témoin fiable.

Il salua Laura d'un doigt sur sa casquette.

— Vous feriez mieux de rentrer chez vous, vous aussi.

Laura ouvrit la bouche pour protester contre les méthodes douteuses du policier, mais Conor lui fit signe de s'abstenir et désigna de la tête la pièce vide de l'autre côté du couloir. Conor n'allait pas laisser tomber, comprit-elle. Soit par conscience professionnelle, soit par amitié, il allait l'aider à découvrir ce qui était arrivé à Chloe.

Laura ramassa les lunettes d'Isaac et, passant un bras sous le sien, le guida vers l'appartement vide.

Conor les suivit et tira la porte derrière eux. Isaac s'adossa au mur, des larmes coulant sur le revers de son smoking. Laura lui tendit ses lunettes, puis le mouchoir que sa mère lui avait glissé dans le corsage.

— Je suis désolée.

Elle l'aurait serré dans ses bras s'il n'avait pas senti autant l'alcool et le tabac. Mais il n'était sans doute pas du genre à cela.

— Tout n'était pas rose entre Chloe et toi, mais je sais que tu l'aimais. Et je sais aussi que tu veux savoir ce qui lui est arrivé.

— Ce qui lui est arrivé ? grommela Isaac d'un ton sarcastique. Tout ça, c'est la faute du beau Vinnie. Il a suffi qu'il entre dans sa vie pour que tout tourne mal.

— Peut-être.

Le ton de Conor était d'une neutralité surprenante étant donné son expression de sévérité professionnelle.

— Où étiez-vous, hier soir ?

— Au mariage de mon ami. Comme vous.

— Vous êtes parti avant moi.

Isaac se dirigea vers la porte.

— Fichez-moi la paix.

Laura l'attrapa par le coude.

— Isaac, s'il te plaît. Tu dis que Chloe et toi vous vous êtes disputés. C'était à quelle heure ?

— Cet après-midi. Ou plutôt hier après-midi.

Elle lui toucha doucement le poignet.

— Qu'est-il arrivé à ta main ?

— Je suis allé dans un bar après la réception. J'ai essayé d'appeler Chloe, mais elle ne répondait pas. J'avais trop bu et j'étais en colère. J'ai donné un coup de poing dans le miroir des toilettes.

Il leva sa main gonflée, examinant une coupure qui suintait encore. Puis il serra le poing et le laissa retomber.

— Attends une minute… Tu crois que c'est moi qui l'ai tuée ?

— Elle avait rompu. Et tu as visiblement un tempérament…

Laura hésita.

— Sa mort a été… violente.

— Ça, c'est la meilleure ! Apparemment, il n'y a que moi qui souffre de sa mort !

— Ce n'est pas vrai.

Laura tentait de calmer Isaac, mais l'alcool et la colère l'empêchaient de l'écouter.

— Tu crois qu'Orlando la pleure ? Il est sans doute furieux qu'elle lui ait gâché son week-end !

— Comment s'appelle le bar où vous étiez ? demanda Conor. Quelqu'un peut-il confirmer l'heure à laquelle vous êtes arrivé et celle où vous êtes parti ? Ils ont un miroir brisé pour prouver votre histoire ?

— Vous avez un fameux toupet de m'accuser !

Voyant que Conor ne bougeait pas, Isaac dirigea sa colère sur Laura.

— Ton petit ami et toi, vous avez le culot…

— Ce n'est pas mon…, commença Laura.

— Je ne suis pas…, dit Conor, lui faisant écho.

— Peu importe, coupa Isaac. Jamais je n'ai fait de mal à Chloe.

Sa colère parut soudain faiblir et il se laissa glisser jusqu'au sol, enfouissant son visage dans ses mains.

— Elle allait bien la dernière fois que je l'ai vue. Elle était heureuse – sauf que ça n'avait rien à voir avec moi. Elle m'a montré une enveloppe blanche, en me disant que c'était son assurance. Elle l'a embrassée, en laissant une grosse marque de rouge à lèvres dessus, et m'a dit que grâce à ce qu'il y avait dedans elle se marierait ce week-end. Au cas où l'amour ne suffirait pas.

Par-dessus la tête d'Isaac, Conor croisa le regard de Laura.

— Je n'ai vu aucune enveloppe avec une marque, dit-elle. Mais il y avait du courrier sur le comptoir de la cuisine.

Conor s'accroupit à côté du jeune homme.

— Vous avez vu si elle portait une bague ?

Isaac secoua la tête.

— Je voyais rouge, voilà ce que je voyais. Elle a eu le front de me demander de porter l'enveloppe à la poste en voiture pour qu'elle puisse se préparer pour le mariage.

— Elle avait donc l'intention de venir ? lança Laura.

La sieste coquine avait dû se terminer plus tôt que ne l'avait dit Vinnie.

— J'imagine.

Qu'est-ce qui l'avait empêchée de se rendre à la cérémonie et à la réception ? Le lui avait-on interdit ? se demanda Laura.

— À qui envoyait-elle l'enveloppe ? questionna Conor, la tirant de ses spéculations.

Isaac se contenta de secouer la tête. Laura s'agenouilla à côté de lui et lui posa une main sur l'épaule.

— Est-ce que cela aurait pu être un formulaire d'assurance ? Elle m'en a parlé aussi. Quelqu'un a peut-être pris une assurance-vie à son nom avant de la tuer ?

— Je ne sais pas ce qu'il y avait dedans. Ce n'était pas un document comme le cabinet en envoie. C'était une enveloppe matelassée, avec une bosse.

— C'était peut-être une bague ? s'interrogea Laura à voix haute.

Ayant peut-être déjà trouvé ce qu'il cherchait, Vinnie n'avait fait une apparition que pour brouiller les pistes.

— Elle ne me l'a pas montrée et je n'ai pas demandé. Elle voulait que je sois heureux pour elle, parce qu'elle allait enfin avoir ce qu'elle désirait. Je lui ai dit d'aller au diable et je suis parti.

Les larmes d'Isaac recommencèrent à couler.

— « D'aller au diable. » Ce sont les derniers mots que je lui ai dits.

Laura lui frotta le bras.

— Tu étais blessé. Chloe savait que tu avais de l'affection pour elle.

— Je l'aimais, déclara Isaac d'un ton uni. Mais ce n'était pas réciproque. Elle avait besoin de moi, mais elle ne m'aimait pas. Je me disais que si j'étais patient elle me donnerait une chance. Mais ce salopard est arrivé…

Conor se releva, prit Isaac par le bras et le remit sur pied.

— Je veux que vous racontiez tout ça à Cobb.

— C'est plutôt à Orlando que vous devriez parler.

La colère prit à nouveau le relais du chagrin, illuminant les yeux noirs d'Isaac.

— Imaginez-vous que j'ai trouvé Vinnie dans son lit quand je suis venu la chercher hier. Puisqu'il était là, il pouvait bien l'emmener à ce fichu mariage, c'est ce que j'ai dit à Chloe.

Laura prit son smartphone dans la poche de la veste de Conor.

— Tu veux bien que je prenne une photo de ta main avant que tu partes ?

Isaac ne protesta pas, signe que la fatigue et l'émotion commençaient à avoir raison de lui.

— Vous voulez que je vous conduise aux urgences pour qu'on soigne vos coupures ? proposa Conor.

— Pour qu'ils me prennent un échantillon d'ADN, histoire de prouver que c'est moi qui ai tué Chloe ? Non merci !

Isaac se tourna vers Laura.

— J'ai dépensé tout ce que j'avais sur moi pour venir ici. Tu me prêtes quelques dollars pour rentrer à la maison ?

— Je m'en occupe, proposa Conor en tirant son portefeuille.

Après lui avoir remis les billets, Conor passa un bras autour de la taille d'Isaac. Laura s'étant placée de l'autre côté, ils le raccompagnèrent à l'ascenseur.

— Juste pour que vous le sachiez, un échantillon ADN ne serait pas admissible en justice, parce que je ne fais pas partie de la police d'Arlington, dit-il.

— Vous essayez de faire ami-ami maintenant, Wildman ? cracha Isaac avec mépris.

— Non, pas du tout. J'essaie seulement de vous inciter à prendre soin de vous parce que je suis l'ami de Laura.

Il contempla celle-ci, souhaitant que le pli d'inquiétude qui s'était creusé entre ses yeux mordorés disparaisse.

5

— Merci de m'avoir aidée à mettre Isaac dans un taxi.

Laura emporta le mug de Conor dans l'évier et le rinça, de même que la cafetière que sa mère avait préparée pour eux.

— Et merci d'avoir convaincu mes parents de rentrer. La journée a été longue pour eux. Entre le mariage et le meurtre, ils sont épuisés.

— Mais pas toi ?

Elle rit et remit la verseuse en place.

— Je n'ai qu'une envie, me mettre au lit. Et enlever cette robe qui me scie la taille.

Conor quitta son siège de l'autre côté du comptoir où ils venaient de goûter aux restes du gâteau de mariage.

— Je ne sais pas trop.

Il donna une pichenette au plumet épinglé dans les cheveux de Laura.

— L'allure flamant rose, ça te va bien finalement.

Ils rirent ensemble, et Laura lui donna un coup d'épaule amical.

À 5 heures du matin, le calme et la chaleur de Conor faisaient plus pour soigner son abattement que la caféine et le sucre.

— Merci ! J'espérais bien ne pas être la seule de cet avis. « Être demoiselle d'honneur ou mourir » était ma devise pendant les préparatifs du mariage. Je ne sais pas combien de fois je l'ai répété, mais ça ne faisait rire que moi.

— Tu as porté haut tes couleurs. Toute la journée, et toute la nuit.

Conor jeta un coup d'œil à sa montre, puis déroula ses manches de chemise froissées et les reboutonna.

— Le soleil va se lever dans une heure ou deux. Ça va aller ?

Il prit son manteau sur le dossier d'une chaise et l'enfila.

— Tu es sûre que tu ne veux pas que je monte la garde pendant que tu dors ?

Ravalant la réponse enthousiaste qui lui venait aux lèvres, Laura refusa d'un geste. Elle avait bénéficié de l'attention et la protection de Conor durant une grande partie de la nuit. Elle ne devait pas exagérer.

— Tout ira bien. Pour toi aussi, cela a été une longue journée.

Passant un bras sous le sien, elle le raccompagna à la porte.

— Je sais que tu as des choses à régler aujourd'hui. Désolée de t'avoir fait veiller si longtemps.

Il se tourna vers elle avant de partir.

— Pas de souci, Moustique.

— Qu'est-ce que je vais faire de toi, Wildman ?

Croisant les bras, elle s'adossa à l'encadrement de la porte et contempla ces yeux bleu nuit si familiers. Le chaume doré qui ombrait ses joues et sa mâchoire l'était moins. Joint à cette barbe naissante, le col déboutonné de sa chemise pouvait donner l'impression qu'ils avaient passé la nuit ensemble. Dans un sens, c'était vrai. Mais pas dans le sens qui la faisait fantasmer depuis qu'elle était assez âgée pour songer à un homme.

D'autres détails l'émouvaient chez lui. Dans le halo du plafonnier, le visage de Conor semblait plus énigmatique que dans son souvenir, ses rides d'expression plus prononcées. La maturité de ce visage anguleux déclenchait chez elle une réaction purement féminine.

Mais il n'était pas là pour émouvoir son cœur ou réveiller ses hormones. Ce n'était pas la tendre conclusion d'un rendez-vous amoureux. Elle était la seule à imaginer la tonalité intime de leurs voix mesurées. Elle se secoua intérieurement, s'ordonnant d'éprouver de la gratitude pour Conor au lieu de regretter de ne pas être Lisa.

— J'aurais bien voulu que Cobb écoute ce qu'Isaac avait à dire. Il aurait au moins compris que Vinnie était la dernière personne à avoir vu Chloe vivante hier, reprit Conor.

Laura poussa un gros soupir, déçue de n'avoir aucun indice quant à l'identité du meurtrier de Chloe.

— Ce n'est pas un très bon policier, n'est-ce pas ?

— Non, en effet. Mais tant que je serai en ville je ne le lâcherai pas.

Conor jeta un coup d'œil à l'ascenseur, comme s'il avait entendu un bruit ou senti une présence. Peut-être était-il seulement impatient de s'en aller, à présent que le gros de la crise était passé.

— J'ai encore quelques contacts ici, qui peuvent me renseigner sur l'enquête.

— Merci. Je ne sais pas ce que j'aurais fait sans toi.

Il lui sourit.

— Tu t'en serais très bien sortie.

— J'aurais sans doute explosé ou passé toute la nuit à sangloter. Mais tu m'as aidée. Même si nous n'avons aucune réponse, pour le moment. Nous aurons essayé, au moins.

Conor posa une main sur l'encadrement, au-dessus de la tête de Laura.

— Ça valait mieux que de faire semblant d'être heureux au mariage de Lisa.

Bien sûr, maintenant que la tension était un peu

retombée, il se remémorait combien la décision de Lisa l'avait anéanti. Peut-être n'était-ce pas Laura qui ne l'intéressait pas, mais toutes celles qui n'étaient pas Lisa. Si le sarcasme était sa manière de se protéger du stress et des aspects les plus violents de son métier, l'évitement était peut-être une manière de protéger son cœur. Laura devait l'accepter et lui manifester autant d'amitié que possible.

— Je suis sûre que Lisa a cru à ton attitude, l'assura-t-elle.

Comme elle haussait les épaules, ses cheveux accrochèrent la laine rêche de la veste de Conor. Elle la déboutonna et la retira, frissonnant immédiatement. La repliant tant bien que mal, elle la rendit à Conor. Elle avait déjà enlevé ses clés et son téléphone de ses poches.

— Désolée pour les faux plis. Je crois que nous devrions essayer de dormir un peu avant le lever du soleil.

— Ça ne m'ennuie pas de rester, proposa-t-il à nouveau en jetant sa veste sur l'épaule. Ton canapé est bien assez grand pour moi.

Laura sourit. Marie Wildman avait bien élevé son fils. Au risque d'attraper un torticolis, il restait protecteur et galant.

— Tout va bien. La police en a fini avec moi, n'est-ce pas ?

— Pour l'instant. S'ils découvrent autre chose, ils te contacteront peut-être pour te réinterroger.

— Alors tout ira bien. Je veux vraiment dormir quelques heures. Il faudra que je retourne demain à la salle des fêtes reprendre mon manteau et ma voiture. Mes parents m'y emmèneront. Et puis je dois penser à aller voir la mère de Chloe au centre pénitentiaire.

Conor se redressa et parut remplir tout l'espace. Le policier en lui venait de se réveiller. Une note de raideur toute professionnelle transparut dans sa voix.

— Le centre pénitentiaire pour femmes de Virginie ? Elle est en prison ? Tu n'as rien à y faire. Laisse la police s'occuper de ça. Cobb a l'air d'aimer diriger.

Laura lui tapota la poitrine et lui fit signe de baisser la voix.

— Je veux le faire moi-même. Chloe a fait allusion à elle quand elle m'a appelée, bien que je n'aie pas compris ce qu'elle disait. Cela consolera peut-être un peu sa mère si je lui présente mes condoléances. Et elle pourra peut-être m'éclairer sur ce qui est arrivé à sa fille.

— C'est aux enquêteurs de faire ça. Si tu crois qu'il y a un lien entre le meurtre de Chloe et les agissements de sa mère, reste en dehors de ça. Je ne veux pas que tu te retrouves prise dans des histoires louches comme Chloe.

— Oh ! mais c'est que l'inspecteur Wildman se fait vraiment du souci, le taquina Laura en lui chatouillant la poitrine.

Elle eut l'impression de ne faire que l'effleurer. Bien sûr, il faisait de la gym : sa poitrine était dure et musclée. Et ces abdominaux n'étaient pas en carton-pâte. Elle devait cesser de le toucher parce que même les coups pour rire qu'ils échangeaient depuis des années se teintaient d'ambiguïté désormais.

En outre, elle était la seule que cela faisait rire.

— Je ne plaisante pas, Moustique. Une femme a été assassinée. Tout indique qu'elle a lutté contre son agresseur. Et qu'elle a perdu. Je sais que tu te sens responsable parce qu'elle t'a appelée, mais ne va pas au-devant des ennuis.

Il laissa tomber sa main pour prendre la sienne et la presser contre sa poitrine. Il ne devait pas éprouver les mêmes sensations qu'elle quand ils se touchaient.

— Je suis désolé pour ton amie.

Laura sentit ses yeux picoter. Quelqu'un avait-il pris la peine de lui dire cela depuis leur découverte macabre ? Il y avait eu le choc, la colère, l'inquiétude, la lassitude face aux policiers. Les condoléances murmurées de Conor venaient enfin d'ouvrir la porte au chagrin.

— J'aurais aimé que tu la rencontres, dit-elle. Bien sûr, tu n'aurais pas pu t'empêcher de raconter des blagues de blonde, mais elle en aurait ri avec toi. Elle était impulsive et étourdie, mais elle avait bon cœur.

Elle ravala ses larmes avant qu'elles ne se transforment en sanglots gênants.

— Tu l'aurais aimée.

— J'en suis sûr.

Laura essuya ses yeux.

— Bonne nuit, Conor. C'était…

Soudain, elle sentit un mouchoir en papier tamponner ses yeux. Quand Conor le lui pressa contre le nez, elle le lui prit des mains et se moucha énergiquement. Conor ne bougea pas et continua de l'abriter de son grand corps. Cette scène lui rappela un été où elle était tombée de vélo et s'était écorché les genoux, les coudes et le visage. Conor était descendu de son propre vélo et s'était assis à côté d'elle sur le trottoir. Il lui avait offert une manche de son T-shirt et une sucette prise dans sa poche, puis il avait attendu avec elle que Lisa revienne avec leur père pour charger la bicyclette dans la voiture et l'emmener aux urgences.

Elle effleura la cicatrice qu'elle avait gardée de cet accident et sourit. Conor était devenu plus vieux, plus sexy et peut-être plus cynique, mais le héros en lui n'avait pas changé.

— C'était vraiment bon de te revoir.

— Oui.

Malgré l'heure tardive, il semblait hésiter à partir. Prenant son portefeuille dans sa poche arrière, il en tira une carte de visite qu'il lui donna.

— Je vais rester encore quelques jours. S'il se passe

quelque chose, si tu as besoin de moi ou si tu veux juste parler, passe-moi un coup de fil.

Serrant la carte avec le mouchoir dans sa main, elle tenta de le soulager.

— Tu n'as pas besoin de t'occuper de moi. Lisa et toi n'êtes plus ensemble. Tu n'as plus d'obligations envers moi.

— Je suis sérieux, Laura. Ça n'a rien à voir avec ta sœur. Et le fait que je l'aimais n'avait rien à voir avec mon affection pour toi. Tu as toujours eu ta place dans mon cœur.

Durant une fraction de seconde, cet aveu la prit au dépourvu. Conor avait de l'affection pour elle. Mais c'était une affection fraternelle, rien d'autre, car il poursuivit :

— Fais attention. L'un des hommes que nous avons vus a pu tuer Chloe.

— Tu veux dire Vinnie ou Isaac ?

— Pour la police, le premier suspect est toujours le petit ami. Ou, dans son cas, *les* petits amis. Si le meurtrier pense que Chloe t'a dit quelque chose au téléphone qui pourrait l'incriminer …

La joie de l'entendre dire qu'elle avait une place dans son cœur s'évanouit pour laisser place à l'appréhension.

— Tu penses que c'est quelqu'un que je connais qui l'a tuée ?

— Il peut y avoir d'autres suspects dont nous ne connaissons pas l'existence… liés à sa mère, à son travail, ou même un troisième petit ami. Mais je doute qu'il s'agisse d'un cambriolage. Pas avec les indices qui sont apparus. La police doit découvrir à qui elle a envoyé cette enveloppe.

— Ils doivent trouver la bague.

— Si elle existe bien, dit Conor. Vinnie a pu inventer ça pour pénétrer dans l'appartement de Chloe et reprendre possession de quelque chose qu'il ne veut pas que les flics découvrent. Il se passe quelque chose que nous ne comprenons pas encore. Si tu te rappelles autre chose que t'aurait dit Chloe, si tu vois quelqu'un rôder autour de chez elle, ou si Isaac, Vinnie ou Cobb te donne du fil à retordre, appelle-moi. Je ne veux pas te laisser affronter ça toute seule.

— Tu as toujours été mon chevalier servant.

Il effleura lui aussi sa cicatrice du bout des doigts, se remémorant peut-être leur enfance.

— Et tu as toujours été un feu follet, sautant sur tout ce qui bouge sans réfléchir aux conséquences. Il fallait bien veiller sur toi.

Il désigna l'appartement de Laura.

— J'ai déjà vérifié les fenêtres. Pousse le verrou derrière moi ou je campe sur ton paillasson.

— Je le ferai. Merci.

Il y eut un moment de gêne quand Conor tendit la main et qu'elle la prit entre les siennes. Comment étaient-ils censés se dire au revoir ? Avec une poignée de main ? Une accolade ?

Retirant doucement sa main, il détacha le plumet derrière son oreille avant de le jeter dans l'appartement par-dessus la tête de Laura.

— Ne porte plus jamais quelque chose d'aussi stupide.

Le rire de Laura s'étrangla dans sa gorge quand il posa à nouveau les doigts dans ses cheveux, cette fois pour les caresser, peigner ses mèches emmêlées et les repousser derrière son oreille. Son regard s'abaissa et s'assombrit. Laura sentit son estomac se serrer en le voyant incliner lentement la tête vers elle. S'appuyant contre sa poitrine, elle se hissa sur la pointe des pieds pour venir à la rencontre de sa bouche.

Les lèvres fermes de Conor enveloppèrent les siennes. Durant un instant qui lui parut infini, il se contenta de les effleurer et de réchauffer sa peau, éveillant quelque chose de brûlant en elle. Puis il attrapa sa lèvre inférieure entre les siennes, et Laura sentit le nœud de son estomac se défaire dans une vague de désir. L'imitant, elle tirailla doucement sur sa lèvre inférieure. Il réagit en faisant de même, et un tendre duel s'engagea. Mordillant ici et caressant là, ils explorèrent mutuellement la forme et le goût de leurs bouches.

Laura agrippa la chemise de Conor à pleines mains, enfonçant ses doigts dans les muscles durs qu'elle venait de découvrir. Il plongea les mains dans ses cheveux, soutenant et immobilisant tout à la fois sa tête pour explorer ses lèvres d'un côté à l'autre.

Elle entendit une sorte de grognement aigu monter dans sa gorge, et il poussa sa langue contre sa bouche. Avec un gémissement de plaisir, elle entrouvrit les lèvres, et il enfonça avidement la langue. Elle était chaude, vive et puissante, et sentait le café. Le chaume de sa barbe égratigna la peau sensible de Laura, mêlant virilité intense et douceur ultime de sa langue. Comme il semblait vouloir prolonger son exploration, Laura glissa sa langue le long de la sienne et entra aussi dans sa bouche. Il récompensa son audace en refermant doucement les dents et, piégée, elle sourit. Tout le temps qu'elle avait passé à imaginer les baisers de Conor n'avait pas suffi à l'y préparer : sa tendresse et ses taquineries, sa manière de demander et de prendre à la fois, son cœur qui tambourinait sous sa main, le son de son propre souffle qui remplissait ses oreilles… Ce baiser dépassait tous ses fantasmes, l'emportant au-delà de ses rêves. C'en était presque effrayant. Son cerveau chantait, la raison l'avait quittée, et ses veines charriaient de la lave.

Conor était patient et sérieux, sensible et sexy, familier et surprenant… Avec un petit rire de gorge il la relâcha et la laissa reposer les talons par terre.

La surplombant de toute sa taille, il scruta son visage

enflammé et ses boucles emmêlées, comme pour les fixer dans sa mémoire, avant de revenir à ses yeux.

— Ça, c'était ma réponse, dit-il. Tu m'as pris au dépourvu avec ton baiser.

Le grondement rauque de sa voix résonna dans les tympans de Laura, chatouillant ses nerfs surexcités par le désir.

Elle ne put s'empêcher de se cramponner à lui quand il retira les doigts de ses cheveux. Penchant la tête, il ferma à demi les yeux, comme pour réconcilier ce qui venait de se passer avec leurs innocentes bises d'autrefois.

— Mais je crois que tu m'as encore pris au dépourvu, murmura-t-il.

— Est-ce une mauvaise chose ?

— Non.

Il se redressa, et Laura le libéra enfin. Le soleil n'était pas encore levé, et prise d'un frisson elle croisa les bras.

— Mais je ne sais pas bien quoi en faire. Tu n'es pas…

— Lisa ?

— Je n'ai jamais pensé…

Il haussa les épaules d'un air d'excuse.

— Je n'avais d'yeux que pour elle, tu le sais bien.

Elle accepta ces paroles à contrecœur.

— Et je te la rappelle. Ce baiser, c'était une façon de revenir dans le passé.

— Non. Tu n'as rien de commun avec elle. Ce baiser n'avait rien à voir avec ce que nous avons partagé, elle et moi.

Mais c'était Lisa qu'il aimait. Laura ne ressemblait pas à la femme qu'il aimait.

— Ne te fais pas de souci, Conor. C'est juste que j'ai toujours eu envie de t'embrasser.

Cela, elle pouvait l'avouer.

— Je me doutais que tu embrassais bien. Mais tout va bien, nous sommes quittes.

Il ne parut pas entièrement convaincu.

— Je continuerai quand même à t'appeler Moustique.

Ce surnom encore. Il voulait garder ses distances. Cela n'avait été qu'un baiser pour lui, il n'avait pas fait de promesse, pas entamé de relation, pas échangé un vieux sentiment contre un sentiment neuf. Il lui fallait réprimer l'espoir qui s'était infiltré en elle.

Elle le taquina alors comme l'aurait fait la petite fille aux genoux écorchés ou l'adolescente à la fierté éprouvée.

— Tu es têtu à ce point-là ? dit-elle en reculant d'un pas.

Il lui mit un doigt sous le menton pour plonger son regard dans ses yeux.

— Tu n'as pas idée.

Se penchant en avant, il déposa un baiser sur ses lèvres et recula avant qu'elle puisse réagir.

— Je t'appellerai plus tard pour savoir comment ça va, d'accord ?

Tout doucement, Laura.

Elle avait eu la moitié de sa vie pour décider de ses sentiments envers son voisin. Conor venait de découvrir les possibilités entre eux et il n'était pas visiblement pas prêt à un changement radical. Peut-être ne le serait-il jamais. Mais il venait de promettre que ce n'était pas un adieu, juste un au revoir. Elle attrapa la poignée de la porte et lui sourit.

— D'accord. Bonne nuit, Conor.

— Bonne nuit.

Elle ne l'entendit pas s'éloigner avant d'avoir poussé le verrou et mis la chaîne de sécurité. Pas étonnant qu'elle soit tombée amoureuse de lui.

Avisant le plumet gisant sur le tapis, elle traversa la pièce pour aller le ramasser. Comment allait-elle surmonter tout cela s'il ne lui laissait pas une chance ? S'il ne donnait plus à l'amour l'occasion de se manifester ?

*
* *

Laura était encore humide de sa douche quand son portable sonna. Enveloppant ses cheveux mouillés dans une serviette, elle en drapa une seconde autour de son corps et courut répondre dans sa chambre.

— Oui ? Conor ? dit-elle d'une voix un peu essoufflée.

Personne ne répondant, elle se rendit compte qu'elle avait omis de consulter l'écran. Pourquoi avait-elle pensé que c'était Conor qui l'appelait ?

— Allô ?

Il y avait quelqu'un à l'autre bout, car elle entendait une faible musique de jazz et de profondes inspirations mesurées.

— Est-ce un faux numéro ? Qui voulez-vous joindre ?

Pas de réponse.

— Je vais raccrocher.

— Je ne ferais pas ça à votre place, Laura.

Une voix égale venait de proférer ces mots si doucement qu'elle les avait à peine distingués. Ce n'était pas un faux numéro. Il connaissait son prénom.

— Qui est à l'appareil ? Je demanderai votre numéro dès que j'aurai raccroché. Je vous signalerai à la police.

— Des paroles audacieuses pour une morte.

Elle s'effondra au bord du lit, soudain prise de faiblesse.

— Que voulez-vous dire ?

La froideur glaçante de chacune de ses syllabes la fit trembler.

— La vérité pourrait bien vous coûter la vie. Que savez-vous ? Que vous a dit la morte ?

6

En voyant Laura s'arrêter sur le parking du centre pénitentiaire de Virginie, Conor descendit de son SUV. Le ciel plombé et les bourrasques de neige légère ne l'avaient pas dissuadée de venir. Pas plus que ses avertissements. Il boutonna son manteau en bougonnant et fourra dedans les pans de son écharpe.

— Je savais bien que tu ne renoncerais pas.

Les bras croisés, il attendit près de sa portière qu'elle coupe le contact et descende à son tour de voiture. Elle n'avait même pas la bonne grâce de paraître coupable.

— Pourquoi es-tu là ? demanda-t-elle, en enfonçant un bonnet sur sa tête.

— Parce que je savais que tu viendrais et que je voulais t'empêcher de le faire.

Laura ferma sa portière et la verrouilla.

— Ce n'est qu'une conversation avec la mère de mon amie.

— Dans tes rêves…

Laura imita sa posture, bras croisés.

— Je ne suis plus une petite fille. Je suis déjà venue avec Chloe. Je veux seulement comprendre ce qui lui est arrivé. Et pourquoi on me…

Ôtant d'une pichenette un flocon de neige sur sa manche, elle s'engagea dans l'allée sans finir sa phrase.

— On te quoi ?

D'un bond, Conor fut à ses côtés. Il était inutile de lui raconter des histoires.

— Il s'est passé quelque chose ?

S'arrêtant, elle fixa le milieu de sa poitrine d'un œil noir. Pas de contact visuel. *Génial !* Il n'aimait pas du tout ça.

— J'ai reçu un appel ce matin. Peu de temps après ton départ. Je ne sais pas qui c'était. Il y avait trop de bruit de fond et il parlait doucement. Il était sans doute dans un bar. Sans doute ivre. Sans doute rien du tout. Sauf que – cette fois, elle croisa son regard – il connaissait mon prénom.

Un soupçon glacé fit dresser les poils sur la nuque de Conor.

— Que t'a-t-il dit ?

— Il voulait savoir ce qu'avait dit « la morte ».

— Il pensait que Chloe t'avait parlé de quelque chose ?

Elle hocha la tête.

— Il t'a menacée ?

— Ça ne voulait rien dire.

— Bien sûr que si. Cela avait une signification pour lui. La morte ? Il a employé ces mots ? Ça m'a l'air d'une allusion très claire.

Laura secoua la tête et reprit sa marche.

— Je n'ai pas compris ce que disait Chloe au téléphone. Elle bafouillait et parlait très bas. Peut-être était-elle déjà blessée. Ou en train de mourir. C'est peut-être pour ça qu'elle était incohérente. Elle a fait allusion à une assurance. Mais quel genre d'assurance ? Je n'ai aucune idée de ce que cela peut être.

— Ce type croit sans doute qu'elle te l'a donnée. Il a pu surveiller ton appartement. Ou te surveiller toi.

— Tu es paranoïaque.

Elle gravit les marches de l'entrée des visiteurs.

— Et toi non, mais tu devrais.

Conor fit halte au pied des marches et survola le parking du regard. Quelques voitures de policiers, des véhicules de la prison, d'autres pouvant appartenir au personnel, aux visiteurs ou même à certaines prisonnières. Il faisait trop froid pour rester assis dans une voiture sans chauffage, et il aurait remarqué une fumée d'échappement. La transparence de ce tranquille après-midi de dimanche n'avait pas de quoi l'inquiéter. Raison de plus pour suivre Laura à l'intérieur.

— À moins d'être hyper vigilante, tu ne pourras jamais empêcher quelqu'un de te contacter et te menacer. Ou alors il te faudrait intégrer le programme de protection des témoins.

Au sommet du perron, Laura pivota sur elle-même. Devant son expression, Conor s'arrêta deux marches plus bas, ce qui les mit presque au même niveau.

— Tu crois qu'il faut que j'en fasse la demande ? Ai-je le profil des gens dont tu t'occupais ? Je ne connais rien à tout ça.

Elle désigna le mur en brique derrière elle.

— C'est pour ça que je suis ici. Pour trouver des informations.

Conor observa les flocons tomber sur ses joues et se mêler à ses taches de rousseur. Cela lui donna le temps de modérer son pessimisme.

— J'exagère peut-être. C'est ma formation. Quand on est responsable de quelqu'un, on a tendance à voir des ennemis partout.

Laura saisit sa main gantée.

— Eh bien, maintenant, pourrais-tu m'aider au lieu de m'effrayer ? Viens voir Verna avec moi. Je sais que le policier en toi cherche des réponses. C'est pour ça que tu es là, non ? Pour parler à la mère de Chloe.

— Je suis là pour t'empêcher de faire des bêtises. Laisse Cobb et son équipe diriger l'enquête. Il a raison sur une chose au moins : protéger les gens, c'est ce que je fais de mieux. Je ne veux pas te voir blessée ou pire.

— Alors protège-moi. J'y vais que tu le veuilles ou non. Je préfère que tu me soutiennes plutôt que tu m'en veuilles.

— Je ne t'en veux pas.

Elle avait déjà gagné. Elle allait entrer, et lui avec elle.

— Tu me fais encore le coup du grand frère ?

D'autres flocons atterrirent sur le nez et les joues de Laura. Soudain il eut envie de les écarter du bout des doigts ou des lèvres. Qu'est-ce qui lui prenait ? Il n'avait jamais eu ce genre d'impulsion avec Lisa. Entre eux, tout était prévisible, planifié, y compris la passion. Avec Lisa, il avait le temps de réfléchir. Tandis qu'avec Laura, il semblait obéir à son instinct. Il s'entendit avouer :

— Ce n'étaient pas des pensées fraternelles que j'ai eues en t'embrassant.

— Ça remet un peu en cause le statu quo, n'est-ce pas ? De nous considérer autrement que comme des voisins, je veux dire.

Ce disant, elle lui adressa un sourire aussi éclatant que séducteur. Un élan de désir fouetta le sang de Conor et lui mit presque le cerveau en panne.

— On accorde bien trop d'importance au statu quo.

Obéissant à son impulsion, il se pencha en avant pour l'embrasser. Les lèvres sexy de Laura fondirent sous les siennes. Il sentit ses doigts gantés de cuir se presser sur sa mâchoire, retenant sa bouche contre la sienne. Durant une seconde de folie, il se demanda si le reste de son corps réagirait aussi bien à son invite.

Mais, au moment où il s'imaginait caresser ses seins et écraser son corps nu sous le sien, le sens de la réalité lui revint en un éclair et il fit un bond en arrière. Les yeux de Laura avaient pris la teinte du jade. Elle avait l'air d'une magicienne qui lisait dans les pensées. Pour un peu, il se serait persuadé que c'était elle qui avait imprimé ces idées torrides dans son esprit.

Faire l'amour avec Laura était hors de question. L'embrasser n'était pas mieux. Il n'aurait pas dû éprouver ce désir fébrile. Il allait repartir pour Kansas City et dire adieu à sa ville natale. Il n'était pas du bois dont on fait les relations durables et il se serait haï de faire du mal à sa meilleure amie avec une passade insouciante.

Il inspira profondément l'air froid et se força à reprendre pied dans la réalité. Il était là pour trouver des réponses, pour protéger Laura de sa curiosité et de sa compassion. C'était tout à fait dans ses cordes. Il lui prit la main et l'entraîna vers le seuil.

— Allons-y. Ensuite, tu me raconteras cet appel en détail.

Quelques minutes plus tard, le gardien sourit en tendant une fiche d'enregistrement à Conor.

— Marshal Wildman. Ça fait longtemps…

Conor dégaina son Glock de service et le posa sur le comptoir avec le petit Beretta qu'il portait à la cheville.

— Bonjour, Pete. Comment vont les petits-enfants ?

— Ils grandissent trop vite. Vous ne poursuivez pas de fugitif aujourd'hui, n'est-ce pas ?

L'homme au crâne dégarni leva la main.

— Je jure que tous ceux qui doivent être sous les verrous le sont.

Conor sourit et déposa aussi son badge sur le comptoir.

— Je ne suis plus marshal. J'ai déménagé à Kansas City et j'ai été recruté dans la police là-bas. Je suis venu avec une amie.

Il désigna Laura de la tête, laquelle passait déjà sous le portique de détecteur de métaux donnant accès à la salle d'attente et à la salle des visites.

— Nous sommes venus voir Verna Wilson.

Pete haussa ses sourcils blancs.

— Eh bien, elle a du succès aujourd'hui.

— Que voulez-vous dire ?

Conor retira sa montre et la posa avec son téléphone sur le comptoir.

— Depuis le début des visites, vous êtes le…

Pete fit descendre son doigt sur le registre.

— … Le quatrième à venir la voir. Ce doit être une affaire brûlante.

— Sa fille a été assassinée hier soir.

Le gardien fronça les sourcils dans un geste de sympathie avant de laisser tomber ce qui appartenait à Conor dans une grande enveloppe dont il colla le rabat.

— Pas de chance pour elle. Votre amie connaît Verna ?

— Elle était l'amie de sa fille. Je suppose que vous ne me direz pas qui est venu la voir ?

— Vous savez bien que je ne peux pas faire ça sans une décision de justice, sinon je vais me faire engueuler.

Il désigna la salle d'attente.

— Mais voilà un de ses visiteurs qui ressort.

Conor se retourna et vit T.J. Cobb échanger une plaisanterie avec le gardien posté devant la porte en acier. Il était sans doute venu notifier le décès.

— Merci, Pete.

Avec un geste d'au revoir, Conor se hâta de passer à travers le détecteur pour rejoindre Laura. En le sentant poser une main au creux de ses reins, elle sursauta. Il comprit qu'elle n'était pas plus heureuse que lui de croiser l'adjoint du shérif.

— Que faites-vous ici, inspecteur ?

Le sourire de Cobb était aussi faux qu'on pouvait l'imaginer.

— Mademoiselle Karr avec un K…

Il lui adressa un clin d'œil.

— Plus de robe rose ?

Laura se raidit contre Conor.

— Nous sommes venus présenter nos condoléances à la mère de Chloe.

— Je viens juste de le faire moi-même.

Conor doutait très fort qu'il ait pris cette peine.

— Lui avez-vous demandé si la mort de sa fille pouvait avoir un lien avec son passé à elle ?

— C'est mon enquête, Wildman, vous vous rappelez ?

Cobb inclina sa casquette sans répondre à la question.

— Une bonne journée à vous, ajouta-t-il en se dirigeant vers la réception. Pete… Quand votre femme va-t-elle me refaire une de ses tartes aux pommes ?

Quand Cobb eut quitté le hall d'entrée, Laura marmonna entre ses dents :

— Je ne sais pas ce que j'aime le moins, sa condescendance ou ses plaisanteries grasses.

— C'est juste qu'il est bête et méchant, je crois, dit Conor d'un ton froid.

Laura éclata de rire, soulageant leur tension à tous deux.

— Merci. J'en avais besoin. Allons-y.

Conor et Laura avaient pris place sur des tabourets vissés au sol quand un gardien introduisit Verna Wilson dans la salle des visites et la fit asseoir à la même table qu'eux.

La mère de Chloe, âgée d'une quarantaine d'années, avait des dents jaunies par le tabac et des tics révélateurs d'une ancienne toxicomanie. Elle avait visiblement appris la mort de sa fille. Malgré son visage inexpressif, ses yeux rouges et gonflées témoignaient des larmes qu'elle avait versées.

— Chloe était belle et talentueuse. C'était très amusant de la fréquenter, dit Laura qui essayait d'établir un lien avec la femme qui lui faisait face.

Verna, qui avait deviné que Conor était policier, ne

lui accordait pas un regard. Aussi laissait-il Laura faire les frais de la conversation.

— Je suis désolée, madame Wilson, poursuivit Laura. Personne ne devrait mourir comme ça.

— Apparemment, elle a fait de mauvaises rencontres.

— Vous voulez dire une mauvaise rencontre. Son agression était très… personnelle, je dirais.

— Sûr. Peu importe.

Les doigts de Verna continuèrent de tapoter la table tandis qu'elle se penchait en avant pour murmurer :

— Écoutez, je suis là parce que j'ai fait de mauvaises rencontres. C'est dangereux, ces histoires-là.

Laura croisa ses mains sur ses genoux, sans doute pour résister à l'envie d'immobiliser ces doigts galopants.

— Chloe m'a dit que vous aviez été arrêtée pour avoir vendu de la drogue.

— Ouais. Les gens pour qui je travaillais n'ont pas apprécié que j'en prélève un peu pour moi. Ils m'ont dénoncée.

Verna échangea un regard avec le gardien à la porte et se rassit.

— J'étais en conditionnelle. C'était mon troisième délit. Je ne me plains pas, je fais mon temps.

— Ne pouviez-vous pas les dénoncer à votre tour ? suggéra Laura. Témoigner contre eux en échange d'une peine plus légère ?

Verna rit de cette naïveté.

— Je préférais rester ici quelques années. Ça valait mieux que de voir ma Chloe morte.

— Ils l'ont menacée pour vous faire taire ?

— La première fois que j'ai été arrêtée, oui.

Ses doigts s'immobilisèrent un instant.

— Ce n'était qu'une gosse à l'époque. Et je suis restée aussi silencieuse qu'une tombe. Je n'ai jamais donné de nom. Ceux qui ont tué ma fille, c'est une autre affaire. Ça n'a rien à voir avec moi.

— Une autre affaire que la vente de drogue ? Chloe vous a-t-elle parlé d'une assurance ? Auriez-vous une idée de ce que c'était ? Pourriez-vous donner un indice à la police ?

— Pas si je veux rester en vie ici.

Verna leur jeta à tous deux un regard d'avertissement.

— Soyez raisonnable, laissez tomber. Chloe avait de l'or entre les mains, mais elle a tout gâché parce qu'elle n'arrivait pas à s'en contenter.

— Donc, elle vous en a parlé, insista Laura. Quel or ? Qu'est-ce qu'elle a gâché ?

— Une vraie relation.

— Avec Isaac Royal ou Vinnie Orlando ?

Verna ne répondit pas.

Conor préféra lui poser une question sans rapport avec le meurtre.

— En dehors de Cobb, qui est venu vous voir aujourd'hui ?

Mais Verna avait repris ses tambourinements. Ce tic nerveux avait peut-être plus à voir avec le refus de répondre qu'avec le besoin d'une dose. Après avoir sollicité l'autorisation du gardien, elle se leva.

— C'est l'heure. Il faut que j'y aille.

— Verna, s'il vous plaît... Tout ce que vous pourriez nous dire...

Laura s'était également levée, mais Conor la fit rasseoir pour l'empêcher de toucher la prisonnière. Cela ne suffit cependant pas à stopper ses supplications.

— Je ne veux pas que l'assassin de Chloe s'en tire comme ça...

Verna fit halte pour lui adresser un dernier mot.

— Chloe embêtait des gens qui n'aiment pas être

embêtés. Et même si je l'aimais, c'était une racaille, comme moi. Aucune somme d'argent ne pouvait changer ça.

— Chloe n'était pas une racaille. Pas plus que vous.

Le gardien débloqua la porte, et Verna réintégra la prison sans un regard en arrière.

La nuit tomba, accompagnée d'une épaisse couverture nuageuse. Les lumières de la ville se reflétaient sur la neige, jetant une clarté irréelle sur le tranquille cimetière où la mère de Conor était enterrée. Une lueur blafarde projetait des ombres impénétrables derrière chaque pierre tombale, arbre ou mausolée. La place ne manquait pas pour qu'on espionne furtivement leurs mouvements. Conor avait la sensation que quelqu'un était là, épiant chaque geste de Laura.

Ce n'était pas la première fois durant les dernières vingt-quatre heures qu'il sentait qu'on les observait. S'il n'avait pas été là, Laura aurait-elle été en danger ?

Il serra le volant entre ses doigts, se repassant tout ce qu'elle lui avait raconté. Une ordure quelconque l'avait appelée et l'avait menacée de la tuer si elle ne disait pas tout ce qu'elle savait des secrets de Chloe. Et, étant donné les circonstances, il ne croyait pas à une menace vaine.

Franchissant le portail en fer forgé, il suivit l'allée centrale et contourna le premier tertre, gardant Laura et sa voiture bien en vue dans son rétroviseur. Il aurait voulu qu'elle soit là, avec lui. En partie parce qu'elle aurait été ainsi à l'abri de coups de fil anonymes et de policiers qui se fichaient de sa sécurité, et en partie parce qu'il aimait être avec elle. Elle était drôle et sexy, et elle avait ce parfum un peu exotique qui la différenciait de toutes les autres femmes. Et puis elle était intelligente. Cela le forçait à rester en alerte. Elle était aussi impulsive et émotive que dans son enfance, mais ce qui l'amusait autrefois l'intriguait et le séduisait aujourd'hui. Bon sang, si elle n'avait pas été la sœur de Lisa et si cette attirance n'avait pas été aussi embarrassante, il lui aurait demandé de sortir avec lui. Non, il lui aurait demandé de passer la nuit avec lui. Ce retour à Arlington avait pris un tour tout à fait inattendu – et pas seulement parce qu'ils avaient découvert le cadavre de Chloe.

Il s'arrêta près d'un bouquet de conifères, au pied du tertre où reposaient ses parents, coupa le moteur et descendit de voiture pour aller à la rencontre de Laura.

— Je ne pensais pas que le soleil se coucherait si tôt, déclara-t-il en lui ouvrant la portière. Le cimetière ne ferme pas avant vingt minutes. Je serai rapide, c'est promis.

— Prends ton temps.

Elle remonta la fermeture Éclair de sa veste avant de le repousser légèrement, comme si son attitude protectrice la gênait. À moins qu'elle ait juste besoin d'espace pour lever son regard vers lui.

— C'est important de vérifier que la pierre est bien celle que tu as commandée et qu'elle a été placée comme il faut.

Sa main errait au milieu de sa poitrine. Il aimait qu'elle ait toujours envie de le toucher. Il aimait beaucoup ça.

— Ça aurait été ridicule de me raccompagner à l'autre bout de la ville pour revenir ensuite au cimetière. Et je n'aurais pas dormi tranquille, sachant ma voiture dans le parking de la prison. En outre, je voudrais aussi rendre hommage à Marie.

— J'aurais pu te ramener et faire ça demain, répéta-t-il comme il l'avait fait à la sortie de la prison. Ce n'est pas comme si ma mère allait quelque part.

Elle lui tapota la poitrine et contourna la voiture pour gagner la tombe. Elle y était déjà venue. Il aimait aussi cela chez Laura. Bon sang, il devait cesser de faire la liste de ses qualités et de ses défauts. Même s'il ne parvenait pas à lui trouver un seul défaut. Sauf sa tendance à s'impliquer avec des gens dangereux.

C'était son amie. Elle avait besoin de ses compétences pour venir à bout de cette enquête officieuse. Elle voulait qu'il surveille ses arrières, point final.

Son regard tomba sur le doux balancement de ses hanches. Non, cela ne le dérangeait pas de surveiller ses arrières.

Fermant étroitement les yeux, il se morigéna pour cette pensée inopportune. *Tu es incorrigible, Wildman.*

Pressant le pas, il rattrapa Laura au moment où elle se penchait pour ôter la neige fraîchement tombée sur le marbre rouge. Debout près d'elle, il sentit le chagrin lui nouer les entrailles à la vue du nom et des dates de naissance et de mort de sa mère, au-dessus d'un bouquet de jonquilles en émail incrusté dans la pierre.

— C'est parfait. Simple et beau. Marie aurait aimé ça.

Bien que le pourtour de la tombe soit pour l'instant dépourvu de pelouse, il fut heureux de voir que la pierre tombale correspondait à ses attentes.

— C'est elle qui m'a parlé des jonquilles avant de mourir. Elle en avait toujours qui poussaient dans le jardin.

— Je m'en souviens. Le long de la clôture. Elles fleurissaient tous les printemps.

Laura lui tendit la main pour qu'il l'aide à se relever, puis elle passa un bras autour du sien et posa la tête sur son épaule, dans un de ces gestes tendres dont elle avait le secret. Il fallut à Conor quelques instants pour s'extraire de ses pensées et se rendre compte que Laura avait changé de sujet.

— Mais comment peut-on traiter sa fille de racaille ?

Manifestement, elle avait continué à penser à son amie au lieu de ruminer à propos de leur relation comme lui pendant des kilomètres. Pour lui, ce fut presque un soulagement de revenir à Chloe Wilson et au meurtre. La tombe toute neuve, jouxtant une dalle déjà usée par les intempéries, lui fournit la réponse qu'il cherchait.

— Toutes les familles ne sont pas faites pour poser en couverture d'un magazine. Tout le monde n'a pas grandi avec des parents comme les tiens.

Elle resserra les doigts autour de son bras.

— Tu parles de ton père, n'est-ce pas ?

Elle baissa les yeux sur la tombe d'Arthur Wildman, puis les releva pour le regarder.

— Est-ce qu'il te dénigrait aussi ?

— Non. Il n'est pas resté assez longtemps pour ça.

Même si devenir l'homme de la maison à l'âge de huit ans avait donné à Conor un sens exagéré des responsabilités et une armure de sarcasme. La mort de son père avait éteint le dernier espoir qu'il entretenait de voir un jour sa famille réunie. À partir de là, il avait interposé un écran entre les autres et lui pour ne plus jamais être blessé.

— J'ai quelques bons souvenirs de lui quand j'étais petit, avoua-t-il. Je me souviens qu'il me portait sur ses épaules à une parade. Il était aussi grand que moi aujourd'hui. J'avais l'impression de voler tout là-haut. Je pense que je devais avoir quatre ans. Mais peu de temps après, il est parti.

« On est ta famille. Je suis ton fils… »

Conor se rappelait avoir couru après son père quand celui-ci était allé jeter un gros sac à l'arrière de sa camionnette. Ce jour-là il avait pleuré toutes les larmes de son corps.

« Ça ne suffit pas, avait répondu Arthur. Retourne à la maison, avec ta mère. Et arrête de pleurer. Tout se passera bien pour toi. »

Mais rien ne s'était bien passé. Et peut-être était-ce encore le cas aujourd'hui.

— Il ne voulait pas s'attacher à nous, reprit Conor, il ne voulait pas élever un fils et vivre en banlieue. Deux ans après, il est mort.

Laura se déplaça et lui entoura la taille de ses bras, posant une joue sur son cœur.

— Je ne peux pas imaginer ce que c'est d'être abandonné comme ça. Mais tu avais ta mère. Marie était aussi solide et courageuse qu'on peut l'espérer.

Conor fixa la pierre tombale, réconforté par l'étreinte de Laura, par son parfum qui se mêlait à l'air froid, par la manière dont elle collait son petit corps solide contre le sien. Ses paroles lui rappelaient des temps meilleurs. Sa compassion était un baume pour ses blessures affectives. Il lui parut complètement naturel, sinon nécessaire de refermer ses bras sur elle et de poser le menton au sommet de son bonnet en tricot.

— J'ai eu de la chance de l'avoir.

— Nous avons tous eu de la chance.

Il pouvait même contempler la tombe de son père et se souvenir de ce qu'il admirait chez la femme qui l'avait élevé.

— Ils n'ont jamais divorcé. Maman s'est occupée de son enterrement. Je crois qu'elle l'aimait encore.

— Ou bien c'était par sens du devoir. Tu en as hérité. Cela te vient forcément d'elle.

— Peut-être.

Il ne sut pas combien de temps ils restèrent ainsi, debout l'un contre l'autre, mais Laura finit par s'écarter.

— Tu as froid ?

Elle secoua la tête, même si elle s'était enveloppée de ses bras. Peut-être était-elle aussi embarrassée que lui par la nouvelle tonalité de leur relation. Peut-être un cimetière au crépuscule n'était-il pas non plus le lieu approprié pour penser à leur relation.

Conor repoussa sa nostalgie, que la proximité de Laura

avait réveillée. C'était d'un flic dont elle avait besoin, pas du récit de son enfance malheureuse. Et le flic en lui eut tout à coup une intuition lumineuse à propos de Chloe Wilson.

— Verna savait peut-être quelque chose sur Chloe.

— Que veux-tu dire ?

— Elle nous a dit que Chloe avait de l'or entre les mains mais qu'elle n'avait pas su s'en contenter, qu'elle voulait davantage.

Laura haussa les épaules, ne comprenant pas où il voulait en venir.

— Plus de quoi ? D'argent ? Elle vendait ses céramiques dans des expositions et payait ses factures avec son emploi de serveuse à temps partiel. Elle semblait toujours avoir un petit ami qui s'occupait de tout le reste.

— Tu sais ce qu'un enfant qui n'a pas eu de vraie famille veut plus que tout ? Plus que l'argent ?

Il tendit la main, attendant que Laura la prenne.

— Une famille digne de ce nom. La sécurité. C'est sans doute pour cela qu'elle était ton amie : tu étais fiable et loyale, elle pouvait compter sur toi. Et, dans le domaine amoureux, ce qu'elle voulait par-dessus tout c'était que son partenaire s'engage.

Les doigts de Laura se refermèrent sur les siens quand elle comprit.

— Tu penses qu'elle faisait du chantage à Vinnie pour qu'il l'épouse ?

Il ralentit le pas pour qu'elle puisse le suivre.

— Il lui a peut-être offert une bague. Puis il a décidé de la tuer afin qu'elle ne puisse trahir son secret.

Ils retracèrent leurs pas dans la neige.

— Quel secret ? Elle ne m'a jamais parlé de rien.

— Les gens ont parfois des squelettes dans leurs placards. Des choses qui leur font du mal sur le plan émotionnel, qui sont mauvaises pour les affaires ou pour leur réputation. Des choses qui pourraient leur valoir la prison. Ou les faire tuer.

— Mais comment Chloe aurait-elle découvert une chose pareille ? Elle n'avait rien d'un détective.

— Une confidence sur l'oreiller ?

— Ce n'était peut-être pas Vinnie qu'elle faisait chanter, mais Isaac. Il nous a dit qu'elle lui avait montré une enveloppe.

Laura sortit ses clés de voitures et tapota la télécommande pour déverrouiller les portières. Voyant qu'il ne se passait rien, elle poussa un juron étouffé et introduisit la clé dans la serrure. Conor se promit silencieusement de trouver un moment, le lendemain, pour emmener sa voiture au garage et faire changer la pile.

— Peut-être l'a-t-elle menacé de dévoiler son secret s'il ne gardait pas ses distances et ne la laissait pas épouser Vinnie. Tu as vu sa main. Ce n'était peut-être pas la première fois qu'il perdait son calme avec elle. Au lieu de signaler la chose à la police, elle s'en est servi pour le forcer à se tenir tranquille.

— Les possibilités sont multiples, mais il faut que nous trouvions cette enveloppe.

Conor lui ouvrit la portière. Au lieu de monter, Laura resta debout, appuyée à la portière.

— Nous ? Tu vas rester encore quelque temps, finalement ?

Si elle lui souriait tous les jours comme ça, et si elle l'embrassait tous les soirs comme elle l'avait fait chez elle, il aurait du mal à repartir. Mais il préféra ne pas faire de promesse.

— Quelque temps. Aussi longtemps que possible avant de reprendre mon travail.

Le sourire de Laura faiblit.

— Je voudrais que tu puisses rester pour toujours.

— Je ne pense pas que je serai heureux ici. J'ai une nouvelle vie et j'ai envie de la reprendre.

— Est-ce ta nouvelle vie qui te fait envie, ou l'ancienne que tu fuis ?

Cette observation donna un peu l'impression à Conor d'être son père. Et ce n'était pas très confortable.

— Tu ne mâches pas tes mots, hein, Moustique ?

Il inspira et expira dans l'air froid un instant.

— À cet égard, tu ressembles beaucoup à Lisa.

— Tu m'as dit que je ne lui ressemblais pas du tout.

Le sourcil froncé, elle avança un petit doigt vers le sien. Étant donné qu'ils portaient tous deux des gants, il n'aurait pas dû sentir quoi que ce soit. Mais il semblait hyper conscient de tous ses gestes, de toutes les nuances de son humeur. Et la comparaison qu'il venait de faire la contrariait.

— Je ne veux pas que tu me voies comme la copie conforme de la femme qui t'a fait du mal. Ni comme la petite fille que j'étais. Je veux que tu me voies comme je suis aujourd'hui.

— Cette honnêteté doit aussi être une qualité des Karr.

Conor accrocha son petit doigt au sien, complétant le geste qu'elle hésitait à faire et l'assurant ainsi que rien ne pourrait nuire à leur amitié.

— Fais-moi confiance, tu es unique. Tu es plus petite et plus ronde que ta sœur, mais ce n'est pas seulement ton apparence. Tu es plus impulsive qu'elle et tu as bon cœur. Tu es imprégnée de compassion.

— Lisa aussi a bon cœur.

Il secoua la tête.

— Elle a peur de s'en servir. Je suis sûr qu'elle aime Joe et je sais qu'elle avait de vrais sentiments pour moi. Mais… Elle n'est pas prête à prendre des risques à moins d'être sûre de garder le contrôle. Et elle ne pouvait pas me contrôler, à cause de mes horaires et des mensonges que j'étais forcé de lui dire pour protéger mes témoins.

— Alors tu penses encore que je suis imprudente. Parce que je prends des risques et que je m'implique dans des choses que je ferais mieux d'ignorer.

— Je pense que tu es incroyablement courageuse de suivre ton cœur. De prendre le risque de t'attacher aux gens et d'être blessée pour ça.

Il entremêla les doigts aux siens et les pressa.

— Cela fait longtemps que je ne me suis pas montré aussi courageux que toi.

— Conor…

Non, il n'allait pas lui dire quelque chose du genre *celui que tu choisiras sera un homme heureux*.

— Et si je te disais…

Mais la sonnerie de son téléphone, dans la voiture, interrompit ce qu'elle s'apprêtait à dire.

— Tu ferais mieux de répondre.

Avec un gros soupir, elle s'écarta et repêcha son téléphone dans son sac à main.

— Allô ! Oui ? Je comprends. Non, je n'oublierai pas.

Sans distinguer les mots, Conor saisit qu'il s'agissait d'une voix masculine. En la voyant se laisser tomber sur le siège conducteur, comme poussée par le vent, il contourna la portière et s'accroupit devant elle.

— J'ai dit que je le ferai. Vous savez si… Allô !

Son interlocuteur avait raccroché. Était-ce la même ordure qui l'avait appelée ?

— Laura ? Qui était-ce ?

Elle pressa son téléphone contre sa poitrine.

— C'était Cobb. Il dit qu'ils ont trouvé un reçu de la poste dans l'appartement, correspondant au paquet qu'elle a envoyé. Comme toi, Cobb pense que ça pourrait être la clé de l'enquête. Il doit être distribué demain.

— Ont-ils trouvé à qui elle l'a envoyé ?

Laura hocha la tête.

— Oui, à moi.

7

— Oui, madame.

Laura se pencha en avant pour saisir l'information sur son ordinateur.

— J'ai réservé une chambre supplémentaire pour les accompagnateurs et confirmé les vols. Votre visite de Washington pour Pâques est fin prête.

Quand elle eut adressé les modifications de la commande à son agence et imprimé une copie pour ses dossiers, elle coupa le haut-parleur et replaça son oreillette pour achever la conversation.

— Je vous souhaite bon voyage depuis le Nebraska.

Tout en retirant les formulaires de l'imprimante de la main gauche, elle ouvrit de la main droite le tiroir de son bureau pour y prendre l'agrafeuse. C'était un geste qu'elle avait fait des centaines de fois. Mais ses doigts heurtèrent une boîte de trombones et un plateau de feutres, la forçant à regarder dans le tiroir. Elle le tira de quelques centimètres et vit que l'agrafeuse avait été repoussée derrière ses autres fournitures de bureau.

— Ah, te voilà. Comment es-tu arrivée là ? murmura-t-elle.

Encore un mystère. Tout comme la question de savoir ce que Chloe lui avait envoyé. Et où était le facteur, d'abord ?

Après avoir agrafé les feuilles et reposé l'agrafeuse à sa place, elle posa les pieds sur le canapé en cuir jouxtant son bureau et ferma les paupières. Généralement, ses journées de travail à domicile lui servaient à passer des appels et mettre à jour ses dossiers. Mais, bien que son jean et son sweat-shirt soient bien plus confortables que le corset et les tourbillons de tulle portés tout le week-end, elle se sentait patraque. Épuisée, elle avait dormi cinq heures d'un sommeil sans rêve, mais s'était réveillée à 4 heures du matin et ne s'était pas rendormie.

En s'asseyant pour prendre le petit déjeuner, elle avait essayé d'identifier une odeur qui flottait dans son appartement, quelque chose de vaguement écœurant. Elle avait fini par conclure qu'elle l'avait imaginée. Mais pouvait-on imaginer des odeurs ? En mâchant ses céréales, à moitié endormie, elle avait décidé qu'il s'agissait d'un après-rasage. Conor et son père étaient cependant les seuls hommes à être entrés chez elle dans les jours précédents. Son père ne portait ce genre d'eau de toilette, et Conor sentait… Conor. Cette odeur-là était différente, boisée… ou musquée… Non, c'était un produit de son invention. Elle avait vidé la cafetière puis en avait préparé une seconde, afin de répandre un arôme du café frais dans son appartement et oublier les hommes invisibles et les après-rasages illusoires.

S'attaquer à ses tâches ne l'avait pas beaucoup distraite de ses pensées. Elle avait ouvert sa boîte mail pour expédier quelques réponses. Elle était physiquement épuisée par le mariage, la mort de Chloe et la nuit blanche qui avait suivi. Ces quelques heures de sommeil ne lui avaient pas suffi. En outre, son esprit ne cessait de sauter des formules de voyage tout compris à un fantasme dans lequel Conor l'embrassait à nouveau. Ou bien elle s'inquiétait pour lui. Il lui avait paru si mélancolique devant les tombes de ses parents, si seul.

Comment un homme si doué pour faire rire les gens, pour les mettre à l'aise et les protéger, pour tenir les brutes et les méchants en respect, pouvait-il être si seul ? Ce retour à Arlington l'avait forcé à affronter son passé et tout ce qui lui avait fait du mal. Il avait des amis, mais pas de famille. Il avait surmonté la tragédie de la mort de sa mère et grandi sans père. Il avait accepté la rupture de Lisa et son mariage avec l'un de ses anciens condisciples. Mais à quel prix ?

L'homme qu'elle avait étreint au cimetière avait besoin d'amour. Il avait besoin de comprendre qu'il y avait des relations qui duraient. Il avait besoin de croire que son amour serait en sécurité avec quelqu'un d'autre – c'est-à-dire elle, espérait-elle. Mais comment pouvait-elle percer son armure et l'en convaincre ? Était-elle la femme qu'il fallait pour cela ? Elle voulait néanmoins essayer. Pour Conor et pour son propre bonheur, elle souhaitait y arriver.

Elle avait failli lui avouer ses sentiments, au cimetière, juste avant l'appel de Cobb. Cela aurait sans doute débouché sur une autre humiliation, suivie d'une plaisanterie quelconque pour alléger l'atmosphère et feindre qu'il ne s'était rien passé. Puis Conor serait reparti chez lui et aurait ruminé tout cela, se sentant coupable d'avoir inspiré un amour qu'il ne pouvait rendre. Et elle-même serait rentrée chez elle et…

Elle rouvrit les yeux. Passer la journée à rêvasser sans avoir la moindre idée sur la manière de faire découvrir à Conor qu'il était tombé amoureux de la mauvaise sœur… Elle reposa les pieds par terre et se leva. Pourquoi avait-elle l'impression qu'il lui restait peu de temps pour secouer Conor et lui faire admettre qu'elle était la femme qu'il lui fallait ? Et n'était-ce pas égoïste alors qu'il avait l'air d'avoir besoin d'amitié plus que de tout autre chose ?

Secouant la tête, elle reprit son mug vide et l'emporta à la cuisine. Elle avait suffisamment de soucis comme ça sans y ajouter Conor. Par la fenêtre de la cuisine, elle chercha des yeux la camionnette du facteur. Elle n'était pas la seule à attendre son arrivée. De l'autre côté de la rue, un peu plus bas, une voiture du bureau du shérif était garée. Cobb, ou un de ses collègues, était là depuis le début de la matinée, attendant le colis de Chloe.

Pour s'occuper l'esprit plus que par faim réelle, elle ouvrit une boîte de soupe et la fit réchauffer sur la cuisinière. Cela fait, elle s'installa à table pour la déguster. Conor déjeunait-il aussi ? Faisait-il des choses simples comme se préparer trois repas par jour et prendre soin de lui-même ? Ou était-il trop accaparé par l'entretien de la chaudière pour manger ? Avait-il appelé ses contacts dans la police pour en apprendre davantage sur Chloe et Verna Wilson, Isaac Royal et Vinnie Orlando ? Il lui avait promis de la mettre au courant de tout ce qu'il découvrirait. Mais il lui avait aussi fait promettre de ne plus se mêler de l'enquête, une fois qu'elle aurait reçu le paquet de Chloe et l'aurait remis à Cobb.

En emportant son assiette dans l'évier, elle vit la camionnette blanche du facteur s'arrêter devant son immeuble. L'impatience l'envahit, mêlée de crainte. Ce paquet allait-il fournir une réponse à ses interrogations ? Les menaces et les soupçons allaient-ils prendre fin ? Saisissant son téléphone sur la table, elle adressa un texto à Conor pour lui dire que le paquet était arrivé. Puis elle attrapa ses clés et se hâta de gagner la porte.

Elle atteignit le hall d'entrée juste à temps pour adresser un geste de la main au facteur qui ressortait déjà. Ignorant le bip du message de Conor et le courant d'air froid qui la faisait frissonner, elle introduisit sa clé dans la serrure de sa boîte aux lettres et l'ouvrit. Elle eut le souffle coupé en avisant une enveloppe blanche pliée en deux. Elle la prit vivement et laissa le reste du courrier dans la boîte.

Il y avait effectivement une marque de rouge à lèvres sur l'enveloppe. Laura effleura du doigt son nom et son adresse inscrits de la main élégante de son amie et sentit le chagrin la frapper à l'idée qu'un tel talent, un tel goût de vivre, une telle liberté d'esprit avaient été violemment supprimés.

— C'est celle-là ?

Laura sursauta en entendant une voix faussement bonasse. Se retournant, elle s'adossa aux boîtes aux lettres et considéra Cobb qui époussetait la neige sur les manches de son uniforme. Elle attendit que l'air glacial qu'il avait fait entrer avec lui se dissipe avant de parler :

— Je vous ai dit que je vous l'apporterais dès qu'elle serait arrivée. Et si elle contenait quelque chose de personnel ?

— Et si elle contenait un indice crucial pour mon enquête ?

Laura pressa l'enveloppe sur sa poitrine.

— C'est mon courrier. Vous ne pouvez pas le saisir à moins d'avoir un mandat.

— Je croyais que vous aviez compris de quoi il s'agissait, hier soir. Il faut du temps pour obtenir un mandat. Vous ne voulez pas que je retrouve le meurtrier de votre amie ?

— Bien sûr que si.

Il fit un pas vers elle.

— Alors vous feriez mieux de l'ouvrir pour voir ce qu'il y a dedans.

— Pendant que vous regardez par-dessus mon épaule ?

Il la fixait sans ciller, attendant de s'emparer de ce que Chloe lui avait confié.

— À moins de vous surveiller, comment saurais-je si vous n'allez pas me cacher ce qu'il y a dedans ?

Il retira sa casquette qu'il fit claquer contre sa cuisse, agrandissant la petite flaque de neige fondue à ses pieds.

— Je suis prêt à vous accompagner chez vous pour que vous l'ouvriez en privé, si vous préférez.

Seule avec M. Visqueux en personne ? Elle regrettait de ne pas avoir attendu Conor avant de descendre. Mais Cobb serait certainement venu frapper à sa porte dès le courrier distribué.

— Parfait.

Elle n'avait pas le choix de toute façon, elle était littéralement acculée. Malgré sa masse adipeuse, elle soupçonnait que le policier se déplaçait très vite. Il lui serait impossible de se réfugier quelque part avant qu'il la rattrape. Et l'idée qu'il pose ses grosses pattes sur elle lui donnait la nausée.

— Je vais l'ouvrir.

Ce disant, elle déplia l'enveloppe et la défroissa. Une pensée confuse l'arrêta cependant. Isaac n'avait-il pas dit que l'enveloppe était épaisse et bosselée ? Non seulement, il n'y avait aucune bosse, mais elle aurait très bien pu ne rien contenir.

— C'est pour aujourd'hui ou pour demain ? s'impatienta Cobb.

Cela rappela à Laura la nécessité de se débarrasser de lui au plus vite. Elle inspira à fond pour se calmer les nerfs et, durant une fraction de seconde, inhala l'odeur du policier. Un fort relent de sueur, masqué par une eau de Cologne, lui picota le nez. À moins qu'il ne s'agisse d'un après-rasage bon marché ?

Elle détourna le regard, essayant de comparer ce parfum à celui qu'elle avait senti le matin même. Il était cependant beaucoup plus fort. Et comment imaginer que Cobb se soit introduit chez elle durant son absence ou, pis, durant son sommeil ?

Quelqu'un l'avait fait, cependant. Elle n'avait rien imaginé.

Une vague de peur la submergea. Un étranger avait

pénétré chez elle, sans bruit, sans laisser de trace. Pourquoi ? Pour voler quelque chose ? Ou pour la tuer ?

— Mademoiselle Karr ?

La main gantée du policier se posa sur son épaule, et elle se dégagea d'un sursaut.

— Ne me touchez pas !

Il reposa la main sur son holster.

— Vous étiez ailleurs. J'ai autre chose à faire que d'attendre que vous ouvriez cette fichue enveloppe.

Il n'y avait rien d'amical dans son ton ou sa posture, et Laura ne feignit pas non plus la politesse. Sans perdre une seconde, elle glissa un doigt sous le rabat de l'enveloppe et le déchira. Il n'y avait qu'une feuille de papier blanc qu'elle sortit. Avant de la lire, elle fourra la main dans l'enveloppe.

— Il n'y a rien d'autre.

— Vous êtes sûre ?

Cobb lui arracha l'enveloppe des mains et la retourna pour faire tomber ce qui pouvait encore s'y trouver. Comme elle l'avait dit, rien d'autre n'en sortit.

— À quoi vous attendiez-vous ?

— Ne vous cassez pas la tête à propos de ça, répondit-il en froissant l'enveloppe dans son poing. Qu'est-ce que ça dit ?

Laura retourna la feuille et y vit l'écriture hérissée de boucles de son amie. La quatrième phrase avait été raturée, et un épais crayon vert avait remplacé l'encre noire avec laquelle elle avait commencé. Elle avait dû être interrompue et avait fini sa lettre avec ce qu'elle avait sous la main.

Laura,

J'ai réussi. Je vais être heureuse. J'ai enfin découvert comment me faire aimer de l'homme idéal.

Occupe-toi bien de mon chat, mets-le en sûreté.

Je t'aime,

Chloe

Cobb se déplaça pour lire également la lettre.

— Ça a un sens pour vous ?

Laura put secouer honnêtement la tête. Elle tendit le papier au policier.

— Apparemment, elle parle de convoler avec Vinnie Orlando. Vous pouvez la garder. Peut-être trouverez-vous des empreintes ou un indice utile. Désolée que cette enveloppe ne vous donne pas la réponse que vous attendiez. Du genre : « Salut, Laura, untel essaie de me tuer. »

Cobb n'avait aucun sens de l'humour. Il la considéra d'un air soupçonneux avant de remettre soigneusement la lettre dans l'enveloppe et de la fourrer dans sa poche.

— Pourquoi vous écrire pour vous demander de prendre soin de son chat ? Elle aurait pu vous appeler. Ou descendre vous le dire.

— Qui sait ?

Comme il ne mettait pas en doute l'existence du fameux chat, Laura ne se sentit pas obligée de lui en parler.

— Je me suis beaucoup absentée ce week-end. Et puis son téléphone était peut-être déchargé, finit-elle en haussant les épaules.

Le souvenir lui revint du dernier coup de téléphone de son amie. Sa voix essoufflée, la musique de jazz à l'arrière-plan, ses murmures, comme si elle avait peur qu'on l'entende… Elle désigna la poche de Cobb.

— C'est un moyen de communication un peu démodé, mais il fonctionne. Chloe n'était pas comme tout le monde.

— Ce serait plus facile si c'était le cas.

— Plus facile de retrouver son meurtrier ? De retrouver la bague ? Est-ce ce que vous cherchez ?

Sans répondre, le policier coiffa sa casquette et en effleura la visière.

— Merci de votre coopération, mademoiselle Karr.

N'oubliez pas de recharger votre téléphone, lui conseilla-t-il. Je vous contacterai si j'ai besoin de quelque chose.

Laura le regarda monter en voiture et s'éloigner. Elle prit alors le reste de son courrier et remonta chez elle.

Quand elle eut franchi le seuil de son appartement, elle referma la porte, s'y adossa et inspira profondément, espérant encore sentir le parfum de l'intrus. Mais tout ce qu'elle détecta fut l'odeur de la soupe refroidie sur la cuisinière. Après avoir poussé le verrou et tourné la clé, elle passa de pièce en pièce, vérifiant toutes les fenêtres. Mais il n'y avait aucun signe d'effraction. Même la neige sur l'escalier de secours, de l'autre côté de la fenêtre de sa chambre, était immaculée. Si quelqu'un était entré, il n'avait laissé aucune trace de son passage, aucun indice sur les motifs de sa venue.

La veille, Conor lui avait déclaré qu'elle ne se méfiait pas assez. Aujourd'hui, le moindre bruit, la moindre odeur la mettait sur le qui-vive. Quelqu'un pensait qu'elle en savait plus qu'elle ne disait. Cobb semblait croire la même chose. Ainsi que l'homme au téléphone.

Résistant à l'envie de prendre une douche pour se débarrasser de l'odeur et du contact de T.J. Cobb, elle s'assit devant son ordinateur et ouvrit sa boîte mail pour voir s'il y avait une urgence au bureau ou si on lui avait envoyé quelque chose à même de la distraire. Conor allait bientôt arriver, et sous la douche elle n'entendrait pas la sonnette, ce qui ne manquerait pas de l'inquiéter.

Elle reprit son téléphone et relut le bref texto qu'il lui avait envoyé.

J'arrive

Souriant de cette minuscule réassurance, elle fit défiler les messages dans sa boîte mail. À supprimer. À lire plus tard. À supprimer. Bien vite, les messages se brouillèrent devant ses yeux. Pourquoi Chloe ne lui avait-elle pas dit ce qu'elle entendait par « assurance » ? Et qu'est-ce que c'était que cette histoire de chat ?

Du vivant de son amie, elles avaient toutes sortes de conversations décousues, allant d'une nouvelle recette à une liste de courses, des légumes disponibles au supermarché aux différentes nuances de vert. Puis Chloe s'emparait de sa boîte de pastels pour esquisser un dragon vert de jade à grands traits arrondis.

Le regard de Laura s'égara sur le coin de son bureau, là où elle avait déposé le chien en céramique que Chloe avait sculpté pour elle. Elle adorait sa couleur rouge foncé et son expression poupine, qui lui rappelait son amie.

Brusquement elle se redressa, prise d'une intuition soudaine. Elle observa à nouveau le petit chien. Chloe sculptait toutes sortes d'animaux dotés de traits exagérés. Elle les vendait dans des salons. Mais elle avait donné ce chien à Laura et avait gardé un chat pour elle-même.

La brume de confusion qui obscurcissait ses pensées se déchira au moment même où les nuages faisaient de même au-dehors, laissant le soleil se déverser par la fenêtre de devant. Elle se précipita dans la cuisine et vérifia par la fenêtre que Cobb était bien parti. Aucune voiture de police en vue. Elle fourra son téléphone dans sa poche, prit ses clés et sortit en trombe de chez elle pour monter chez Chloe.

Un ruban jaune barrait l'entrée, mais le sceau rectangulaire portant l'interdiction d'entrer avait déjà été cassé. Était-ce dans cet état que l'avait laissé l'équipe de la police scientifique en partant ? Ou était-ce quelqu'un d'autre, Vinnie Orlando par exemple, qui l'avait brisé pour fouiller l'appartement ? Peut-être arrivait-elle trop tard.

Se rappelant que Chloe elle-même le lui avait demandé, elle inspira profondément et inséra la clé dans la serrure.

Se faufilant sous le ruban, elle se glissa dans l'entrée et referma vivement la porte derrière elle. Elle dut rester immobile un instant pour maîtriser un élan de chagrin. En dehors d'un peu de poudre à empreintes éparpillée ici et là, rien n'avait changé. Le désordre du salon rappelait impitoyablement la fin misérable de son amie. Prenant la place du chagrin, la colère renforça sa résolution. Il fallait qu'elle le fasse.

En longeant le mur comme Conor le lui avait recommandé, elle contourna les débris de la vie de Chloe et pénétra dans la chambre. Cette pièce-là avait été modifiée, même si aucun de ces changements n'était réconfortant. La commode tombée sur le corps de Chloe avait été redressée et saupoudrée de poudre à empreintes. Et un morceau du tapis où Chloe avait rendu son dernier souffle avait été découpé et emporté pour analyse. Mais le plancher était taché de sang. Laura se demanda distraitement si les stigmates de la mort violente de son amie s'étaient aussi infiltrés à travers le plancher.

— Arrête, murmura-t-elle.

Si elle laissait l'émotion l'envahir, elle ne pourrait plus agir. Arrachant ses yeux de la tache sanglante, elle survola la chambre du regard. Le chat en céramique bleue était là, sur la table de chevet.

— Je m'occupe de ton chat, mon amie, marmonna-t-elle en y ajoutant une prière silencieuse. *Je garderai ton assurance au prix de ma vie.*

Elle avait le sentiment désolant que cette assurance avait déjà coûté la sienne à Chloe.

La céramique était fraîche au toucher. Laura l'inspecta des pattes à la tête avant de la secouer. Rien. Ce n'était qu'un mignon petit chat d'argile, cuit dans un four à céramique.

Élevant la sculpture dans la lumière, Laura regarda à l'intérieur. On y avait fourré quelque chose, un bout de papier froissé en boule. Il fallait espérer que ce n'était pas un autre message crypté.

Je ne suis pas d'humeur pour une chasse au trésor, Chloe, pensa Laura. Le trou était juste assez large pour qu'elle y introduise un doigt et fasse sortir le bout de papier. Mais quelque chose de dur y était enveloppé. Laura envisagea brièvement de briser la céramique, mais cela ressemblait trop à ce qu'aurait fait le meurtrier – qui avait saccagé l'appartement sans aucun respect pour la femme qui y avait vécu.

Elle tira donc le papier, petit bout par petit bout, jusqu'à ce que la chose qu'il contenait reste à l'intérieur. Il lui suffit ensuite de secouer le chat pour faire tomber dans sa main une petite clé USB.

Elle fronça les sourcils. Elle s'était plus ou moins attendue à trouver la bague de Vinnie. Peut-être Conor avait-il raison : cette histoire n'était qu'une ruse pour s'introduire dans l'appartement et y récupérer autre chose.

Cette chose pour laquelle Chloe avait été assassinée. Son assurance.

Laura se secoua. Ce n'était pas en tenant la clé USB à la main qu'elle allait découvrir ce qu'il y avait dessus. Il lui fallait un ordinateur. Mais, en ramassant les morceaux de papier qu'elle avait fait tomber, elle s'aperçut qu'il y avait quelque chose d'écrit dessus. Était-ce parce que Chloe avait d'abord voulu lui envoyer la clé dans l'enveloppe ? Correspondait-elle à la « bosse » dont avait parlé Isaac ? Qu'était-il arrivé entre la dispute avec Isaac et la décision de cacher la clé dans le chat ? *Qui* était arrivé ?

Laura fourra la clé dans la poche de son jean et posa les morceaux de papier sur le lit, pour reconstituer le message.

Épouse-moi ou je montrerai ça à Mommy. Je n'en ai pas envie. Tu sais combien je t'aime. Je te couvre. Mais il est temps que tu te conduises en homme et que tu fasses ton devoir. Sinon, je le lui enverrai.

C.

Chloe faisait chanter quelqu'un. Pas Isaac, s'il fallait en croire ce qu'il leur avait raconté, mais Vinnie Orlando.

Vinnie avait-il tué la femme à qui il avait promis de l'épouser ?

Qui était *Mommy* ? Chloe appelait toujours Verna par son prénom quand elle parlait d'elle, comme si elles étaient sœurs au lieu d'être mère et fille. Mais elle avait aussi parlé de *Mommy* durant son dernier appel.

Il faut que je montre ça à Conor. La logique aurait voulu que Laura remette cet indice à Cobb, mais sa seule pensée fut d'effacer toute trace de son passage et de se dépêcher de redescendre pour montrer sa découverte à Conor. Elle rassembla les morceaux de papier et les fourra dans sa poche avant d'essuyer le chat avec la manche de son sweat-shirt et de le reposer soigneusement à sa place, au cas où la police reviendrait jeter un coup d'œil.

Son téléphone émit un bip, annonçant l'arrivée d'un texto. Elle le prit vivement dans sa poche arrière. Conor avait fait vite depuis la banlieue. S'il était déjà à sa porte, elle allait devoir lui donner des explications embarrassantes.

Incapable de rester une seconde de plus dans la pièce où son amie était morte, elle passa dans le couloir et ouvrit le texto. Elle resterait vague et lui dirait qu'elle arrivait. Peut-être ne lui poserait-il pas de question sur la manière dont elle avait découvert la clé USB.

Mais ce n'était pas Conor.

Elle sentit soudain la pièce tourner autour d'elle. Le message resta néanmoins tout à fait clair sur l'écran.

> Ta bonne amie te manque, Laura ? Tu as trouvé quelque chose ?

Comment savait-il ? Arrachant les yeux du texto, elle balaya l'appartement du regard. Y avait-il quelqu'un ? Elle n'avait rien senti sortant de l'ordinaire, pas même cette odeur de cadavre à laquelle elle s'attendait. Elle n'avait rien entendu d'autre que son propre souffle.

Son regard se posa sur la fenêtre du salon. Les rideaux étaient-ils ouverts depuis l'autre jour ? Il faisait noir la dernière fois qu'elle était venue. Mais à présent elle voyait la neige sur le rebord en brique et tout autour de l'encadrement. Les volets étaient ouverts et les rideaux repoussés. Elle se retourna pour considérer la porte d'entrée, puis de nouveau la fenêtre. Celle-ci était juste en face de la porte. Avait-on pu la voir entrer ? L'espion était peut-être dans le couloir à ce moment-là ?

Conor lui avait conseillé d'être vigilante à tout moment. Le moins qu'on puisse dire, c'est qu'elle ne l'avait pas écouté.

Soit par curiosité morbide, soit par instinct de survie, elle se força à approcher de la fenêtre. Restant aussi discrète que possible, elle jeta un coup d'œil à la rue grise et enneigée au-dessous. Cobb était-il revenu ? Aucun véhicule de patrouille en vue, mais cela ne voulait pas dire qu'il n'attendait pas dans une voiture banalisée. Bien que la plupart des habitants soient déjà partis au travail ou à l'école à cette heure-là, il y avait encore quelques voitures garées le long des trottoirs. N'importe qui aurait pu lever les yeux vers la fenêtre, mais pouvait-on voir la porte sous cet angle ? Elle contempla les fenêtres des bureaux et des cabinets médicaux de l'autre côté de la rue. Si elle pouvait voir les salles d'attente et les salles de réunion, cela voulait dire qu'on pouvait voir dans l'appartement de Chloe. Ainsi que chez elle, à l'étage en dessous. En outre, le parking en élévation au coin de la rue était truffé d'ombres. Tant d'endroits où se cacher, tant de fenêtres.

Qui… ?

Son téléphone bipa à nouveau.

Le vert te va si bien.

Laura baissa lentement les yeux sur son sweat-shirt de l'Université George Mason. Oh, Seigneur !

La peur lui contracta les poumons, et elle entendit son cœur tambouriner dans ses oreilles. Il la voyait. Là maintenant. Il l'observait.

Un rire imaginaire résonna dans ses oreilles, et elle se précipita vers la porte. Elle tâtonna pour ouvrir le verrou, puis fourra son téléphone dans sa poche pour effacer ses empreintes sur la poignée. Se glissant sous le ruban jaune, elle referma la porte et mit sa clé dans la serrure pour verrouiller.

— Alors, on joue les délinquantes, maintenant ?

Elle poussa un cri, pivota sur elle-même et découvrit Conor adossé au mur, les bras croisés sur son manteau déboutonné.

L'air froid du dehors semblait l'envelopper. À moins qu'elle ne soit en état de choc.

— Comment savais-tu que j'étais ici ?

— Je suis policier, tu te souviens ? Et il se trouve que je te connais diablement bien…

Elle n'avait pas besoin de plaisanterie ou de réprimande. Ce qu'il lui fallait, c'était de la chaleur et une bouée à laquelle se raccrocher. Sans un mot, sans même respirer, elle décroisa les bras de Conor et, l'enlaçant sous son manteau, se blottit contre lui, la joue collée sur son cœur.

— Mon Dieu, mais tu trembles, dit Conor en refermant les bras sur elle.

Il posa une main sur sa nuque et lui effleura les cheveux des lèvres.

— Que se passe-t-il, chérie ?

Il fallut à Laura quelques secondes pour relâcher la pression autour de sa taille et reculer un peu pour le regarder. Ses yeux bleus étaient assombris par l'inquiétude.

— Il m'espionne. Il savait que j'étais dans l'appartement de Chloe.

Sans rompre le contact entre eux, elle prit son téléphone dans sa poche arrière. Elle s'effondrerait sûrement s'il la lâchait. Elle afficha les SMS et lui tendit l'appareil avant de se cramponner de nouveau à lui de toutes ses forces.

— Il m'épie.

8

Après avoir poussé le verrou, Conor alla directement fermer les volets du salon. Si le tueur épiait Laura, il fallait lui rendre la tâche aussi difficile que possible.

Il prit ensuite Laura par la main. Elle avait besoin de cela pour se calmer et se rassurer. Et pour tout dire, lui aussi. Ensemble ils passèrent de pièce en pièce, vérifiant les ouvertures et fermant les volets. Une obscurité presque funèbre se fit dans l'appartement, qui un moment auparavant était encore baigné de soleil. Même s'il regrettait de jeter une ombre sur sa vie, il préférait cela au fait de savoir que l'ordure qui lui envoyait des SMS avait l'avantage sur elle.

Pour finir, il se débarrassa de son manteau et s'assit avec Laura sur le canapé. Repoussant son arme sur sa hanche, il l'attira contre lui et l'enveloppa de ses bras, tandis qu'elle se roulait en boule, la tête nichée contre son épaule.

Elle avait cessé de trembler. Elle ne pleurait pas mais ne parlait pas non plus. Quelque chose dans la manière dont elle enfonçait ses doigts dans ses bras et se collait à lui, comme si elle avait besoin de la moindre parcelle de chaleur humaine, lui déchirait le cœur.

Il s'était mis en mode protecteur avant même de savoir que Laura fourrait son nez dans des choses qu'il aurait mieux valu laisser à la police.

Après avoir lu ces fichus messages et constaté l'effet

qu'ils avaient sur elle, il était désormais en mode super protecteur. Il avait l'impression d'être revenu au programme WITSEC, à la mission de protection qu'il avait effectuée à Kansas City. C'était deux ans auparavant. Son idiot de chef avait accepté de faire fuiter des informations afin d'appâter Badge Man, le tueur en série qui avait assassiné le mari du témoin et avait tenté de la tuer. Son travail à lui, Conor, était de protéger les gens contre ceux qui voulaient les tuer, point. C'était la goutte d'eau qui l'avait décidé à quitter les Marshals et à s'engager dans la police de Kansas City. Parce que c'étaient ses amis du KCPD qui l'avaient aidé à mettre son témoin à l'abri quand le tueur était revenu la faire taire.

Mais il n'était pas à Kansas City. Il ne disposait pas des ressources du WITSEC et n'avait pas confiance en la police locale pour protéger Laura.

Cela le mettait hors de lui que ce cinglé qui avait déjà tué son amie s'amuse à la menacer et à se moquer d'elle. Ce n'était pas seulement de la colère qui courait dans ses veines. Il y avait aussi la terreur familière de perdre quelqu'un de précieux, de nécessaire à sa santé mentale et son bien-être émotionnel. Il avait déjà tellement perdu qu'il n'était pas sûr de pouvoir surmonter une autre disparition. Il n'allait donc sûrement pas permettre qu'on fasse du mal à Laura.

Il la tint entre ses bras aussi longtemps qu'il put avant que le besoin d'agir ne le reprenne. Entremêlant ses doigts dans ses cheveux à l'arrière de son cou, il lui massa doucement la nuque et murmura sur un ton d'excuse :

— Dis-moi ce que tu as trouvé chez Chloe. Parce que ce type sait, ou du moins soupçonne que tu as ce qu'il cherche.

Elle hocha la tête, prit la clé USB dans sa poche et la lui remit.

— J'ai fini par décoder l'allusion de Chloe au chat.

Elle nous avait fait à chacune une sculpture d'animal. Pour moi, c'était un chien rouge et pour elle un chat bleu, dit-elle en désignant le chiot sur son bureau.

— Et la clé était dedans ?

Hochant la tête, elle ôta ses jambes des genoux de Conor et sortit une poignée de bouts de papier de sa poche qu'elle arrangea sur la petite table devant eux. Conor fronça les sourcils en découvrant ce qui ressemblait en tout point à une lettre de chantage.

— La clé était enveloppée dans ce morceau de papier. Je pense que c'était ce qu'elle avait prévu de m'envoyer, au début.

— Jusqu'à ce que quelqu'un arrive et qu'elle comprenne qu'elle devait s'en débarrasser. Le chat était son plan B.

Se doutant de ce qu'il pouvait y avoir sur la clé, Conor poussa un juron.

— Mais pourquoi te mêler à une histoire pareille ?

Il retrouva la Laura qu'il connaissait dans les yeux qu'elle tournait vers lui.

— Parce qu'elle n'avait personne d'autre.

Conor repoussa une boucle de cheveux sur son front et étudia l'expression de compassion dans ses yeux verts.

— Et c'est ta mission dans la vie d'être là pour les âmes perdues ?

Elle pressa sa joue contre la main de Conor.

— Seulement celles… pour qui j'ai de l'affection.

Cela ne le surprit pas, mais il avait cru qu'elle allait dire autre chose. Quelque chose qui le concernait lui. Il était conscient qu'entre eux les sentiments s'intensifiaient, devenaient plus compliqués. Était-elle aussi réticente que lui à mettre un mot dessus ? Avait-elle besoin de la fiabilité de leur relation comme lui-même semblait en avoir besoin ?

Il ne lui demanda pas de s'expliquer et n'essaya pas non plus de démêler ses propres sentiments. La voyant rassembler les morceaux de la lettre et les emporter à son bureau, il se leva et la suivit.

Tandis qu'elle allumait son ordinateur, Conor s'assit dans le fauteuil qui jouxtait le bureau.

— Tu as reçu le paquet que Chloe t'a envoyé ?

Laura acquiesça, encore un peu pâle. Mais elle semblait capable d'agir, constata Conor avec satisfaction. Laura ouvrit un tiroir de son bureau et y prit une enveloppe, dans laquelle elle fit tomber les morceaux de papier.

— Cobb était là. Il a pris la lettre une fois que je l'ai lue. Il n'y avait que ça, une courte lettre, dans une enveloppe matelassée. Mais je pense que Chloe y avait mis la clé USB à l'origine. L'enveloppe avait été découpée et recollée. Elle avait aussi barré une phrase de son message et avait fait à nouveau allusion à son chat. C'est là que j'ai additionné deux et deux et que j'ai découvert la clé. Tu vas me dénoncer ?

— Et si on regardait ce qu'il y a dessus ? questionna-t-il en lui pressant la main.

En la voyant sourire, il sentit s'alléger la tension qui l'habitait. Il prit la clé USB et l'inséra dans un port disponible.

— Voyons ce que tu as découvert.

Une icône de dossier s'afficha sur l'écran, intitulée *Vinnie et moi*. En soi, cela n'avait rien d'étrange. Laura cliqua sur l'icône, et une série de fichiers apparurent. C'étaient des fichiers photo ou vidéo, sans doute transférés à partir du smartphone de Chloe. Il y avait : « Dîner d'anniversaire », « Premier rendez-vous », « Galerie Richmond », « Séance studio 1, 2, 3, 4, 5 », la chronique de sa relation avec Vinnie Orlando.

Laura en ouvrit quelques-uns : des selfies dans un restaurant et devant des monuments de Washington. Commentées par la voix aiguë de Chloe, il y avait aussi de courtes vidéos de Vinnie pratiquant son swing dans un golf d'intérieur ou retirant son pantalon au bord d'une piscine. Les séances studio étaient des enregistrements de ses œuvres en cours ou des clichés d'esquisses qu'elle voulait recréer en argile. Dans « Séance studio 5 », Chloe posait apparemment nue pour Vinnie. Elle l'avait filmé torse nu en train de peindre et de flirter avec elle. En entendant Chloe appeler Vinnie pour qu'ils fassent un selfie ensemble, Laura referma vivement le dossier.

— On n'a pas besoin de regarder ça, n'est-ce pas ?

Elle fit défiler la fenêtre. Un nom de fichier attira l'attention de Conor : « Achat bague ». Curieux, il tapota l'écran.

— Ouvre celui-là.

Il fronça les sourcils quand Laura eut ouvert le fichier et agrandi la fenêtre. Au lieu d'une devanture de bijoutier pleine de pierres précieuses, l'image était obscure et floue. Il crut entendre une respiration entrecoupée et un rapide tapotement.

— Je crois que ce sont les talons de Chloe, expliqua Laura. On dirait qu'elle court.

Il distingua un mur de brique avant d'entendre plusieurs portières de voiture claquer.

« Surprise, mon bébé ! dit une voix de femme. Maman est en avance pour notre rendez-vous coquin. »

— C'est Chloe ? s'enquit Conor.

Laura hocha la tête. Repoussant ses cheveux derrière ses oreilles, elle lui offrit le spectacle de ses joues rosies.

— Chloe m'a raconté que Vinnie et elle aimaient se donner des rendez-vous coquins, pour faire l'amour dans des endroits inhabituels. Ou de façon non conventionnelle, tu vois. Apparemment, ils s'étaient donné rendez-vous dans une allée obscure, cette fois.

Durant une fraction de seconde, Conor eut la vision d'une Laura plaquée contre un mur, ses jambes enroulées autour de sa taille. Ses joues seraient rouges comme maintenant, et elle balbutierait son nom.

Une vague de chaleur l'envahit, qui n'avait rien à voir avec les vêtements qu'il portait.

Il n'aurait pas dû avoir de pensées licencieuses à propos de Laura. Sauf qu'il ne pouvait se débarrasser de l'idée que l'intimité avec Laura était légitime, peut-être même inévitable. Qu'être avec elle serait aussi émouvant, fou et parfait que ses baisers. Il la désirait. Sa sœur ne l'avait jamais tenté comme cela. Y avait-il déjà eu une femme qu'il ait si vite dans la peau, qui le distraie si facilement, qui le rende fou du besoin de la toucher au point que sans s'en rendre compte il tripotait encore ses mèches de cheveux ?

Quand il prit conscience que ses grands yeux sombres étaient braqués sur les siens et que ses lèvres tremblaient d'anticipation, il faillit se pencher vers elle pour recouvrir sa bouche de la sienne.

Mais un chuchotement étouffé ramena leur attention sur l'écran.

« Oups ! »

L'image recula, comme si Chloe s'était soudain immobilisée. Puis la vue bascula, avant de se redresser. À présent, elle filmait d'un angle inférieur, et l'on voyait distinctement l'arête d'un conteneur en acier galvanisé du côté droit de l'image, comme si Chloe s'était accroupie à côté.

« Oh non, je ne fais pas ça, bébé. Les amis ne sont pas autorisés. »

Une ampoule au-dessus d'une porte grise indiquait que Chloe se trouvait effectivement dans une ruelle. Ils distinguaient la silhouette d'une benne à ordures et de deux véhicules garés au-delà du faible halo de lumière. La porte arborait un logo avec une chope à bière pleine de mousse et des mots indéchiffrables. Devant, un homme avec un nez busqué et un catogan, faisait les cent pas.

Laura s'empara de la souris pour clore le fichier.

— C'est Vinnie. On n'a pas besoin de regarder celle-ci non plus. Pour ce que j'en sais, elle a filmé leurs ébats derrière ce bar.

— Attends, dit Conor en posant une main sur la sienne.

Quatre hommes, sortis des véhicules, venaient d'apparaître sur l'image.

— Laisse-la tourner. Je crois qu'on a quelque chose.

Les doigts de Laura se refermèrent sur les siens, et il les serra.

— Je n'arrive pas à distinguer leurs visages, dit-elle. Mais les plus gros me rappellent les acolytes de Vinnie. Ceux qui étaient avec lui, l'autre soir.

— Je me souviens d'eux.

Conor se pencha en avant. Les deux armoires à glace s'étaient écartées et un homme plus petit et plus mince, portant un long manteau, était apparu entre eux.

— On dirait l'avocat qui accompagnait Vinnie. Marvin Boltz.

Chloe recommença à parler, en gloussant de sa plaisanterie.

« Un avocat, un flic et un beau gosse entrent dans un bar et… »

— Un flic ? répétèrent ensemble Laura et Conor.

Ils se rapprochèrent de l'écran pour étudier l'image floue.

Un quatrième homme avait rejoint celui qu'ils soupçonnaient d'être Boltz. La visière de sa casquette gardait son visage dans l'ombre, mais elle correspondait à son uniforme. Il acquiesça à quelque chose que disait Boltz. Puis il se tourna vers Vinnie, et le badge accroché à sa poitrine jeta un éclair de lumière, quand il plaqua ce dernier contre un mur.

Laura s'adossa à sa chaise.

— On dirait bien Cobb.

— Mais on ne le voit pas assez bien pour l'identifier formellement.

Ce ne serait pas valable en justice. Mais Conor était de plus en plus certain qu'ils avaient identifié les acteurs de cette petite scène.

Chloe était trop loin pour capter la conversation des hommes, mais elle poursuivait ses commentaires murmurés.

« Qu'est-ce que… ? Oh non, ne fais pas ça ! »

L'homme au badge se saisit de la queue-de-cheval de Vinnie et la tira brutalement, lui cognant la tête contre le mur de brique.

« Je suis témoin de brutalités policières ! »

Chloe devait penser que Vinnie était la victime de Cobb. Mais il y avait autre chose. Elle le comprit quand Vinnie leva les mains en geste de soumission et que l'homme au badge recula. Vinnie mit la main dans sa poche et en ressortit un petit sac en plastique rempli de poudre blanche.

« Oh chéri, ne joue pas avec ça… »

L'homme au costume arracha la drogue de la main de Vinnie et le gifla à plusieurs reprises tandis que Vinnie protestait. Enfin, il tira les pans de la veste de son client et recula. Vinnie semblait avoir été réduit au silence par le discours du petit homme. Pendant que l'homme au badge prenait à son tour le sachet de drogue, Vinnie s'approcha de la voiture garée à côté de celle de Chloe. Une partie de l'image disparut quand cette dernière recula dans sa cachette. Mais, quand elle dirigea son smartphone vers la voiture en question, Conor en distingua la couleur et une partie de la plaque d'immatriculation.

— Tu as du papier et un stylo ? demanda-t-il à Laura.

Mais elle notait déjà le numéro elle-même.

— Quelque chose, quelque chose, 2, 4, 0, 9. On dirait la voiture de Vinnie.

Les hommes s'approchèrent de Vinnie qui ouvrait le coffre. Ils étaient plus près et on distinguait à présent leurs paroles.

« J'ai cru qu'elle dormait, disait Vinnie. Elle avait dû prendre autre chose avant. »

« Tu as bien fait de m'appeler. »

L'homme mince en manteau secoua la tête.

« Ne dis pas un mot de cela à quiconque. On va s'en occuper. »

« Elle s'appelle… », commença Vinnie.

« Peu importe son nom. Rico, Hammer ? »

L'avocat fit signe aux deux brutes de les rejoindre.

« Sortez-la de là. »

Conor avait un très mauvais pressentiment quant à ce qu'ils allaient voir. Laura lui glissa un coup d'œil de biais, et il comprit qu'il serait inutile de lui interdire de regarder les images suivantes.

— Je sais ce que tu penses, Wildman, murmura Laura en reposant les yeux sur l'écran. Mais je veux savoir pourquoi Chloe a été tuée.

— D'accord, Moustique. On va faire ça ensemble.

Conor lui pressa la main, et ils continuèrent à regarder.

Vinnie se pencha sur le coffre et en ressortit une forme allongée et cylindrique qui pendait. Chloe reprit ses murmures.

« C'est une… »

Une boucle de cheveux blonds s'échappa de la forme enveloppée.

« C'est une femme… »

Laura eut un hoquet juste après celui de Chloe.

— Un corps !

— Attends.

L'homme au manteau se saisit de la main du cadavre

et tira dessus avant d'élever un petit anneau d'or dans la lumière. Il gifla à nouveau Vinnie.

« Tu te moques de moi ? »

Laura se pencha en avant.

— C'est une bague. C'est celle que Vinnie cherchait ?

Conor acquiesça.

— Cela suffirait sûrement à établir un lien entre lui et le crime.

Glissant le bijou dans sa poche, l'avocat hocha la tête à l'adresse des deux hommes. Ils ôtèrent le cadavre des bras de Vinnie et l'emportèrent. Quelques secondes plus tard, le coffre se referma bruyamment.

« Oh mon Dieu, ce n'est pas vrai ? Je suis montée dans cette voiture ! »

La voix de Chloe monta un peu tandis que les hommes raccompagnaient Vinnie à la porte du bar. Il était impossible de les entendre désormais.

« Pourquoi avais-tu un cadavre dans ta voiture ? Qu'est-ce que tu as fait ? » fit la voix de la jeune femme.

L'homme au manteau assena une tape à Vinnie dans le dos et, levant un doigt, lui dit une dernière chose. Vinnie haussa les épaules et se dégagea. L'avocat et l'homme au badge remontèrent alors dans leurs véhicules respectifs et s'en furent. Une fois seul, Vinnie donna un coup de pied dans une boîte à ordures et rentra dans le bar d'un pas pesant.

Chloe recula dans l'obscurité, sans couper la vidéo, bien qu'on ne voie rien.

« C'est très grave. Est-ce que Mommy le sait ? Je suppose qu'elle ne serait pas contente. »

Elle rit.

« Et elle qui disait que j'avais une mauvaise influence sur toi. Je n'ai jamais pris de drogue. Mais toi… Oh ! c'est trop fort. Tu sais que je t'aime, chéri. Et je sais que tu m'aimes. C'est notre chance d'être ensemble sans que Mommy y voie d'objection. Fais-moi confiance, d'accord ? »

À ce moment, elle tourna son smartphone vers elle et Conor découvrit la belle femme blonde qu'elle avait été.

« Je viens de comprendre comment pousser Vinnie à me faire sa proposition. »

Elle agita les doigts devant l'œil de la caméra.

« Je vais enfin avoir ma bague. Pas ce vieux truc en or qu'elle portait, mais une bague avec un vrai diamant. »

L'image devint d'un noir effrayant.

Laura s'enveloppa de ses bras.

— C'est pour ça qu'elle a été tuée ? Pour de la drogue ? Et le cadavre d'une femme ?

Elle scruta Conor.

— Elle a pensé que ce serait une bonne idée de montrer ça à quelqu'un ? Elle s'est mise en danger à partir du moment où elle a enregistré cette scène, n'est-ce pas ?

Conor caressa à nouveau les cheveux de Laura, autant pour apaiser l'inquiétude qu'il lisait dans ses yeux que pour soulager sa propre tension.

— Elle a joué un jeu dangereux en forçant Vinnie à s'engager envers elle. Je suis désolé qu'elle ait perdu. Et je suis désolé qu'elle t'ait mêlée à ça.

— Si seulement elle avait réfléchi. Elle aurait dû comprendre que la première idée de ces hommes serait de détruire cette vidéo et tous ceux qui l'avaient vue…

Une idée lui vint, qui éclaira son regard. Elle désigna du doigt l'écran désormais noir.

— Mais qui est *Mommy* ?

— Apparemment, la mère de Vinnie n'approuvait pas sa relation avec Chloe.

Conor referma le fichier à l'aide de la souris. Laura fit rouler sa chaise pour lui faire de la place. Il ouvrit sa boîte mail, tapa une adresse, un bref message, joignit la vidéo et envoya le tout.

— C'était sans doute son plan, dit-il, elle pensait montrer l'enregistrement à la mère de Vinnie s'il n'acceptait pas de l'épouser.

Laura sauta sur ses pieds et se mit à faire les cent pas dans la pièce.

— Chloe était quelqu'un de bien. *Mommy* n'approuvait probablement pas que son fils achète et vende de la drogue et qu'il transporte des cadavres. Tu crois que c'est lui qui a tué cette femme, dans le coffre ? Ou qu'elle a fait une overdose chez lui ? Chloe ne se serait jamais mêlée à ce genre de choses. Le mode de vie de sa mère a eu de terribles conséquences sur son enfance. Elle a toujours évité le milieu de la drogue.

— Sa mère nous a dit qu'elle était devenue vénale.

Conor retira la clé USB de l'ordinateur et entra dans la cuisine, demandant à Laura un sachet en plastique et un stylo. La clé portait déjà leurs empreintes, ce qui la rendait inutilisable comme preuve matérielle, mais, s'il était possible de s'en servir pour retrouver le meurtrier de Chloe et tirer Laura de ce mauvais pas, il était partant.

— Si ce gars avait suffisamment d'argent, aurait-elle négligé sa toxicomanie ? Ou pensé qu'elle pouvait le changer et le sauver ?

Laura haussa les épaules.

— Si elle était vraiment amoureuse de Vinnie, je la vois très bien se dire que le mariage le stabiliserait et qu'ensemble ils pourraient affronter sa mère, la sienne et tous leurs problèmes.

— Le chantage n'est pas une base bien solide pour une relation.

Laura leva la tête pour le regarder.

— Mais c'est logique. Si tu rencontrais une femme dont tu te disais que c'est celle qu'il te faut, comme Chloe devait le penser de Vinnie, tu ne ferais pas tout pour être avec elle ? L'amour pousse les gens à s'accrocher à des espoirs insensés. Il les pousse à lutter pour ce qu'ils désirent. Elle, elle luttait pour garder son homme.

Conor pensa tout de suite à Lisa. Il l'avait assez aimée pour lui proposer le mariage. Mais, comme le lui avait expliqué Laura à la réception, peut-être n'était-il pas vraiment amoureux d'elle, après tout. Il s'était installé dans le confort de leur relation, dans la certitude qu'ils seraient toujours ensemble. S'il avait cru sincèrement que Lisa était la femme de sa vie, ne se serait-il pas battu davantage pour faire fonctionner leur relation ? Il aurait pu changer de travail. Il aurait pu rester en Virginie. Mais il comprenait à présent que se sacrifier pour lui faire plaisir n'était pas un compromis sain – pas à long terme. Lisa avait raison : ils n'auraient pas pu être heureux ensemble. L'idée d'être à nouveau abandonné l'avait cependant brisé. Sa perception de ses sentiments était obscurcie par l'impuissance qu'il ressentait durant la maladie de sa mère. Mais, une fois guéri de cette perte, il aurait dit ou fait quelque chose s'il avait eu la certitude que Lisa était la seule femme qui lui convenait. Au lieu de quoi, il l'avait laissée partir sans combattre.

Il regarda Laura ranger les restes du déjeuner et nettoyer la cuisine. La voir effectuer ces simples tâches, coincer ses cheveux derrière son oreille ou le pousser gentiment pour pouvoir ranger les sachets en plastique dans le tiroir l'émouvait à l'extrême. Même sans sa jolie robe rose, elle était très jolie et attirante. Une sorte de possessivité primitive le saisit quand elle s'approcha de lui et qu'il huma le parfum exotique qui la caractérisait.

C'était un test révélateur. Il se sentait davantage prêt à contourner les règles – à agripper son arme pour défendre Laura, à traquer ces hommes et les mettre hors d'état de nuire pour qu'ils ne la menacent plus jamais – qu'il ne l'avait jamais été durant les années qu'il avait passées avec Lisa. Ce n'était pas seulement pour la sécurité ou même la vie de Laura qu'il était prêt à combattre, mais pour ce qui se passait entre eux.

Oui, il comprenait ce qui avait poussé Chloe à utiliser cette vidéo pour s'assurer qu'elle épouserait l'homme qu'elle aimait.

Parce qu'il était amoureux de Laura.

Cela n'avait rien à voir avec le fait d'avoir perdu sa sœur. Elle n'était pas un prix de consolation. Elle était… Il ne savait comment le dire parce qu'il n'avait jamais rien éprouvé d'aussi intense. Il avait attendu la femme idéale, celle qui l'accepterait tel qu'il était, celle avec qui il partagerait tout et avec qui il mûrirait. Et c'était elle.

Et maintenant, qu'était-il censé faire ?

— Conor ?

Il se rendit compte qu'elle venait de parler et qu'il la fixait depuis un moment sans l'entendre. Se secouant intérieurement, il revint à leur conversation.

— Tu vas remettre la clé à Cobb ? C'est à cela que tu réfléchis ?

— Non.

S'écartant du comptoir auquel il était adossé, il traversa le salon et fourra le sachet avec la clé dans la poche de sa veste.

— Il ne mettra pas la main dessus. D'abord, je ne veux pas que tu sois impliquée dans la manipulation illégale d'une preuve. Et ensuite je ne lui fais pas confiance. S'il s'avère que c'est bien lui sur la vidéo, il en sait déjà bien trop sur toi. C'est pour cette raison qu'il bâcle l'enquête sur le meurtre. Il freine des quatre fers, il gagne du temps pour la trouver avant d'être lui-même mouillé.

Elle le suivit hors du salon.

— Tu crois qu'il a tué Chloe ?

— C'est possible. Lui ou l'un des hommes de la vidéo. Y compris Vinnie lui-même.

— Ou *Mommy* ?

Conor acquiesça.

— Je crois que nous ne pouvons faire confiance à personne ici. Laisse-moi appeler un ami à Kansas City, un inspecteur à la retraite qui fait parfois office de consultant pour la police. Je lui ai envoyé une copie de la vidéo par mail et je lui ai demandé de faire des investigations. Il recherchera la plaque d'immatriculation. On verra s'il peut retrouver la mère de Vinnie et vérifier les antécédents de Cobb. L'un de ses fils travaille au laboratoire de la police scientifique. Peut-être pourra-t-il demander à un collègue de traiter la vidéo pour confirmer l'identité des autres hommes et de la morte. C'est-à-dire confirmer qu'il s'agit de Boltz et Cobb ou, au contraire, les innocenter.

— Ton ami et son fils feraient tout ça pour toi ? Pour moi ?

Elle hocha la tête en voyant la réponse s'inscrire sur le visage de Conor.

— Pas étonnant que tu tiennes autant à ta vie à Kansas City. Tu n'avais pas ce genre de soutien ici.

— Si Thomas Watson peut nous aider, il le fera. Il a épousé un ancien témoin que je protégeais. J'ai été son garçon d'honneur quand ils se sont mariés à Kansas City. C'est un peu compliqué, mais, si Cobb est mêlé à cela, Thomas nous aidera sans aucun doute. Il déteste tout particulièrement les flics pourris.

C'était une histoire d'une autre époque.

— Mais, s'il est aussi droit que tu le dis, il ne va pas me dénoncer pour avoir pris la clé chez Chloe ?

— Pas si je lui explique les circonstances et que je lui parle de toi. Et c'est ce que je ferai.

— Merci. D'être là pour moi.

Posant une main sur la poitrine de Conor, elle se dressa sur la pointe des pieds pour l'embrasser sur la bouche.

— Merci pour tout.

Conor n'avait besoin d'aucun encouragement pour lui rendre son baiser et se délecter de ce qu'elle lui offrait. Il lui passa un bras autour de la taille et l'autre sous son sweat-shirt, pour sentir sa peau tiède. Elle lui noua les bras autour du cou, se dressant sur la pointe des pieds pour rester à hauteur de sa bouche, l'attirant vers elle, exigeant plus de pression ici, une douce caresse de la langue là. Conor obéit à toutes ses requêtes, donnant, prenant et donnant encore tandis qu'un gémissement de désir montait dans la gorge de Laura. Galvanisé par ce bruit délicieux, il baissa la tête pour en détecter l'origine à la base de son cou. La peau de Laura était douce et lisse sous ses lèvres, se réchauffant à mesure qu'il l'effleurait.

Oh oui, c'était un formidable remerciement, bien que la question de savoir qui était reconnaissant à l'autre se soit perdue en route. Il ne savait qu'une chose, qu'il devait la toucher, la goûter, se convaincre qu'elle le désirait aussi fort qu'il la désirait.

Laura renversa la tête en arrière, lui offrant le creux de sa gorge, l'arc de son cou, la courbe de son épaule, et gigota contre lui, les doigts plantés dans ses épaules. Impossible de lui cacher l'effet qu'elle lui faisait, car elle se pressait contre sa braguette. Elle gémit de désir et, plaquant ses mains de chaque côté de son visage, attira sa bouche sur la sienne. Il lécha, mordilla et butina ses lèvres, tandis qu'elle fourrageait dans ses cheveux et lui caressait le crâne. Tour à tour, elle prenait les devants, se soumettant à son désir impérieux, puis le rencontrait à mi-chemin, jusqu'à ce que ses muscles faiblissent et qu'elle cède à la gravité. Elle reposa les talons au sol, atténuant la férocité de leur baiser.

Conor écarta les jambes pour se faire plus petit, mais il était tout aussi frustrant de sentir leurs bouches se mêler si parfaitement, tandis que leurs corps ne parvenaient pas à s'épouser. Changeant de tactique, Laura posa les mains sur sa taille et souleva son pull et sa chemise. Quand elle effleura sa peau nue au-dessus de la ceinture, il fut traversé d'un frisson semblable à une décharge électrique. Elle frôla le holster attaché à sa ceinture. Une fraction de seconde, il se rappela que Lisa exigeait toujours qu'il se débarrasse de son arme avant de la toucher. La peur qu'elle en avait dépassait toujours son désir de lui. Mais ce souvenir se dissipa presque immédiatement quand Laura planta les doigts au creux de ses reins et lui mordilla doucement le menton. Il n'y avait aucune hésitation dans sa manière de le toucher. Elle voulait sentir sa peau, ses muscles, sa chaleur.

Il n'y avait pas non plus d'hésitation dans ses baisers. Elle tortilla sa langue dans sa bouche, murmura son nom contre ses lèvres et se colla contre lui. Le contact de la pointe de ses seins sur sa poitrine lui fit presque perdre la tête. Il la voulait tout entière, il avait besoin de son corps.

— Mets les bras autour de mon cou, lui ordonna-t-il en l'embrassant pour atténuer ce ton de commande.

Elle lui obéit, et Conor resserra les bras autour d'elle. Puis il empoigna son derrière rebondi et la souleva, hissant tout son poids à hauteur de sa taille. Elle y enroula ses jambes, lui insufflant une telle énergie qu'il n'eut aucun mal à la retenir contre lui d'une seule main. De l'autre, il souleva son sweat-shirt, caressa son dos, se faufila pour capturer un sein dans son écrin de satin et de dentelle. Quand il lui pinça doucement un téton, elle haleta tout contre ses lèvres. Posant le front contre son cou, elle avança la poitrine pour remplir sa main, en soupirant de plaisir.

— On va vraiment le faire ? murmura-t-elle.

C'était bien son intention. Il jaugeait de la distance au canapé ou au comptoir de la cuisine, où il pourrait la déposer et la débarrasser de ses vêtements, quand son téléphone se mit à sonner.

Conor jura. Il l'embrassa encore, s'excusant d'avoir prononcé un mot grossier si près de ses lèvres.

— Je suis désolé, chérie.

La sonnerie s'éleva à nouveau de sa poche arrière.

— Ça m'a fait sursauter.

— Pas de problème.

Elle se redressa et lâcha ses épaules. Un frisson le traversa quand sa chaleur le quitta.

— La réalité est dure, non ? On devrait peut-être y penser, de toute façon.

— Peut-être bien.

Était-ce ce qu'elle voulait ? Et que voulait-il, lui ?

Les lèvres de Laura étaient roses et gonflées, la peau autour de sa bouche légèrement irritée par le grattement de sa barbe. Ses yeux avaient une expression aussi éblouie que lui.

— Tu embrasses drôlement bien, Conor Wildman.

Son sourire était une récompense que Conor eut envie de remporter aussi souvent que possible.

— Toi aussi.

Elle avait repris son équilibre quand le téléphone sonna une quatrième fois.

— Tu ferais mieux de répondre.

Il prit l'appareil dans sa poche. Le nom de Thomas Watson s'affichait sur l'écran.

— En effet, s'excusa Conor en plantant un dernier baiser sur ses lèvres.

Laura tendit la main pour lisser les cheveux qu'elle avait ébouriffés. Comment se sentait-elle ? Était-il allé trop loin ? Pas assez loin ? Elle désigna le téléphone quand il sonna à nouveau.

— C'est ton ami de Kansas City ?

Il hocha la tête.

— Tu veux un café pendant que tu lui parles ?

— Oui, volontiers.

Ou une boisson bien raide. Ou bien un examen du cerveau.

Tandis qu'elle pénétrait dans la cuisine, il prit l'appel de Thomas.

— Wildman. Merci de m'avoir rap…

— Qu'est-ce qui te prend de m'envoyer un truc pareil et de ne pas répondre ?

La plaisanterie et l'inquiétude se le disputaient dans la voix de Thomas.

— Tu es censé être en vacances. Dans quoi t'es-tu fourré encore ?

Thomas avait plus d'expérience et de contacts dans la police que tout autre policier que Conor connaissait. Si quelqu'un pouvait lui donner les réponses dont il avait besoin sans compromettre la sécurité de Laura, c'était bien Thomas.

Il arpenta à grands pas le salon. S'asseoir était hors de question tant qu'il n'aurait pas effacé l'image de Laura nue dans son esprit.

— Ton sens du timing est à revoir, Thomas.

Il prenait quelques notes en achevant la conversation, quand Laura s'assit près de lui. Elle avait renoncé à faire semblant de lire un magazine. Après avoir bu chacun de ses mots, elle se tordait le cou à présent pour lire ses pattes de mouche. Souriant de sa curiosité incessante, il lui mit le calepin devant les yeux afin qu'elle puisse déchiffrer les informations qu'il avait réunies.

Le téléphone de Laura ? Différents numéros à chaque fois pour les appels et les SMS. Des portables temporaires ? Des pros.

Identité de la morte ? Lister les personnes disparues.

Chloe Wilson, mort qualifiée de suspecte, fait l'objet d'une enquête du service du shérif du comté d'Arlington. Pas d'autres infos. À court de moyens humains ? Incompétence ? Tentative d'étouffer l'affaire ?

Vinnie – casier : petits délits, drogue, injonction de soins du tribunal, pas de peine longue.

Père décédé. Pas d'acte de décès de la mère. Remariée ? Pas de Mona Orlando dans la région de Washington ou dans l'État de Virginie. « Mommy » ?

Conor la laissa contempler tout cela tandis qu'il faisait part de ses soupçons à Thomas.

— J'ignore si Vinnie vient du crime organisé ou du milieu des vieilles fortunes, mais éviter que cette vidéo ne tombe entre les mains de *Mommy* semble être la clé du chantage. Orlando a un avocat du nom de Marvin Boltz. Peut-être travaille-t-il pour *Mommy* et surveille-t-il Vinnie pour elle.

— Marvin Boltz.

La voix patiente de Thomas répéta le nom.

— Je t'appelle dès que j'ai quelque chose.

— Tout ce que tu pourras trouver sur Cobb est prioritaire. Il faut que je sache à qui je peux faire confiance ici.

— Compris. Conor ?

— Oui…

La note paternelle de la voix de Thomas lui réchauffa le cœur. Son père n'avait pas été là pour le contenir ou lui interdire des initiatives dangereuses. Même si Thomas ne pouvait pas le faire changer d'avis, il lui était reconnaissant de l'aimer assez pour lui rappeler les risques qu'il prenait.

— Tu sais que tu as franchi la ligne jaune, n'est-ce

pas ? Interroger des suspects dans une affaire qui n'est pas la tienne ? Ne pas signaler des menaces aux autorités locales ? Voler des preuves sur une scène de crime ?

— Techniquement, ce n'était pas un vol. Laura avait la clé. La victime la lui avait donnée.

Il voyait presque Thomas secouer la tête.

— Tu ne gagnerais pas cette bataille devant un tribunal.

— Je n'aurai pas à le faire. J'ai juste besoin de renseignements pour identifier l'origine de la menace et protéger Laura. Le procès se fera sans moi.

— Et interférer avec l'enquête d'une autre juridiction ? Même si ton Cobb est mouillé, tous les policiers d'Arlington ne sont pas dans le coup. Ils n'apprécieront pas que tu t'en prennes à l'un des leurs ou que tu leur fasses mauvaise presse. Cette femme vaut-elle la peine de risquer ta carrière ?

Conor heurta l'épaule de Laura pour qu'elle le regarde. Il sourit.

— Oui.

— Bon, avec un peu de chance, on n'en arrivera pas là. Sois quand même prudent. Je suis habitué à toi, maintenant.

— Oui, monsieur. On se voit dans quelques jours.

— Tu as intérêt.

En raccrochant, il vit les questions se bousculer dans les yeux plissés de Laura. Elle savait qu'il avait parlé d'elle mais ignorait ce qu'il avait avoué à Thomas. Il avait encore besoin de temps pour s'habituer à cette idée et décider de ce qu'il allait faire. Ses relations passées ne parlaient pas en sa faveur. Même si Laura lui avait fait clairement comprendre son attirance, était-il prêt à risquer leur amitié pour une liaison temporaire ? Pouvaient-ils en retirer assez de plaisir pour qu'il en garde un bon souvenir au lieu d'une culpabilité aiguë à l'idée d'avoir détruit leur amitié ?

— Qu'est-ce qu'il y a ? demanda Laura.

Conor dut détourner le regard de ses doux yeux noisette, car il ne savait que répondre. Voyant qu'il se taisait, elle reprit leurs tasses à café et retourna à la cuisine.

— Tu penses aussi que c'était Cobb sur la vidéo, n'est-ce pas ? Ce matin, on aurait dit qu'il attendait autre chose dans l'enveloppe. Tu crois qu'il connaît l'existence de la vidéo ? Est-ce lui qui m'appelle et m'envoie des SMS ?

Il était bien plus facile de parler de l'affaire que d'affronter ses sentiments et se demander où menait leur relation. Conor fourra les notes dans sa poche et lui emboîta le pas.

— Même Cobb est capable de se livrer à quelques déductions. De toute façon, l'existence de cette vidéo explique pourquoi le téléphone et l'ordinateur de Chloe ont été volés.

— Il me donne la chair de poule.

Elle rangea les tasses dans le lave-vaisselle, puis éteignit la cafetière électrique. Ils avaient bu assez de café ce matin-là pour rester éveillés trois jours. Mais ce n'était pas pour lutter contre leur dépendance commune à la caféine qu'elle s'immobilisa devant l'évier, la verseuse à la main.

— En bas, devant les boîtes aux lettres, il m'a secoué le bras parce que j'avais un moment d'absence…

— Il t'a fait mal ?

Conor se rapprocha d'une enjambée, dégoûté à l'idée que le policier avait posé ses pattes sur le petit corps parfait de Laura.

— Non.

Elle inspira l'odeur riche du café avant de le jeter dans l'évier.

— Mais il sentait mauvais. Beaucoup trop d'eau de Cologne. Aucune femme ne peut trouver ça attirant.

Peut-être qu'il sait qu'il n'a aucun charme et qu'il essaie de compenser.

Conor sourit en entendant cela. Tant mieux, elle plaisantait. Cobb ne l'avait pas effrayée à ce point. Mais quelque chose lui avait fait peur, et il ne pensait pas que c'était leur baiser.

— En parlant d'eau de Cologne…

Le regard de Laura se posa sur sa poitrine avant de se lever vers son visage.

— Je crois que quelqu'un est entré chez moi hier soir. Pendant que nous étions au cimetière.

— Et tu allais me le dire quand ?

On était entré chez elle par effraction et elle n'en parlait qu'à cet instant ?

— Avec tout ce qui s'est passé ces derniers jours, tu ne crois pas que tu aurais pu commencer par ça ?

Elle leva les mains et lui caressa la poitrine comme un enfant qu'on apaise.

— On ne m'a rien pris, c'était juste une sensation. Mais je me suis rendu compte que des choses ont été déplacées dans le tiroir de mon bureau. J'ai cru que c'était le manque de sommeil qui me faisait divaguer. Mais j'avais aussi senti une odeur étrangère la veille.

Retirant ses mains, elle s'enveloppa de ses bras.

— On a fouillé mon appartement, c'est ça ?

Son contact manquait déjà à Conor, ne serait-ce que pour se rassurer sur son état émotionnel. Il lui tendit la main.

— Je t'ai dit de m'appeler si quelque chose te paraissait louche.

Elle esquiva sa main et recula.

— Tout me paraît louche en ce moment.

— Il faut que tu vérifies tout. Tu es sûre que rien ne manque ?

— Il n'y a rien à prendre de toute façon.

Se ruant dans le salon, elle effleura le manteau de Conor au passage.

— Je n'avais pas encore la vidéo. S'ils ont fouillé, ils n'ont rien trouvé.

Il lui faisait peur, c'était pour ça qu'elle le fuyait. Conor se força à s'immobiliser et la laissa s'agiter dans la pièce. Inspirant à fond, il questionna d'un ton plus calme :

— Tu n'as pas de ligne fixe, n'est-ce pas ?

Elle secoua la tête.

— Ils étaient peut-être venus poser un mouchard sur ton téléphone. Voyant que tu n'en avais pas, ils sont repartis.

Conor s'approcha de la fenêtre et glissa un œil entre les volets pour inspecter la rue et les fenêtres de l'immeuble d'en face.

— Tu as vu quelqu'un dehors, qui surveillait ton immeuble ?

La réponse de Laura se fit attendre une fraction de seconde.

— Seulement Cobb. Mais il guettait le courrier. Il n'est pas revenu depuis…

Sous ses taches de rousseur, elle devint toute pâle, et le petit pli réapparut entre ses sourcils. Conor la rejoignit en trois enjambées.

— Que se passe-t-il ?

Elle porta la main à son téléphone, dans sa poche arrière.

— Il vient de vibrer. C'est un texto. J'ai peur de le lire.

Elle effleura l'écran et tressaillit.

— C'est son numéro.

Il lui prit la main avant qu'elle puisse lui tendre l'appareil.

— Je suis là, chérie. Il faut regarder ce que c'est.

Elle pressa l'icône des SMS pour l'ouvrir, puis enroula vivement ses bras autour de la taille de Conor pour le lire du coin de l'œil. Comme si un regard de biais pouvait réduire l'impact de la menace.

Tu ne peux pas m'échapper, Laura. Je sais que tu l'as trouvée. Tu viens de signer ton arrêt de mort. Au début, tout ce que je voulais, c'était la vidéo. Mais maintenant je vais te tuer.

Tu n'as nulle part où te cacher. Même ton petit ami ne peut pas te sauver.

Conor poussa un juron. Il n'était plus temps de garder ses distances. Celui qui faisait ça avait l'avantage. Il fallait renverser le jeu en faveur de Laura. Fourrant le téléphone dans sa propre poche, il lui prit la main et l'entraîna vers sa chambre.

— Fais ta valise. Tu viens avec moi.

Elle ouvrit la bouche pour protester.

— Je ne te demande pas ton avis.

Il ouvrit le placard et y trouva une valise, qu'il jeta sur le lit.

— Tu n'as rien de plus petit ?

Elle l'écarta pour ouvrir la fermeture Éclair du bagage et en tirer un sac assorti.

— Où est-ce que je vais ? Combien de temps serai-je partie ?

— Nous allons chez ma mère, pour l'instant. Aussi longtemps qu'il le faudra. Mon ancienne chambre est toujours en état de recevoir. Je peux dormir sur le canapé.

— C'est moi qui y dormirai, c'est plus à ma taille, proposa-t-elle.

Les mains tremblantes, elle déposa dans le sac des vêtements et des affaires de toilette.

— Même si je leur donne la clé, ils voudront me tuer parce que j'ai regardé la vidéo. Et puis ils ne savent pas ce que Chloe m'a dit. Pour eux, je représente une inconnue qu'il faut éliminer.

Elle prit une paire de bottes dans son placard, qu'elle ajouta au sac.

— C'est mal de souhaiter qu'Isaac ait perdu son calme avec elle et l'ait frappée ? Qu'elle ait perdu la vie à cause de violences domestiques au lieu de…

Elle pivota sur elle-même pour le regarder.

— Est-ce que je vais finir aussi dans un coffre ?

— Je ne les laisserai pas t'atteindre.

Conor plongea ses doigts dans les cheveux de Laura et lui tourna le visage vers lui.

— Je reste avec toi vingt-quatre heures sur vingt-quatre, et sept jours sur sept maintenant.

— Jusqu'à ce que tu partes. Et si on n'arrête jamais ces hommes ? Qu'est-ce que je vais faire ?

Son manque de confiance lui fit plus mal que l'abandon de Lisa ou de son père.

— Je ne partirai pas tant que l'affaire n'aura pas été résolue. Tant que tu ne seras pas en sécurité. Tu es trop précieuse pour que je laisse quelqu'un te faire du mal.

Elle pesa cette promesse plusieurs secondes avant de hocher la tête.

— J'aurais bien aimé que tu t'arrêtes après « je ne partirai pas ».

Elle se détourna pour fermer son sac.

— Allons-y.

9

— Je t'ai dit que je dormirais sur le canapé.

Laura était assise au bord du lit où il avait dormi la nuit précédente. Conor fourra un T-shirt dans son sac en cuir en feignant l'indifférence.

— Ça n'a rien à voir avec la galanterie.

— Et depuis quand es-tu galant ?

Cette remarque le fit sourire. Il rangea la pochette en plastique contenant la clé dans l'une des poches du sac.

— Je peux l'être si j'essaie.

— Ne te force pas pour moi.

N'étaient-ce que leurs taquineries habituelles ou bien était-elle en train de lui dire qu'elle voulait qu'il dorme avec elle ? Elle ne lui facilitait pas les choses. Il était résolu à se comporter en gentleman, quoi qu'il se passe et quel que soit le délai durant lequel ils devraient cohabiter. Mais il sentait son corps bourdonner de tension sexuelle avec ce badinage.

— Ce sera plus sûr si je dors dans l'autre pièce.

— Sûr pour qui ?

Il rit franchement à cette réplique, surtout parce qu'il ne pensait à rien d'autre qu'à l'allonger sur le matelas et à finir ce qu'ils avaient commencé plus tôt. Mais, voyant que Laura restait sérieuse, il laissa s'éteindre son rire rapidement.

Les cheeseburgers qu'ils avaient mangés en chemin, le trajet depuis chez elle et la visite qu'ils avaient rendue à ses parents pour leur expliquer la situation avaient fait beaucoup pour redonner des forces à Laura, à défaut de lui faire voir l'avenir en rose. Conor alla prendre ses affaires de toilette dans la salle de bains adjacente et les ajouta à son sac. Son costume, sa cravate et ses chaussures de ville pouvaient rester dans le placard. Il n'en aurait pas besoin pour dormir ou piquer un sprint, si la fuite s'avérait nécessaire.

— Je crois que ton père n'était pas ravi d'apprendre que j'héberge sa plus jeune fille. Il semble penser que tu devrais être en train de jouer dans ta cabane de jardin au lieu de dormir chez un homme adulte. Nous les avons peut-être convaincus de partir quelques jours, mais un père reste un père.

Il ajouta ensuite à son sac des boîtes de munitions pour son Glock et son Beretta.

— Quand ils rentreront, j'aimerais être capable de lui dire que j'ai gardé mes distances.

Dès qu'elle aperçut les armes, Laura se leva et feignit un intérêt soudain pour la chambre où Conor avait passé son enfance et son adolescence.

— Papa t'aime bien.

— Comme ami de la famille, pas comme séducteur de sa petite fille.

Il ferma la fermeture Éclair du sac.

— En outre, je préfère dormir entre toi et la porte, au cas où quelqu'un tenterait d'entrer.

Cela mit fin aux plaisanteries

Laura toucha le globe en verre d'une lampe ornée de jonquilles et de feuilles.

— Je me souviens de ça. Ta mère et la mienne ont pris des cours de peinture chinoise un été.

— Je crois qu'il y avait une lampe comme ça dans chaque pièce. C'est la seule qui ait survécu.

Il étendit les bras, essayant d'alléger l'atmosphère.

— Tu sais, les grandes jambes et les grands bras des ados, qu'ils n'arrivent pas à contrôler ?

Enfin, il vit le vrai sourire qu'il attendait.

— Tu les as toutes cassées ?

— Sauf celle-là. Maman s'est rabattue sur des lampes en cuivre et en fer forgé. Elles avaient plus de chances de survivre.

Le rire de Laura valait un millier de sourires. Mais la victoire de Conor ne dura pas.

Elle revint au lit et soupesa son sac avant de le reposer sur l'édredon.

— Tu te déplaces toujours avec ton arsenal ?

— En général, je le garde dans la voiture avec mon gilet et d'autres équipements.

Il tenta de déchiffrer son expression.

— Ça t'effraie ?

— Oui. Ces trucs servent à tuer. Mais tu sais t'en servir, n'est-ce pas ? Ça fait partie de ton métier. J'ai le sentiment que tu as appris des choses que je ne peux même pas imaginer.

— Ça s'appelle un sac de survie. Il contient tout ce dont nous aurons besoin s'il faut partir en hâte : des téléphones temporaires, une trousse de premier secours et des barres protéinées.

Il avait déjà éteint le téléphone de Laura et retiré la batterie, afin que le meurtrier ne puisse plus l'appeler ou lui envoyer de SMS. Conor l'avait remplacé par un téléphone temporaire, dans lequel elle avait enregistré son numéro et celui de Thomas Watson. Il lui avait également demandé d'avertir sa chef qu'elle serait absente quelques jours en raison d'une urgence familiale. Si quelqu'un l'appelait, elle ne devait pas répondre.

— On va réduire le sac que tu as apporté à l'essentiel, comme le mien.

— Moins les armes.

— Tu as appris à tirer ?

Elle secoua la tête.

— Alors tout ce que tu prendras, ce sont des munitions supplémentaires.

Comme son expression restait dubitative, il détacha le rabat de son holster et dégaina le Glock.

— Je ferais mieux de te montrer.

— Mais je ne fais que transporter des munitions, non ?

— C'est plus pour ta sécurité que dans l'hypothèse où tu devrais t'en servir. Les armes ne sont pas des jouets. Je ne veux pas d'accident.

Cette conversation sur les armes ne lui plaisait pas, mais il préférait qu'elle n'en ait pas peur. Il lui mit le Glock dans les mains afin qu'elle en soupèse le poids, lui recommanda de le pointer vers le sol et lui désigna ses principales parties.

— Celui-ci n'a pas de cran de sûreté. Il suffit de tirer la gâchette d'un demi-cran pour le débloquer. N'y touche pas à moins d'avoir l'intention de tirer.

Elle lui rendit vivement l'arme, en la tenant comme indiqué.

— Je n'y toucherai pas.

Il lui montra ensuite le Beretta, lui signala le cran de sûreté sur la crosse et lui expliqua que les cartouches étaient différentes. Elle parut moins effrayée par cette arme plus petite, mais la lui rendit tout de même avec soulagement.

— Je t'ai fait déjà peur au point de ne plus me faire confiance.

— Non. Tu es Conor.

Être Conor Wildman n'avait pas toujours suffi. Mais, si c'était suffisant pour Laura, il essaierait d'être à la hauteur de ce qu'elle attendait.

— Si j'ai l'impression que je ne peux pas assurer ta sécurité moi-même, nous partirons pour Kansas City, où je trouverai du renfort. Nous serons assez loin de la juridiction de Cobb pour qu'il ne puisse pas nous retrouver. Nous aurons le temps de comprendre tout ça et de livrer le meurtrier de Chloe à la justice. Je n'ai pas donné l'adresse de ma mère à Cobb, mais, s'il comprend que tu es avec moi et s'il se rappelle ce qu'est le travail de policier, il pourrait te localiser ici. Les sacs sont juste une précaution. Changer souvent de lieu, c'est le seul moyen d'échapper à quelqu'un.

Il emporta son sac dans le salon et le posa au pied du canapé. De son côté, Laura prit les draps et la couverture qu'il avait sortis d'un placard et se mit à faire le lit. Conor s'empara de l'extrémité du drap pour le coincer entre les coussins.

— Lisa n'aimait pas ça, mais je sais me cacher, mentir et me battre. Et je n'hésiterai pas à me servir de ces aptitudes pour te protéger de celui qui est derrière tout ça. Écoute-moi et fais ce que je te dis. Je ne te garantis pas que ce sera facile, mais je te promets que je te sortirai de là.

Laura fit gonfler l'oreiller et le déposa contre l'accoudoir du canapé avant de se tourner vers lui.

Elle posa une main sur le cœur de Conor, doigts écartés.

— Je suis contente que tu connaisses tout ça.

Conor eut l'impression que son cœur se mettait à battre plus fort, cherchant à venir à la rencontre de ses doigts. Avançant d'un pas, il plongea les doigts dans ses cheveux, lui inclina la tête en arrière et l'embrassa.

Le doux contact de ses lèvres lui embrasa le ventre. Elle resserra les doigts sur le devant de sweat-shirt et ouvrit les lèvres, en un geste dont il était déjà devenu dépendant. Leur baiser fut doux, rassurant et nécessairement bref. Il était tard et il y avait encore des détails à régler.

Il posa le front contre celui de Laura et inspira profondément, gravant son odeur dans sa mémoire, comptant les taches de rousseur qui parsemaient ses joues, laissant la passion qui vibrait entre eux se calmer doucement.

Puis il lui passa un bras autour de la taille et la raccompagna dans la chambre.

— Bon, voilà quelques règles de base : reste à l'intérieur et ne t'approche pas des fenêtres. Si nous devons fuir, reste près de moi. N'appelle personne sans m'en avoir parlé d'abord. Ne va pas sur Internet. Si je te dis de courir, prends tes jambes à ton cou. Si je te dis de te coucher, jette-toi sur le sol.

— Rien d'autre ? essaya-t-elle de plaisanter. Tu veux que je me mette sur la tête quand tu taperas dans les mains ou que je siffle quand tu ronfleras ?

Il la serra contre lui et l'embrassa au sommet du crâne avant de la relâcher.

— Je pense que mes directives suffiront.

Hochant la tête, elle fit le tour du lit et défit les couvertures. Puis elle s'assit sur le matelas pour retirer ses bottes. Ils s'étaient déjà mis d'accord pour dormir tout habillés, toujours pour pouvoir fuir le cas échéant. Laura fit tomber la première botte sur le sol et s'immobilisa.

— Tu penses que mes parents ont compris pourquoi tu voulais qu'ils s'en aillent ?

— Ils ont compris qu'il m'était plus facile de protéger une seule personne que plusieurs.

— Mais Vinnie ou Cobb pourraient s'en prendre à eux juste pour me débusquer ?

Conor appuya une épaule contre l'encadrement de la porte.

— Seulement en dernier recours. Ils cherchent à limiter les dégâts et à faire disparaître leur problème. S'ils tuaient toute une famille, ça ferait les gros titres.

— Tuaient ?

Bon sang, il l'effrayait de nouveau.

— Je ne dis pas que c'est impossible, mais si Ron et

Leslie suivent mes instructions et ne se servent pas de leurs cartes bancaires, on ne pourra pas les retrouver. Lisa et Joe sont déjà dans les Caraïbes pour leur lune de miel. Et Tim peut jouer de ses contacts pour garder Linda et leurs fils en sécurité.

— Chloe a joué un jeu dangereux et elle s'est brûlé les ailes. À présent, on pourrait tous y passer. Toi aussi, dit Laura en se relevant. Tu as vu cette vidéo. Si tu ne m'aidais pas…

— Toute ma vie, j'ai fait ce qu'il fallait pour survivre. Je n'ai pas l'intention de changer maintenant.

Il se redressa, pressé de retourner au salon avant d'être incapable de sortir de la pièce.

— Tu as l'air épuisée. Dors. Cela a été une longue journée.

— Cela a été un long week-end.

— Bonne nuit, Laura.

Elle hocha la tête, l'air petite et vulnérable, et se rassit pour retirer son autre botte.

— Bonne nuit, Conor.

Maîtrisant son envie de la prendre dans ses bras et de la faire sourire, il referma la porte. Il avait déjà vérifié les fenêtres et les serrures, mais il patrouilla encore une fois sur les deux étages avant de retourner au salon et d'ôter ses chaussures. Retirant son holster de cheville, il rangea le Beretta dans son sac, mais garda le Glock sur le sol, à portée de main. Enfin il se glissa sous la couverture, éteignit la lampe et ferma les yeux.

Il les rouvrit quelques minutes plus tard en entendant un gémissement dans l'obscurité. Il connaissait assez la maison pour identifier l'endroit dont il provenait. Un reniflement, aussi bas que le gémissement qui l'avait alerté, lui fit tourner la tête vers la chambre. Des pleurs. Sa mère avait pleuré, vers la fin de son séjour à l'hôpital, quand elle avait compris qu'elle ne verrait jamais ses petits-enfants. Aucun autre bruit ne pouvait lui nouer les entrailles à ce point.

Il n'avait rien pu faire pour consoler sa mère, si ce n'est lui tenir la main et lui prêter son mouchoir. Aucune promesse n'aurait pu repousser son décès ou lui donner les petits-enfants qu'elle désirait.

Laura pleurait. Comment aurait-il pu dormir ? Elle était triste ou effrayée.

Reprenant son arme, il s'avança sur la pointe des pieds et frappa à la porte avant de la pousser. Dans le noir, il distinguait à peine la silhouette de Laura sur le lit. Mais ses larmes étaient bien réelles, et les sanglots qu'elle tentait d'étouffer lui déchirèrent le cœur.

— Ça va, Moustique ?

Il entendit un froissement de draps et la vit se redresser.

— Je t'ai réveillé ? Je suis désolée.

L'entendant se moucher, il approcha de la table de chevet et alluma la lampe peinte par sa mère. Prenant d'autres mouchoirs en papier dans une boîte, il les tendit à Laura et s'assit au bord du lit.

— Tu n'as pas répondu à ma question.

Elle se tamponna le nez et les yeux et essuya les larmes sur ses joues.

— Ça ne va pas, constata-t-il.

Jetant les mouchoirs usagés sur la table de chevet, elle leva ses yeux bordés de rouge.

— Disons que j'ai un moment de faiblesse.

— Je pense que tu en as le droit.

Elle était sexy avec ses cheveux ébouriffés, et ni l'édredon qui la couvrait ni le pull qu'elle portait ne pouvaient masquer ses formes de sirène. Mais tout ce qu'il voyait, c'était le désespoir dans ses yeux gonflés.

— Si tu as besoin de pleurer un bon coup, vas-y.

La tristesse de Laura était mêlée de colère. Elle agita le mouchoir qu'elle tenait dans son poing.

— Pourquoi est-ce qu'il faut toujours que je me mêle de tout ?

— Tu voulais juste aider ton amie.

— J'aurais dû appeler la police et les laisser s'occuper du meurtre de Chloe.

Conor lui prit la main pour la réchauffer.

— Mais tu as appelé la police ! Moi.

— Je t'ai mêlé à tout ça, alors que tout ce que tu voulais c'était retourner chez toi. J'ai l'impression de t'avoir forcé à rester. Je t'ai mis en danger. J'ai mis tout le monde en danger.

Elle changea de position et prit une de ses mains entre les siennes.

— Deux femmes sont déjà mortes. Je n'arrête pas de penser à toutes les choses horribles qui pourraient arriver à ma famille, à moi, à toi.

Conor se força à plaisanter.

— C'est moi, Conor le rebelle, tu t'en souviens ? Rien ne va m'arriver…

En entendant cela, Laura repoussa les couvertures, s'assit sur ses genoux et se blottit contre lui. Elle ne riait pas.

— Alors tu es un rebelle au cœur d'or. Tu es le meilleur ami que j'ai jamais eu. Et je…

Elle s'interrompit comme pour rassembler son courage. Le faible halo de la lampe faisait briller des éclats dorés dans ses yeux.

— J'imagine que ce n'est pas ce que tu veux entendre, mais, au cas où il m'arriverait quelque chose et que je ne puisse pas te le dire plus tard, je t'aime.

— Je t'aime aussi, Moustique.

— Non.

Elle secoua la tête et se rapprocha encore de lui.

— Je suis amoureuse de toi. Je le suis depuis aussi longtemps que je me souvienne. Bien sûr, quand j'étais petite, je ne comprenais pas ce que je ressentais. Et puis tu étais avec Lisa, je voulais que vous soyez heureux. Même quand vous vous disputiez, j'étais de ton côté parce que tu tenais à votre relation et que je voulais ce que tu voulais. Tu ne m'as jamais considérée autrement que comme une petite sœur, de toute façon.

Amoureuse de lui ? Le cœur de Conor bondit de joie à cette idée, mais une part de lui, plus rationnelle, le mit en garde silencieusement. L'affection et les baisers de Laura le ravissaient, mais il ne voulait en aucun cas souffrir. Cette fois-ci, son sourire eut quelque chose de douloureux.

— Eh bien, me voilà remonté sur mon piédestal. Je suis de nouveau le béguin d'une adolescente.

— Ne plaisante pas. Pas cette fois-ci, d'accord ? Pas à propos de ça.

Elle lui reprit la main et en suivit le contour d'un doigt, avant de mesurer la longueur respective de leurs doigts. Puis elle entrelaça à nouveau ses doigts aux siens.

— Ces derniers jours, je crois que tu me vois telle que je suis. Une adulte disponible. J'aime ma sœur, mais Lisa ne t'a pas rendu heureux. Moi, je crois que je le peux. Il y a cette attirance un peu folle entre nous, et j'ai plus envie d'être avec toi qu'avec tout autre homme. Je sais que je me suis jetée à ta tête une ou deux fois pour que tu me remarques, pour que tu comprennes, mais…

Finalement, elle lâcha sa main et s'assit sur ses talons.

— Je serai ton amie pour le restant de mes jours si c'est ça que tu veux. Mais je ne veux pas mourir et je ne veux pas que tu meures sans que tu saches ce que j'éprouve.

— Moustique…

— Tu n'as pas besoin de répondre. Je voulais juste que tu le saches. Que je t'aime.

— Pas de discours d'adieu, d'accord ? Nous allons nous en sortir.

La petite fille aux points de suture, l'adolescente à la fierté écornée pouvait-elle savoir ce qu'était l'amour entre un homme et une femme ? Conor tendit la main pour décoller une mèche de cheveux mouillée sur sa joue et la lissa en arrière.

— C'est le stress qui te fait parler. Le stress, la fatigue et la peur.

— J'ai peur, c'est vrai, reconnut-elle. Mais je t'aimais avant le meurtre de Chloe, avant tout ça. Je croyais ne jamais avoir une chance avec toi jusqu'à ce que je te voie au mariage. Et maintenant cette chance risque de s'évanouir.

En voyant Conor se détourner, elle secoua la tête.

— Tu ne me crois pas, n'est-ce pas ? C'est pour ça que tu n'arrêtes pas de m'appeler Moustique. Pour me tenir à distance, pour t'éviter de réfléchir à ce qui pourrait changer entre nous.

Elle posa une main sur son cœur, et il sentit sa chaleur filtrer sous sa peau. Au fond de lui, il était profondément ému par la tristesse de Laura.

— Est-ce parce que tu as été blessé que tu n'arrives pas à me croire ? Ou bien tu penses que je suis trop jeune pour connaître mes propres sentiments ?

Bonté divine, elle était bien devenue adulte. Peut-être était-ce de l'intuition féminine, peut-être le connaissait-elle trop bien. D'une certaine façon, elle déchiffrait mieux les gens que lui, même avec ses années d'entraînement. En tout cas, elle le déchiffrait parfaitement.

Il reprit sa main et se leva.

— Laissons passer quelques jours. Mettons d'abord les bandits hors d'état de nuire, ensuite nous réfléchirons à tout ça.

— J'ai eu beaucoup de temps pour y réfléchir. C'est à toi de prendre la décision. L'amour ou l'amitié ? Quand tu seras prêt, tu me le feras savoir.

Il fit mine de s'éloigner. Il se persuada qu'il était plus noble de la laisser à ses fantasmes de jeune fille. Sortant du halo de la lampe, il marcha vers la porte. Mais, malgré lui, il posa la main sur l'encadrement de la porte.

Laura n'était plus une petite fille, il le savait. Elle croyait de tout son cœur à ce qu'elle lui avait dit. Ne s'était-il pas avoué aussi qu'il l'aimait, dans son for intérieur ? Elle avait dévoilé l'ampleur de ses sentiments, alors qu'il en était incapable. Il avait passé une bonne part des heures précédentes à s'interroger sur le sérieux de son propre attachement. Voulait-il prendre le risque de suivre son cœur pendant quelques jours, quelques semaines ? S'il ne se conduisait pas bien avec Laura, il la perdrait pour toujours, et cette seule idée le rendait malade. Ne valait-il pas mieux se contenter de leur amitié, dont il savait qu'elle perdurerait toujours ?

« Tu viens de signer ton arrêt de mort. Je vais te tuer. »

Le texto menaçant lui revint en mémoire, jetant une tout autre lumière sur la situation.

L'avenir n'avait rien de garanti. Laura Karr le rendait plus heureux que jamais auparavant. Et il avait passé trop de temps à être malheureux. Il n'avait plus aimé parce qu'il était las de perdre des gens. Il était las de ne pas être l'homme qu'il fallait. Il était las d'avoir mal.

Il ne pouvait peut-être pas tabler sur l'amour toujours, mais il pouvait profiter de l'instant. Il pouvait profiter de l'amour de Laura un petit moment – jusqu'à ce qu'elle n'ait plus besoin de lui. Jusqu'à ce qu'il retourne à Kansas City et qu'elle choisisse de rester à Arlington. Ce soir, il était l'homme qu'il fallait. Ce soir, il n'y avait pas de danger à se laisser aller et à aimer Laura.

— Pourquoi ne me parles-tu pas ? À quoi penses-tu ?

La voix de Laura le tira de ses pensées comme une corne de brume. Sa décision était prise. Il pivota sur lui-même, soutint le regard de ses beaux yeux et revint sur ses pas. À chaque enjambée, il sortait de l'obscurité qui étouffait son cœur. Parvenu près du lit, il défit sa ceinture et la posa avec son arme sur la table de chevet. Puis il posa les mains de chaque côté d'elle, la forçant à s'écarter.

— Que fais-tu ? Conor ?

Le matelas sombra sous son poids quand il posa un genou, puis l'autre, et rampa vers elle.

— Au diable l'amitié ! Moi aussi je te veux.

Laura était allongée sur le dos, les cheveux en éventail, les mains croisées sur la poitrine. Retenant son souffle, elle lui demanda :

— Alors, ça veut dire… ?

Il se coucha sur elle, ses jambes entre les siennes, ses hanches calées contre les siennes. Dans cette position, leur différence de taille n'avait plus d'importance. Il était conscient de ses délicieuses courbes féminines, du doux parfum qui remplissait l'espace entre eux.

— Je vais achever ce que nous avons commencé. Si tu es d'accord…

D'un seul mouvement, elle s'accrocha à ses épaules, puis à son cou. Il se redressa sur ses coudes, ne voulant pas l'écraser. Mais Laura avait autre chose en tête. Repliant les genoux, elle le coinça entre ses cuisses. Le jean grinça sur le jean quand elle l'entoura de ses jambes.

— Tu sais, l'amitié et l'amour ne sont pas mutuellement exclusifs, lui rappela-t-elle en lui caressant le visage.

— Je ne veux rien analyser. Je veux juste qu'on le fasse. Et je prie pour que tu n'aies pas de regrets.

— Je ne le regretterai pas. Je ne regretterai jamais rien de ce que je fais avec toi. Je sais exactement où ça nous mène et je le veux autant que toi.

Dans l'ombre des épaules de Conor, ses yeux ressemblaient à deux lacs insondables. Son corps tremblait d'anticipation.

— Si tu es aussi adulte que ça, Laura Karr, alors tais-toi et embrasse-moi.

Elle s'exécuta et captura sa bouche dans un long baiser nonchalant qui fit reculer l'obscurité. Il sentit une lumière briller en lui quand elle entrouvrit les lèvres, l'invitant à réclamer son dû.

Il ne perdit pas de temps à tergiverser. Emmêlant ses doigts dans les cheveux de Laura, il glissa sa langue dans sa bouche, goûtant sa chaleur. Il sentit sa langue danser autour de la sienne et lui caresser la lèvre inférieure. Conor l'imita, pressant, caressant, goûtant. Il embrassa son menton en forme de cœur, le bout de son nez, sa joue piquetée de taches de rousseur avant de reprendre ses lèvres. En même temps, il caressait ses hanches voluptueuses et sa taille mince. Puis il s'aventura sous son pull et son caraco, et repoussa son soutien-gorge de satin et dentelle pour passer le pouce sur un téton avide. Elle haleta et arqua le dos, pressant son sein dans sa main et tordant ses hanches sous lui. La sensation de son corps entre ses mains était si parfaitement féminine qu'il eut une érection instantanée.

Il laissa traîner ses lèvres sur la peau crémeuse de son cou, là où battait un pouls affolé, et s'attarda sur la vibration sexy de sa gorge. Il tenta de la faire remonter un peu, mais ses cheveux cascadèrent au bord du lit. Conor se retourna avec elle et referma la bouche sur la perle dure de son téton, trempant le tissu du soutien-gorge. Elle murmura son nom, haleta encore contre son oreille tandis qu'il tournait son attention vers son autre sein.

Ce n'était pas assez. Il y avait trop de vêtements entre eux, trop de sensations agaçantes. Le coton, le jean, le métal de sa braguette, la dentelle rugueuse de son soutien-gorge, rien de tout cela ne ressemblait au contact auquel il aspirait. Grognant de frustration, il s'agenouilla entre les jambes de Laura, fit passer son T-shirt par-dessus sa tête et déboutonna son jean.

Laura se redressa et fondit sur sa peau nue pour la caresser et l'embrasser. Le contact de ses doigts le fit trembler de désir. Elle explora la surface de son dos, la largeur de ses épaules, les creux de ses pectoraux et ses biceps. Elle passa la langue sur les poils durs de sa poitrine et trouva ses tétons un peu recroquevillés par la froidure de l'air. Elle les lapa l'un après l'autre, les faisant se dresser comme deux petits pics. Quand elle en prit dans sa bouche, il sentit autre chose se dresser comme un diable.

— Chérie…

Il tenta de la freiner, de ralentir aussi son propre corps.

— Laura…

Pour toute réponse, elle se contenta de lever les bras, de retirer son pull et son T-shirt et de les jeter sur le sol. Les mains de Conor s'empressèrent de soupeser ses beaux seins quand elle passa les mains dans le dos pour détacher son soutien-gorge. Quand elle se redressa et reprit son visage entre ses mains pour attirer sa bouche sur la sienne, il renonça à freiner quoi que ce soit.

Leur désir était trop pressant, leurs émotions trop confuses pour faire autre chose que se ruer vers l'ultime conclusion. Les jeans et les sous-vêtements suivirent. Sans parole, sans pensée, il attendit qu'elle déroule un préservatif sur son membre turgescent. Puis il la souleva, l'étendit sur le dos et s'allongea au-dessus d'elle. Il caressa son sexe du pouce, ravi de sentir combien elle était humide et prête. Puis il le refit, juste pour le plaisir de sentir ses genoux l'enserrer et de voir le désir lui couper le souffle et assombrir ses yeux. Au moment où il s'apprêtait à la pénétrer, elle tourna la tête d'un côté et de l'autre et gloussa.

— Nous sommes à l'envers !

— C'est parfait.

— Je veux dire sur le lit. Nous avons les pieds sur l'oreiller.

Conor s'enfonça en elle, et elle haleta. Il resta immobile un instant, lui donnant le temps de s'adapter à sa taille, de s'ajuster au moment, à ce changement radical dans leur relation. Elle le regarda dans les yeux et sourit. Puis elle enroula ses jambes autour de ses cuisses et l'attira contre elle pour un baiser.

— C'est parfait, approuva-t-elle.

Il bougea en elle, et elle se cramponna à lui pour suivre le rythme qu'il imprimait à leurs corps. Il la sentit l'enserrer de toutes parts jusqu'à ce qu'elle jouisse en se cabrant sous lui, haletant son nom contre sa peau. Il enfouit le nez dans ses cheveux et s'abandonna aussi au plaisir, répétant encore et encore son prénom.

Après quelques minutes, ils se nettoyèrent rapidement et se rhabillèrent avant de se remettre au lit. Il la prit dans ses bras, et elle se blottit contre lui, dessinant lentement des cercles sur sa poitrine.

Il resta plusieurs minutes éveillé tandis qu'elle s'endormait sur sa poitrine. Il n'était pas encore prêt à croire à des lendemains heureux. Mais il savourait ce moment et se cramponnait à la femme qu'il aimait. Si Laura était la prochaine sur la liste du meurtrier, il faudrait qu'il lui passe sur le corps avant de lui faire le moindre mal.

10

Des pas étouffés sur la neige au-dehors éveillèrent Conor une fraction de seconde avant que la fumée ne lui pique le nez.

Une bouffée d'adrénaline lui mit le corps en alerte quand des voix indistinctes se joignirent aux bruits de pas. Ils avaient de la compagnie.

Conor aurait voulu rester blotti pour toujours contre Laura, son bras reposant sur sa poitrine. Mais la réalité était là : il était flic et il devait protéger Laura.

Il roula sur elle et se saisit de son arme.

Les voix diminuèrent de volume. Un coup d'œil entre les volets lui arracha néanmoins un juron silencieux. Malgré la froidure de l'aube, le verre était brûlant. Une sorte de brume s'infiltrait par les jointures de la vieille fenêtre. Les hommes avaient déversé un accélérateur de feu sur le revêtement extérieur de la maison.

Voyant que Laura commençait à bouger, il alla lui plaquer une main sur la bouche pour l'empêcher de crier. Ses yeux s'ouvrirent tout grand avec une expression effrayée. Il relâcha un peu sa pression.

— Mets tes chaussures et prends ton manteau, lui murmura-t-il.

Avec un hochement de tête, elle se redressa, tâtonna à côté du lit et ramassa une botte pour l'enfiler.

Elle en avait chaussé une quand les détecteurs de fumée se mirent à hurler. Cela signifiait qu'il y avait plusieurs foyers. Il avait dormi trop profondément pour le remarquer, mais ces hommes n'étaient pas restés inactifs. Ils les avaient littéralement enfumés.

— Un incendie ?

Laura enfila son autre botte, prit son manteau et son sac, et le suivit dans le couloir.

— On ne devrait pas sortir de la maison ?

— C'est ce qu'ils veulent, répondit-il en se chaussant et en enfilant son manteau.

— Qui ça ?

Un bris de verre à l'arrière de la maison les poussa dans l'entrée. Il se mit sur la pointe des pieds pour jeter un regard par la verrière au-dessus de la porte.

— Bon sang !

Reposant les talons à terre, il entraîna Laura vers le canapé et s'agenouilla devant elle.

— Apparemment, ils sont plusieurs.

Un autre bruit de verre cassé. Les doigts de Laura agrippèrent la manche de son manteau. Les hommes entraient dans la cuisine. Visiblement, la discrétion n'était pas leur préoccupation première. À présent qu'ils étaient à l'intérieur, leurs chuchotements étaient parfaitement audibles.

— Il ne reste que quelques minutes avant que la baraque parte en fumée. Où est la fille ? Le patron a dit de fouiller ses poches et son sac.

— Comme si elle allait nous laisser faire !

— Les ordres sont de ne pas la tuer jusqu'à ce qu'on ait la clé.

L'autre homme se mit à rire.

— Tu parles ! Il veut le faire lui-même. Il a pris trop de plaisir avec l'autre. Séparons-nous.

Conor vit presque les rouages tourner dans la tête de Laura, focalisée sur les voix des intrus. Ces hommes savaient qui avait tué Chloe. Il lui attrapa le menton entre deux doigts pour l'obliger à le regarder.

— La survie d'abord, les réponses après.

Sa voix n'était qu'un murmure. Il glissa son sac sur l'autre épaule de Laura. Il n'avait pas le temps de sortir son arme de rechange, si bien qu'il devrait faire mouche à chaque coup.

— Allonge-toi sur le sol près de la porte. Il y a moins de fumée. Attends-moi. Ne sors pas avant que je te le dise. J'ai vu une voiture devant la maison, alors nous sommes cernés. Tu te jetterais tout droit dans leur piège.

— Cernés ? Combien… ?

— Ne bouge pas. Je ne veux pas que tu sois prise entre deux feux.

— Deux feux ?

Elle s'accroupit.

— Qu'est-ce que tu vas faire ?

— Mon travail.

Il pressa la main de Laura et la laissa cachée derrière le canapé. La fumée qui s'accumulait, l'obscurité et la connaissance intime qu'il avait de la maison lui donnaient un avantage temporaire sur les deux hommes, lesquels devaient se fier à leurs torches pour se déplacer.

— Où est-elle ? lança l'un d'eux.

Ils étaient à présent dans le couloir, passant de chambre en chambre. Conor coupa par le salon pour les devancer.

Ils venaient de pénétrer dans la chambre dans laquelle Laura et lui avaient dormi. Il se plaqua contre le mur, tendant l'oreille pour distinguer leurs mouvements et apprêtant son Glock. Il reconnut les deux acolytes de Vinnie. Sa garde rapprochée. De gros bras sans visage, payés pour faire le sale boulot. C'étaient sans doute eux qui avaient aussi emporté le cadavre de la femme sur la vidéo.

— Elle n'est pas là.

— Ils ont dormi dans ce lit. Et le placard est vide, en dehors des plus belles fringues.

— Comment ils sont sortis ?

L'homme toussa, puis jura quand une autre quinte suivit la première. Avec un peu de chance, ils allaient succomber avant eux à la fumée qu'ils avaient eux-mêmes créée.

— Mon vieux, on étouffe ici. Ils n'ont pas pu passer par-devant. Et on a bloqué toutes les issues.

L'autre homme recula hors de la chambre, sur ses gardes. La chance n'était pas du côté de Conor. Il fallait entrer en action.

— Alors où est son petit copain ?

— Ici même.

Connor braqua son arme sur les deux hommes, qui fixèrent le canon d'un air ahuri.

— Police de Kansas City. Là d'où je viens, on appelle ça une effraction caractérisée. Jetez vos armes et allongez-vous par terre.

Les deux malfrats s'entre-regardèrent et se mirent à rire. Cela fit tousser celui qui était le plus près de Conor. Posant une main sur le mur, il tâcha de prendre son arme, fourrée dans sa ceinture. Le second tira la sienne. Vu l'étroitesse du couloir, cependant, il ne pouvait faire feu sans toucher son acolyte. Conor tira le premier, le visant au milieu du corps. L'homme jura et tomba à la renverse. En dépit de ses exclamations et de ses quintes de toux, Conor ne vit pas de trace de sang.

Manque de chance, ils portaient des gilets pare-balles.

Cela signifiait qu'il devait s'y prendre autrement. Voyant que le premier homme était sonné, souffrant peut-être d'une côte cassée, Conor le contourna en courant pour charger le deuxième, lequel leva son arme et fit feu.

La balle siffla aux oreilles de Conor au moment où il frappait le malfrat au ventre et le plaquait au sol. Le choc lui fit lâcher son arme, mais il se battit pour désarmer son adversaire. Enserrant le poignet du type entre ses mains, il lui cogna la main à deux reprises sur le sol. Mais il ne parvint pas à lui faire lâcher son arme, car l'autre le frappa violemment au flanc, l'envoyant valser contre le mur. Son adversaire avait désormais le dessus, et Conor dut rassembler toutes ses forces pour l'empêcher de braquer son arme sur lui.

Il donna un grand coup de genou, qui faillit désarçonner son adversaire. Mais faillir n'était pas réussir. La force brute ne suffirait pas pour venir à bout de cette montagne de muscles. Cessant de le repousser, il lui écrasa le nez d'un coup bien placé. L'autre émit un ululement de douleur et un flot de sang jaillit de son organe. Sentant qu'il lâchait prise, Conor profita de son avantage et fit tomber son arme.

C'était désormais une lutte plus égale. Mais si l'étroitesse du couloir avait joué précédemment en sa faveur, à présent elle le handicapait plutôt. L'homme était deux fois plus large que lui, et il n'avait pas l'espace suffisant pour reprendre la main, sans se placer directement entre lui et son acolyte.

Une toux assourdie lui parvint aux oreilles, entre leurs grognements et le craquement des flammes. Il ne fut pas le seul à l'entendre.

— Chope-la ! hurla son adversaire pratiquement à son oreille.

Le tousseur s'écarta du mur et, se remettant debout, s'élança vers le salon. Prenant appui sur un genou, la brute se releva, entraînant Conor avec lui.

— Laura ! cria Conor.

Mais cette fraction de seconde était tout ce dont avait besoin le malfrat pour lui assener un direct au menton et lui frapper la tête contre le mur. Il sentit la moitié inférieure de son visage s'engourdir, tandis que la moitié supérieure sonnait comme une cloche.

— Tu ne pourras pas la sauver, Casanova, lança son adversaire en prenant son élan pour le frapper à nouveau.

Conor prit un nouveau coup dans le ventre, qui le plia en deux. Mais il avait un avantage sur la brute : il possédait un cerveau.

Un coup de pied dans les côtes l'aplatit sur le sol… quasiment sur son arme. Cela faisait deux avantages.

Il referma les doigts sur la crosse de son Glock et roula sur le dos. Sans perdre de temps, il tira à trois reprises sur le gilet de son adversaire. Cela suffit à le faire tomber à terre.

— Laura !

Il entendit les pieds du canapé grincer sur le parquet, puis Laura jeter un cri et pousser un grognement. Le tousseur l'avait rejointe. Conor s'empara de l'arme de son adversaire, la fourra dans sa ceinture et, en titubant, se rua vers le salon. C'est alors qu'il entendit une menace qui lui glaça le sang.

— Je vais te tuer, salope !

Tournant le coin du couloir, Conor vit l'homme plié en deux, une main pressée sur le ventre. Cela ne l'empêchait pas néanmoins d'agripper l'épaule de Laura de l'autre. Conor leva son Glock, mais il n'était pas question de tirer avec Laura entre eux deux. Juste au moment où il croyait devoir assister à l'impensable, celle-ci leva les bras et se laissa choir. Les sacs qu'elle portait glissèrent de ses épaules et chutèrent, déséquilibrant son agresseur. Tandis qu'il tombait à quatre pattes, elle se remit debout.

Au lieu de courir vers Conor, elle pivota sur elle-même, se saisit de la lampe posée sur une petite table et l'abattit sur le crâne de l'homme, l'assommant proprement. Conor récupéra l'arme qu'il lâchait dans sa chute et se glissa entre lui et Laura.

La voyant élever à nouveau la lampe, il lui saisit le bras et lui retira son arme improvisée.

— Il est K-O, chérie.

Il jeta la lampe sur le canapé déplacé par la lutte et entoura les épaules de Laura pour la serrer contre lui.

— Ça va ?

Elle agrippa le col de son manteau et hocha la tête.

— Je suis contente que ta mère ait des lampes en cuivre.

Il sourit de soulagement et déposa un bref baiser sur ses cheveux.

— Moi aussi.

Une radio se mit à crépiter sur le corps inconscient du tousseur.

— Hammer, Rico !

Il ne reconnut pas immédiatement la voix.

— Vous avez neutralisé Wildman ?

Des grésillements en stéréo leur firent comprendre que les deux hommes étaient en communication avec quelqu'un au-dehors.

— Amenez-moi la fille. Je veux lui parler. Hammer !

Laura s'écarta et s'exclama d'une voix essoufflée :

— Il porte bien son nom, celui-là[1] !

Elle toussa. Ses yeux étaient rouges, et des larmes lui coulaient sur les joues. Ceux de Conor le démangeaient et larmoyaient. De plus en plus épaisse, la fumée avait des relents chimiques.

— On ne peut pas rester ici.

Conor acquiesça. Il devait mettre de côté son inquiétude pour Laura et réfléchir comme un flic.

— Il est inconscient. Tu te sens capable de le toucher ?

La voyant acquiescer, il lui donna de rapides instruc-

1. Hammer signifie « marteau » en anglais. (NdT)

tions et se dirigea vers l'homme dans le couloir pour faire de même.

— Cherche sa radio et une pièce d'identité s'il en a une. Je veux savoir qui essaie de nous tuer.

La brute était morte de ses blessures. Conor trouva sa radio et un permis de conduire au nom de Don Urbanski. Il les fourra dans ses poches et revint rapidement auprès de Laura.

Les sacs à nouveau en bandoulière, elle se tenait debout, un portefeuille et une radio à la main.

— Celui-là s'appelle Rico Martinelli. Ça te dit quelque chose ?

Il était plus préoccupé par la fumée qui s'était accumulée dans la pièce. Hochant la tête, il empocha les deux objets. Puis il s'empara du sac le plus lourd et le passa sur son épaule, ignorant les élancements de sa cage thoracique.

— Je suppose que ces types sont des mercenaires. Mais si on peut trouver des preuves qu'ils sont rémunérés pour leurs services, ou que quelqu'un a payé pour les faire sortir de prison, alors on découvrira qui est derrière tout ça.

Il lui prit la main.

— Il faut y aller avant que d'autres ne viennent voir ce qui leur est arrivé.

Laura leva la main pour lui toucher la mâchoire. Son contact était aussi léger qu'une plume, mais il vit qu'elle avait les doigts tachés de sang.

— Tu es blessé.

— C'est sans doute le sang de l'autre.

— Je ne crois pas.

Comprenant qu'elle voulait aller chercher une serviette ou un pansement, il la retint. Ils n'avaient pas le temps de penser aux bobos. Conor avait terriblement mal à la tête, mais il n'avait pas reçu de balle et n'avait pas d'os brisé. On ne pouvait pas en dire autant des deux malfrats.

— Je survivrai.

— Tu as intérêt, répliqua-t-elle avec un pâle sourire.

Il l'entraîna vers la porte d'entrée et jura en constatant qu'une voiture de police était garée derrière la berline noire aperçue plus tôt.

— Cobb est là.

Il n'y avait ni véhicule de pompier ni gyrophare en vue. Personne n'avait appelé les pompiers, et pourtant la police était là ? Conor n'avait plus de doute quant à la complicité de Cobb dans le meurtre de Chloe.

Tournant les talons, ils coururent vers l'arrière de la maison. Mais il n'y avait pas d'issue là non plus. L'incendie avait pris sur la façade arrière. La porte de service, la cuisine, la fenêtre de la chambre où ils avaient dormi étaient en feu. Les hommes de main avaient répandu aussi de l'accélérateur de feu à l'intérieur. Conor vit les coins du lino de sa mère se racornir sous l'action des flammes.

— Conor ?

Laura recula devant la chaleur intense, un poing devant la bouche pour étouffer une quinte de toux.

— On ne voit rien, et je n'arrive plus à respirer. Est-ce qu'il ne vaut pas mieux mourir ici que d'être tués ailleurs ?

Le chef de Hammer et Rico voulait bien sûr récupérer la clé USB avant d'éliminer Conor et Laura. Mais les deux malfrats, avides de couvrir leurs traces, avaient sans doute prévu de les tuer coûte que coûte. Et voir Laura mourir n'était en aucune façon une option envisageable.

Il la poussa dans une autre direction.

— Le garage.

Ils franchirent en hâte la porte et le sas reliant la maison au garage, et montèrent dans le SUV.

— Dès que je mettrai le contact, ils vont savoir où

nous sommes. S'ils se mettent en travers de notre chemin, je les écraserai.

Il posa son Glock sur l'accoudoir entre les sièges, à portée de main. Heureusement, il avait pris la précaution de ranger la voiture en marche arrière.

Laura acquiesça.

— Je suis prête.

— Tu l'es toujours.

Il lui effleura la joue d'un doigt avant de lui tendre la télécommande du garage, coincée dans le pare-soleil.

— Quand je dis « go », vas-y. Trois, deux, un, go !

Laura pressa le bouton, et il mit le contact. Passant une vitesse, il pressa à fond l'accélérateur.

— Baisse la tête !

Le gros SUV jaillit du garage, arrachant au passage le bas de la porte relevée. Le pare-brise se fendit lentement tandis qu'il prenait un virage à angle droit pour filer dans l'allée.

Dans son rétroviseur, il compta les voitures garées devant la maison. Les phares de la voiture de police s'allumèrent, et Conor se prépara à une course-poursuite, calculant les tournants à prendre et priant pour que la neige tombée durant le week-end n'ait pas tourné au verglas. Quelqu'un sortit de la seconde voiture et courut vers la maison. Les phares s'éteignirent.

Les radios qu'il avait fourrées dans sa poche grésillèrent.

— Hammer ! Rico ! Qu'est-ce qui se passe, bon sang ?

Il saisit les premiers mots d'une dispute avant que le son ne soit coupé :

— Tu aurais dû me laisser m'occuper…

Conor sortit du lotissement et s'engagea dans la rue à vive allure avant d'allumer ses propres phares. Il jeta un coup d'œil aux jointures blanchies de Laura, qui s'agrippait au tableau de bord.

Ses yeux rouges étaient fixés sur lui.

— La maison de ta mère… Tous ces souvenirs. Tout est en train de brûler. Je suis navrée.

Il lui prit la main.

— J'ai tout ce qui compte auprès de moi.

Elle sourit brièvement avant de retirer sa main et tourner son attention vers le rétroviseur extérieur.

— Pourquoi ne nous ont-ils pas tiré dessus ? Ce n'est pas que je cherche les ennuis, mais…

— C'est un quartier résidentiel. Il y aurait trop de témoins.

— Pourquoi ne nous suivent-ils pas ? Ils nous laissent partir ?

Ils heurtèrent le bord du trottoir en effectuant un virage serré au carrefour. Conor promenait son regard d'un côté à l'autre, observant les voitures garées ou en mouvement.

— Pour l'instant. Je suppose qu'ils ont un plan B pour te capturer, mais je ne vais pas attendre de découvrir ce que c'est. J'ai l'intention de sortir aussi vite que possible d'Arlington et de prendre la route de Kansas City. Tu me fais confiance ?

Au lieu d'acquiescer d'un geste comme d'habitude, elle le contempla les sourcils froncés. Et, tandis qu'il s'engageait sur une bretelle d'autoroute, elle se mit à genoux sur son siège et se pencha vers le siège arrière pour y prendre quelque chose. Il l'entendit ouvrir l'un des sacs.

— Où est la trousse de secours ?

Faisant de son mieux pour ignorer le derrière rebondi qui remplissait son rétroviseur, il s'intercala entre deux voitures, dans la circulation clairsemée de l'aube.

— Chérie, je voudrais que tu remettes ta ceinture.

Elle se rassit et ouvrit la trousse pour y prendre une compresse de gaze.

— Tu saignes encore.

Tout à coup, elle pressa une compresse sur son menton.

Il tressaillit quand elle appuya plus fort pour stopper le saignement. L'engourdissement consécutif au choc s'était dissipé. Hammer avait bien mérité son surnom. Il avait eu de la chance que la brute lui ait seulement fendu la peau et ne lui ait pas cassé la mâchoire, voire les dents.

— C'est une grosse entaille.

Conor repoussa d'un geste ses tendres soins et tint la compresse en place.

— Je vais le faire. Assieds-toi.

Mais elle passa le bras en travers de sa poitrine pour boucler sa ceinture avant d'attacher la sienne.

Il pensa soudain à allumer sa sirène et ses clignotants pour pouvoir rouler sur la file de gauche sans mettre en danger les autres conducteurs. Les lumières de la ville défilèrent à toute allure pendant quelques kilomètres avant qu'il pense à lui demander :

— Et toi, tu es blessée ?

Elle le rassura d'un sourire et un regard affectueux.

— J'ai un peu mal à la gorge. Sans doute à cause de la fumée. Mais ça va.

— Ce type t'a malmenée. Tu en es sûre ?

— Quand je l'ai frappé, il ne tenait plus debout. C'est le sac qu'il a agrippé, pas moi. J'aurai des bleus plus tard, mais je vais bien. C'est un avantage d'être petite. Il n'a pas réussi à m'immobiliser.

Elle défit encore sa ceinture pour vérifier sa blessure avant de replacer la gaze déjà imbibée de sang et d'ajouter des bandes de sparadrap.

— Je crois que tu vas avoir besoin de points de suture. Mais je vais bien, répéta-t-elle. Ne t'inquiète pas pour moi.

Ils passèrent sur un nid-de-poule et le véhicule tressauta. En voyant Laura rebondir sur son siège, Conor tendit le bras devant elle.

— Ça suffit. Tout va bien. Mais Kansas City est loin, je ne pourrai pas toujours rouler à cette vitesse.

Toujours prévoyant, Conor alluma sa radio sur le tableau de bord et ajusta la fréquence pour écouter les rapports sur l'état du trafic et éviter ainsi les embouteillages. Avec un peu de chance, il pourrait aussi apprendre si on avait tenté de sauver la maison bien-aimée de sa mère.

Mais les commentaires à la radio n'étaient pas rassurants. Conor serra le volant à s'en faire blanchir les doigts en entendant le dispatcher répéter l'alerte.

« Les suspects sont armés et dangereux. »

Le dispatcher ânonna le numéro d'immatriculation de Conor et la description de son véhicule. Suspectés d'incendie criminel. Plaques du Missouri.

Il jura tout haut.

— Tous les flics de la région de Washington vont se mettre à notre poursuite, s'exclama-t-il. Je parie que Cobb est à l'origine de cette alerte. Pour couvrir les crimes de Vinnie.

— Où pouvons-nous aller si la police et les bandits sont tous après nous ?

Conor révisa son plan d'évasion. S'il y avait une chose pour laquelle il était doué, c'était cela. Il avait toujours eu un don pour protéger les gens qu'on lui confiait. Et ils se montraient en général très reconnaissants qu'il leur sauve la vie.

Ses plaques du Missouri et son SUV cabossé ne passaient pas inaperçus. Il était douteux qu'il puisse faire confiance à la police locale, mais cela ne voulait pas dire qu'il n'avait aucun ami dans la région.

Il s'engagea brusquement sur Lee Highway.

— J'ai une idée.

11

— Il fait partie de ceux que tu suivais dans le programme de protection ? Stephen Naso, c'est son vrai nom ?

Épuisée par le stress, Laura était au bout du rouleau. Après leurs ébats, elle avait dormi profondément dans les bras de Conor. Mais les effets de la peur et de la tension commençaient à se faire sentir. Un café fort et un cake aux fruits dans le bureau du vendeur de voitures d'occasion lui avaient néanmoins redonné assez d'énergie pour garder les yeux ouverts.

Conor se tenait avec elle dans le petit réduit vitré, sirotant un deuxième café. Ses yeux las enregistraient sans ciller les mécaniciens, les employés et les vendeurs qui arrivaient les uns après les autres. Il ne devait pas y avoir une seule personne sur leur trajet jusqu'à Used Auto Bonanza qu'il n'ait remarquée, depuis les conducteurs jusqu'aux écoliers attendant le bus. Avec ses jointures bleuies, son menton fendu, ses probables blessures invisibles, cette vigilance devait l'épuiser encore plus vite qu'elle.

Pourtant, pas une seule fois il n'avait laissé entendre qu'elle était une charge pour lui ou qu'il lui en voulait de devoir risquer sa vie pour elle. Il ne se plaignait jamais de devoir répondre à ses questions, comme à cet instant. Bien sûr, il n'avait jamais dit non plus ce qu'il pensait de son aveu amoureux. Après la manière dont il lui avait fait l'amour et tout ce qu'il avait dit et fait pour elle, elle avait l'impression qu'il l'aimait aussi. Mais était-ce l'amour éternel qu'elle ressentait pour lui ? Ou ses sentiments résultaient-ils d'un mélange d'attirance et de circonstances ? Elle savait que Conor n'avait aucun désir de rester en Virginie plus longtemps que nécessaire. Il y avait trop de mauvais souvenirs. S'il l'associait à ces souvenirs – son enfance, l'abandon de Lisa, la mort de sa mère, la perte de sa maison –, en viendrait-il à l'inclure à tout ce qu'il voulait laisser derrière lui ?

Au fond d'elle, elle se disait que Lisa était une idiote d'avoir laissé partir un tel homme. Mais elle savait aussi que sa sœur n'aurait jamais supporté le chaos de ces derniers jours, même avec Conor à ses côtés. Et, finalement, elle se réjouissait d'avoir Conor tout à elle, au moins pour l'instant.

Apparemment convaincu qu'aucun des hommes et des femmes entrés qui dans un bureau, qui dans la salle d'exposition, ne présentait de danger, Conor alla se resservir à la cafetière placée dans un coin.

— C'est son nom maintenant. Si certaines personnes savaient qu'il est encore en vie, il aurait un tueur à gages à ses trousses, expliqua-t-il calmement, comme s'il parlait du scénario d'un film au lieu d'un homme réel. Nous lui avons donné une nouvelle identité il y a sept ans. Naso était ma première mission. Il trafiquait les livres d'un baron de la drogue à Houston.

Laura secoua la tête quand il lui offrit la dernière gorgée de son breuvage.

— Trafiquait les livres ? Tu veux dire trafiquer la compatibilité ? Tu lui fais confiance ?

— Il a plus de discrétion que tous ceux que je connais. Il a accepté de témoigner contre son patron en échange de sa liberté. Cela a permis de coffrer un homme dangereux et d'éliminer une petite parcelle du trafic de drogue.

Il posa la cafetière et se tourna vers elle avec un sourire.

— Les témoins dont j'ai eu la charge dans le programme n'étaient pas tous d'innocentes demoiselles d'honneur qui voulaient aider une amie.

Qu'il trouve une raison de sourire – et que ce soit elle qui le fasse sourire – réchauffa Laura jusqu'à la pointe des pieds. Ce n'était pas pour rien qu'elle était tombée amoureuse de lui. Même s'il lui brisait le cœur, elle ne regretterait jamais d'avoir aimé cet homme admirable.

Après avoir joint Thomas Watson pour le mettre au courant de leur situation et recueillir ses informations sur Don Urbanski et Rico Martinelli, lequel avait effectivement fait un séjour en prison, Conor avait appelé son ancien chef chez les Marshals pour lui signaler les deux hommes qu'ils avaient neutralisés chez sa mère. Laura était restée silencieuse durant cette conversation, l'écoutant mentir froidement sur le mobile de ces deux hommes. Sans jamais la mentionner, Conor avait raconté que des fugitifs liés à son ancien poste au WITSEC avaient retrouvé sa trace et décidé de lui donner une leçon. Même si son patron n'était pas spécialement ravi d'être réveillé à l'aube, il avait accepté de contacter les pompiers pour s'assurer qu'ils allaient intervenir et que l'incendie ne s'était pas propagé aux maisons voisines. Il avait aussi promis d'envoyer quelques hommes chez Conor afin d'arrêter Rico, s'il était toujours là, et maîtriser la situation.

Ils étaient ensuite passés à un distributeur pour retirer autant d'argent liquide qu'ils le pouvaient sur leurs comptes respectifs et avaient fourré leurs cartes de crédit au fond de leurs sacs. Ils allaient devoir compter uniquement sur cet argent et sur la bonne volonté d'autrui pour ne pas laisser de traces dans le comté d'Arlington et l'agglomération de Washington.

La porte vitrée s'ouvrit, et Naso, cheveux clairsemés et petits yeux ronds derrière des lunettes rondes, entra.

Il plissa le nez avant de contourner son bureau pour s'y asseoir.

— Ça sent le tabac froid ici. Quand je pense que mon médecin me dit que je devais renoncer aux cigares…

Laura saisit l'extrémité de son écharpe en tricot et la flaira.

— C'est l'odeur de l'incendie. J'imagine que nous nous y sommes habitués. Mais d'autres gens pourraient la remarquer.

— Ce qui ne serait pas bon pour nous.

Conor engloutit le reste de son café et lança le gobelet dans la poubelle. Il avait déjà passé une chemise propre et jeté son T-shirt et son sweat-shirt tachés de sang. Mais son jean et son long manteau en laine avaient la même odeur que les vêtements de Laura.

— J'imagine que tu n'as rien qui pourrait nous aller ?

Stephen Naso, qui avait accepté de les recevoir avant l'ouverture du magasin, était un homme mince, pas plus grand que Laura. Il considéra Conor par-dessus la monture de ses lunettes et secoua la tête.

— Je suis plus de sa taille que de la tienne. Et elle a plus de formes que nous.

Le vieil homme fit un clin d'œil à Laura.

— Naso…, le menaça Conor.

L'autre leva les mains en signe de reddition.

— Hé, je ne suis pas en train de draguer ta petite amie. Je ne fais que constater les faits.

Conor désigna la liasse de papiers que Stephen Naso tenait à la main.

— Explique-nous les faits par rapport à la voiture que je t'ai demandée. Tu peux nous aider ?

— Ton SUV est en train d'être démantelé au moment même où nous parlons.

Naso posa les formulaires sur le bureau et tira un trousseau de clés de sa poche.

— Voici les clés de ta nouvelle voiture. Elle est grise et d'un modèle courant, comme tu l'as spécifié, mais elle a de la puissance sous le capot. Elle t'emmènera là où tu veux.

— Merci.

Après avoir empoché les clés, Conor tendit le bras en travers du bureau.

— Tout va bien pour toi, ici ?

Son ancien protégé lui serra la main et se mit à rire.

— Qui aurait cru que j'étais aussi doué pour vendre des voitures ? Je fais de l'argent à tour de bras dans ce secteur. Plus que je n'en ai jamais fait dans la bande de Guzman.

Conor retint sa main quelques instants pour demander :

— Et tu payes tes impôts, n'est-ce pas ?

Naso posa une main sur son cœur.

— C'est bien trop intéressant pour que je gâche tout en transgressant la loi.

Approuvant d'un signe de tête, Conor prit le sac et le gilet pare-balles qu'il avait retirés de son SUV.

— N'inscris pas nos noms sur les formulaires. Ceux qui nous pourchassent ont accès aux documents légaux. Je te paierai quand je pourrai à nouveau me servir de mon compte sans danger.

L'ancien témoin refusa d'un signe de tête tout en faisant le tour du bureau pour les raccompagner.

— C'est cadeau. Nous sommes quittes maintenant, Wildman.

— Tu ne me dois pas une voiture.

— Je te dois la vie.

Conor accepta avec réticence et jeta un coup d'œil dans la salle d'exposition avant de faire signe à Laura de le suivre.

— On se recontacte, dit-il à Stephen Naso.

Laura empoigna son sac, puis fit halte pour embrasser le vieil homme sur la joue.

— Merci, monsieur Naso. Vous avez été très gentil.

L'intéressé rosit légèrement et agita la main.

— Allez, disons que je suis toujours en dette envers Conor. Si vous avez besoin d'autre chose, appelez-moi.

— C'est ce que nous ferons, promit-elle. Faites attention à vous.

— Vous aussi, mademoiselle.

Il désigna Conor du pouce, qui l'attendait dans la salle d'exposition.

— Et gardez l'œil sur lui. Je l'ai connu en meilleure forme.

— Comptez sur moi.

Grâce au réservoir rempli par Naso, ils roulèrent d'une traite jusqu'à Pittsburg, en Pennsylvanie, avant que Conor se risque à faire halte pour un vrai repas. Il avait passé un autre appel sur l'un de ses portables temporaires. Alice Carroll, un autre témoin relocalisé, leur servit des sandwichs au rôti de bœuf, une délicieuse salade de pommes de terre et des brownies moelleux. Tandis qu'ils mangeaient, elle s'occupa de laver ou vaporiser leurs vêtements pour les débarrasser de leur odeur de brûlé. Âgée d'une soixantaine d'années, Alice dirigeait une petite société de restauration, mais avait demandé à son assistante de gérer le déjeuner qu'elles devaient servir ce jour-là afin d'accueillir ses invités impromptus. Laura perdit le compte du nombre de fois où elle remercia Conor de lui avoir sauvé la vie. Quant à lui, bien que gêné par tant de louanges, il était visiblement content d'apprendre qu'Alice était heureuse et qu'elle s'adonnait à sa passion pour la cuisine au lieu de végéter dans un emploi obscur, après avoir lancé l'alerte sur les pratiques illégales de son employeur.

Durant le déjeuner, Laura apprit aussi que plus de

dix-huit mille témoins étaient entrés dans le programme WITSEC, et qu'aucun d'eux n'avait jamais été blessé ou tué, pourvu qu'ils aient suivi les règles édictées pour leur protection par les Marshals et les forces de police locales et régionales. Laura trouva cette statistique rassurante, Alice charmante et le repas délicieux. C'était un répit bienvenu dans la morosité et le danger de leur situation. Mais après une douche rapide, des vêtements propres et un bon repas, Conor semblait prêt à reprendre la route.

Et, après pas mal de cajoleries et d'arguments logiques, il finit par la laisser conduire pendant qu'il faisait une sieste bien méritée.

Une fois franchie la frontière de l'Ohio, ils roulèrent dans un paysage de collines enneigées et de vallées parsemées de conifères, de granges rouges et de spectaculaires amas rocheux.

La sieste de Conor ne dura qu'une petite heure. Il ne tarda pas à s'éveiller et à surveiller à nouveau les autres véhicules tandis qu'ils traversaient Colombus.

— Je suis content qu'Alice aille bien, dit-il au bout d'un instant, quand il eut la certitude qu'on ne les suivait pas.

Laura ne conduisait ni trop vite ni trop lentement, pour ne pas attirer l'attention des patrouilles autoroutières qu'ils croisaient de temps à autre.

— Elle me rappelle ma mère, ajouta-t-il en grattant le chaume de sa mâchoire.

Laura doubla un semi-remorque devant eux et se rabattit sur la voie de droite avant de répondre.

— Tu vois combien ces gens ont de loyauté envers toi ? Tu n'as peut-être pas de famille, mais tu as des amis, Conor. Des gens qui t'admirent et qui t'aiment. Ne pense plus jamais que tu es seul au monde.

Il n'était sans doute pas prêt à croire à l'amour ou à l'amour durable, mais il pouvait au moins comprendre cela.

— Je n'ai fait que mon travail avec eux.

— Ils seraient morts sans toi. Moi aussi, je serais morte sans toi.

— Nous ne sommes pas encore sortis de l'auberge.

Résolue à ne pas laisser ce rappel gâcher ce paisible trajet, elle revint aux gens qui les avaient aidés.

— Alice est veuve et tu m'as dit que Stephen Naso ne s'était jamais marié. Tu ne crois pas qu'ils formeraient un joli couple ?

— Sérieusement ?

Le rire de Conor lui remonta le moral.

— Après deux meurtres, un artiste drogué, un policier corrompu et un avocat pourri, tu veux jouer les entremetteuses ?

— Ils se comprendraient très bien en tout cas. Les secrets qu'ils cachent, les risques qu'ils ont pris, les nouvelles vies qu'ils ont entamées…

Oserait-elle le provoquer ?

— Je crois que pour avoir bonne relation, il faut être capable de comprendre l'histoire, les besoins, les peurs et les désirs de l'autre. Comme Alice et M. Naso.

Comme toi et moi ?

— Moi je crois que tu as aidé suffisamment de gens pour l'instant, Moustique.

Moustique. Elle savait ce que signifiait le retour de ce surnom. Il remettait de la distance entre eux, refusait de reconnaître leur proximité.

— Si nous arrivons vivants à Kansas City, j'envisagerai de te laisser faire du WITSEC un programme de rencontres.

L'idée que Conor n'avait pas assez confiance dans la vie – ou peut-être en elle – pour s'abandonner à ses sentiments lui faisait mal. Mais, comprenant qu'à cet instant il avait besoin de se blinder contre les émotions fortes, elle rit de sa plaisanterie et continua de rouler vers le soleil couchant.

Néanmoins, elle ne rit pas ce soir-là quand, en allant payer le carburant au comptoir d'une station-service près de Troy, en Illinois, elle vit les infos sur l'écran de télévision placé au-dessus de la tête de l'employée.

Après douze heures de conduite, elle était un peu engourdie, mais ses yeux ne la trompaient pas. C'était bien sa photo affichée sur l'écran, à côté d'une journaliste à l'air excité. Son portefeuille devint brûlant dans sa main. Elle avait reconnu la photo de son permis de conduire, qu'elle avait toujours trouvé peu flatteuse et qui était maintenant étalée sur un écran de TV, à plus de douze cents kilomètres de chez elle.

Laura lut le bandeau qui défilait sous l'image et sentit son sang se figer dans ses veines.

… recherchée dans le cadre d'une enquête sur le meurtre de deux femmes. On ignore si elle a été kidnappée ou si elle collabore avec l'homme qui l'accompagne. Les autorités de la région d'Arlington avertissent que cet homme est considéré comme armé et dangereux. Si vous les voyez, ne les approchez pas. Si vous avez des informations concernant Laura Karr, appelez le numéro qui s'affiche.

Oubliant sa monnaie sur le comptoir, elle recula en marmonnant :

— Il ne m'a pas kidnappée. Ce n'est pas nous les bandits.

Le message défila à nouveau. Au moins, la description de leur véhicule n'était pas la bonne. Il n'était fait aucune mention de la voiture que Stephen Naso leur avait procurée. Mais il restait sa photo. Dans une ville minuscule de l'Illinois. Après avoir passé les frontières de cinq États. Une personne recherchée pour meurtre par les autorités de Virginie.

Comment était-ce possible ? Comment avait-elle pu penser que quitter Arlington avec Conor suffirait à la mettre à l'abri ?

— Madame ?

L'employée la regardait avec une drôle d'expression. Elle se retourna pour voir ce que Laura fixait. Elle lut quelques mots, regarda à nouveau Laura, reposa les yeux sur l'écran, fronça les sourcils.

— Vous allez bien, madame ?

— Elle est fatiguée.

Une main musclée s'empara du bras de Laura, la faisant sursauter. Son envie de fuir s'évanouit quand elle croisa les yeux bleu foncé de Conor.

— Nous devons y aller.

— Ils disent que tu es armé et dangereux, murmura Laura.

— C'est bien ça.

Il exhiba son badge sous les yeux de l'employée, trop vite pour qu'elle déchiffre son nom ou le corps auquel il appartenait.

— La situation est sous contrôle, madame. Aucune inquiétude à avoir. Il s'agit d'une opération d'infiltration. Nous ne sommes jamais venus.

— D'accord, dit la femme d'un ton peu convaincu. Puis-je aussi entendre cela de sa bouche ?

— Je vais bien, affirma Laura en plaquant un sourire sur son visage. Monsieur fait partie des gentils.

L'employée eut l'air de les prendre pour deux cinglés et poussa les pièces sur le comptoir.

— Vous voulez quand même votre monnaie ?

Évitant de croiser son regard, Conor s'empara de l'argent et entraîna Laura vers la porte.

— On est aux infos, marmonna-t-elle les dents serrées, quand ils l'eurent franchie. Tous les flics de l'est du pays sont à notre recherche.

— On en parlera plus tard. Allons-y.

— Comment savent-ils que nous sommes dans l'Illinois ? questionna-t-elle tandis que Conor démarrait et se dirigeait vers la sortie de la station. Tu es un incendiaire et un ravisseur, et moi je suis suspectée de meurtre.

— J'ai mal jaugé la situation. Celui qui mène la danse est bien plus puissant que Cobb ou Boltz.

Il prit son téléphone dans son manteau et le lui tendit.

— Trouve le numéro de Thomas et appelle-le. Il nous faut des réponses. Il faut qu'on sache qui est Vinnie Orlando et pourquoi tant de gens sont prêts à tuer pour le couvrir.

Laura se tordit le cou pour regarder la station qu'ils quittaient, cherchant à savoir si l'employée téléphonait à la police pour les signaler ou s'était replongée dans le magazine qu'elle lisait à son arrivée.

— Il va falloir fuir ces gens pour toujours, c'est ça ?

Elle reprit sa position sur son siège et jeta un coup d'œil au profil las de Conor tandis qu'ils s'engageaient de nouveau sur l'I-70.

— Je ne peux pas vivre comme ça. Mes parents ne peuvent pas s'absenter pour toujours. J'ai un travail, des amis. J'ai toute une vie à vivre. Je sais m'adapter, mais rien de tout ça ne faisait partie des alternatives.

Elle posa une main sur le bras de Conor et constata la rigidité de ses muscles.

— Tu ne peux pas me protéger pour le restant de mes jours. Je ne peux pas te demander ça.

Il enleva une main du volant pour lui presser les doigts.

— Appelle-le, Moustique. Une fois que nous saurons qui est à l'origine de tout ça et que nous le dévoilerons au grand jour, ce sera fini. Ce qu'ils veulent, c'est rester dans l'ombre. Ils veulent effacer le rôle de Vinnie, pas être exposés dans les médias ou un fichier de police.

Les médias. Laura répondit à la pression de ses doigts avant de retirer sa main. Elle avait pris une décision et ne voulait plus être rassurée.

— Je vais leur donner ce qu'ils veulent.

— Non.

Conor lui jeta un regard noir, mais elle ne recula pas.

— Tu n'as pas encore entendu ce que je voulais dire.

— Je sais ce que tu penses. Tu veux les rencontrer quelque part et leur remettre la clé USB. Et tu leur promettras que tu n'en parleras à personne.

Il secoua la tête avec une expression d'incrédulité.

— L'un de ces hommes a battu ton amie à mort pour protéger cette vidéo. Qu'est-ce que tu crois qu'ils vont te faire ?

— Je ne promettrai pas de garder le secret. Je veux que tout le monde sache ce qu'il y a dessus. Chloe avait raison au moins sur une chose. Elle avait décidé de se battre pour son bonheur. Elle ne s'y est peut-être pas bien prise, mais elle a lutté jusqu'au bout. Je suis comme elle. Je ne vais pas passer le reste de ma vie à fuir et à me cacher. En plus, Chloe ne t'avait pas à ses côtés.

Conor était si beau, même quand il jurait ou fronçait les sourcils !

— Je parie que je ne vais pas aimer ça.

— Sans doute pas. Mais je pense que mon idée est bonne.

Elle tendit le bras pour ouvrir le sac à l'arrière et attrapa le sachet en plastique contenant la clé USB. Elle le renversa pour la sortir et la mit dans sa poche. Puis elle chercha le nom de Thomas Watson dans le répertoire du téléphone de Conor.

— Quels rapports as-tu avec tes amis de Kansas City ? Thomas sera-t-il d'accord pour nous aider ?

— À faire quoi ?

12

— Elle est mariée à un sénateur ?

Assise dans la cuisine de Thomas Watson, Laura regardait Jane, infirmière de profession, désinfecter l'entaille que Conor avait au menton. Il était facile de comprendre pourquoi Jane avait épousé Thomas, un bel homme aux traits réguliers et aux cheveux poivre et sel. Son air d'autorité tranquille expliquait aussi pourquoi Conor semblait le respecter autant.

La belle-fille enceinte de Thomas, Melanie, une étudiante en médecine, secondait Jane, jetant les compresses sales, disposant les instruments et préparant des poches de glace. En patient récalcitrant, Conor avait d'abord refusé qu'on s'occupe de ses hématomes et ses côtes meurtries. Avec l'aide de Laura et avec beaucoup de patience, Melanie avait cependant réussi à lui bander les côtes et lui appliquer une poche de glace. Bien sûr, cela avait facilité les choses qu'ils soient réunis dans la cuisine, d'où il pouvait entendre tous les échanges. Thomas et trois de ses enfants – tous membres de la police – passaient coup de fil sur coup de fil pour mettre en œuvre le plan de Laura.

Elle leva les yeux vers Thomas, lui demandant de confirmer ce qu'il venait de dire.

— Webb Adams, le sénateur de Floride, est le beau-père de Vinnie. Il a fallu un peu de temps pour obtenir les actes, c'est pour cela que nous n'avons pas fait le lien plus tôt. La mère de Vinnie, Mona Orlando, a changé officiellement de prénom il y a plusieurs années, sans doute pour se distancier des activités criminelles de son fils, avant d'épouser Adams. Maintenant, elle s'appelle Carla Adams. Son nom apparaît dans l'en-tête d'une demi-douzaine de fondations à Miami et Washington. Entre ses bonnes œuvres et la carrière politique d'Adams, j'imagine que ce n'est pas la première fois qu'ils recourent à des solutions extrêmes pour dissimuler leurs liens avec Vinnie.

— Tu veux dire le couvrir, grommela Conor en tressaillant quand Jane lui fit une injection d'antibiotiques. Entre la drogue et le meurtre, Vinnie est un scandale sur pattes.

— Raison de plus pour contacter la presse, non ?

Laura était toujours persuadée que son plan était le seul moyen de faire cesser les menaces et les tentatives de meurtre.

— Ils ont littéralement gardé leurs sales petits secrets dans le noir. Je veux les étaler au grand jour.

Conor tendit la main pour lui presser le genou.

— Je préférerais que ce soit Olivia ou une autre policière qui prenne ta place pour cette rencontre.

Olivia, la fille de Thomas, faisait bien dix centimètres de plus que Laura.

— Hum, avec mon mètre soixante-dix, personne ne peut arriver à ma hauteur, lança-t-elle avec humour.

— Et tu refuses toujours qu'on livre bataille à ta place ?

Laura recouvrit sa main de la sienne.

— Oui, c'est ça.

Pas même toi, Conor Wildman.

Comme s'il avait lu dans son esprit, Conor secoua la tête et retira sa main, se soumettant aux derniers soins de Jane et Melanie avec un soupir d'impatience.

— N'y pense même pas, Moustique. J'ai bien l'intention de te suivre pas à pas.

Le téléphone de Thomas sonna à nouveau. Elle n'avait pas mesuré la complexité de la mise en œuvre d'une opération de ce genre.

— Excusez-moi. Il faut que je prenne cet appel.

Thomas tapota l'épaule de sa femme avant de sortir de la pièce en boitillant.

Obtenir de Conor qu'il s'asseye et reste tranquille avait permis à Laura de mieux connaître les Watson. Elle avait appris que Jane avait été la protégée de Conor dans le programme de protection des témoins, et qu'ils s'étaient beaucoup rapprochés de la famille Watson une fois qu'elle avait été installée à Kansas City. C'était grâce à l'aide de Thomas et de sa famille que Conor avait pu sauver Jane.

Quand elle contemplait cette joyeuse confusion autour d'elle, il lui semblait que Conor, Thomas et sa famille allaient la sauver elle aussi.

Elle avait rencontré les quatre enfants de Thomas ainsi que leurs époux et épouses respectifs au cours des dernières heures. Le fils du milieu, Niall, avait été appelé au laboratoire pour réaliser une autopsie, mais elle les avait rencontrés, lui, sa femme et leur adorable Tommy la veille au soir, quand Niall leur avait apporté une copie nettoyée de la vidéo, qui identifiait clairement Cobb, Boltz et les deux hommes qui avaient incendié la maison de Conor. La morte n'avait toujours pas été identifiée, mais Niall avait lancé une recherche dans la base de données des personnes disparues. Laura avait aussi fait la connaissance du père de Thomas, Seamus, et de l'épouse de celui-ci, Millie, qui s'activait dans la cuisine, préparant du café et remplissant des plats de *burritos*, dans lesquels tout le monde se servait.

— D'accord chérie. Merci. Soyez prudents, Jim et toi.

Thomas revint dans la pièce après avoir raccroché et tira un tabouret pour s'asseoir face à Jane.

— C'était Olivia. Elle dit que le commissariat a reçu une demande de renseignements sur toi, en relation avec une enquête de meurtre et d'incendie criminel.

— J'ai abattu ce type en légitime défense, souligna à nouveau Conor. Je n'avais pas vraiment le temps de remplir un rapport.

— Mais tu devrais le faire maintenant. Assure-toi de donner la version officielle des choses.

Thomas poursuivit :

— Ils voulaient ton adresse. J'ai envoyé Olivia et son coéquipier Jim s'informer de la suite. Ils nous tiendront au courant si quelqu'un se présente avant que nous soyons prêts.

Laura posa son mug sur le comptoir.

— Vous êtes sûr que ça ne pose pas de problèmes que nous soyons ici ? Je me sens coupable de mettre d'autres gens en danger.

Devant la cuisinière, Millie fit claquer sa langue avec réprobation.

— Sottises. C'est bon de revoir la maison remplie.

Elle s'empara de la cafetière pour remplir le mug de Laura et lui tapota la main.

— Je suis désolée de la cause de tout ça, bien sûr, mais nous sommes ravis de vous avoir ici. Notre Conor ne demande jamais rien. J'essaie toujours de l'engraisser, alors chaque fois qu'il mange ici, cela me fait plaisir.

— Notre Conor ? fit écho Laura en regardant l'intéressé pour savoir s'il avait entendu cette manière de l'inclure dans la famille.

Mais il écoutait attentivement Thomas.

— Est-ce que Liv sait d'où vient cette requête ?

Thomas acquiesça.

— Du shérif du comté d'Arlington.

Conor poussa un juron.

— C'est Cobb. Ce gars-là ne manque pas d'air.

— Il dit qu'il va venir en avion recueillir ton témoignage sur les événements qui ont eu lieu là-bas, expliqua Thomas. Celui de Laura aussi. Il demande une coopération interservices.

— Je te garantis qu'il ne sera pas seul. Et il n'approchera pas de Laura.

Conor repoussa la poche de glace que Melanie essayait de maintenir en place et prit le T-shirt propre qu'un des fils de Thomas lui avait prêté.

— S'il croit que me traiter comme un suspect va m'empêcher…

En se levant pour enfiler le T-shirt, il fit malencontreusement tomber la poche de glace que Melanie tenait à la main. Voyant qu'elle tentait de se pencher en avant pour la ramasser, Conor s'agenouilla et la lui redonna.

— Désolé.

— Un peu trop de caféine ? le taquina Laura pour alléger l'atmosphère.

— Pas assez de contrôle sur la situation.

Melanie rejeta sa longue natte rousse dans son dos et sourit à Laura.

— Laisse-moi deviner, son idée c'est de t'enfermer quelque part pendant qu'il affronte les bandits tout seul ?

Laura la remercia d'un battement de cils pour sa compassion.

— On dirait que tu as toi-même vécu quelque chose de ce genre.

À cet instant, une sorte de géant pénétra dans la cuisine et se pencha pour embrasser la tempe de Melanie.

— En effet, elle l'a vécu. Vous pouvez imaginer à quel point je la protège, maintenant qu'elle attend notre fils.

Melanie prit la main de son mari.

— Nous ne savons pas si c'est un garçon, Tom. Et si c'était une petite fille ?

Même si Laura ne comprenait pas pourquoi tout le monde appelait le géant Duff, tandis que sa femme l'appelait Tom, il n'y avait pas à se tromper sur l'amour qui liait ces deux-là. Duff/Tom posa la main sur le ventre de Melanie et l'embrassa encore.

— Oh ! mieux vaut ne pas y penser. Une fille ? Tu imagines quel genre de père surprotecteur je serais ? Conor le sait. La seule chose que nous ne pouvons pas supporter, nous les hommes virils, c'est que les gens que nous aimons soient en danger.

Le regard de Conor croisa celui de Laura. Soit il était embarrassé d'avoir un public, soit il n'était pas prêt à assumer tout ce qui se rapportait à l'amour.

— Bien sûr. Je promets de ne jamais approcher ta fille. Tu as pu faire les arrangements dont nous avons parlé ?

— Aucun souci, demi-portion.

En dehors de sa carrure et ses cheveux noirs, Duff Watson était le portrait craché de son père. Le fils aîné de Thomas se mit en devoir de leur rapporter ce qu'il avait mis au point avec les propriétaires d'un bar des environs.

— J'ai fixé le rendez-vous au Riverboat Bar and Grill. C'était un casino autrefois, avant qu'il ne ferme pour activités illégales. Les nouveaux propriétaires en ont fait un bar sportif, mais ils ont bu eux aussi le bouillon. Je suis en train d'imprimer le plan du bateau en ce moment même.

Il se tourna vers Conor.

— Tu es sûr que tu veux un truc aussi grand ? Ça fait une sacrée surface à sécuriser.

Conor fourra son T-shirt dans son jean.

— C'est ce qu'il nous faut. En outre, il ne faut pas que ces types se doutent du piège que nous leur tendons.

Cobb n'y verra que du feu, mais Boltz n'est pas stupide. Il sera rassuré par l'isolement du lieu.

— D'accord. De toute façon, on sera là pour vous protéger, dit Duff en posant les doigts sur son arme.

Keir, le plus jeune fils de Thomas, entra à cet instant dans la cuisine avec une chemise qu'il jeta à Conor. Bien que celui-ci soit un peu plus grand que Keir, les deux hommes portaient des vêtements de la même taille et partageaient un même goût pour les costumes et les cravates.

— Essaie de ne pas la tacher, d'accord ?

Après que Conor l'eut remercié, Keir résuma sa dernière conversation téléphonique.

— Hud est partant pour être de la fête. Hud est mon coéquipier du KCPD, expliqua-t-il à Laura.

Un coup à la porte d'entrée détourna l'attention de tout le monde.

— Hello ? fit une voix de femme.

Keir sourit en entendant cliqueter les talons de sa femme et alla à sa rencontre. Ce jour-là, Kenna avait davantage l'air de l'avocate accomplie décrite par Conor que la veille, quand Laura l'avait vue jouer aux cartes avec Seamus, le patriarche de la famille. Après avoir échangé un baiser avec Keir, Kenna Parker-Watson tourna son attention vers le reste de la famille.

— J'ai demandé le service que vous vouliez à mon *amie*…

Elle appuya sur le mot « amie » comme s'il avait mauvais goût.

— Vanessa est prête à nous aider. Depuis que son émission a perdu de l'audience, elle cherche une bonne histoire qui la ramènera sous les projecteurs.

Elle adressa un sourire d'excuse à Laura.

— J'ai dû lui promettre une interview avec toi dès la

fin de cette histoire. Mais elle nous fournira l'équipement dont nous avons besoin.

Laura n'avait certainement pas hâte d'attirer davantage l'attention médiatique, mais, si elle survivait à tout cela, elle ravalerait ses scrupules et ferait une apparition.

— Merci.

Thomas prit de nouveau la parole, ramenant tous les regards vers lui.

— J'aurais été surpris que Vanessa Owen dise non à cette histoire. Adams fait partie du sous-comité sénatorial pour le crime et le terrorisme. Il a accès à toutes sortes d'organismes officiels. C'est comme ça qu'il peut solliciter des faveurs à travers tout le pays. Il faudra nous assurer que tout est en ordre pour atteindre notre but.

— Est-ce que mon idée va marcher ? questionna Laura. Cobb et Boltz vont accepter le marché que je propose ?

— On fera en sorte que ça marche, lui promit Conor.

Elle le considéra, la tête penchée.

— Tu disais que mon idée sentait mauvais.

— Elle sent mauvais parce que tu es au beau milieu de tout ça.

Il repoussa une mèche de cheveux de Laura et la lui coinça derrière l'oreille.

— Mais je n'ai jamais pu t'empêcher de faire quelque chose. Avec toi, soit ça passe, soit ça casse.

Thomas assena une claque sur l'épaule de Conor.

— On veillera à ce que ça passe.

Laura esquissa un sourire.

— Merci à vous tous de m'aider.

Thomas lui sourit en retour.

— Je n'aime pas voir des bandits insulter des policiers.

Keir approuva.

— Ça ne me plaît pas qu'ils croient pouvoir régner sur ma ville ou mon pays sans en subir les conséquences.

Duff haussa les épaules.

— Moi, je n'aime pas les bandits, point.

Tout le monde sauf Conor se mit à rire, et les policiers ainsi que Kenna quittèrent la cuisine pour étudier la carte imprimée par Duff. Melanie s'excusa pour aller aux toilettes, tandis que Millie allait voir Seamus, qui avait fait la sieste.

Laura était sur le point de se joindre aux autres, quand Jane s'adressa à elle.

— Conor est facile à aimer, n'est-ce pas ?

Ses émotions étaient-elles aussi visibles, sauf pour ce grand entêté de Conor ?

— Pas vraiment.

Laura donna un coup de main à Jane pour ranger les fournitures médicales et nettoyer le comptoir.

— Mais je l'aime. Il me résiste autant qu'il peut. Il parle des pertes qu'il a vécues. Je pense qu'il veut mettre fin à ce qu'il y a entre nous avant d'être blessé encore une fois.

— Il m'a sauvé la vie, tu sais. Pour moi, il est comme un petit frère, et Thomas le traite comme un fils.

Le sourire amical de Jane s'évanouit.

— Mais j'ai toujours eu l'impression qu'il ne se croyait pas digne d'amour. Il pense que c'est pour ça qu'il a perdu tant de gens. Et que s'il avait été un meilleur homme, un meilleur fils, un meilleur fiancé, ceux qu'il l'aimait ne l'auraient pas quitté.

Elle suivit Laura jusqu'à l'évier.

— C'est irrationnel, mais quand on a été blessé comme il l'a été, on ne raisonne pas rationnellement. L'instinct est de se protéger pour ne pas avoir à nouveau mal.

— Il a toujours été là pour moi, depuis mon enfance. Ma sœur n'était pas faite pour lui. Ce qu'elle aimait chez lui, c'était une image idéale. Moi je l'aime comme il est, irrationnel, sarcastique, surprotecteur, affectueux…

Laura rinça l'éponge dont elle s'était servie et la posa contre le mur pour qu'elle sèche.

— Nous avons un passé en commun. Je comprends ses blagues idiotes et il comprend les miennes. Je crois qu'il m'aime, mais qu'il a peur de l'admettre. Parce que cela le rendrait réel, donc vulnérable. Mais comment peut-on avoir une bonne relation si on s'inquiète toujours de comment elle va finir ?

Jane posa sa main sur celle de Laura.

— Je ne sais pas quoi te répondre. Je suis sûre que ce qui se prépare ce soir n'aide pas.

Laura retourna sa main et pressa celle de Jane pour la remercier silencieusement de ce réconfort.

— C'est le seul moyen. Ton mari et ses enfants sont tous d'accord. Je ne me sens pas particulièrement courageuse de faire ça. Je veux juste reprendre ma vie comme elle était avant. Je veux aussi protéger mes parents et mes sœurs. Je veux vivre avec Conor. S'il veut bien de moi.

— Voyons d'abord comment ça se passe ce soir.

Conor réapparut, à nouveau équipé de son arme et de son badge. Il posa un regard soupçonneux sur les deux femmes puis, sans un mot, entraîna Laura dans le salon et lui donna un de ses téléphones temporaires.

— Tu es prête à appeler Cobb ? Souviens-toi qu'il doit continuer à croire que c'est lui qui mène la danse.

— Tu seras avec moi ?

— À chaque minute. Je te ramènerai chez toi et à ta famille. Je te le promets.

— Conor…

Était-ce ce qu'elle voulait ? Retourner chez elle à Arlington ? Sans lui ?

Il lui heurta l'épaule en signe d'encouragement, se trompant sur son incertitude soudaine. À moins qu'il ne le fasse exprès ?

— Ne t'inquiète pas, Moustique. Je te protégerai.

13

C'était le plus mauvais plan de toute l'histoire des plans.

Conor regarda les quatre hommes sortir de leurs voitures de location et se diriger vers la passerelle du vieux bateau à vapeur. Comme le parking était obscur et qu'aucune lampe ne fonctionnait sur le bateau, les hommes se guidaient avec des torches, dont le faisceau, passant à travers les hublots, lui permettait de jauger de leur approche. Les deux hommes qui accompagnaient Cobb et Boltz n'étaient peut-être pas aussi baraqués que l'étaient Hammer et Rico, mais on ne pouvait pas ne pas remarquer les bosses que faisaient leurs armes sous leurs vestes. Quatre contre deux – l'une de ces deux étant Laura –, ce n'était pas un pronostic favorable. Le fait que Cobb ait emmené des mercenaires signifiait qu'il ne ferait pas semblant d'être venu à Kansas City pour les interroger, Laura et lui.

Il voulait la clé USB. Et il voulait qu'ils meurent.

Conor emporta la lanterne de camping empruntée à Duff jusqu'au bar et la posa sous l'écran de télévision qui diffusait autrefois les matchs des Royals et des Chiefs. Il y avait une dizaine d'écrans dans la salle, tous obscurs et constellés de toiles d'araignée. Les tables bancales, les chaises empilées et le dessus du bar étaient recouverts d'une épaisse couche de poussière, donnant l'impression d'un lieu oublié, figé dans le temps.

— Apparemment, ils ont des contacts même dans le Missouri.

Laura quitta le tabouret poussiéreux où elle avait réussi à rester assise trente secondes.

— Cobb les a peut-être emmenés.

Peu importait d'où venaient les mercenaires, se dit Conor. Tout ce qu'il avait pour les combattre, c'était le Glock – dont il prévoyait qu'il ne le garderait pas longtemps – et les armes qu'il avait dissimulées sous le bar. Il ne pouvait pas être sûr que les hommes seraient à portée d'arme, mais ce serait une façon d'égaliser les chances si Laura ne se trouvait pas dans la ligne de mire.

Il avait suggéré qu'ils enfilent des gilets pare-balles, mais il supposait qu'ils auraient dû les enlever avant le début des négociations. Thomas, ses fils et plusieurs membres de la police de Kansas City étaient cachés sur le pont supérieur du bateau ou sur la rive obscure. Mais ces renforts seraient trop loin si Marvin Boltz décidait de tirer avant de parlementer.

Inspirant profondément, Conor se rappela que l'équipement audio était en place, et que Laura et lui avaient répété plusieurs scénarios possibles concernant le déroulement de la rencontre.

— Tu penses que cet endroit a un jour été habitable, avant que les propriétaires l'abandonnent ?

Elle tira sur la rampe en cuivre qui encerclait le bar, faisant pleuvoir la sciure de bois amassée dans les trous de vis.

— Peut-être que nous aussi on va pourrir ici…

— Tu ne vas pourrir nulle part.

— *Nous* n'allons pas pourrir, insista-t-elle.

Il ne pouvait pas le lui promettre. Laura avait repris son va-et-vient, s'encourageant tout haut et contemplant alternativement Conor et la porte de la salle. Il n'avait qu'une envie, la prendre dans ses bras et l'emporter loin de cet endroit, aussi loin que possible de ce jeu dangereux. Mais Laura Karr n'était pas du genre à reculer devant un défi. Elle n'avait jamais renoncé, qu'il s'agisse de secourir une amie ou d'agir comme elle l'entendait.

— Je suis nerveuse. Pas toi ?

Comme elle passait près de lui, il lui prit le bras, posa une main sur sa joue et l'embrassa.

— Terrifié. Mais la nervosité a l'avantage de nous rendre vigilants. Ne leur tourne pas le dos si tu peux l'éviter.

Une main posée sur la sienne, elle hochait la tête quand les portes s'ouvrirent.

— N'est-ce pas mignon ?

Marvin Boltz fit signe aux deux malfrats qui tenaient déjà Conor et Laura en joue, d'entrer les premiers.

Derrière eux venait Cobb, ricanant du moment de tendresse qu'ils venaient de surprendre. Boltz posa sa torche sur le bar, et Cobb et les deux armoires à glace le contournèrent. Sans surprise, ils agrippèrent Conor par les bras et l'éloignèrent de Laura. Le policier ne perdit pas de temps à fouiller Laura. Conor sentit son sang bouillir en voyant les pattes de l'homme s'attarder plus longtemps que nécessaire sous le manteau de son amie. Cobb se mit à rire quand elle lui assena une tape sur la main.

— Je voulais juste m'assurer que vous n'avez pas de micros, tous les deux.

Il tourna son attention vers Conor.

— Ou d'arme.

Il lui prit le Glock et le fourra dans sa ceinture. Puis le policier sourit et lui décocha un uppercut dans le ventre. Laura cria en voyant Conor se plier en deux de douleur. Entre ses côtes meurtries et ce coup de poing, il serait tombé à terre si les deux bandits ne l'avaient pas retenu.

— On n'est pas aussi flambant, inspecteur, hein ? se moqua Cobb. Don Urbanski était un de mes amis.

Quand Conor reprit son souffle, il le considéra dans le blanc de l'œil.

— Espèce de lâche.

Marvin Boltz fit signe à Cobb de baisser les poings et se tourna vers la femme, debout entre eux.

— Vous nous avez bien fait courir, mademoiselle Karr. Quand vous avez fait surface à Colombus, nous avons pensé que vous vous dirigiez vers Kansas City. Mais nous n'en étions pas sûrs jusqu'à ce qu'une aimable citoyenne de l'Illinois nous fasse savoir qu'elle vous croyait en danger.

Il tourna ses yeux noirs vers Conor et leva un gros sourcil gris.

— Elle nous a dit que vous aviez l'air effrayant.

Cobb fit rouler son éternel cure-dents d'un côté à l'autre de sa bouche en déshabillant Laura du regard.

— Vrai, ce serait mon devoir de vous ôter des pattes de ce flic pourri.

Elle leva le menton, le dos raide.

— Si vous le frappez encore, je ne vous dirai pas où se trouve la clé USB. Je n'ai pas été assez stupide pour l'amener avec moi. Vous avez besoin de ma coopération.

Boltz réfléchit à ces paroles avant de faire signe à Cobb.

— C'est un flic. Il a des menottes ?

Cobb remonta le manteau de Conor par-derrière.

— Ouais.

— Mets-les-lui.

Cobb détacha les bracelets de la ceinture de Conor et lui referma le premier sur le poignet gauche. Puis, claquant des lèvres, il traîna Conor jusqu'au bar et, faisant passer la chaîne des menottes autour de la rampe en cuivre, fixa la seconde autour de son poignet droit en serrant trop fort.

— Ça le fera tenir tranquille, dit-il avec un sourire sardonique.

Ne compte pas là-dessus.

— Bon.

Boltz fit signe aux hommes qui le tenaient encore.

— Vous deux, dehors. Veillez à ce qu'on ne nous dérange pas.

Avec le départ des deux hommes, les chances étaient un peu plus égales. Conor espéra que Thomas, Duff ou l'un des hommes à l'affût neutraliserait les gros bras sans alerter Boltz ou Cobb. Dans l'intervalle, il pouvait se concentrer sur Laura et les deux hommes qui l'entouraient.

— Je n'aime pas les désagréments, déclara Boltz d'une voix propre à séduire le plus récalcitrant des jurys. Et vous, ma chère, vous êtes un gros désagrément.

Conor vit trop tard la menace qui déformait le sourire de l'avocat. Il poussa un cri d'avertissement, mais Boltz avait déjà frappé Laura à la joue de toutes ses forces. Elle tomba à la renverse.

— Boltz ! Ordure !

La rage aveuglait Conor. Il se jeta en avant, entamant ses poignets et secouant la rampe en cuivre.

— Ça vous ressemble bien de frapper une femme ! Et si vous me détachiez pour vous battre avec un adversaire à votre taille ?

— Fais-le taire.

S'exécutant avec plaisir, Cobb balança son poing dans la mâchoire de Conor. Le coup le fit reculer de plusieurs pas, et il vit des étoiles derrière ses paupières. Mais il cilla rapidement, ignorant le sang qui coulait de sa blessure et son envie de faire avaler son cure-dents à Cobb.

— Laura, écoute-moi. Parle-moi, chérie.

Soudain, il prit conscience que la force du coup l'avait entraîné plus loin sur la rampe de cuivre, et qu'il était plus près du revolver scotché sous le bar. Il calcula de combien il lui faudrait étendre les doigts pour attraper le Beretta. C'était un peu trop court. Il n'était qu'à quelques centimètres de la possibilité de se réarmer, d'abattre ces deux tueurs et de sauver Laura.

Mais il avait oublié combien son petit moustique était résistant. Malgré sa joue sanglante, elle était en train de se relever. Elle lui jeta un regard rassurant avant de lever les yeux vers Boltz.

— Je vais bien.

— Pour l'instant.

L'avocat était loin d'être aussi impressionné par son courage.

— Où la clé ? Vous savez combien d'ennuis vous m'avez causés ?

— Pas autant que je le voudrais. Quelqu'un doit payer pour le meurtre de mon amie.

— Cette petite idiote croyait pouvoir arracher une promesse de mariage à Vinnie en le faisant chanter. Et maintenant vous pensez pouvoir marchander votre vie et celle de votre petit ami ?

Boltz fit un pas vers Laura et repoussa le pan de son manteau pour exhiber une arme logée dans un holster, sous sa veste.

— Je ne marchande pas. Je fais en sorte que les problèmes disparaissent.

— Je suis sûre que Vinnie vous a attiré plein d'ennuis à régler.

Laura tenait bon.

— C'est vous qui avez tué Chloe ?

— Oui. Et maintenant je vais vous tuer aussi. Lequel d'entre vous veut y passer en premier ?

— Marv, vas-y, gémit Cobb, peut-être conscient du regard menaçant de Conor. On n'est pas sur mon territoire ici. Je n'ai pas les renforts dont je dispose en Virginie. Finissons-en et reprenons l'avion.

— Je te paie suffisamment pour que tu fasses ce que je dis.

Boltz désigna Conor du menton.

— Mieux vaut d'abord te débarrasser du flic. Je peux m'occuper moi-même de cette petite chérie.

Retrouvant son sourire, Cobb dégaina le Glock qu'il avait pris à Conor et le braqua sur lui.

— Attendez.

Laura dévisagea les deux hommes.

— Comment savez-vous que je n'ai pas envoyé la clé à un journaliste ?

— C'est ce que vous avez fait ?

— Ce serait une très mauvaise presse pour le sénateur Adams et son épouse.

L'arme de Cobb vacilla, et Conor vit pour la première fois la façade de Boltz se lézarder.

— Que savez-vous d'Adams ? lança l'avocat en tirant sa propre arme.

— Je sais tout. Chloe m'en a parlé et j'ai compris le reste. Avec l'aide de Conor.

Elle regarda à nouveau Cobb.

— Il est bien plus intelligent que vous ne le croyez.

Boltz referma une main sur son bras et l'attira à ses côtés.

— Vous ne savez pas ce que c'est qu'une monnaie d'échange, on dirait. Vous venez juste de me donner une raison supplémentaire de vous tuer, vous et votre petit copain.

Elle tenta d'échapper à sa prise.

— Ce n'est pas ce que nous avions convenu au téléphone. La clé contre nos vies.

— Et si je prenais les deux ?

— Pourquoi n'avez-vous pas tué Vinnie au lieu de mon amie ? Chloe était une fille bien.

Elle refusait de céder devant cet homme qui voulait

la tuer. Conor commençait à se demander s'il n'y avait pas un peu de folie dans sa bravoure. Il se demandait aussi s'il n'y en avait pas aussi dans ses veines parce que, tandis qu'elle sermonnait les deux hommes, il travaillait à desserrer les dernières vis qui retenaient la rampe en cuivre.

— Ou bien est-ce parce que Carla Adams aime encore son fils ? Est-ce pour cela qu'il a le droit de vivre libre et que les ennuis s'évanouissent tout simplement autour de lui ?

— Vous vous croyez maligne ?

Le mépris teintait la voix de Boltz.

— Vous savez ce que je fais aux femmes qui ont la langue trop bien pendue ?

— Vous les battez à mort.

— Tout à fait. Et j'aime ça, en plus.

Il pointa un doigt vers Cobb, lui rappelant de garder Conor à l'œil.

— Descends-le et jette son corps dans la rivière.

— Au risque de ne jamais mettre la main sur la clé USB ?

Conor savait aussi jouer à ce jeu-là.

— Laissez partir Laura. Vous et vos porte-flingue ne vous approchez plus jamais d'elle et de sa famille. Et je vous apporterai la clé sur un plateau d'argent.

Laura tourna vivement la tête vers lui.

— Ce n'est pas ce qui était convenu. Conor doit repartir avec moi.

Elle regarda Boltz dans les yeux.

— La clé contre nos deux vies. Et sachez que j'ai fait une copie. Si jamais j'entends ne serait-ce qu'une menace chuchotée, je remettrai la vidéo à la presse. La mère de Vinnie et le sénateur ne survivront pas à ce scandale. Vous serez au chômage avant de vous en rendre compte.

Elle inclut également Cobb dans sa menace.

— Et vous aurez fini de jouer les laquais. Comment croyez-vous qu'on traite les policiers en prison ?

Délaissant Conor, Cobb braqua son arme sur elle. *Bon sang,* se dit Conor, *elle pousse les choses trop loin.*

— Donnez-nous cette fichue clé et je vous tuerai sans vous faire souffrir, jeune fille. Continuez ce jeu stupide et je laisse Marvin s'occuper de vous. Faites-moi confiance, ce ne sera ni rapide ni facile.

— Il y a une autre option, dit alors Laura d'une voix forte et claire.

Réagissant à cette phrase codée, les écrans de télévision s'allumèrent. Même avec les particules de poussière en suspension dans l'air et les petits nuages des haleines dans l'air froid, l'image était d'une clarté cristalline.

« Ici Vanessa Owen », de Kansas City Secrets.

La journaliste lut son histoire tandis que la vidéo clandestine tournait en arrière-plan.

« Cette info dépasse largement le cadre de notre petite ville. Un de nos reporters a mis la main sur une croustillante petite vidéo. Et nos sources ont confirmé que Vincent Orlando, le beau-fils du sénateur de Floride, Webb Adams… »

— Qu'est-ce que… ?

Cobb tourna sur lui-même, enregistrant l'image sur tous les écrans de télévision.

— On m'a dit que cet endroit était abandonné !

— Apparemment, vos sources ne sont pas aussi fiables que les miennes, déclara Conor.

— Cette fichue émission est en direct ? interrogea Boltz, la mine crispée.

Vanessa Owen racontait la meilleure histoire de toute sa carrière. Elle parla du sénateur Adams, de sa femme, de Boltz et Cobb, avant d'avertir les téléspectateurs que la vidéo avait été floutée pour leur épargner les images les plus choquantes. L'émission diffusa l'arrestation de

Rico Martinelli et Vinnie Orlando à Arlington, pour trafic de drogue et maquillage de la mort d'une victime d'overdose.

— Souriez, monsieur Boltz…

Laura fit un pas vers les hommes pétrifiés.

— … Vous êtes filmé.

Conor désigna du menton la caméra dissimulée parmi une forêt de vieilles bouteilles d'alcool, derrière le bar.

— Nous avons passé à la journée à mettre en place le système son. Nous venons juste de filmer vos aveux.

Vanessa Owen continuait le fil de son émission d'actualités.

« En cet instant même, la police de Kansas City cerne les suspects au Riverboat Bar… »

— Cerne ?

Cobb rengaina son arme et se précipita vers la porte.

Il recula rapidement en voyant celle-ci s'ouvrir. Les Watson ainsi que plusieurs officiers du KCPD se ruèrent à l'intérieur pour le désarmer et lui passer les menottes.

Mais ils se pétrifièrent en voyant Boltz s'emparer de Laura et se servir d'elle comme bouclier. Il pressa le canon de son revolver sur sa tempe et battit en retraite derrière le bar, où il leur fit signe de laisser tomber leurs armes et de reculer.

Galvanisé par la fureur, Conor arracha la rampe en cuivre et, la tenant maladroitement entre ses bras, s'empara de l'arme qu'il avait cachée sous le comptoir et la braqua sur Boltz.

— Enlève tes pattes. Tout de suite.

Boltz pivota sur lui-même, toujours abrité derrière Laura.

— Tu ne vas pas me tirer dessus. Et si tu touchais ta petite amie à ma place ?

— Tu veux parier ? Je ne me sens pas du tout raisonnable, là.

Il fallait reconnaître que Boltz était un homme intelligent. Comprenant qu'il avait peu de chances de s'en sortir, il prit le parti de la prudence. Il déposa sagement son arme sur le bar et leva les mains. Se dégageant, Laura courut vers Conor, tandis que Duff menottait l'avocat et lui faisait franchir la porte à la suite de Cobb.

Thomas s'empressa d'aider Conor à se débarrasser de la rampe en cuivre.

— Où sont tes clés ?

— La poche de devant.

Mais Laura les avait déjà trouvées et ouvrait les menottes. Elle fronça les sourcils en découvrant ses poignets tuméfiés.

— Tu saignes de nouveau.

— Toi aussi, lui dit-il en inspectant sa joue ouverte et boursouflée.

— L'ambulance arrive, annonça Thomas, avant de les gronder : vous avez pris votre temps avant de prononcer le mot clé. J'ai failli ordonner à mes hommes d'intervenir sans attendre.

Laura prit la main de Conor et se blottit au creux de son bras.

— Je voulais m'assurer qu'il avoue tous ses crimes.

— Tu as été formidable, Moustique.

Conor lui déposa un baiser sur le crâne.

— Tu as eu les deux hommes qui accompagnaient Boltz et Cobb ? demanda-t-il à Thomas.

— Ils n'ont même pas pu arriver jusqu'au parking. Quand ils ont vu notre puissance de feu, ils se sont rendus sans difficulté. L'équipe technique a tout enregistré. Je me suis débrouillé pour obtenir une autorisation, si bien que tout ce qui s'est dit ici pourra être utilisé en justice. Leurs secrets n'en sont plus. Boltz, Cobb, Orlando et leurs complices ne peuvent plus se cacher, désormais.

L'admiration de Conor pour son ami ne se démentait jamais.

— Par ailleurs, j'ai envoyé une copie de la clé USB au bureau du procureur général. Il a contacté son homologue en Virginie pour lancer une enquête sur Cobb et savoir s'il n'a pas malmené d'autres enquêtes en échange d'espèces sonnantes et trébuchantes.

Un policier en uniforme les interrompit.

— Monsieur ? Madame ? Les ambulanciers voudraient vous examiner.

— Ils arrivent, répondit Thomas. Le KCPD vient de recevoir un appel du bureau du sénateur Adams. Il nie avoir eu connaissance de ce qui se tramait. Il prétend qu'il ne savait pas que sa femme avait un fils et que Boltz travaillait pour elle. J'imagine qu'une accusation de meurtre rendra Boltz un peu plus bavard sur les crimes de Vinnie et les efforts qu'il a faits pour les couvrir. Et puis il y a eu un appel de tes parents, Laura. Tu ferais mieux de les rappeler pour les rassurer.

Laura acquiesça.

— Je vais le faire. Merci. Merci pour tout.

— Pas de problème. J'ai une grande dette envers Conor. Je suis content d'avoir pu lui rendre enfin la pareille.

Il prit son téléphone, le posa contre son oreille et suivit ses fils qui se dirigeaient vers les voitures de police attendant sur le parking.

— C'est fini, Moustique.

Conor baissa les yeux sur elle et repoussa ses cheveux sur son front. Mais son cœur se serra en voyant des larmes briller dans ses yeux.

Elle lui passa les bras autour de la taille, et il ne put s'empêcher de tressaillir de douleur. Changeant de position, elle se glissa sous son bras pour l'aider à marcher.

— Je savais que tu ne me laisserais pas tomber.

*
* *

Assis à l'arrière de l'ambulance, Conor laissait un ambulancier traiter l'entaille qu'il avait au menton et lui bander les côtes. Dans l'ambulance d'à côté, un membre du SAMU examinait soigneusement Laura, qui tenait une poche de glace sur sa joue enflée.

Des journalistes armés de caméras avaient pris possession d'une partie du parking, amenant avec eux projecteurs, antennes paraboliques et jacassements sans fin. Quelques véhicules officiels faisaient encore marcher leurs gyrophares. En tendant l'oreille, Conor parvint à entendre le clapotement de la rivière sur les berges, à quelques mètres de lui.

Ils avaient déjà fait une brève déposition concernant les événements de la soirée et promis à Keir de rapporter les détails de tout ce qui s'était passé depuis l'appel de Chloe à Arlington au commissariat. De fait, Keir escortait Laura jusqu'à sa voiture, un coupé de sport métallisé. Le SAMU voulait emmener Conor aux urgences pour lui faire une radio de la cage thoracique. Il se sentait lessivé et il avait mal partout.

Mais tout cela n'était rien comparé au nœud de sa gorge quand il la vit s'éloigner. Elle se rendait au commissariat. Le lendemain, elle prendrait le premier vol pour rejoindre sa famille à Arlington. Quant à lui, il n'avait aucune raison de retourner en Virginie. Il n'y avait plus ni maison ni famille. De plus, une énorme pile de paperasses l'attendait pour rendre compte de tout ce qu'il avait fait durant ces prétendues vacances. Et s'il ne la revoyait plus jamais ?

— Hé, Moustique !

Les mots lui étaient sortis de la bouche avant même qu'il ne sache quoi dire. Il repoussa le secouriste et se leva.

— Laura ?

Adressant quelques mots à Keir, elle se retourna et vint vers lui.

— Qu'est-ce que tu fais debout ?

Elle le fit rasseoir et le considéra avec inquiétude.

— Je croyais qu'on allait t'emmener à l'hôpital.

À présent qu'ils étaient presque seuls, il n'hésita pas à poser les mains sur sa taille et à l'attirer contre lui.

— J'imagine que tu vas rentrer à Arlington quand le KCPD en aura fini avec toi. Tu vas retrouver Ron et Leslie, tes sœurs et ton travail. Vous n'êtes plus en danger. Nous avons vécu des journées de folie, avec beaucoup de hauts et de bas, mais tu peux te détendre désormais. Ces hommes n'ont plus aucune raison de te traquer maintenant que nous avons mis au jour leurs manigances.

Il fit courir ses doigts dans les cheveux de Laura, sentant les larmes lui monter aux yeux.

— Tu vas me manquer.

Elle posa ses mains de chaque côté de son visage.

— Demande-moi de rester.

— Mais tu vis en Virginie.

— Et toi, tu vis ici.

Elle pressa ses doigts sur ses joues.

— Bon sang, Conor Wildman, si tu ne veux pas te battre pour ton bonheur, moi je vais le faire ! Si tu ne veux pas écouter ton cœur, alors écoute mes arguments. Kansas City serait un endroit idéal pour mon travail. La plupart de mes tâches se passent par téléphone ou en ligne. Et pour ce qui est des déplacements ? Allô ! Aéroport international de Kansas City ? Ne serait-ce pas pratique ? Et devine quoi ? Il existe des choses qu'on appelle téléphones de nos jours. Je pense même que tu en as deux ou trois dans ton sac. Il y a des voitures, des bus, des trains et des avions. Je peux appeler mes parents et mes sœurs et aller leur rendre visite. Ils peuvent me rendre visite ici. Je t'aime, Conor.

Elle se pencha en avant pour l'embrasser.

Il ferma les yeux pour mieux respirer son doux parfum exotique. Quand il les rouvrit, elle le fixait intensément.

— Demande-moi de rester. Si tu peux. Si tu es prêt à risquer ton cœur encore une fois. Sinon… Je suis désolée. Je suis désolée que tu renonces à être heureux. Parce que tu mérites plus de bonheur que quiconque. Mais je ne suis pas désolée de t'avoir aimé. Je ne le regretterai jamais.

Elle s'écarta.

— Voilà. Je ne crois pas pouvoir en dire plus.

Lutter pour son bonheur ? Lutter pour elle ? Croire à son amour ? Était-ce vraiment si facile ? Y avait-il quelque chose de plus dur ?

Avant qu'il puisse faire tomber le mur entourant son cœur, Thomas s'approcha d'eux.

— Laura ? Avant d'aller au commissariat, tu devrais appeler tes parents. Je crois qu'ils t'ont vue aux infos. Ils ont téléphoné à nouveau, demandant à te parler ou à parler à Conor.

Il désigna du pouce l'encombrement de véhicules, de projecteurs et de caméras à l'autre bout du parking.

— Et cette Vanessa Owen veut aussi te parler. Apparemment, beaucoup de journalistes attendent une déclaration de ta part.

Laura hocha la tête, regarda une dernière fois Conor, mais ne dit rien. Elle tourna les talons et s'éloigna avec Thomas.

— Thomas, attends ! cria Conor en se levant pour les rattraper. Tu peux nous donner une minute ?

Son ami sourit et pressa le bras de Laura.

— Prenez votre temps. Je tiendrai la presse en laisse.

Quand ils furent seuls, Conor serra Laura dans ses bras et l'embrassa avec tendresse et passion. Le contact de ses lèvres, son odeur, ses petits bruits de gorge firent beaucoup pour désagréger l'armure entourant son cœur et restaurer sa foi en l'avenir.

— Chérie, je suis désolé…

— Ne le sois pas. Je sais que l'engagement est difficile pour toi, que tu as peur de perdre…

— Non.

Il lui prit le visage entre ses mains.

— Quand Boltz t'a frappée, j'ai cru que je t'avais perdue. J'ai perdu trop de gens et je ne veux pas te perdre toi. Je m'étais donné des limites avec toi. J'allais te laisser partir parce que… c'est ce que font les gens.

— Je ne suis pas les gens, Conor. Je suis ton moustique. Tu ne peux pas te débarrasser de moi, à moins de partir le premier.

Il réfléchit à cela et accepta enfin la vérité. C'était lui, le seul obstacle à leur bonheur.

— Tu ne m'as jamais quittée quand j'avais besoin de toi. Pas une seule fois. Qu'est-ce qui te fait penser que j'agirai différemment ? insista Laura.

— Je suis désolé de ne pas t'avoir dit aussi que je t'aimais quand nous étions chez ma mère. Je n'en ai pas eu le courage. Toi, tu es courageuse. Je suis navré de ne pas t'avoir crue, de ne pas avoir cru en nous, comme tu l'as toujours fait. Je t'aime, Laura. Tu es ma meilleure amie, tu es aussi courageuse qu'irritante, la petite pile électrique la plus sexy que je connaisse. Quand je suis avec toi, je ris, je me souviens, je m'énerve et j'ai l'impression que je peux faire tout ça grâce à toi. Je ne te fais pas peur, je n'ai pas besoin de changer pour te faire plaisir. Et je crois que tu as vraiment besoin de moi. Je regrette de ne pas m'être réveillé plus tôt et d'avoir ouvert les yeux sur le trésor que tu es.

— Conor…

— Je ne veux pas te perdre. Pas à cause de gens comme Cobb ou Boltz, mais pas non plus à cause de mon entêtement. Je veux nous donner une chance, je veux prendre le risque d'être heureux. Ça me terrifie d'avance, mais je veux essayer. Je veux t'aimer.

Il lui toucha le menton.

— Nous avons tous les deux des cicatrices. Reste avec moi à Kansas City. Épouse-moi.

Elle lui sourit, ce qui le remplit de joie.

— Eh bien il ne faut pas laisser perdre l'avantage de ces cicatrices.

— Ça veut dire oui ?

Laura s'avança pour se nicher contre sa poitrine. Là où elle avait sa place.

— Ça veut dire oui !

Retrouvez en janvier 2020,
dans votre collection

BLACK ROSE

Unis dans l'adversité, d' Amanda Stevens - N°569

SÉRIE LES MYSTÈRES DE CHARLESTON 1/3

« Que fais-tu là, Ethan ? » Abasourdie, Addie fixe l'agent du FBI qui vient d'entrer dans la maison où elle enquête sur une série de meurtres. Comment Ethan Barrow ose-t-il se présenter ainsi devant elle ? Cherche-t-il toujours à innocenter son père, emprisonné pour avoir tué la mère d'Addie, vingt-cinq ans plus tôt ? A-t-il oublié qu'ils ont déjà tenté ensemble de rouvrir ce dossier et que cette quête stérile a brisé leur amour naissant ?

Protéger Chelsea, d'Alice Sharpe

En découvrant Chelsea vivante après l'accident d'hélicoptère dont elle vient d'être victime, Adam est envahi par un intense soulagement. Une joie de courte de durée car il se rend compte bientôt que Chelsea – *sa* Chelsea, venue se recueillir dans les montagnes où il était censé avoir disparu – a perdu la mémoire et ne le reconnaît pas. Comment lui révéler désormais qu'il a feint d'être mort pour échapper à une bande de trafiquants ? Et comment les protéger, elle et l'enfant qu'elle attend de lui ?

Garde du corps d'une héritière, de Carol Ericson - N°570

Trop riche, trop belle, trop bien élevée… Pour Joe McVie, spécialiste des missions à haut risque, l'engagement humanitaire de Hailey Duvall, héritière d'une grande famille de San Francisco, a quelque chose de suspect. Et les menaces dont elle prétend faire l'objet semblent injustifiées. Un sentiment sur lequel il est bien obligé de revenir le jour où une bombe détruit une partie de la somptueuse demeure de Hailey…

Quand l'orage gronde, de Lena Diaz

Caché derrière un arbre, Adam observe la scène : la femme est d'une pâleur inquiétante, l'homme qui se tient en face d'elle la menace de son arme… De toute évidence, il ne s'agit pas d'une dispute conjugale. Mais que font ces deux inconnus dans cette partie du parc des Smoky Mountains interdite au public ? Et comment Adam, malgré son expérience de ranger, va-t-il pouvoir secourir cette femme, alors qu'il est loin de tout et que l'orage gronde ?

Retrouvez en janvier 2020,
dans votre collection

BLACK ROSE

Cachée au bout du monde, de Michele Hauf - N°571

Qui est réellement Yvette, la jeune Française de passage dans la région ? Et par quel étrange hasard une Canadienne portant le même prénom vient-elle d'être assassinée ? C'est la double question que se pose Jason Cash, chef de la police de Frost Falls… Persuadé que le tueur s'est trompé de cible, intrigué par cette touriste discrète et séduisante, il mène l'enquête et découvre qu'elle s'appelle en réalité Amélie Desauliniers. Informaticienne pour Interpol, elle est détentrice d'un terrible secret qui l'a poussée à se réfugier au bout du monde…

La marque du soupçon, de Nico Rosso

Pour Stephanie, justicière courageuse et déterminée, la mission semble simple : infiltrer une bande de trafiquants d'êtres humains et déjouer leurs sinistres agissements avant de les dénoncer à la police… Seule ombre au tableau : Arash, le coéquipier avec lequel ses « employeurs » l'ont associée dès son arrivée. Secret, troublant, il semble se méfier de Stephanie et ne ressemble en rien aux criminels qu'elle est venue traquer…

Un dangereux secret, de B.J. Daniels - N°572

Son sourire magnifique, ses yeux clairs, sa silhouette de rêve… Sans que Shane Corbett puisse l'expliquer, le charme de Maddie Cavannaugh le désarme. Comment peut-il être attiré à ce point par une femme qu'il connaît depuis quelques semaines à peine ? Mais à ce trouble s'ajoute une extrême inquiétude quand la jeune femme lui confie qu'elle détient un dangereux secret…

Sous le charme de mon ennemi, de Rita Herron

Lora Leigh Whittaker savoure sa victoire : elle vient d'être engagée au ranch de Flint McKade. Elle va enfin pouvoir se venger de cet homme, responsable du suicide de son père… Pourtant, dès leur première rencontre, elle est déstabilisée. Car Flint n'est pas le monstre cynique qu'elle s'attendait à trouver et se montre même très attentionné. Est-ce bien lui qui a causé la perte de son père ? Lora Leigh décide d'enquêter – jusqu'au jour où Flint la surprend en train de fouiller dans son bureau…

Retrouvez en janvier 2020,
dans votre collection

BLACK ROSE

Une nuit de mystère, de Cassie Miles - N°573

Shayne n'est pas morte, Emma le sait. Et même si la voiture de sa cousine a été retrouvée au bord d'une route avec pour seul passager Jack, son bébé de deux mois, Emma est intuitivement certaine que Shayne attend quelque part qu'on vienne la secourir. Alors qu'importe que Miguel Acevedo, l'enquêteur chargé de l'affaire, refuse de croire à son don de double vue. Elle est prête à tout pour le convaincre de l'aider à rechercher Shayne. Même à le séduire...

Collaboration sous tension, de Delores Fossen

Qui a assassiné Marcie James ? Olivia Hutton, dépêchée à Comanche Creek pour mener l'enquête, s'est juré de le découvrir. Car, bien qu'un suspect ait déjà été arrêté, son instinct lui souffle qu'il ne s'agit pas du coupable… Voilà pourquoi elle a décidé de reprendre l'affaire à zéro, n'en déplaise à Reed Harding, le shérif de la ville. Un homme aussi austère que séduisant qui a vu son arrivée d'un très mauvais œil et s'échine depuis à la faire passer pour une citadine superficielle…

Composé et édité par HarperCollins France.

Achevé d'imprimer en novembre 2019.

CPI
BLACK PRINT

Barcelone

Dépôt légal : décembre 2019.

FSC
www.fsc.org
MIXTE
Papier issu de sources responsables
FSC® C108412

Pour limiter l'empreinte environnementale de ses livres, HarperCollins France s'engage à n'utiliser que du papier fabriqué à partir de bois provenant de forêts gérées durablement et de manière responsable.

Imprimé en Espagne.